| 作者简介 |

谭君强

　　荷兰阿姆斯特丹大学博士,云南大学文学院教授,博士生导师,云南大学叙事学研究中心主任。出版的主要著作包括《叙述的力量:鲁迅小说叙事研究》(2000,2014)、《叙事理论与审美文化》(2002)、《叙事学导论——从经典叙事学到后经典叙事学》(2008,2014)、《审美文化叙事学:理论与实践》(合著,2011)、《叙事的年轮及其他》(2012)、《谭君强学术文选》(2014)、《叙事学研究:多重视角》(2018)、《比较叙事学》(2022)。主要译著有《叙述学:叙事理论导论》(1995,2003,2015)、《叙事理论:核心概念与批评性辨析》(合译,2016)、《抒情诗叙事学分析:16—20世纪英诗研究》(2020)。

诗歌叙事学

谭君强 著

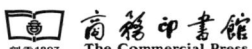

图书在版编目（CIP）数据

诗歌叙事学 / 谭君强著. -- 北京：商务印书馆，
2025. -- ISBN 978-7-100-24961-4
Ⅰ. I106.2
中国国家版本馆 CIP 数据核字第 2025AJ0082 号

权利保留，侵权必究。

诗歌叙事学

谭君强 著

商务印书馆出版
（北京王府井大街36号 邮政编码100710）
商务印书馆发行
北京顶佳世纪印刷有限公司印刷
ISBN 978-7-100-24961-4

2025年4月第1版	开本 710×1000	1/16
2025年4月北京第1次印刷	印张 21	

定价：95.00元

目 录

导 言 ··· 1

第一章 叙事学研究的跨文类拓展与诗歌叙事学 ········· 14
  第一节 文类与文类区分 ·· 14
  第二节 诗歌叙事学研究的对象 ······································ 25
  第三节 诗歌叙事学研究的基础与可行性 ······················ 30

第二章 诗歌叙事学的形成与发展 ······························· 49
  第一节 国外诗歌叙事学研究 ··· 49
  第二节 国内诗歌叙事学研究 ··· 58

第三章 叙述交流 ··· 74
  第一节 叙述交流语境 ·· 74
  第二节 叙述交流对象 ·· 77
  第三节 情感交流与叙事性、序列性 ····························· 95

第四章 抒情主体 ··· 105
  第一节 抒情诗中的抒情主体 ······································· 105
  第二节 抒情主体的时空存在 ······································· 123
  第三节 《斯威夫特博士死亡之诗》的文学主体与抒情主体 ······ 134

第五章　故事与"外故事" ·················· 149
第一节　故事与话语及"外故事"与话语 ········ 149
第二节　"外故事"的主要类型 ··············· 156
第三节　互文性与"外故事" ················· 170

第六章　时间与叙述时间 ···················· 184
第一节　时间与空间 ························ 184
第二节　抒情诗的时间性 ···················· 189
第三节　抒情诗的叙述时间 ·················· 193
第四节　抒情诗的心理时间 ·················· 211

第七章　想象力与空间叙事 ·················· 223
第一节　诗歌创作与想象力 ·················· 224
第二节　意象与抒情诗的空间叙事 ············ 229
第三节　抒情诗的空间呈现 ·················· 240

第八章　抒情诗的叙事动力 ·················· 275
第一节　抒情诗的叙事动力结构 ·············· 275
第二节　《致他娇羞的情人》的结构与叙事动力 ·· 288

引用文献 ····································· 301

人名与作品题名索引 ··························· 314

主题与概念索引 ······························· 322

附录：国家社科基金项目"诗歌叙事学研究"立项期间与
　　　立项前后发表的相关论文目录 ············· 329

后　记 ······································· 331

导　言

半个多世纪以来，当代叙事学从产生、发展到不断深化与扩展自己的研究，已经走出了坚实的步子，形成为国内外学术研究一个重要的、日益受到关注的领域。而自 21 世纪以来，在国内外叙事学研究的发展中，又出现了一个引人瞩目的现象，那就是诗歌叙事学[①]开始进入人们的视野，受到了研究者的日益关注。在这一领域出现的研究成果从屈指可数到逐渐增加，深度也不断增强。纵观近年来的研究状态，可以毫不夸张地说，诗歌叙事学已经成为当下国内外叙事学研究中一道引人注目的新景观。

作为一种重要的文类，诗歌在中外文学发展的历史上具有举足轻重的地位。无论哪个国家、哪个民族、哪种文化，诗歌几乎都是出现最早，与最初的劳动和生活相伴而行，成为引起人类兴趣的最早的文学艺术现象之一。就诗歌本身而言，相较于其他各种文类，它的出现不仅早且繁盛，而且几乎从不间断。在文学发展的长河中，诗歌的数量如恒河沙数，其中让世代读者经久咏颂的优秀诗篇比比皆是。而且，诗歌不仅向来受到历代读者的喜好，也受到历代文学研究者的热切关注。

对于诗歌的研究，在中外文学研究的历史上具有悠久的传统。我们可以看到，不同时代的研究者往往从不同的角度和方法入手，展开对诗歌的欣赏、探讨。作为创作主体的历代诗人，也往往十分热衷于谈诗、评诗、论

---

① "诗歌叙事学"，或"诗歌叙述学"，是目前国内叙事学界和文学理论界广泛采用的名称。作为叙事学跨文类与跨学科研究的一个重要方向，它已得到国内学界和研究者的广泛认可。但值得注意的是，在国外的叙事学界，并未采用与国内所使用的这一术语相对应的名称。在欧美叙事学界，通常将叙事学的这一跨文类研究称为"抒情诗叙事学分析"（narratological analysis of lyric poetry）、"诗歌叙事理论"（theory of narrative in poetry），或"诗歌叙事研究"（study of narrative in poetry）等。实际上，国内外所从事的这一相关研究在本质上基本是一致的。之所以形成不同的名称，有其内在的原因，后文中对此有详细阐释。

诗。无论是偏重于中国传统感悟式的品评，还是着重于西方传统演绎性的分析，或是运用各种流行的诗歌和文学理论，都可以开展对诗歌的品评、鉴赏、分析与研究，产生各具价值与特色、相得益彰、相互不可替代的研究成果。这种状况在古今中外众多的诗歌研究中明显地表现出来，由此所形成的成果日积月累，不可胜数。

运用一定的文学理论对作品进行分析，在文学批评与文学研究中向来受到特别的关注。20世纪以来，对于文学理论和文学批评本身的注重尤为引人瞩目，形成了如法国批评家让－伊夫·塔迪埃（Jean-Yves Tadié）所说的这样一种局面："20世纪里，文学批评第一次试图与自己的分析对象文学作品平分秋色。"① 在众多的文学理论与批评实践中，20世纪六七十年代兴起的叙事学一直受到学界和研究者的青睐，虽然其间也曾经历过起伏高低，但却始终得以持续发展，其势头至今不减。

叙事学注重理论与文本实践的结合，其理论研究所针对的各类文本范围十分广泛。可是，有一点却表现得十分明显，那就是对诗歌这种影响广泛、受到读者喜爱的文类，叙事学理论研究的触角在很长时间里几乎从未延伸至其中，尤其是延伸至其中的抒情诗歌中。这种状况的形成，究其原因，与叙事学诞生之初所形成的理论取向不无关系。如果追根溯源的话，可以看出，从当代叙事学的诞生开始，叙事学为自己所规定的，便是对叙事文本的研究。而它的理论也主要是在对各种不同类型的叙事文本进行研究的基础上逐步构筑起来，并在对叙事文本进行研究的过程中使理论不断提炼与逐渐深化的。在这一发展过程中，它几乎从未对诗歌，尤其是抒情诗歌给予必要的关注，反过来也未从诗歌中获取更多理论上的滋养。因而，在这样的理论视野和实践发展中，与叙事文本相对的抒情文本被叙事学研究者普遍忽视就不足为奇了。

然而，事情往往会有发生变化的时候，学术研究更是如此。在学术研究中，相当长时间内处于稳态平衡的状况，一有适当的时机，往往会寻求新

---

① 〔法〕让－伊夫·塔迪埃：《20世纪的文学批评》，史忠义译，百花文艺出版社，1998年，第1页。

的突破，打破这种稳态平衡。科学研究不是一条直路，让科学研究柳暗花明又一村的景象往往就出现在荆棘丛生或无路可寻的转向之中。在人文学科包括叙事学研究的发展中，我们也不时遇到一个又一个这样的转向：语言学转向，认知转向，视觉转向，空间转向，伦理转向，等等。从字面上看，"转向"，似乎意味着抛弃原路的根本性的路径转换。但实际上，这样的转向不像它听起来那样是一种一百八十度的大转弯，也不是对原有发展方向的根本性的背离。转向所喻示的是在原有基础上的一种新的蜕变和发展，是对原有对象一种新的方法论的切入，或者将原来不曾归入其中的新的对象纳入其研究范围，本质上说来是一种对创新的追求，一种学术研究富于生命力的有机延伸和扩展。一如美国学者多萝西·黑尔（Dorothy J. Hale）所言："对于某个场域，转向、转向又转向仅仅是为了保持活力和生长。"① 在叙事学研究中所出现的各种转向便是这种状况的明显体现。而当叙事学研究与叙事研究更为广泛地融合之后，当"现如今都将叙事当作了'至尊话语'（Queen of Discourses）及其工作当中的一个重要组成部分"② 之后，这种"转向"更是出现得如此之广，以至于其范围延伸得如此之大，如詹姆斯·费伦（James Phelan）所说："由于'叙事转向'的出现，叙事理论如今的研究对象涵盖了整个历史进程中以各种介质出现的全部叙事类型：个人的、政治的、历史的、法律的，以及医学的叙事等不胜枚举。"③ 多年以来，正是这些"转向"使叙事学研究得以不断进行理论与实践的更新与调整，使之能够在面对新的对象时展现其理论的活力，也可使它日益沿着合理的理论轨迹向前发展，不仅使其理论更具包容性，同时也使其对各种对象的阐释更具合理性，从而在理论与实践上呈现出推陈出新、异彩纷呈的局面。正是在这样的过程中，如多萝西·黑尔所说，"叙述的多学科转向改变了我们对叙述的理解，通过与不

---

① 王长才：《小说·叙述·伦理——多萝西·J. 黑尔教授访谈录》，《英语研究》2016 年第三辑，上海交通大学出版社，2016 年，第 7 页。
② 〔美〕罗伯特·斯科尔斯、詹姆斯·费伦、罗伯特·凯洛格：《叙事的本质》，于雷译，南京大学出版社，2015 年，第 298 页。
③ 同上书，第 299 页。

同领域结盟向外拓展，叙述学已经向前发展了"①。

在叙事学发展的诸多"转向"中，跨文类叙事学（transgeneric narratology）与跨媒介叙事学（intermedial narratology）是其中一个引人瞩目的方向。有学者将20世纪90年代以来的后经典叙事学或所谓"新"叙事学归结为八类，在这八类中以下三类成为当代叙事学的主要研究范式，这三类分别是语境叙事学（contextualist narratology）、认知叙事学（cognitive narratology）、叙事学的跨文类与跨媒介研究（transgeneric approaches and intermedial approaches）。语境叙事学所关涉的是叙事中所遇到的特定文化、历史、主题与意识形态语境的现象，它将对纯粹的结构层面的关注延伸到叙事内容的关注上。认知叙事学侧重于叙事中人类的智力和情感处理。这一研究并不限于文学叙事，"自然的"日常和口头叙事被认为是一种潜在的人类学能力的原初形式。认知研究在人工智能研究中也起到了重要的作用，其目的在于形塑或模拟人类的叙事智力。跨文类与跨媒介研究则探讨叙事学的概念对于各种文类和媒介研究所具有的相关性，将叙事学的概念应用、契合并且重塑对诸如戏剧、诗歌、电影、音乐、视觉与表演艺术、电脑游戏以及其他领域的叙事学分析。② 可以说，正是在与新的不同领域的"结盟"过程中，叙事学跨越了其最初为自己所规定的研究范围，涉足某些最初未曾设想、被忽视甚至被排除在外的领域，从而在研究的实践中不断开启新的路径，寻求新的发展。

跨文类叙事学所结出的硕果之一便是叙事学与诗歌的"结盟"，由此形成了叙事学研究的一个重要分支：诗歌叙事学。总体上说来，诗歌叙事学是伴随从经典叙事学到后经典叙事学发展的潮流而出现的。从时间上来说，诗歌叙事学主要是21世纪以来逐渐形成的一个新的研究方向。尽管在这以前一些中外研究者曾经对诗歌，包括抒情诗歌中的叙事性有所注意，但尚未从叙事理论的角度展开整体上的探讨，也缺乏具有说服力的、理论与实践相结

---

① 王长才：《小说·叙述·伦理——多萝西·J. 黑尔教授访谈录》，《英语研究》2016年第三辑，上海交通大学出版社，2016年，第7页。

② See Jan Christoph Meister, "Narratology". In Peter Hühn, Jan Christoph Meister, John Pier, Wolf Schmid, eds., *Handbook of Narratology*, 2nd edition, Vol. 2. Berlin: De Gruyter, 2014, pp. 634–635.

合的文本分析与阐释。从明确的问题意识出发，探讨叙事理论对诗歌尤其是抒情诗歌的适用性，运用叙事理论对诗歌进行实践分析，是在21世纪以来的叙事学研究，尤其是近年来的研究所明显表现出来的。

就诗歌叙事学研究本身而言，尽管中外研究者所采用的名称有所不同，关注点稍有差别，但从总体上说来，中外研究者关注的主要问题大体上是一致的，相似的，所进行的研究和分析也有许多相互契合之处。值得注意的是，在这一领域，国内国外的研究者所展开的探讨基本上是在同步进行，中国研究者对抒情诗中叙事性的关注甚至比国外研究者来得更早。从对诗歌叙事学的关注和已经出现的研究成果来看，中国的叙事学研究者发出的声音丝毫不亚于国外的研究者，不仅如此，中国的研究者在这一领域还显示出自身特有的优势。

这里所呈现的是笔者十余年以来对诗歌叙事学所进行的探讨，这一探讨希望在理论与实践相结合的基础上，展开较为系统、涵盖面尽可能广、具有一定深度并具创新意义的诗歌叙事学研究。回顾这一研究过程，最初对诗歌叙事学的兴趣和关注大约始于2012年前后，其直接的推动力是力图在此前的叙事学研究中寻找一个新的突破口，在持续关注的叙事学研究中找到一个新的方向，当然，所有这些都建立在对诗歌长期的爱好上。在发表了最初的一两篇研究论文，对这一问题初步切入之后，逐渐开始了对这一研究的较为集中的思考。接着，申报了相关的国家社科基金项目，并获准立项，从而赋予了这一研究以更大的推动力。这样一来，诗歌叙事学成为笔者这些年研究的主要关注中心，围绕这一课题，笔者在国内学术刊物上先后发表了20余篇学术论文，不止一次在叙事学国际会议暨全国叙事学研讨会上就诗歌叙事学的相关问题做大会主题发言。

回过头看，应该说，在最初开始这一研究之时，尚未形成对相关问题的整体思考，也未形成系统的研究规划和纲要，仅仅只有研究的总的方向和某些尚未连成一线的理论关注点，以及未及深思熟虑的单个的研究对象。更多的问题是在研究的过程中，尤其是在申请并获得国家社科基金项目之后，才更为集中地从整体上进行全面的思考，研究的对象与方法也日渐变得更为清晰，并在这一过程中不断扩大所涉及的问题的点与面，更为顾及研究的系统性与完整性。在研究一开始便有所考虑的一些基本认识，伴随研究的过程不断得以加深，并且有意识地贯穿在整个研究过程中。这里，有必要对自己在研究过程中逐渐形成并贯穿在整个研究中的思考和研究思路作必要的说明，这样，可以对相关研究有一个更好的理解。概而言之，这些思考和研究思路可以概括为如下几个方面。

首先，从研究对象说起，这是任何一个有意义的研究必须面对的问题。

诗歌，作为一种重要的文学类型，其形式多种多样，这在中外诗歌史上皆不例外。对范围广泛的诗歌历来存在众多区分，从大的类别来说，中外流行的主要区分是抒情诗与叙事诗两大类。诗歌叙事学研究，顾名思义，自然可以从诗歌的形式出发，将所有诗歌包含在内，无论是抒情诗还是叙事诗。然而，笔者在这里所进行的研究，选取的研究对象基本上属于抒情诗歌。之所以做这样的选择，主要是出于如下三个方面的考虑：

第一，从诗歌叙事学研究在理论与实践上的开拓性来说，唯有成功地展开对抒情诗歌的研究，展示出叙事理论对抒情诗歌的阐释力，方可凸显这一理论的新的面向，以及在研究实践中展现的新的路径。半个多世纪以来的叙事学研究，对种类众多的叙事文本的关注始终是这一研究的核心所在。叙事诗歌是以诗歌的形式呈现的艺术叙事，或者说是以注重韵文的诗歌形式来讲述故事。作为叙事文本的一种类型，叙事学研究理论与方法的大门对叙事诗是完全敞开的，也是基本适用的。叙事诗歌可以，而且已经涵盖在叙事学已有的研究中，尽管这种研究被大量对小说类的叙事虚构作品的叙事学研究所淹没，未曾引起人们更多的注意。但从根本上说来，叙事学的理论与方法完全可以适用于叙事诗歌，这一点并未受到人们的怀疑。如果能够注意小说类的叙事文本与诗歌叙事文本二者之间形式上的差异，注意二者不同的构成机制及各自的独特之处，在研究中进行适度调整，那么展开对叙事诗歌相应的叙事学分析就不仅完全可行，也可使这一研究更为适中，更具针对性。

与叙事诗可以而且已经进入叙事学研究相比，抒情诗则不然。如后面的阐述所表明的，在一个相当长的时期内，叙事学研究几乎将抒情诗歌完全拒之门外。如果能够打破这种长期沿袭的状况，以叙事学理论来观照抒情诗歌，这本身就是一个创新；如果能够表明其研究的合理性与有效性，就是赋予它立身之道；而以大量有价值的研究实绩巩固这一研究，就可以使诗歌叙事学这一开启新路径的研究在叙事学的广阔领域中站稳脚跟，占有自己的一席之地。我们常说，理论不是万能的，但理论确实又是必不可少的。包括叙事学理论在内的众多理论究竟有何用处？伍晓明在《理论何为？》一文中说："我们总是通过各种理论看世界。不同理论让我们看到不同事物，从而拥有不同事物。"① 此言不错。不过，也可以换一个角度看问题，我们也可以用同样的理论去看不同的事物，这个不同的事物或许是被原先的理论排除在外的事物，或许是过去未曾被已有的理论关注而现在受到关注而呈现的不同事物。"为了使得思维不会在一种总体化的语言或者支配所有解释的单一理论中受到桎梏并僵化，我们永远需要不同理论，从而保持自身语言向另一者的开放，令其始终能够容忍内在的另一者并欢迎外来的另一者。"② 确实，学术研究不能被单一理论所主宰，而需要不同的理论。然而，无论是不同的理论也好，同样理论的不同拓展也好，在学术研究中我们都同样需要"容忍内在的另一者并欢迎外来的另一者"，包括原先被遮蔽被排除的另一者。将研究对象的目光主要投向抒情诗歌，而非叙事诗歌，在很大程度上就是出于这样的考虑。除此而外，这样的研究还可以具有某种方法论的意义，它可以提供一种新的、可资借鉴的研究方法，一种与以往的研究路径不同的途径，从而丰富对于抒情诗歌这种数量众多且广受欢迎的文学作品的研究与分析，并反过来在这一研究过程中丰富与完善叙事学理论。

第二，从研究实践来看，对抒情诗歌的叙事学研究很晚才进入研究者的视野。就国外的研究情况而言，这大体上是 21 世纪以后才出现的研究现象。2004 年，德国学者彼得·霍恩（Peter Hühn）在《跨文类叙事学：对抒情诗的应用》一文中曾明确指出："迄今为止，叙事理论仅仅运用于史诗或叙事诗歌中。"③ 也就是说，迟至 21 世纪初，除已有的对史诗与叙事诗歌的研究而外，至少在欧美叙事学界尚未展开对抒情诗歌的叙事学研究。以后这一研究

---

① 伍晓明：《理论何为？》，《文艺研究》2022 年第 1 期。
② 同上。
③ Peter Hühn, "Transgeneric Narratology: Application to Lyric Poetry". In *The Dynamics of Narrative Form: Studies in Anglo-American Narratology.* ed., John Pier, Berlin: Walter de Gruyter, 2004, p. 142.

逐渐有所开展，但不容忽视的事实是，在欧美叙事学界，这一领域的研究数量仍然有限，研究的广度与深度也完全无法与对叙事文本的研究相比较。迄今为止，在国外出现的唯一的诗歌叙事学研究的著作仍然只有由德国汉堡大学跨学科叙事学研究中心的学者完成、分别于2005年和2007年出版的两部姊妹卷著作，即彼得·霍恩教授与他的同行詹斯·基弗（Jens Kiefer）合著的《抒情诗叙事学分析：16到20世纪英诗研究》[①]，以及杨·舍内特（Jörg Schönert）与马尔特·斯坦（Malte Stein）教授合著的《抒情诗与叙事学：德语诗歌文本分析》[②]。

相较而言，国内学者对抒情诗的叙事研究较早就有所提倡，但具体的研究实绩同样显得十分薄弱。而从叙事学研究的理论视野对抒情诗歌进行探讨就更为不足。到目前为止，国内相关的叙事学研究的著作在数量上不在少数，但尚无一部诗歌叙事学研究的专著出现，相关的研究论文在数量上也十分有限。因而，在目前国内外都既富于挑战性又富于研究前景的这一领域多做努力，多出成果，便成为摆在国内研究者面前的一项重要任务。

第三，在世界范围内，中国传统上是一个抒情诗歌的大国，自《诗经》《楚辞》以降历代出现的诗歌源源不断，且历来居于文学的主导地位。在这些诗歌中，自然也包含与融入了叙事的因素，但从总体上说来，更多仍属于抒情诗之列。抒情诗歌的传统已经深深浸淫于种种文学现象中。1971年，美籍华裔学者陈世骧明确提出了"中国抒情传统"之说，认为在与欧洲的史诗及戏剧传统并列时，"中国的抒情传统卓然显现"。在他看来，在中国文学传统的源头《诗经》和《楚辞》之后，"中国文学注定要以抒情为主导。抒情精神（lyricism）成就了中国文学的荣耀，也造成它的局限"[③]。陈世骧的这

---

① Peter Hühn, Jens Kiefer, *The Narratological Analysis of Lyric Poetry: Studies in English Poetry from the 16th to the 20th Century*. Trans., Alastair Matthews. Berlin: Walter de Gruyter, 2005. 该书由笔者翻译，已于2020年由北京师范大学出版社出版，列入笔者主编的"当代叙事理论译丛"。
② Jörg Schönert, Malte Stein, *Lyrik und Narratologie: Txte-Analysen zu Deutschsprachigen Gedichten*. Berlin: Walter de Gruyter, 2007.
③ 陈世骧：《论中国抒情传统：1971年美国亚洲研究学会比较文学谈论组致辞》，载陈国球、王德威编：《抒情之现代性："抒情传统"论述与中国文学研究》，生活·读书·新知三联书店，2014年，第46—47页。

一看法产生了广泛的影响，也使对抒情诗歌的叙事研究几乎被抒情传统所淹没。这一看法近年来受到了学界的质疑，但依然具有广泛的影响。如果能够成功地对丰富的中国历代抒情诗歌展开叙事学分析和研究，那么就可以在除得到广泛认可的抒情传统之外，同时也从中挖掘出丰富的叙事传统，影响已有的研究格局，为中国诗歌研究增加一条新的有效的研究途径，从而丰富数量巨大的中国抒情诗的叙事研究。正是基于上述三方面的考虑，本书的研究对象主要选择抒情诗歌。

其次，有必要阐明诗歌叙事学与叙事学二者之间的关系。

诗歌叙事学既不是对叙事学研究的摒弃，不是开辟一条与已有的叙事学研究不相干的新路径，也不是对叙事学理论与方法的全盘照搬，亦步亦趋。诗歌叙事学既借鉴和运用已有的叙事学理论资源，包括叙事学研究的基本理路和一系列概念术语，来展开对诗歌，尤其是抒情诗歌的研究。同时，它也依据自己特定的研究对象，作理论与实践上的调适。在它运用叙事学理论对新的研究对象进行研究，进一步丰富、发展和更新已有的叙事学理论的同时，也以自己新的研究实践开辟诗歌叙事学研究的新路，从整体上使叙事学理论能进一步扩展，更为完善，更具阐释力。

可以说，诗歌叙事学与叙事学既存在着内在的关联，也存在着内在的差别。这一差别表现在前者专注于诗歌，尤其是抒情诗歌的研究，后者则以广义的叙事文本为研究的中心。如电影叙事学、戏剧叙事学、女性主义叙事学等叙事学的多个不同学科面向一样，诗歌叙事学也属于叙事学研究中有着自己明确研究对象的新的学科领域。因此，它们各自都有自己特定的关注和取向，不会也不可能与其从中生发出来的母体毫无二致。在一般的叙事学研究的关注之外，诗歌叙事学表现出自己特有的关注，诸如韵文与散文的不同，抒情诗特有的格律、形式所呈现的意义，抒情诗歌中抒情主体与叙事文本中叙述者的不同表现，等等。这样的情况，在上述电影叙事学、戏剧叙事学、女性主义叙事学等叙事学的不同面向中同样存在，它们也都显现出各自特有的关注。

比如，在任何种类、以任何媒介形成的叙事文本中，叙事文本的施动者或代理者，也就是各种各样的叙述者是一个至关重要的问题。在抒情文本中的施动者或代理者，表现为上面所提到的抒情诗歌中的抒情主体，即抒情人，这样的施动者或代理者在电影、戏剧中也有其对应的存在。无论在抒情诗歌中，还是在电影或戏剧中，这些施动者都同样表现出与小说类的叙事虚构作品中的叙述者不同的状况，具有各自的独特之处。因此，无论电影叙事学、戏剧叙事学，还是诗歌叙事学，在对作为施动者的抒情、叙说、表现主体进行研究时，都可以借鉴与参照叙事学研究中叙述者的概念，但显然不能完全照搬。只有针对各自面对的独特对象，进行符合文本实践与语境的分析与阐释，才能对这一重要的文本现象及其与包括创作者在内的多方面的关系作出合理的说明。荷兰学者彼得·菲尔斯特拉腾（Peter Verstraten）在《电影叙事学》一书中探讨电影中的叙述者时，将叙述者区分为电影叙述者（filmic narrator）、视觉叙述者（visual narrator）、听觉叙述者（auditive narrator）。他认为："与文学叙述者相比较而言，电影叙述者具有不同的'身份'，这使得电影叙述从根本上与文学叙述相分离。"他以荷兰叙事学家米克·巴尔在其《叙述学：叙事理论导论》一书中提出的"叙述者是一个代理者、一种功能，它通过具体的媒介来讲述一个故事"做比较，指出，"在文学中，这种媒介是语言，表现为纸上的文字"，但电影是以不同于纯粹文字的媒介构成的，因此，菲尔斯特拉腾认为："电影叙事学不能直接照搬文学叙述者的概念"，"有很多事情是小说可以做的，而电影却不能，反之亦然。因此，针对小说与针对电影的叙事理论相比较而言，其侧重点有所不同"[①]。与电影由多重媒介或合成媒介构成有所不同，抒情诗由文字媒介构成，这与小说类的叙事虚构作品同为文字媒介构成一样，但前者以情感抒发为主，后者以讲述故事为主，因而，前者的抒情人/叙述者与后者的叙述者仍然表现出诸多差别，不能完全套用后者。

在跨文类叙事学研究中，即使在不同文类中使用的概念存在着相互交叉或可相互运用的情况，但特定的跨文类研究仍然有自己特有的关注。比如，在欧美所进行的戏剧的跨文类叙事学研究就存在这样的情况，其中许多概念

[①] 〔荷〕彼得·菲尔斯特拉腾：《电影叙事学》，王浩译，北京师范大学出版社，2020年，第5—6页。

和范畴与对小说类的叙事虚构作品几乎可以相互通用，但它们却不是戏剧的跨文类研究主要关注的问题。美国学者布莱恩·理查森（Brian Richardson）指出，大部分运用于对叙事虚构作品进行分析的概念和范畴通常也可适用于对戏剧的分析。这样的概念和范畴诸如人物表现、情节、开头与结尾、时间与空间、虚构的因果关系、叙事框架、叙述等，但欧美对戏剧的叙事学研究通常关注的是合唱歌、序幕和送信人、舞台上的听众和评论者、人物叙述和史诗叙述者的实例、框架叙事与嵌入叙事、独白、自白、旁白、听众讲述、自反性或元戏剧评论、叙述转喻实例，以及诸如戏中戏这样的自反性技巧，等等。① 从主要关注对象的不同，同样可以看出跨文类叙事学研究中显现出来的差异，这种差异也必定会表现在诗歌叙事学研究中。

　　从某种角度来说，叙事学与诗歌叙事学之间的关系，和经典叙事学与后经典叙事学之间的关系相似，是一种发展与共存的关系。作为发展已超过半个世纪的相对成熟的理论，叙事学在文学研究，包括人文科学研究中充分显现出其生命力与适应性，已经形成了为研究者所广泛接受的研究方法和路径。主要形成于经典叙事学研究时期的叙事学基本理论与方法，可以而且已经延伸到 20 世纪 90 年代以来的后经典叙事学的研究中。这些具有科学价值的成熟的理论与方法同样可以延伸到 21 世纪以来的诗歌叙事学研究中，相关概念有些可以直接引入其中，有些则可以在相互关联的基础上做适当的调整与修正之后，同样可以引入其中。与此同时，还可以在原有概念的基础上，增加一些延伸自其中的新的概念。比如，故事与话语是叙事学研究中的一对重要的概念，这对概念显然不能毫无差别地带入诗歌叙事学研究中，但是，在故事与话语这一二项对立概念的启发下，在诗歌叙事学研究中可以延伸出与故事相对的概念，即所谓"外故事"的概念，形成"外故事"与话语这一相对的结构层面，这应该是对原有的故事与话语这一对概念的补充。对叙事学的方法和一些必要的概念术语的引入，不仅可以使诗歌叙事学在已有

---

① See Peter Hühn & Roy Sommer, "Narration in Poetry and Drama". In Peter Hühn, Jan Christoph, John Pier, Wolf Schmid, eds., *Handbook of Narratology*, 2nd edition, Vol. 1. Berlin: De Gruyter, 2014, p. 427.

的成熟研究的轨道上继续进行科学的延伸，而且可以在这一研究中结合不同的对象产生新的发现，在对新的对象的研究中使叙事学在理论和实践中得以进一步发展。

再次，本书始终坚持叙事学理论与实践相结合的传统，贯彻叙事理论与文本实践密切结合的原则。

叙事学研究的长处之一，在于它不是一种纯粹抽象的理论分析与演绎，也不以抽象的理论思辨见长。相反，成功的、有影响的叙事学研究往往注重理论与文本实践的密切结合，其理论构建几乎都建筑在对文本分析的实践基础之上，同时也在对文本分析的实践中不断磨炼其理论武器。比如，当代叙事学理论重要的奠基作之一，法国学者热拉尔·热奈特（Gérard Genette）1972年发表的《叙事话语》（*Narrative Discourse*），就是对普鲁斯特卷帙浩繁的长篇小说《追忆似水年华》的分析进行理论概括，从而在此基础上构筑起叙事学理论的重要框架的。无论在经典叙事学还是后经典叙事学研究阶段，这一特征都在许多成功并富于新意的研究中明显地表现出来。在本书所进行的诗歌叙事学研究中，同样力图保持叙事学的这一优势与传统。在全书的理论阐释与分析中，始终贯穿着叙事理论与抒情诗歌文本密切结合的原则。这种结合可以从全书所引用的大量中外诗人的抒情诗歌上看出来。在理论的探讨中以文本实践作为支撑，同时力图在文本分析的基础上概括出带有规律性的理论现象，以期引起进一步的思考与讨论。

作为分析例证，全书所引用的抒情诗歌总数近百首，其中中国诗人的诗歌占三分之二以上。在中国诗人的诗歌中，大部分为自《诗经》以来的古典抒情诗。抒情诗大多篇幅短小，这些引用的作品很多都以整首诗歌的完整面貌呈现出来。在诗歌叙事学研究中，相对来说，中国古典抒情诗是较难进行分析的，从不同的理论视点切入中国古典诗歌，进行叙事学分析，目的在于从难处入手，以展现这种分析与研究的可行性。需要说明的是，所选择的这些抒情诗并未从文学史的角度加以考量，更多的是注重诗歌本身的价值和意义，以及文本与理论阐释和分析所具有的契合性和适用性。

全书引用的不同国家不同时期的外国诗人的诗歌约30首，包括古希腊、古罗马、波斯、印度、澳洲、俄罗斯、英、美、法、爱尔兰、西班牙、匈牙利、荷兰、墨西哥等众多国家诗人的抒情诗歌,从古希腊、古罗马迄于当代。从篇幅来说,既有古希腊诗人西摩尼得斯和美国诗人庞德仅仅两行的《温泉关凭吊》和《地铁车站》,也有18世纪英国诗人斯威夫特长达488行的抒情诗《斯威夫特博士死亡之诗》。所选诗歌时间跨度之大,国别和地域之广,以及诗歌篇幅的长短不一,意在表明各个国家各个地区各个历史时代各种形式的抒情诗歌都可展开叙事学分析,从而进一步展现这一研究的可行性与适用性。

康德在《纯粹理性批判》第一版"序"中,谈到了理论论述的"明晰性"问题。他指出:"读者有权首先要求有凭借概念的那种推理的(逻辑的)明晰性,但然后也可以要求有凭借直观的直觉的(感性的)明晰性,即凭借实例或其他具体说明的明晰性。"① 这种概念、推理的明晰性与直观、直觉的明晰性,即凭借实例和具体说明的明晰性的结合,在一切优秀的理论著作中应该被奉为圭臬。本书离康德所提出的这一要求距离甚远,但却一直循康德所提出的这一方向努力。所有的诗歌文本的选择都颇费心思,所有的抒情文本的叙事学分析也都力求切中肯綮,希望能够在理论的阐释与文本实例的分析中尽可能达到平衡,尽可能使对相关问题的分析与理论论述清晰明了,富于启发性。

最后,需要略加说明的是,本书在正文之后,除编制完整的"引用文献"而外,还编订了"人名与作品题名索引"和"主题与概念索引",后者在每一主题和概念的名称之后同时附加了对应的英文,以便于在中外参照的意义上加以理解。索引在学术著作中应该是一个重要的组成部分,浏览索引即可对一本书的内容及其主要的关注点有基本的了解,对贯穿其中的理论线索和概念一目了然,读者查阅起来也非常方便。希望此举能够为读者带来一些便利。

---

① 〔德〕康德:《纯粹理性批判》,邓晓芒译,人民出版社,2017年,第5页。

第一章　叙事学研究的跨文类拓展与诗歌叙事学

叙事学研究已经走过了超过半个世纪的行程。在这一过程中，它不仅延续了原有的势头，在理论与作品实践相结合的基础上不断发展，而且，还不断扩大它的研究范围，为阐释新的研究对象不断进行理论拓展，以不断革新的姿态持续活跃在理论潮流的前列。

叙事学在其形成之初，不乏勃勃雄心。它试图以结构主义所积淀的抽象的理论经脉作为基础，去贯通种类繁多的叙事作品，去归结一切叙事作品所具有的特征，再反过来对众多的作品进行验证。当意识到这样的努力并不能对无限丰富的作品作出有意义的分析与阐释，也无助于理论的构建与发展之后，叙事理论家们改以更为切实的态度，在对不同的叙事作品进行分析与探讨的基础上，展开合理的理论探索，进行具有活力的理论构建。与此同时，以积极的姿态面对所遇到的种种挑战，适时作出合理而具有开创性的回应，使这一理论探讨得以一路前行，不断结出新的果实。在叙事学不断发展前行的过程中，跨文类叙事学便是这一路前行中适时出现的"转向"。其中，通过与诗歌这一文类的"结盟"，在 21 世纪逐渐形成了叙事学研究中一个有影响的新门类：诗歌叙事学。不言而喻，诗歌叙事学与叙事学的跨文类"转向"有着密切的关系，因而首先有必要将眼光投向文类问题。

第一节　文类与文类区分

一、文类及其意义

所谓文类或者说文学类型，指的是文学作品的种类和类型。在西文中，这一概念源自法语 genre，体裁、样式等可看作为它的同义词；在中国古代文论中则冠之以体、文体、体制等名。按照核心的文学概念，"文学是由一定文类（genre）构成的特定群组"①。尽管在不同国家、不同文化中，文学作品的类别可能会存在着很大的差别；在一国一地区成为显要文类的作品，在别国别地区难觅踪迹。然而，就文学作品本身而言，"每一部文学作品均属于至少一个文类"②。无论古今，无论中外，皆莫能外。因此，不论文学作品的创作也好，抑或文学作品的研究也好，对文类或体裁问题的关注始终是人们所关注的重要问题之一，并毫无疑问地使这一问题成为"诗学最古老的问题之一"③。中世纪后期意大利文学批评家明屠尔诺（A. S. Minturno）在谈到诗艺时指出："我们知道，史诗是一回事，戏剧体诗和抒情诗又各另是一回事，各有各的方法，工具，风格，形式和门径。"④ 这里实际上指明了不同文类或体裁具有各自的独特之处，必须循规而就。

  文学类型的问题是和文学作品的创作与欣赏、与作者和读者密切联系在一起的。我们说，在作者的创作中，在透过作品与读者的交流中，已经暗含着文类的设定。作者的创作往往会选择一定的文类，并依据一定的文类规约进行构思与创作。作为交流载体的作品，作者期待读者与之分享，其中也包括对作者选择的文类的分享，并期待读者将其阅读修辞建立在这一选择的基础上。这一合作建立的基础也必然包括文类的约定，作者通常依其所设定的特定文类进行创作，也只有在这一设定的文类范围内才可创造出他的模范读者或理想读者，而读者也只能在这一文类设定的范围内才能实现对文本的可靠解读与理解。可以说，作者与读者之间对特定文类的认同与契合既是对作者创作的约束，也是读者有效阅读的基础。

  作者按照一定的文类规约创作，读者则按照一定的文类规约来阅读，这

---

① 〔英〕阿拉斯泰尔·福勒：《文学的类别：文类和模态理论导论》，杨建国译，南京大学出版社，2018年，第7页。
② 同上书，第24页。
③ 〔法〕托多罗夫：《文学体裁》，程晓岚译，载《马克思主义文艺理论研究》编辑部编选：《美学文艺学方法论续集》，文化艺术出版社，1987年，第206页。
④ 〔意〕明屠尔诺：《诗的艺术》，朱光潜译，载伍蠡甫主编：《西方文论选》上卷，上海译文出版社，1979年，第190页。

样一种相互认同与默契的关系，可以使作者在创作时产生某种自律，也可使读者在阅读与欣赏时确定其阅读指向。比如，一旦进入小说阅读的领域，读者就必须意识到："小说的开头就是一个门槛，是分隔现实世界与小说家虚构的世界的界线。"① 读者在这样的情况下，就应该知道他所进入的是一个虚构的世界，通常就不应该将作品中的叙述者归于真实作者本人，不应该将其关注放在人物与作者个人相互印证与比照上，或将作品中的虚构世界与现实世界中的真实状况完全等同。

　　同样，按照文类规约，在自传、回忆录一类作品中，读者同样会依照文类要求，不允许作者在其中进行虚构创造，只允许作者在真实叙说的前提下作某些艺术上的处理。卢梭的《忏悔录》是一部回忆录性质的作品。作者声言，这是一部前所未有的作品，是一部自己在上帝面前毫不掩饰的作品："当时我是什么样的人，我就写成什么样的人：当时我是卑鄙龌龊的，就写我的卑鄙龌龊；当时我是善良忠厚、道德高尚的，就写我的善良忠厚和道德高尚。"② 然而，仍不时有研究者指出，在他的作品中存在着作者的某些经历与其所叙不相一致的地方。这就是按照文类要求所作出的批评。2003 年，当代美国作家詹姆斯·弗雷（James Frey）发表了一部回忆录性质的作品《百万碎片》（*A Million Little Pieces*），这部作品开始十分成功，广受欢迎。但后来发现作品的大部分内容都是作者夸大或编造的，这样，所谓回忆录就受到读者和研究者的质疑，大量的批评如潮而至。戴维·赫尔曼（David Herman）正是从文类规约的要求出发，称《百万碎片》为一部"恶作剧式的"（hoax）作品。他指出："一旦我知道詹姆斯·弗雷在他的公认为非虚构性纪实作品中对事件进行编造，我就会对世界构建运用不同的策略，修改我最初从涉及弗雷叙述理由的方式中得出的推论……我将把文本解释为由其作者所设计的一个有目的——有意图的——促成世界构建的不恰当的模式。"③ 弗雷的作品打破了作者与读者之间的文类默契与认同，从而导致读者在作品阅读

---

① 〔英〕戴维·洛奇:《小说的艺术》，王峻岩等译，作家出版社，1998 年，第 3 页。
② 〔法〕卢梭:《忏悔录》第一部，黎星译，人民文学出版社，1980 年，第 2 页。
③ David Herman, James Phelan et al., *Narrative Theory: Core Concepts and Critical Debates*. Columbus: The Ohio State University Press, 2012, pp. 48-49.

中产生某些混乱不安。詹姆斯·弗雷在大量批评面前，承认自己对这部声称为回忆录的作品进行了虚构，并谈到他这样做的原因，其中之一便是"使他自己看起来令人钦佩"①。在这里，弗雷倒是说了真话，其实，这正是与此类带有虚构性质的许多回忆录作品中作者所表现的意图是完全一致的。

由此可见，作品文类的确定无论对作者还是读者都是至关重要的，它直接影响作者的创作，影响读者的阅读和理解，也影响作者与读者之间的交流。当然，我们注意到，文类的存在本身是文学和历史发展的结果。我们通常说，在中国早期的文学发展中，尤其是在先秦以前，文、史、哲融而为一。文学作品寓历史、哲学为一体，历史记载或哲学论辩满含文学篇章是常见之事。②即便文类问题引起人们越来越多的关注，此类情况在先秦之后在中国文学发展中依然踪迹未绝。就文类本身而言，对其各自边界的界定存在诸多问题，它们也并非是一块块相互隔绝的各自固守的领地，不同文类之间也确实不存在不可逾越的鸿沟，对此我们可以在中外古今的文学作品中找到大量的证据。一如查特曼（Seymour Chatman）所说："没有哪一单个作品是某种文类——长篇小说或喜剧史诗或其他的——完美范本。所有作品或多或少在文类特征上都是有所混合的。"③远在一个多世纪以前，德国艺术史家格罗塞在对原始文化的研究中，就已经看到了其中不同文类的相互融通，认为"纯粹的抒情诗、叙事诗或戏曲诗，是在无论什么地方都没有出现过的"④。然而，从另一方面来说，尽管在文学艺术作品的实践中，在文学史发展的过程中，文学类型并非一成不变，而会随时代的变化而出现某些变化和发展，但从根本上说来，文类之间的某种"混合"并不影响任一作品显示其所属的主

---

① David Herman, James Phelan et al., *Narrative Theory: Core Concepts and Critical Debates*. Columbus: The Ohio State University Press, 2012, p. 196.
② 此类情况中外皆然。英国学者阿拉斯泰尔·福勒（Alastair Fowler）在他以英国文学作为研究对象的著作中谈到，"可以说文学的近邻是潜在的文学，判定文学的标准不断变动，随之某些历史著作和哲学著作会脱颖而出，加入到文学的行列之中"（见〔英〕阿拉斯泰尔·福勒：《文学的类别：文类和模态理论导论》，杨建国译，南京大学出版社，2018年，第7页）。
③ Seymour Chatman. *Story and Discourse: Narrative Structure in Fiction and Film*. Ithaca: Cornell University Press, 1989, p. 18.
④ 〔德〕格罗塞：《艺术的起源》，蔡慕晖译，商务印书馆，2019年，第176页。

导的文类。"每一文学类型都是一套基本的惯例和代码,它们随着时代而变化,但又通过作家和读者之间的默契而被双方接受。"① 因而,这样的"混合"或历史发展中存在的某些不明确性应该不至于从根本上影响读者对所涉及的作品文类的基本判断,也不至于造成作者对基本的文类混淆不分,并否定文类区分的重要性。

  实际上,无论中外,人们很早便十分重视文类、文体,将其视为创作中首先需要注意的问题。宋代倪思有言:"文章以体制为先,精工次之,失其体制,虽浮声切响,抽黄对白,极其精工,不可谓之文矣。"② 在中国文学的发展中,对文类、文体进行研究与区分的努力很早便已出现,并持续不断地在进行。曹丕早在他的《典论·论文》中,便将八种文体分为四类,指出它们各自的特点,即"奏议宜雅,书论宜理,铭诔尚实,诗赋欲丽"③。陆机的《文赋》列出了十种文体,即诗、赋、碑、诔、铭、箴、颂、论、奏、说,并指出它们各自所具有的特征,如"诗缘情而绮靡,赋体物而浏亮"④。挚虞的《文章流别论》探讨了各种文体的性质及其源流,所论到的文体包括颂、赋、诗、箴、铭、诔、哀辞、哀策、对问等。在对哀辞的论述中,将其概括为:"哀辞者,诔之流也。……率以施于童殇夭折、不以寿终者。""哀辞之体,以哀痛为主,缘以叹息之辞。"⑤ 到刘勰的《文心雕龙》,对文体的论述可说进入了一个新阶段。《梁书·刘勰传》谓"勰撰文心雕龙五十篇,论古今文体,引而次之"⑥。《文心雕龙》10卷50篇,从卷二《明诗》到卷五《书记》

---

① 〔美〕M. H. 艾布拉姆斯:《文学术语词典》,吴松江主译,北京大学出版社,2009年,第219页。
② (明)徐师曾著,罗根泽校点:《文体明辨序说》,人民文学出版社,1982年,第80页。
③ (魏)曹丕:《典论·论文》,载郭绍虞主编:《中国历代文论选》第一册,上海古籍出版社,1979年,第158页。
④ (晋)陆机:《文赋》,载郭绍虞主编:《中国历代文论选》第一册,上海古籍出版社,1979年,第171页。
⑤ (晋)挚虞:《文章流别论》,载郭绍虞主编:《中国历代文论选》第一册,上海古籍出版社,1979年,第192页。
⑥ 见(南朝梁)刘勰著,范文澜注:《文心雕龙注》,人民文学出版社,1978年,第1页。

共 20 篇为文体论。刘勰将所论分为文与笔:"无韵者笔也,有韵者文也。"①前 10 篇自《明诗》起,依次为《乐府》《诠赋》《颂赞》《祝盟》《铭箴》《诔碑》《哀吊》《杂文》《谐隐》,所谈系"文",即有韵文;后 10 篇为"笔",所谈系无韵文,依次为《史传》《诸子》《论说》《诏策》《檄移》《封禅》《章表》《奏启》《议对》《书记》。对文体的论述成为该书极为重要的部分,"将各种文体囊括无遗,释其名目,述其源流,举其名篇,论其特点"②,其论述影响深远。隋唐以后,对文类、文体的关注一直不断,直到明代而出现文体论的集大成之作,即吴讷的《文章辨体》和徐师曾的《文体明辨》,其中所论述的文学体类远比过去为多。《文章辨体》列出 59 类,《文体明辨》列出 127 类。他们都具有明确的文体意识,认为"文辞以体制为先"③,指出"文章之有体裁,犹宫室之有制度,器皿之有法式"④。由此可见,对文类的重视,在中国文学和文论的发展中,是一以贯之的,它一直延续到五四新文学运动的发展中,延续到中国现当代文学中。

在西方,有如在中国一样,同样很早就开始了对文类的关注。其中尤为引人瞩目的是亚里斯多德在《诗学》中有关文类区分的开创性论述。古希腊文学作品中出现的各种文类引起了亚里斯多德的极大兴趣,《诗学》一开篇在谈到该书的主旨时,就涉及了当时已经出现的各种文类,作者明确指出:"关于诗的艺术本身,它的种类,各种类的特殊功能,各种类有多少成分,这些成分是什么性质……我们都要讨论。"⑤ 在论述中,亚里斯多德列举了古希腊文学出现的诸多文学艺术类型:史诗、悲剧、喜剧、酒神颂、日神颂、双管箫乐、竖琴乐、散文、韵文、戏拟诗、赞美诗、讽刺诗、滑稽诗、叙事诗、萨提洛斯剧、合唱歌、哀歌等。在列述诸多文类的基础上,《诗学》主要讨论其中的悲剧和史诗,对它们进行了细致的分析与研究,并区分了悲剧

---

① (南朝梁)刘勰著,范文澜注:《文心雕龙注》,人民文学出版社,1978 年,第 655 页。
② 王运熙、顾易生主编:《中国文学批评史新编》(第二版)上卷,复旦大学出版社,2010 年,第 69 页。
③ (明)吴讷著,于北山校点:《文章辨体序说》,人民文学出版社,1982 年,第 9 页。
④ (明)徐师曾著,罗根泽校点:《文体明辨序说》,人民文学出版社,1982 年,第 77 页。
⑤ 〔古希腊〕亚里斯多德:《诗学》,罗念生译,人民文学出版社,1982 年,第 3 页。

和史诗诸多的次类型，如将悲剧区分为复杂剧、苦难剧、性格剧、穿插剧等四种类型，①史诗则区分为简单史诗、复杂史诗、"性格"史诗和苦难史诗四种类型。②对于其他的类型也有所述及。

亚里斯多德对于各种文类、文体的分析与探讨，为此后西方对这一问题的研究奠定了基础。此后，在不同时期、不同国家对文类问题依旧关注不断。17世纪法国古典主义理论家布瓦洛的《诗的艺术》一书，全书四章中便有两章论述文学作品的文类。其中第二章论述了次要的种类：牧歌、悲歌、颂歌、商籁、箴铭、循环歌、迭韵律诗、风趣诗、讽刺诗、揶揄调、歌谣。第三章则集中论述了主要的诗体，即悲剧、史诗、喜剧。布瓦洛联系作品，在论述主要的诗体时，对其规律、定义、发展史、范围等都作了较为详尽的阐述。在论述次要种类时也对其各自的特点作了说明，比如，他在谈到颂歌时说："颂歌就比较辉煌，气魄也相当伟大，/ 它尽量飞扬凌厉，英雄气直薄云天，/ 并且还在诗句里时常与天神相见。……"③在论及悲歌时则指出：

> 悲歌格调高一点，但也还不能放肆，
> 它应该如怨如诉，披着长长的丧衣，
> 让头发乱如飞蓬抚着棺木而啼泣。
> 它又描写有情人，曲尽其悲欢离合；
> 对爱侣能嗔、善媚，时而闹，时而讲和。
> 但要想真能表出这种种微妙情怀，
> 单是诗人还不够，要自己真在恋爱。
> ……
> 总之在悲歌体里只有心灵在说话。④

在他看来，各类文类、文体都有其一定之规，不能违背，如果"在一首

---

① 见〔古希腊〕亚里斯多德：《诗学》，罗念生译，人民文学出版社，1982年，第60—61页。
② 同上书，第85页。
③ 〔法〕布瓦洛：《诗的艺术》，任典译，人民文学出版社，2009年，第21页。
④ 同上书，第19—20页。

田园诗中却奏起铙歌鼓吹",那就会"直吓得潘神闻声逃匿到荻芦深处；/水仙们心惊胆战，钻进水不敢露头"①。因而，不同文类、文体应约其所定，这样，才能使各种"诗体各以其所美，来显出它的漂亮"②。

由上可以看出，无论中外，不同国家、不同时期都表现出对文类、文体的关注，并以不同的标准对之进行区分。而随着文学的发展，新的种类又会出现，因而，源源不断形成了文学中的众多种类。其中一些种类相互交叉，一些种类出现了众多的亚类。伴随着众多种类和体裁的出现，以及对它们的不同理解，也出现了种种不同意见："自古至今，关于体裁的定义、种类及其相互间的关系不断发生争论。"③然而，众多种类的划分及其所采用的标准毕竟不能等量齐观。

二、"三分法"与"四分法"

为了从总体上对形形色色的文类有所把握，以在一个更大的视野中统摄多种多样的文体文类，众多研究者很早就尝试从一定的角度对文类作出总体上的区分。在西方，自柏拉图和亚里斯多德的著述问世以来，便出现了一种持久的划分方法，将文学作品划分为抒情诗、史诗或叙事作品、戏剧三类，也即抒情文学、叙事文学和戏剧文学的所谓"三分法"。

"三分法"区分的依据是按照摹仿对象的方式不同而作出的，也就是依据作品中叙述者叙述方式的不同而确定的。柏拉图在《理想国》第三卷中谈到了话语表现的两种不同方式，即纯叙事（diegesis）与模仿（mimesis）。纯叙事的特点是"诗人自己在讲话，没有使我们感到有别人在讲话"，而"模仿"则是诗人竭力创造一种不是他在说话的错觉，他"完全同化于那个故事中的角色……使他自己的声音笑貌像另外一个人，就是模仿他所扮演的那个人"④。亚里斯多德承续了这一区分，在他的《诗学》中提出："假如用同样媒介摹仿同

---

① 〔法〕布瓦洛：《诗的艺术》，任典译，人民文学出版社，2009年，第18页。
② 同上书，第25页。
③ 〔法〕托多罗夫：《文学体裁》，程晓岚译，载《马克思主义文艺理论研究》编辑部编选：《美学文艺学方法论续集》，文化艺术出版社，1987年，第206页。
④ 〔古希腊〕柏拉图：《理想国》，郭斌和、张竹明译，商务印书馆，1986年，第95页。

样对象，既可以像荷马那样，时而用叙述手法，时而叫人物出场，[或化身为人物]，也可以始终不变，用自己的口吻来叙述，还可以使摹仿者用动作来摹仿。"① 所谓"像荷马那样"，在这里指的是史诗或叙事类作品，其中叙述者可以用第一人称，同时让作品中的人物自述。"用自己的口吻来叙述"，针对的是抒情诗，它通常以第一人称，即自己的口吻来叙述。而"使摹仿者用动作来摹仿"则是指戏剧，其中全部由剧中人物来叙述。"古典时期所区分的三类文学形式：抒情诗（lyric）、戏剧（drama），以及史诗（epic）多少个世纪以来一直被视为文学的自然形式"②，长时期成为西方文学创作的基本形式规范。

在柏拉图和亚里斯多德影响下所产生的"三分法"在西方广泛流布，被后继者广为遵循，此后出现的一些类似的划分，均缘于此。托多罗夫指出："公元四世纪，迪奥梅德③在把柏拉图的学说系统化时，提出了下列定义：抒情诗＝只有作者在说话的作品；戏剧＝只有人物在说话的作品；史诗＝作者和人物都有说话权利的作品。"④ 从中可以清楚地看出柏拉图和亚里斯多德的影响。俄国学者巴伊巴科夫在出版于 1774 年的《有益于青年的诗人守则》中提出：

> 诗歌有三类：**叙事类**，没有别人参加，只有诗人一人用诗的格律来讲述，还带有可能的虚构……**戏剧类**，在这类诗中诗人本人似乎什么都没有讲，只是把别人的谈话，或者连同他们的行为、动作和穿着打扮一起，凭着诗人的想象引入诗中；**混合类**，它本身包含叙事的和戏剧的成分，也就是当诗人本人在说话时，其他高谈阔论的人也参加进来。⑤

---

① 〔古希腊〕亚里斯多德：《诗学》，罗念生译，人民文学出版社，1982 年，第 9 页。
② Heta Pyrhönen, "Genre", In David Herman, ed., *The Cambridge Companion to Narrative*. Cambridge: Cambridge University Press, 2007, p. 111.
③ 迪奥梅德（Diomedes），又译为狄俄墨得斯，陈世骧译为奥米底士，系拉丁语语法学家，约生活在公元四世纪下半叶。他写作了关于语法和风格的论文，并曾创作诗歌。
④ 见〔法〕托多罗夫：《文学体裁》，程晓岚译，载《马克思主义文艺理论研究》编辑部编选：《美学文艺学方法论续集》，文化艺术出版社，1987 年，第 210 页。
⑤ 转引自〔俄〕尼古拉耶夫、库里洛夫、格利舒宁：《俄国文艺学史》，刘保瑞译，生活·读书·新知三联书店，1987 年，第 27 页。

尽管《俄国文艺学史》一书的作者认为巴伊巴科夫的这一区分"引用的不是外国产生的,不是借用来的概念,而是来自本民族的词汇"①,但实际上可以看出,这一划分明显受到自亚里斯多德以来"三分法"的影响。尽管不同时代不断有对"三分法"的某些新的阐释和内部调整,甚至对它的某些质疑和挑战,但看来它在西方文论和文学实践中的地位始终是十分稳固的,以致热奈特将这种多少个世纪以来的划分称为"辉煌的三分法"②。可以说,迄今为止,在西方对文类的区分和研究中,亚里斯多德的这一划分标准依然占据主导地位,依然是一个离不开的出发点。

在中国文学史上,文类的众多区分已如前述,而自五四新文学运动以来,文类的区分在借鉴西方传统"三分法"的基础上,结合中国文学自身发展的状况,加以适当补充调整,流行将文学分为诗歌、小说、戏剧、散文的"四分法"。这一区分迄今为止仍有着广泛的影响,被广为采用。③"四分法"的依据不是按照摹仿方式的不同,而主要依据"文学作品的外在形态、语言

---

① 〔俄〕尼古拉耶夫、库里洛夫、格利舒宁:《俄国文艺学史》,刘保瑞译,生活·读书·新知三联书店,1987年,第28页。
② 〔法〕热拉尔·热奈特:《广义文本之导论》,载《热奈特论文集》,史忠义译,百花文艺出版社,2001年,第28页。
③ 在目前许多文学理论的教科书性质的书中,这一区分法仍然被广泛采用。如作为"马克思主义理论研究和建设工程重点教材"的《文学理论》(本书编写组,高等教育出版社、人民出版社2009年版),在"文学作品的体裁"一节中,将文学体裁的主要类型分为诗歌、小说、剧本、散文四类(见该书第184—198页)。在国外一些有影响的中国文学史著作中,有的也采用了这一区分法。如2001年哥伦比亚大学出版社出版的、由梅维恒(Victor H. Mair)主编的《哥伦比亚中国文学史》,就采用了在中国十分流行的"四分法"。该书中译本共1500余页,分为上下卷,共七编,除导论和第一编"基础"、第六编"注疏、批评和解释"、第七编"民间及周边文学"而外,第二到第五编分别为"诗歌""散文""小说""戏剧"。在该书的"序"中,主编梅维恒在谈到这部书的编写初衷时说道:"最理想的状态是,这是一部当所有专家和非专家需要获得中国文学的文学类型、作品文本、人物和运动方面的背景知识时,都能够依靠的一部参考书。""它从中国文学的语言和思想基础开始,然后展开对诗歌、散文、小说、戏剧和文论的讨论,最后是大众文学和周边影响"(见梅维恒主编:《哥伦比亚中国文学史》,马小悟等译,新星出版社,2016年,第vii—viii页)。可见中国的"四分法"在国内外的广泛影响。

运用和表现手法等方面的特征"①。也就是说，它更多关注的是文学作品形式层面的显著特征，由形式层面的特征而进入其内在的文类机制。这两类区分由于所关注的焦点不同，因而形成了两者之间不可避免的差异。"'三分法'着眼于情感体验和艺术表现方式的不同，其划分标准具有'类'的概括性和逻辑性，但忽略了文学作品在语言形式方面的特点，诗歌中的抒情诗与叙事诗就被分割开来。"②可以说两类区分各有长短，"四分法"让人对作品的外在形态一目了然，"三分法"则使人在对作品进行内在的探究与区分时更为有据可依。两者可以形成互为参照、互为补充的局面。

"四分法"对文学作品外在形态关注较多，这自有其合理之处。应该说，外在的语言形态、结构方法等，其意义不可低估。比如，诗歌有其语言、节奏、韵律、段位等方面的诸多特征，可以将诗歌与其他文类在形式上明确区分开来，并立即引起读者不同的阅读期待和反应。乔纳森·卡勒（Jonathan Culler）在其《结构主义诗学》中引述了热奈特在他《辞格二集》中的一段论述，指出：如果把一般平平常常的新闻报道体的文字按抒情诗的格式重新排版，四周留出赫然醒目的大片空白，文字虽一字不动，它们对读者产生的效果却会发生相当大的变化。比如，将一段新闻报道体的文字改作如下安排："昨天在七号公路上／一辆汽车以时速一百公里行驶撞上／一棵法国梧桐。／车内四人全部／丧生。"卡勒就此指出："把上述报道文字写成诗体，读者思想上就会有一种完全不同的阅读期待，这一套程式将决定这段文字该如何阅读，从中应该引出什么样的解释"，这样的解释"与新闻体文字的阐释截然不同，而这些差异只能从读者对抒情诗的阅读期待不同得到解释，从决定符号示义程式的不同得到解释"③。从对作品外在形态的关注，可以明显看出文类体裁规约所显现出的独特意味，它对于作品阅读和文学研究都是一个重要的出发点。

---

① 本书编写组：《文学理论》，高等教育出版社、人民出版社，2009年，第186页。
② 同上。
③ 〔美〕乔纳森·卡勒：《结构主义诗学》，盛宁译，中国社会科学出版社，1991年，第239—240页。

在文类区分的基础上，作为跨文类叙事学研究，诗歌叙事学在确定其研究对象时，有必要对中西文学区分的"三分法"和"四分法"都予以考量。如果要寻找不同文类的相异性，"四分法"在形式层面展现居多。然而，要深入其内在的层面进行分析与探讨，深入文学作品中探究其内涵，其情感来源与表达，叙述主体、抒情主体与文学主体之间的关系，以及进行深入的文本分析等，则参照具有"类"的特征的"三分法"就显得十分必要。而不论是参照"三分法"还是"四分法"，自觉的文类意识在叙事学研究中都是不可或缺的，它既在这一研究的发端中表现出来，也在这一研究的跨文类拓展中展现出来。在探讨叙事学的研究对象与诗歌叙事学的研究对象时我们便可清楚地看到这种情况。

第二节 诗歌叙事学研究的对象

在探讨诗歌叙事学的研究对象之前，首先有必要回顾叙事学的研究对象及其限定，以展现出二者之间的区别及相互之间的关联。

一、叙事学研究的对象与抒情诗

叙事学研究在其形成之初，便明确地指明了它的研究对象。这一研究对象的厘定实际上也成为叙事学理论形成的重要标志之一，这一点在法国学者托多罗夫对叙事学研究的命名中清楚地表现出来。1969年，托多罗夫在《〈十日谈〉语法》中将对小说《十日谈》的探讨命名为"叙事学"（narratologie）研究，并将叙事学定义为"关于叙事作品的科学"[①]。这一对叙事学的最初定义迄今仍为人们所接受，它是一个涵盖最广的定义，是人们思考这一研究的一个重要出发点。此后很长时间，在有关叙事学研究对象的探讨中，托多罗夫的这一最初定义一直铭刻在人们的头脑中，发挥着广泛的影响。杰

---

① Tzvetan Todorov, *Grammaire du "Décaméron"*. The Hague: Mouton, 1969, p. 10.

拉尔德·普林斯（Gerald Prince）在吸取各种看法的基础上，在其《叙事学词典》中对叙事学的研究对象作了进一步的归纳，概而言之，其研究对象包括如下三个相互关联的层面：

  1. 由结构主义所激发（structuralist-inspired）的有关叙事作品的理论。叙事学研究叙事的性质、形式以及功能（不考虑所表现的媒介），并试图描绘出叙事的能力。尤其是考察所有叙事作品并仅仅只有叙事作品（在故事层次、叙事过程层次及其关系之间）所共同拥有的那些特征，同时考察是什么使它们得以相互区分开来，并试图阐释生产与理解叙事作品的能力。……
  2. 将叙事作品作为在时间上组合起来的事件与状态所形成的言语表现样式的研究（热奈特）。在这一有限的意义上，叙事学不考虑故事层次本身（比如，它不试图去构建故事或情节语法），而将关注的焦点集中在故事与叙事文本、叙事过程与叙事文本、故事与叙事过程之间可能存在的关系上。它特别考察了语式、语态与声音问题。
  3. 对（一系列）确定的叙事作品按照叙事学的模式与范畴所进行的研究。①

  在上述普林斯所概括的这三个层面中，每个层面都涉及一个关键词语，即"叙事作品"（narrative），这实际上可以说是与托多罗夫最初的定义即叙事学就是"关于叙事作品的科学"一脉相承的。在这里，将叙事学的研究对象确定为叙事作品或叙事文本，显然是与西方传统的文学三分法相关联的。如此一来，叙事学从一开始便与叙事文本结下了不解之缘，与此同时，也注定了此后相当长的时间内叙事学研究几乎与抒情类作品，尤其是抒情诗歌无缘的命运。而且，这种研究的格局在相当长的时间内一直延续着。
  可以这样说，直至跨入 21 世纪之初，这种研究状况在欧美叙事学界仍

---

① Gerald Prince, *A Dictionary of Narratology*. Revised Edition. Lincoln: University of Nebraska Press, 2003, p. 66.

无明显的改观。2004年，德国学者彼得·霍恩在谈及有关叙事学所涉及的诗歌研究的状况时，明确指出"迄今为止，叙事理论仅仅运用于史诗或叙事诗歌中"①。由此可以看出，作为西方文学三分法的另一重要文类抒情诗歌直到此时尚未进入叙事理论与实践研究的视野。几年之后，到2009年，美国叙事学家布赖恩·麦克黑尔（Brian McHale）在一篇名为《开始思考诗歌中的叙事》的论文中也同样指出，在叙事学多年来卓有成效的研究中，"当代叙事理论对诗歌几乎完全保持沉默。在许多经典的当代叙事理论论著中，在如你此刻正阅读的专业学术期刊（指《叙事》——引者注）中，在诸如'国际叙事学研究会'的学术年会上，诗歌都显而易见地几乎未被提及。即便是那些对叙事理论必不可少的诗歌，也都被倾向于当作虚构散文处理了"②。麦克黑尔在这里所指的诗歌主要是抒情诗歌，因为如叙事诗、史诗这类在形式上仍然属于诗歌的叙事类作品已经或多或少出现在叙事学研究的领域中。但是，对抒情诗的叙事学研究则明显地付之阙如。

抒情诗歌这类数量众多、影响广泛、深受中外读者喜爱的文学作品之所以未成为叙事学的研究对象，显然是由叙事学特定的研究视阈与文类指向所决定的。它形成了长久以来叙事文本在叙事学的研究中一统天下，而中外古今难以计数的抒情诗歌无法进入叙事学研究的领域，不能在叙事学研究中占有一席之地的局面。

随着叙事学研究的领域不断扩大，尤其是在经典叙事学向后经典叙事学的发展中，结构主义叙事学逐渐摆脱其封闭的模式，与其他相关的理论研究相结合，不断有效地延伸它的触角，扩展其研究的范围，新的叙事学研究分支不断出现。伴随着叙事学跨文类研究的发展，文类与文类之间某种封闭的状况逐渐得以打破。在这一跨文类拓展的过程中，一些叙事学研究者在研究实践中意识到，叙事学的理论与方法不见得必须限于叙事文本或叙事作品，

---

① Peter Hühn, "Transgeneric Narratology: Application to Lyric Poetry". In *The Dynamics of Narrative Form: Studies in Anglo-American Narratology*. ed., John Pier, Berlin: Walter de Gruyter, 2004, p. 142.

② Brian McHale, "Beginning to Think about Narrative in Poetry". *Narrative* 17.1 (2009): 11.

它也应该可以将研究的触角伸向除叙事文本之外的其他类型的文学作品，其中包括抒情诗歌这一历来被排除在叙事学研究对象之外的文类。这样一来，跨越叙事类与抒情类作品的叙事学研究在 21 世纪以来，逐渐进入国内外学者的视野，引起了叙事学研究者的兴趣。叙事学研究中叙事文本一统天下的状况终于被打破，诗歌叙事学研究应运而生，从理论到实践都逐渐受到了研究者的关注，并在这一跨文类研究中涌现出越来越值得注意的研究成果。

在对叙事学的研究对象以及这一对象的逐渐扩展作出说明之后，下面将转入对诗歌叙事学研究对象的探讨中。

二、诗歌叙事学的研究对象

伴随着叙事学跨文类研究出现的诗歌叙事学，似乎不言而喻地可以简单地以"诗歌"作为其研究对象。然而，事情并非如此简单，需要作进一步的辨析。前面提及中西文学类型的"三分法"和"四分法"。自亚里斯多德以降的西方"三分法"，主要根据作品中的叙述者，把所有文学作品划分为三大类：抒情诗，史诗或叙事作品，戏剧。[①] 如果仅就诗歌叙事学所要探讨的"诗歌"而言，上述"三分法"中的每一类都包含了诗歌。抒情诗和史诗毋庸赘言，形式上都属于诗歌；戏剧就形式而言，大量的西方戏剧文本也往往以诗体，即所谓素体诗（blank verse）的形式出现。如果仅仅以是否属于诗歌来确定诗歌叙事学的研究对象的话，那么，它在很大程度上便难以与已有的叙事学研究及其对象进行区分，也难以凸显诗歌叙事学这一跨文类叙事学研究在方法和对象上的独特性。因而，诗歌叙事学的研究对象还不能简单地以"诗歌"划界，至少不能简单地以之作为唯一的标准。

为了将诗歌叙事学与叙事学研究加以区隔，需要在上述区分的基础上，首先从叙事学研究的视野来透视研究对象。如前所述，上述区分中的大多数类型均可涵盖在叙事学的研究范围内。但是，在抒情诗，史诗或叙事作品，戏剧这三类区分中，抒情诗（lyric）一直是被排除在叙事学研究对象范围之

---

① 见〔美〕M. H. 艾布拉姆斯：《文学术语词典》，吴松江主译，北京大学出版社，2009 年，第 217 页。

外的。抒情诗以抒发种种情感为圭臬，这种情感可以缘人、缘事而发，但它却并不注重对人与事进行更多的描述，而以诉诸情感的倾诉为主。抒情诗"在大多数时候是用来代表由单个抒情人的话语构成的任何短小的诗歌，这一单个抒情人表达了一种思想状态或领悟、思考和感知的过程。许多抒情人被表现为在隐居孤寂中独自沉思冥想"[①]。应该说，诗歌叙事学所要研究的，恰恰便是这类被传统叙事学研究排除在外的不以叙事为要、与叙事文本有别的抒情文本，这就使它与一般的叙事学研究对象区隔开来。

与此同时，从形式上说来同样属于诗歌的其他的诗歌类别，如史诗、叙事诗这类叙事文本，是否应该纳入诗歌叙事学的研究范围呢？这些作为叙事文本的诗歌本身明显具有强叙事的要素，传统的叙事学研究的理论与方法对它们几乎完全适用，对它们的研究实际上已经被置于叙事学研究固有的范畴之内，尽管对它们的关注十分有限，或者如前面麦克黑尔所言，是倾向于将它们"当作虚构散文处理"。因而，在诗歌叙事学研究中，这类诗歌仍可纳入研究的范围，但显然不是诗歌叙事学研究的主要关注对象。而且，在将这些同样属于诗歌的史诗、叙事诗等叙事文本归入诗歌叙事学的研究范围之内时，应该更多地考虑研究的关注点，考虑这些以诗歌形式出现的叙事文本与通常以虚构散文形式出现的叙事文本之间的某些异同。

在目前国内外的研究中，对抒情诗进行叙事学研究，已被广为认可属于叙事学的跨文类研究。"诗歌叙事学"这一名称在国内的叙事学研究中已被广泛接受，而在国外的跨文类叙事学研究中，至少在欧美的跨文类叙事学研究中，却并未出现与这一中文名称相对应的名称。换句话说，"诗歌叙事学"实际上是一个属于中文语境的名称。在国外叙事学界，尤其是欧美叙事学界，通常是以"抒情诗叙事学研究"（narratological study of lyric poetry）、"抒情诗叙事分析"（narratological analysis of lyric poetry）或"诗歌叙事理论"（theory of narrative in poetry）等来指称这一叙事学的跨文类研究。很明显，这是西方文类"三分法"影响的必然结果。而我们明确地运用"诗歌

[①] 〔美〕M. H. 艾布拉姆斯：《文学术语词典》，吴松江主译，北京大学出版社，2009 年，第 293 页。

叙事学"这一名称，也与中国文学研究中对文类所做的诗歌、小说、戏剧、散文的"四分法"有着内在的关联。对于中国的研究者而言，我们完全可以使用"诗歌叙事学"这一用语，但在使用的同时，有必要了解国外叙事学界的情况，了解其不使用与这一中文术语相对应的术语的原因。这样，才能对"诗歌叙事学"的基本含义及其主要的研究对象有更为明确的认识，也使我们在构建具有中国意义的诗歌叙事学理论中目标更为明确，在实践分析和研究中更有针对性。

综上而言，可以明确指出，诗歌叙事学研究的主要对象是抒情诗歌，与此同时，诗歌叙事学也可研究以诗歌形式出现的其他类型的诗歌，包括叙事诗。而在进行这两类不同诗歌的研究时，其关注点自然是有所不同的，比如，在对后者的研究中，可以更为关注诸如以诗歌形式展开的叙事与以非诗歌形式展开的叙事在叙事方式上的差别，诗歌叙事文本与诗歌抒情文本在构成、形式等方面的异同，两者在所产生的艺术效果、对读者的影响等方面的差异，不同种类的诗歌文本具有何种独特的叙事动力，何种独特的时间、空间展现，等等。在这样的基础上确定诗歌叙事学的研究对象，便可有主有次，既突出了在传统的叙事学研究中被忽视和排除在外的对象——抒情诗歌，也顾及了同属诗歌这一文学种类的叙事诗等，使诗歌叙事学的研究对象具有更大的包容性和适用性。本书的研究基本上限于抒情诗歌，做此选择的原因在本书导言中已作了说明，此处不赘。

在确定了诗歌叙事学的研究对象之后，我们就有必要对这一研究的基础及其可行性展开探讨。

第三节 诗歌叙事学研究的基础与可行性

一 叙事学与诗歌研究的结盟

作为跨文类叙事学研究，诗歌叙事学与其说是构建一种全新的理论，不如说是采用一种新的理论研究视角，来对原先未曾纳入其视野的研究对象进行分析与研究。可以说，它是叙事学与诗歌研究的有益结合或"结盟"，是对叙事学原有研究对象的有效调适，目的在于突破固有的理论束缚与文本实践的限制，展现出在新的理论与实践相结合基础上的新探究，从而嫁接出一个新的研究领域。基于此，便不难理解，叙事学的一系列相关基本概念和研究方法并未在诗歌叙事学研究中失效，相反，叙事学的基本原则、概念与方法，以及这一研究所具有的优势和长处都将在诗歌叙事学研究中体现出来，并在叙事学与诗歌研究相嫁接中显现出新的生命力。

自然，诗歌叙事学不等于叙事学，嫁接出的分支与母本毕竟有所不同。这里不是对叙事学理论的简单袭用，而是在跨文类叙事学研究的语境下，发生新的"转向"与创造性变形，从而生成新的诗歌叙事学理论。作为叙事学研究的扩展，诗歌叙事学与叙事学具有同源关系，但二者不是一回事。因此，需要在对它们进行辨析并寻找二者异同的基础上，来探讨与叙事学既相关联又有区别的诗歌叙事学的学理基础及其合理性与可行性。这样，才能为一系列突破原有限制的研究方法和手段找到合理的理论依据，为新的研究路径的开拓扫清道路，使这一跨文类研究得以有效地进行，并充分发挥它的优势，弥补已有研究的缺失与不足，取得在传统的叙事学研究中无法获取的成果，为诗歌叙事学研究打下坚实的基础。

在这里，首先遇到的问题便是，作为一种新的理论透视，一种新的研究实践，原来主要用于对叙事文本进行分析和研究的叙事学理论，能够在多大程度上适用于对诗歌，尤其是抒情诗歌的分析和研究。具体而言，可否将主要是"关于叙述、叙事文本、形象、事象、事件以及'讲述故事'的文化产品的一整套理论"[①] 运用于不以"讲述故事"为主要诉求的抒情文本的研究。针对特定文类进行研究的理论可否针对其他不同的文类进行有效的研究，并产生有意义的研究成果。换句话说，诗歌叙事学研究可以在多大程度上承续叙事学研究的理论资源，它如何既与叙事学理论相互关联、互为补充，又如何能与之区隔，走出属于自己的理论与实践相结合的路径。

---

① 〔荷〕米克·巴尔:《叙述学：叙事理论导论》（第三版），谭君强译，北京师范大学出版社，2014年，第1页。

对于这个问题的回答，不妨考虑美国叙事学家戴维·赫尔曼在回答如何看待复数的后经典叙事学之间的相互关系时所提出的建议。赫尔曼针对后经典叙事学的语境与其多重分支之间的相互关系，以及当代叙事理论所具有的特征，提出了他的具体建议："我建议叙事理论家可以首先并置新方法对于叙事现象的描述（叙述、视角、人物等），接着检验这些描述的重合面，然后再探讨在那些不重合的描述面上，这些新方法在多大程度上可以互为补充，由此绘制各种后经典方法之间相互关系的图式。"① 这是一个颇具建设性的建议，在构建诗歌叙事学这样的新的研究领域时同样适用。诗歌叙事学与叙事学究竟在哪些方面重合，哪些方面不重合，即便重合相互有何不同，即便不重合相互之间又有何关联，这显然都是很有价值的关注点。因而，我们可以参考赫尔曼的建议，对诗歌叙事学的学理基础和可行性进行探讨。

二、诗歌叙事学研究的可行性

前面提到诗歌叙事学是叙事学与诗歌研究的结盟。这里的诗歌研究主要指对抒情诗的研究。人们可能会问，将主要针对叙事文本进行研究的叙事学理论运用于对抒情文本的研究，将主要研究表现故事讲述的叙事文本的叙事理论运用于主要表现情感抒发的抒情文本的研究，是否可行，换句话说，诗歌叙事学研究的基础及其可行性何在，这无疑是需要首先回答的问题。对这一问题的回答关系到叙事与抒情、事件与情感、叙述者与抒情人、叙述交流等一系列基本问题。对此，我们可从以下几个方面进行认真细致的思考和辨析，给予回答。

第一，从人类的认知活动来看，叙事与抒情既有区别，又有着密切的联系，二者相辅相成，缺一不可；从文学作品的实践来看，抒情与叙事从内容到形式往往相互关联，从未被完全割裂。

叙事与抒情是人类基本的认知活动，人类社会每时每刻都在叙事，无论作为个人，还是作为集体，这样的叙事都是与情感伴随在一起的。从某种意

---

① 尚必武：《叙事学研究的新发展——戴维·赫尔曼访谈录》，《外国文学》2009 年第 5 期。

义上说，人类的叙事都是从情感出发、基于情感并受制于情感的，其表现无所不在。当这种情感贯穿在作品中时，"情感系统不仅制约着目标，而且也制约故事发展的方式，制约主人公所做或遭遇的事情的种类，以及如何开始追求目标的轨迹，什么算是解决的结局，等等"[①]。这种情感的表现凝聚在作品中，可以据此外化为叙事。另一方面，人作为具有强烈情感的个体，自觉不自觉地表达自己的情感几乎是一种本能。以各种方式向特定对象表达自身的情感，抒发个人的情怀，这种表达或抒发，从本质上说，本身就是一种叙事，或可称为情感叙事或激情叙事。在这两种既有程度上的差别，又有关联有所侧重的情况下产生的创作活动，往往会形成不同类型的文学作品，从大的方面来说，主要可归为叙事文本与抒情文本。

在中外古今丰富的文学创作实践中，无论从"三分法"还是"四分法"的区分类别出发，抒情文本与叙事文本都各有其明显的特征，本质上不会被混为一谈。然而，与此同时，无论中外，这两种文类不管在形式上还是内容上又都有其相互融通和交叉之处。

从形式上说，中国古典小说中历来就有诗歌，包括抒情诗歌与小说的融通，其中的"诗曰""有诗为证"不时可以见到；中国古典戏剧中同样以大量诗、词、曲的形式与对白融而为一。在世界范围内，文类的融通同样广泛存在，小说类的叙事作品中出现诗歌不说，大量的戏剧作品也往往以诗体，即所谓素体诗的形式出现。日本文学中的伟大作品，11世纪初紫式部创作的长篇小说《源氏物语》，其中便穿插着近800首五行短歌式的和歌，还穿插着许多日本诗歌和中国诗歌的典故。[②]但丁的处女作兼成名作《新生》，开文艺复兴抒情诗的先河，它散、韵结合，涵盖31首抒情诗，以散文将这些抒情诗歌连缀为一体，抒情与叙事相融，抒写了抒情人对自己的恋人贝亚特丽齐的爱慕，以及恋人故去之后自己深深的悲痛之情。莎士比亚的戏剧大多

[①] Patrick Colm Hogan, *Affective Narratology: The Emotional Structure of Stories*. Lincoln and London: University of Nebraska Press, 2011, p. 2.

[②] 见〔美〕厄尔·迈纳：《比较诗学》，王宇根、宋伟杰等译，中央编译出版社，1998年，第38页。

以素体诗，即无韵诗的形式写成。弥尔顿、华兹华斯，直至托马斯·艾略特的叙事性作品中都不乏素体诗的形式。歌德的巨著《浮士德》本身是一部五幕诗剧……此类情况可说不胜枚举。

在内容上，抒情与叙事也未完全割裂开来。以表现在作品的具体构成即文本和话语来说，无论是抒情文本还是叙事文本，都有可能在同一文本的话语构成中在不同程度上涵盖抒情与叙事的话语成分。也就是说，在叙事文本中涵盖抒情的话语成分，在抒情文本中涵盖叙事的话语成分，这可以说是文学表现的常态，只不过就其整体表现而言，前者以叙事为主，后者以抒情为主。因而，文类的划分不是绝对而是相对的，属于某一文类的作品并不与其他文类绝缘。就抒情诗歌而言，"在所有的历史时期，在众多语言的抒情诗中，都包含着叙事的层面，存在着这样那样形式的叙事性"[①]。我们从孟浩然的抒情诗《过故人庄》中，便可以感受到其中所蕴含的叙事性：

> 故人具鸡黍，邀我至田家。
> 绿树村边合，青山郭外斜。
> 开筵面场圃，把酒话桑麻。
> 待到重阳日，还来就菊花。[②]

这里，诗歌在一种恬然的氛围中，表现出人与事、情与景相互融通的画面，并具有某种在时间与因果关系中得以延续的事件与故事的因素。而在华兹华斯的《孤独的收割者》中，可以从抒情人的话语中推测出，他邂逅了一位姑娘，一边收割一边歌唱；他停下脚步，聆听，思索，而后继续爬山。由此可见，"即使在许多抒情诗歌中，也存在蕴含的叙事成分"[③]。从中外古今大量文

---

① H. J. G. du Plooy, "Narratology and the Study of Lyric Poetry". In *Literator: Journal of Literary Criticism, Comparative Linguistics and Literary Studies*. 31.3 (2010).
② （唐）孟浩然：《过故人庄》，载中国社会科学院文学研究所编：《唐诗选》上，人民文学出版社，1978年，第63页。
③ 〔美〕M. H. 艾布拉姆斯：《文学术语词典》，吴松江主译，北京大学出版社，2009年，第347页。

学实践本身存在文类与文类的跨越性来说，在对这些对象本身的研究中，实际上便提供了跨文类研究的可能性。既然不同的文类可以有机地关联在一起，那么，也就有可能在针对具体的对象时实现不同研究方法的交叉与互补，以更为有效地对文本进行阐释与分析。

另一方面，不同种类的文学作品，不同类别的艺术产品，各有其独特性。而在各显其相互之间差异和独特性的同时，在许多方面又都拥有其作为文学艺术作品的相同、相似的特质。这种相似性，在理论研究与方法上也同样表现出来。任何一种文学理论，都有其自身固有的理论话语和特定的术语，显示出其独特性和特定的理论面向；与此同时，它们也具有某些共同性。从本质上说，一种涉及对特定文学艺术对象进行研究的理论，往往兼有对其他相关对象进行研究的可能性，至少具有部分的相关性。这种情况，对叙事学理论这种在研究对象上更具包容性的理论显得更为明显。除适用于对各类叙事文本的研究而外，它也可以具有对其他对象包括抒情文本作研究的可能性，更何况叙事文本与抒情文本相互之间存在着密切联系。因而，以叙事学理论，至少是这一理论中的某些相关概念与方法对抒情文本进行分析与研究应该是可行的，不失其合理性与有效性。自然，这并不意味着可以不分青红皂白，直接借用、沿用或套用叙事学理论进行诗歌叙事学研究。更为可行的方法应该是在针对有所不同的研究对象进行分析和研究时，在理论上、概念上作必要的更新与调整，以使之能更为合理、恰切、有说服力地对新的不同类型的对象进行分析与阐释。

第二，无论在诗人的创作，还是读者对诗歌的欣赏与解读中，都不会将抒情与叙事二者完全割裂开来。

诗缘情而发，一如《毛诗序》所言："诗者，志之所之也，在心为志，发言为诗。情动于中，而形于言。"[①] 然而，促使"情动于中"与"志之所之"者，系源自人们所经历的日常生活的人与事、情与景，或萦绕于内心的诸般景象。可以说，世间万事万物，皆可注入心头，化而为诗。华兹华斯在其为

---

① （汉）毛亨传，（汉）郑玄笺，（唐）孔颖达疏，（唐）陆德明音释：《毛诗注疏》上，上海古籍出版社，2013年，第6—7页。

《抒情歌谣集》所写的"序言"中曾这样说：

> 诗的主要目的，是在选择日常生活里的事件和情节，自始至终竭力采用人们真正使用的语言来加以叙述或描写，同时在这些事件和情节上加上一些想象的光彩，使日常的东西在不平常的状态下呈现在心灵面前；最重要的是从这些事件和情节中真实地而非虚浮地探索我们的天性的根本规律——主要是关于我们在心情振奋的时候如何把各个观念联系起来的方式，这样就使这些事件和情节显得富有趣味。①

显然，"日常生活里的事件和情节"，是抒情诗人所经历的，与抒情诗人不可分离。元代学者陈绎曾在论汉赋的写作之法时曾论及"抒情"，他将"抒情"概括为"抒其真情，以发事端"②。鲁迅在谈及诗歌时，也谈到了情感与事端之间的关系。他肯定了诗歌以抒情为主，但与此同时，其中也免不了"事"："诗人感物，发为歌吟，吟已感漓，其事随讫。"③ 由此可见，在抒情诗中，情与事无可隔离，叙事与抒情并不呈现出一种相互隔绝的状态。这种情况在中国诗歌的源头《诗经》中就有明显的表现。在世界其他国家的诗歌中，尤其是早期的诗歌中也不例外。英国哲学家赫伯特·斯宾塞（Herbert Spencer）在其《第一原理》（*First Principle*，1862）中甚至提出所谓最低级文化的诗是一种"不分体"（undifferentiated）的诗的说法，也就是说那时候的诗，还没有形成诗的类别，而是综合抒情、叙事及戏曲等要素于每一种作品里，虽则综合得不很明显。④ "不分体"之说显得过于绝对，即便证之于所谓最低级文化的诗歌的实际状况也未必完全吻合。德国艺术史家格罗塞（Ernst Grosse，1862—1927）不赞同斯宾塞的上述看法，但在不赞成的同时，

---

① 〔英〕华兹华斯：《〈抒情歌谣集〉1800版序言》，曹葆华译，载伍蠡甫主编：《西方文论选》下卷，上海译文出版社，1979年，第5页。
② （元）陈绎曾：《文章欧冶（文筌）》，载王水照编：《历代文话》第二册，复旦大学出版社，2007年，第1282页。
③ 鲁迅：《汉文学史纲要》，载《鲁迅全集》卷8，人民文学出版社，1957年，第255页。
④ 参见〔德〕格罗塞：《艺术的起源》，蔡慕晖译，商务印书馆，2019年，第175页。

他也意识到,"我们不能不承认原始民族的抒情诗含有许多叙事的元素,他们的叙事诗也时常带有抒情或戏曲的性质"①。由此可见,在所谓最低级文化中,在原始民族的诗歌中,抒情与叙事的融通不仅已经呈现出来,而且几乎是不可分的。表现在诗歌中的这种情与事无可隔离,叙事与抒情并非相互隔绝的状况,自然值得引起人们注意。而这一状况也意味着诗歌的欣赏者不仅无意于也不可能将二者分离开来。

当然,反过来说,上述状况也并不表明"情"与"事"二者不存在区别,也不意味着侧重于抒情或侧重于叙事的作品可以不作区别,可以不对诗歌的不同类别进行区分。②中外诗歌都有众多的种类,其中的叙事诗与抒情诗可以说是两类大的基本区分。从形式上来说,前者通常篇幅较长,因为其中更多的包含着"故事"讲述,比如,"代表汉代乐府民歌发展的最高峰"③的中国古典叙事诗《孔雀东南飞》(《古诗为焦仲卿妻作》),清人沈归愚(德潜)在其编撰的《古诗源》中按曰:"共一千七百八十五字,古今第一首长诗也。淋淋漓漓,反反覆覆。"④南北朝时的《木兰辞》,唐代白居易的《长恨歌》《琵琶行》,以及韦庄的《秦妇吟》等也都具较长的篇幅。这些叙事诗都是广为人知的名篇。实际上,就篇幅而言,中国古代第一长诗应是载于南宋笔记小说《鬼董》卷一、标为王氏女作的《妾薄命叹》,计2534字。⑤该

---

① 〔德〕格罗塞:《艺术的起源》,蔡慕晖译,商务印书馆,2019年,第176页。
② 格罗塞在其《艺术的起源》(1894)一书中,研究了原始民族的诗歌,指出:"在我们研究所及的最低级的文化里,我们发见他们的重要的诗也都和高级文明的诗一样有着独立的和特殊的形式。"换句话说,最低级文化中诗歌也不是"不分体"的诗歌,而具有自己独立和特殊的形式。(参见〔德〕格罗塞:《艺术的起源》,蔡慕晖译,商务印书馆,2019年,第175—176页。)
③ 中国社会科学院文学研究所中国文学史编写组编写:《中国文学史》一,人民文学出版社,1979年,第169页。
④ (清)沈德潜选:《古诗源》,中华书局,2006年,第76页。
⑤ 钱锺书在其手稿集《容安馆札记》第789则中曾说道:"按皮相之徒侈称《秦妇吟》篇幅之长冠冕古诗,以余睹记所及,宋人《鬼董》卷一载王氏女《妾薄命叹》……都二千五百三十四字。……端己之作,不足一千七百言,瞠乎后矣。"(见钱锺书:《钱锺书手稿集·容安馆札记》3,商务印书馆,2003年,第2488—2489页。)

诗以王氏女叙说自己被同郡凌生纳为妾而为凌妻所妒造成的悲惨经历。至于国外的叙事诗歌大多篇幅更长，古希腊的荷马史诗便开创了这类长篇巨制的叙事诗歌的代表，在以后世界各国各民族的众多诗篇中也不乏令人印象深刻的长篇叙事诗，比如俄国诗人普希金的叙事诗《高加索俘虏》《茨冈人》《铜骑士》等，篇幅更长的《叶甫盖尼·奥涅金》更被冠之以"诗体长篇小说"（novel in verse; роман в стихах）①之名。

按前述艾布拉姆斯所言，抒情诗是"由单个抒情人的话语构成的任何短小的诗歌"。叙事诗则应为包括事件讲述，也即包含故事叙述的诗歌。但无论是叙事诗还是抒情诗，这都是就其主导方面而言的，叙事诗中包含着抒情，或抒情诗中蕴含着叙事，在中外诗歌中都不是个别的现象。抒情与叙事，或叙事与抒情，二者相互融合的情况比比皆是，而这丝毫不影响其作为优美的诗歌而存在。比如，屈原的《离骚》，作为一首长篇抒情诗，其中就"有一些抒情段落深植于一叙述架构（narrative framework）中"②。前述中国古代第一长诗《妾薄命叹》借王氏女"语所苦"，在展现自己的悲惨命运时反复抒发内心的情感和心志，饱含浓重的抒情意味，可以视为一部抒情叙事长诗。在英国诗人拜伦的长诗《唐璜》中，抒情与叙事亦明显地融为一体，就其故事的情节线索而言，无论看起来显得如何松散，它仍然在主体上具有"事件的统一系统"，各个主要事件之间具有时间的因果联系。与此同时，它又穿插着大量与故事若即若离、甚或完全游离于故事之外的抒情、讽刺、评论等诗句，它们既围绕着故事而出现，却又往往与故事线索相平行，或与故事无直接联系，因而，将《唐璜》看作抒情叙事长诗应该更为合理。荷马史诗作为篇幅宏大的长篇叙事诗，以恢宏的气魄描绘了英雄的战斗，以及战争结束之后回归途中所经历的重重险阻。然而，史诗中也散落着不少让人情动的抒情笔触，比如在《伊利亚特》第六卷的145—149行中，出现了"时代

---

① 〔俄〕德·斯·米尔斯基:《俄国文学史》上卷，刘文飞译，人民出版社，2013年，第121页。
② 〔美〕高友工:《中国叙述传统中的抒情境界——〈红楼梦〉与〈儒林外史〉读法》，载浦安迪:《中国叙事学》，北京大学出版社，2018年，第264—265页。

如落叶"这样的咏叹：

> 豪迈的狄奥墨得斯，你何必问我的家世？
> 正如树叶荣枯，人类的世代也如此，
> 秋风将枯叶撒落一地，春天来到，
> 林中又会滋发许多新的绿叶，
> 人类也如是，一代出生一代凋谢。①

这样的咏叹，与猛火雷霆般的战斗、与英雄们不惧死生的豪情融合、并列在一起，大大增添了史诗的色彩。

再如1798年出版的、收集了华兹华斯与柯勒律治两位诗人几十首诗的《抒情歌谣集》(*Lyrical Ballads*)，从标题到内容都是抒情与叙事的完美结合。华兹华斯在该书1800年版的"序言"中，明确提到："诗是强烈情感的自然流露。"②诗歌中所蕴含的这种强烈情感，人们可以在诗集中的几十首诗歌中明显地感受到，也可从诗集的题名中一眼看出来。诗集既冠以"抒情"(lyrical)，而同时伴随它出现的是"歌谣"(ballad)。"歌谣"又称民谣，它流行于民间，"是一种口头流传、讲述故事的歌谣。因而它属于叙事类民歌"③。华兹华斯与柯勒律治都深受民间歌谣的影响，这种影响融于其诗歌的创作中，使它们带有源自民间的民谣成分，同时强烈的情感又贯注其中。华兹华斯在这部诗集中探索人生与自然关系的名篇《丁登寺》便是如此，柯勒律治的《古舟子咏》更是一部融会了强烈情感，又带有浓厚神秘意味的叙事长诗。诸如此类融抒情与叙事为一炉的诗歌同样可以进行叙事学视野下的分析与研究。

---

① 《伊利亚特·世代如落叶》，载《古希腊抒情诗选》，水建馥译，人民文学出版社，1988年，第3页。
② 〔英〕华兹华斯：《〈抒情歌谣集〉1800版序言》，曹葆华译，载伍蠡甫主编：《西方文论选》下卷，上海译文出版社，1979年，第17页。
③ 〔美〕M. H. 艾布拉姆斯：《文学术语词典》，吴松江主译，北京大学出版社，2009年，第37页。

在大量篇幅短小的中国古典诗歌中，情况也不例外。相较于西方而言，中国可以说是一个有着悠久抒情诗歌传统的国度。"中国早期的诗歌，自《诗经》和《楚辞》开始，一向便都是以抒情为主的"①，这一传统源自中国诗歌的源头，且经久不绝。然而，在这样的抒情传统中，抒情与叙事同样并未隔绝，其中大量抒情诗歌融合了叙事的因素。在这样的诗篇中，可以触景生情，可以睹物伤情，可以因各种因缘而产生一时的悲欢离合，不一而足。在那些具有一定叙事成分的抒情诗中，这样的"事"不时可以看到，它隐约而现，并不以其完整示人，但正是在这些闪烁其间的"事"的激发下，诗人情感的激流汩汩流淌。在杜甫的《茅屋为秋风所破歌》中，抒情主人公发出了让人情动的呼唤："安得广厦千万间，大庇天下寒士俱欢颜，风雨不动安如山！呜呼！何时眼前突兀见此屋，吾庐独破受冻死亦足。"它显示了抒情主人公的宽广情怀，而这样的情感正是缘诗歌此前所发生的一系列事件而发出的，与这些"事"有直接的情感关联。再如他的另一首诗《赠卫八处士》：

　　人生不相见，动如参与商。今夕复何夕，共此灯烛光。少壮能几时？鬓发各已苍！访旧半为鬼，惊呼热中肠。焉知二十载，重上君子堂。昔别君未婚，儿女忽成行。怡然敬父执，问我来何方。问答乃未已，驱儿罗酒浆。夜雨剪春韭，新炊间黄粱。主称会面难，一举累十觞。十觞亦不醉，感子故意长。明日隔山岳，世事两茫茫。②

很明显，抒情主人公在这里并不是要叙说一个曾经发生过的"故事"，而是要借曾有之事倾诉衷肠，人生易逝，故友情长。尽管我们不难从诗中大体揣摩所发生之事，并将它们关联起来，但这在诗歌分析、欣赏与解读中并无重要意义，它与在叙事分析中从叙事与戏剧类作品中去恢复故事的本来状况不可同日而语。

---

① 叶嘉莹：《迦陵论诗丛稿》，河北教育出版社，1997年，第32页。
② （唐）杜甫：《赠卫八处士》，载中国社会科学院文学研究所编：《唐诗选》上，人民文学出版社，1978年，第262—263页。

有些抒情诗歌表面上看来似乎并无明显的叙事因素，细究下来并非如此。李白脍炙人口的《静夜思》："床前明月光，疑是地上霜，举头望明月，低头思故乡。"在这短短的诗行中，浓烈的思乡情怀触手可及。在这里，严格说来，并没有发生任何"故事"意义上的事件，也没有出现由故事事件所引起的状态的改变。诗中所呈现的只是抒情人透过文本最后展现出来的"低头思故乡"的情怀，这样的思乡情怀引起了读者的强烈共鸣。然而，引起读者强烈共鸣的绝不只是在吟及"低头思故乡"一语时，而是伴随在整首诗歌展开的过程中。从抒情文本中，读者可以一步步体味到抒情人思绪有一个发生、发展、变化的过程。这并非伴随着事件的变化而出现，却依然有与事件变化相平行的内在的变化过程。它由外界的物事所触发，引起抒情主人公思绪、情怀伴随着这样一个过程而发生变化，直到最后"低头思故乡"而达到高潮。在抒情文本中，可以表现出与故事事件变化相平行的内在变化过程，存在着与抒情人思绪变化相平行的叙事逻辑，这一叙事逻辑与时间先后顺序相吻合。这一点可以从诗歌的一一展现中看得很清楚：由眼前的月光，到充满想象的疑为遍布大地的严霜，由地上的严霜，不由自主地伸向天边发出银光的明月，禁不住低头思念自己的故乡。这一按时间先后表现出来的叙事逻辑，在某种意义上可以与构成"故事"的"素材"相匹配。在叙事文本中，"素材（fabula）是按逻辑和时间先后顺序串联起来的一系列由行为者所引起或经历的事件"①。诗歌中似乎看不出"由行为者所引起或经历的事件"，也就是前述抒情文本中没有发生"故事"意义上的事件，但却存在着与构成"故事"的"素材"相匹配的叙事逻辑，这一叙事逻辑与抒情人的情感变化相吻合。在《静夜思》中，抒情人的思绪在睹物思情中发生着变化，其思想状况处于变动之中，这一精神、心理上的变化仍可看作为"从一种状况到另一种状况的转变"。

第三，从发生学的角度来说，情感的发生并非无迹可循，它有其内在产生、发展、变化的过程。这样一个过程，既表现在诗人由情感的触发而创

---

① 〔荷〕米克·巴尔：《叙述学：叙事理论导论》（第三版），谭君强译，北京师范大学出版社，2014年，第3页。

作出抒情诗歌的过程中，也表现在抒情诗歌本身透过抒情人所展现的情感体验中。

  任何文学作品的创作，都离不开情感，优秀的文学作品可以说是情感升华的产物。诗歌，尤其是抒情诗歌，更与情感存在着不解之缘。诗人艾青说过："作为诗，感情的要求要更集中，更强烈；换句话说，对于诗，诉诸于情绪的成分要更重。"① 然而，这样的情感不是毫无由头的，也不是随兴随灭、毫无规律可循的。艾青谈到，激起我们情绪的，经常是新鲜的事物，是那些把我们从半睡眠的意识里惊醒起来的事物。比如，在经历了长期的灰暗的冬天之后，忽然，一天早晨，发现金色的阳光照射在窗户上，我们就会高兴：晴朗的春天来了。这便是不同一般的感觉，"这种感觉会使我们产生一种力量。这种被外界的事物所唤起的新的情绪，常常是诗的情绪，这种新的情绪，对诗的创作来说，是最可宝贵的东西"②。而在这样的情绪催生之下所产生的诗歌，大体上也预示了它运行的轨迹，预示了抒情人在诗中的情感表现。美国学者帕特里克·科尔姆·霍根（Patrick Colm Hogan）在《情感叙事学：故事的情感结构》一书中探讨了叙事文本中故事的情感结构。在他看来，故事结构，甚至故事构成成分的定义都是与激情不可分割的。归根结底，"故事结构从根本上由我们的情感系统形成并由之定向"③。在他看来，表现在作品中的情感的重要性几乎到了无孔不入的地步："情感如同叙事模式的根基一样，它成为各个独特的故事中反复展开的要素的基础。"④ 这样的情感，包括激情透过创作叙事文本的作者，也透过作者的代言人叙述者以及叙事文本本身表现出来，对于叙事文本产生重要的影响，并与其构成和发展休戚相关。而抒情诗歌本身便是情感的产物，它对情感的依赖显然胜过叙事文本，因而，情感对诗人和抒情文本的影响自然也表现得更为广泛而深刻。

---

① 艾青：《诗与感情》，《文艺学习》1954 年创刊号。
② 同上。
③ See Patrick Colm Hogan, *Affective Narratology: The Emotional Structure of Stories*. Lincoln and London: University of Nebraska Press, 2011, p. 1.
④ Patrick Colm Hogan, *Affective Narratology: The Emotional Structure of Stories*. Lincoln and London: University of Nebraska Press, 2011, p. 9.

在叙事作品中，作为故事讲述人的叙述者，更多叙说的是外在的对象，外在的人与事，尽管其中也可融合叙述者自身的经历与感受，尤其是在第一人称叙述者"我"的叙述中，但它毕竟以描述由行为者所引起和经历的外在事件发生、发展、变化的过程，即展示"故事"为主，因而，叙事文本中的叙述主体与文学主体，即文本的叙述者与作品的创造者需要严格地区分开来。抒情诗中的抒情人虽然也可以他者的身份出现，但更多展现的是一个具有自反性（self-reflexivity）的抒情人，这一自反性抒情人与诗人本身有着更为密切的联系，这样一来，诗歌中所表现的情感也就与诗人本身有更多的关联。在许多情况下，抒情文本中的抒情人甚至往往被目为作为文学主体的诗人自身，他们之间的情感有时会融为一体，浓得化不开。

就表现在诗歌中的情感而言，我们可以将这样的情感与叙事文本中所表现的"事件"相比照。在叙事文本中，故事是由事件的参与者所引起或经历的一系列合乎逻辑的并按时间先后顺序重新构造的一系列被描述的事件。抒情诗中尽管也会有"事"时隐时现，但这样的"事"往往为促发情感而生，它并不构成抒情诗中的主体部分，它的主体部分在于与事相伴的情而不在事。然而，抒情文本中的情感，可在与上述叙事文本中的事件相对照的基础上来看待。

在抒情文本中，抒情人作为情感的秉持者，引起情感的发生，也历经情感的起伏变动，情感的发生和起伏变动与叙事文本中的事件一样，具有合乎逻辑和时间先后相续的特征，不论情感在抒情文本中如何表现，只要抒情人表现为一个具有正常情感的人，这一特征始终存在。霍根在谈到情感发生与体验的过程时，提出了几个最基本的要素，并列出了情感发生与体验的一系列相互关联的过程：

> 首先，是诱发条件。这是一种状态和呈现，一种固有的属性，我们对之会产生敏锐的情感体验，并激活起情感系统。其次，是表现后果。它标志着体验情感的主体表现出种种感情，其范围从发声（如啜泣）到面部动作（如微笑），到改变姿势，到浑身冒汗。第三，是行动回应，或对某种状态的反应。这一行动可以是维持一个理想的局面，或者改变

一个厌恶的局面。比如，当面对一个让人恐惧的陌生人时，我可能就会夺路而逃。第四个要素带有现象学的意味，就是情感感觉像什么样。这是要素中一个重要的部分，因为在我们经历理想的或厌恶的状态时，它促使我们维持或改变这一状态。这种现象学的意味往往被理解为主体体验的一个进一步的心理后果，比如呼吸的骤然增加。①

这是就人们通常所具有的情感产生、体验与反应而谈到的一种普遍状态，它具有一种一般性的意义，对创作叙事文本的作者或抒情诗歌的诗人都不例外，而表现在叙事文本或抒情诗歌中的情感，作为正常人的情感体验同样也具有这样一个合乎逻辑与时间先后顺序的发展过程。彼得·霍恩将抒情文本中所呈现的各种事称为"发生之事"（happenings），这些发生之事具有时间性和序列性，"常常是内心的或精神心理的，但也可以是外在的，比如具有社会性质的"②。霍恩在这里是将与情感相伴的事看作主要是一种内心的或精神心理的事件，它具有与叙事文本中的事件相一致的时间性与序列性。无论是将情感看作有其自身的运行规律而在抒情文本中表现出来也好，还是将抒情文本中的情感表现看作内心的或精神心理的发生之事也好，叙事学研究中的一系列重要概念如事件性、序列性、时间性，以及相应的方法在对诗歌，尤其是抒情诗歌的研究中均可发挥作用，并在诗歌叙事学研究中焕发出新的生机。

第四，从交流的意义来说，叙事不可或缺，它与人类休戚相关的认知联系在一起，与叙事这一无所不在的符号实践联系在一起。诗歌，包括抒情诗歌，从广义上都属于叙事这一无所不在的符号实践的范围。

人类社会离不开交流，而交流便一定会涉及叙事，叙事表明相互之间的告知、沟通、信息的传达，其中自然也包括情感的表达与传达。这样的

---

① Patrick Colm Hogan, *Affective Narratology: The Emotional Structure of Stories*. Lincoln and London: University of Nebraska Press, 2011, pp. 2–3.
② Peter Hühn, Jens Kiefer, *The Narratological Analysis of Lyric Poetry: Studies in English Poetry from the 16th to the 20th Century*. Trans., Alastair Matthews. Berlin: Walter de Gruyter, 2005, p. 1.

叙事无所不在。彼得·霍恩在谈到运用叙事学理论对抒情诗歌进行分析时指出：

> 这一研究的合理性有赖于这样一个前提，即叙事是任何文化和时代都存在的用以建构经验、产生和传达意义的人类学普遍的符号实践，即便在抒情诗歌中，这样的基本观念依然适用。如果承认这一点，那就有理由设想，现代叙事分析，也即叙事学所完善和发展出来的精确性与阐释的潜力可以帮助我们改进、提高和增强对抒情诗歌的研究。①

这可以说是诗歌叙事学研究的基础所在，也可说是前述赫尔曼所提出的并置新方法对于叙事现象的描述的"重合面"所在。

叙事交流的方式多种多样，文学艺术无疑是其中最重要的方式之一。高友工认为，古代中国的"诗言志"，便界定了诗的功能，其主要的目的就是沟通："'以语言表达诗人的当下意旨。'其目的显然是沟通，对象则是外在世界。"②列夫·托尔斯泰将艺术看作为人类生活的必要条件。他认为，对艺术采取这样的看法之后，我们就不能不看出："艺术是人与人之间相互交际的手段之一。"③文学艺术作为人类的交流手段，自然会通过各种不同的媒介，并以各具不同特征的方式表现出来。1978年，美国学者查特曼以符号学的交际模式来说明叙事文本的交流过程，他列出一个具有广泛影响的包括真实作者、隐含作者、叙述者、受述者、隐含读者、真实读者在内的交流图表。④很明显，这一交流模式所具体针对的是叙事文本，不能简单地套用到抒情

---

① Peter Hühn, Jens Kiefer, *The Narratological Analysis of Lyric Poetry: Studies in English Poetry from the 16th to the 20th Century*. Trans., Alastair Matthews. Berlin: Walter de Gruyter, 2005, p. 1.

② 〔美〕高友工：《中国叙述传统中的抒情境界——〈红楼梦〉与〈儒林外史〉读法》，载浦安迪：《中国叙事学》，北京大学出版社，2018年，第259页。

③ 〔俄〕托尔斯泰：《什么是艺术？》，丰陈宝译，载伍蠡甫主编：《西方文论选》下卷，上海译文出版社，1979年，第42页。

④ See Seymour Chatman, *Story and Discourse: Narrative Structure in Fiction and Film*. Ithaca: Cornell University Press, 1989, p. 151.

诗歌或抒情文本中。但是，这一针对叙事文本的叙述交流模式却完全可以在分析抒情文本时在方法论上具有启发和借鉴意义。不仅如此，它所提出的一些概念同样可以运用于对抒情文本的分析中，其中有些可以直接运用，有些按照不同的文类、不同的语境作适当的调整与创造性的变形便可采用。比如，叙述者这一概念，在叙事学研究中是一个中心概念。叙述者并不被作为一个具有人格化的个人看待，也并不是在构成叙事作品的语言中表达其自身的个人，而属于一种功能，属于"表达出构成文本的（语言或其他）符号的那个行动者"①。任何一部叙事作品，或长或短，都至少有一个叙述者。他或她面对与之处于同一叙述层次的受述者，将故事讲述出来。抒情诗歌并不注重"故事"讲述，而重于情感表达。作为情感倾诉表达的行为者，作为文本中语言的主体，抒情文本中同样存在着"表达出构成文本的（语言或其他）符号的那个行动者"，只不过这个行动者是"抒情人"（speaker）。这一抒情人与叙事文本中的叙述者一样，同样会面对与之处于同一层次的抒情对象或者说抒情接受者，将其情感表达出来。在抒情文本中，同样存在着交流，而且是以情感倾诉为基础的交流。这样的情感倾诉，比起叙事文本中的叙述者与受述者之间的交流，可以说来得更为强烈，更为直接，更具有感人的力量。

再如"隐含作者"，它是布斯（Wayne C. Booth）1961年提出的一个概念，迄今为止仍为叙事学研究所广泛接受。"隐含作者"表现为作者的"第二自我"（second self），作者的一个"隐含的替身"。按布斯所言，作者在写作时，不是在创造一个理想的、非个性的"一般人"，而是一个"他自己"的隐含的替身。一个作者可以有各种替身，即不同思想规范所组成的理想。作者也可以根据具体作品的需要，用不同的态度来表现自己。"我们对隐含作者的感觉，不仅包括所有人物的每一点行动和受难中可以推断出的意义，而且还包括它们的道德和情感内容。简言之，它包括对一部完成的艺术整体的直觉理解；这个隐含作者信奉的主要价值，不论他的创造者在真实生活

---

① 〔荷〕米克·巴尔：《叙述学：叙事理论导论》（第三版），谭君强译，北京师范大学出版社，2015年，第14页。

中属于何种党派，都是由全部形式表达的一切。"① 迄今为止，这一概念更多地是在对小说类的叙事虚构作品的分析中被采用，但实际上，它同样适用于除叙事文本之外的其他文本，包括抒情文本，探讨其中所蕴含的"由全部形式表达的一切"。托尔斯泰曾说："一个人为了要把自己体验过的感情传达给别人，于是在自己心里重新唤起这种感情，并用某种外在的标志把它表达出来"②，这就是作者透过文学艺术作品所力图实现的，而诗人透过其抒情诗歌所抒发的情感甚至更为强烈，更为集中。前面曾经提到，抒情文本中的作者与抒情人有着更多的关联，但毕竟不能将二者直接等同。每一首抒情诗歌无论就其所传达的情感或是就诗歌的整体结构而言，都是一个有着内在连贯性与相关性的统一体。然而，诗人或作者可以创造出不止一首诗歌，一如在叙事文本中，"同一个真实作者（菲尔丁、萨特）可以写出两部或更多的文本，每一文本都会传达出不同的隐含作者的形象（《阿米莉亚》和《约瑟夫·安德鲁斯》，《恶心》和《伊罗斯特拉图斯》）"③，在抒情诗歌中同样的情况也会出现。就一首诗歌而言，其中所出现的隐含作者的形象是一个完整的形象。而一位诗人不止一首诗歌，在其不同的诗歌中可能出现不同的隐含作者的形象。不论在一首诗歌中也好，还是在不同的诗歌中也好，尽管与叙事文本中的叙述者与作者之间的关系相比，抒情诗歌中的抒情人与作者之间有着更为密切的联系，但透过诗歌所表现出来的隐含作者的形象毕竟与真实作者不能完全等同。如果将不同诗歌中出现的多个隐含作者的形象相互参照、相互比较的话，或许会让人看到一个与真实作者相关联的更为丰富而多样的抒情主人公的形象。

叙事理论是用以对丰富的叙事作品进行阐释与分析的，当分析与阐释的对象有所变化时，原有的理论阐释系统自然也不可能一成不变地沿袭，而必

---

① 〔美〕W·C·布斯：《小说修辞学》，华明、胡晓苏、周宪译，北京大学出版社，1987年，第80—83页。
② 〔俄〕托尔斯泰：《什么是艺术？》，丰陈宝译，载伍蠡甫主编《西方文论选》下卷，上海译文出版社，1979年，第432页。
③ Gerald Prince, *A Dictionary of Narratology*. Revised Edition. Lincoln: University of Nebraska Press, 2003, pp. 42–43.

须在原有的基础上作某些调试与革新，以适应对新的研究对象作有效的分析与阐释，这一过程恰恰是促使理论研究本身不断得以深化并使其更为锐利有效的途径。实际上，叙事学作为一种尤为注重理论与文本分析实践相结合的理论，在其发展过程中不断遇到新的对象，也由此形成对理论的新挑战。以往的这些挑战已经表明，伴随着对象的扩展而出现的理论的修正、补充、完善和革新，正可使叙事学研究一步步走上更为健康有益的发展之途。诗歌叙事学便是这一发展与延伸的一个有力证据，可以相信，它将会促使叙事学研究沿着这一不断发展的道路继续向前。

在展开对诗歌叙事学的具体研究之前，首先有必要对其作一学术史的梳理和概观。通过回溯诗歌叙事学在国内外的兴起与发展，以及它在国内外研究中所表现出的既相一致又各有不同的发展路径，得以更清晰地把握已有的研究状况，从中更好地找准进一步研究的基本方向，掌握研究的重点难点，使诗歌叙事学研究更为有效地展开。

第二章　诗歌叙事学的形成与发展

如前所述，诗歌叙事学是伴随叙事学跨文类研究而出现的新的研究方向，这一研究大体上在 21 世纪以来才逐渐展开，并日渐形成良好的发展势头。可以说，国内外对这一相关领域所进行的研究，大体上是同步发展的。但国内国外对这一大体上同质的研究采用了不同的命名。国内叙事学研究明确地将这一研究称为"诗歌叙事学"，而在国外的相关研究中，则找不到这样的命名，通常采用诸如"抒情诗叙事学分析""抒情诗叙事学研究"或"诗歌叙事研究"这样的名称。

第一节　国外诗歌叙事学研究

国外的诗歌叙事学研究主要兴起于 21 世纪初，以欧美的研究为主。在这些研究中，首先值得引起特别关注的是德国学者的研究。在本世纪初，从 2001 年到 2004 年，德国学者彼得·霍恩和杨·舍内特领导了汉堡大学跨学科叙事学中心（ICN）叙事学研究组的一项研究项目："叙事学诗歌分析"（Narratological Poetry Analysis）。这是一项由德国研究基金会（German Research Foundation）支持的项目。这一研究项目产生了这一领域最初的一系列成果，在这一研究领域具有重要意义。作为该研究项目发表的重要论文之一，彼得·霍恩在其《跨文类叙事学：对抒情诗歌的应用》一文中指出，传统上的叙事理论和更为晚近的叙事学都专注于对叙事虚构作品的分析，但是，近年来，日渐增多的研究开始提倡将叙事学的范围延伸至其他媒介、学科和不同文类中。他认为："叙事学的范畴可以有益地运用于对抒情诗歌的分析。叙事学具有优势的方法论与叙事学术语的辨别力使诸如此类的跨文类研究可以为具有缺陷的诗歌理论提供新的动力，并为诗歌的实践分析提供新的阐释方法。"①为了实现这一目的，他在对诗歌进行分析与研究时运用了三个与叙事学的基本范畴相关联的概念，即序列性（sequentiality）、媒介性（mediacy）以及表达（articulation），并提出了将它们适应性地运用于诗歌中的特殊方式。他明确指出，这样做的目的"不在于将诗歌纳入叙事虚构作品的范围，而是运用它们共同的特征作为探析这两个大的文类之间两者的共同性与差异性的方法，尤其是叙事性可以运用于抒情诗歌中从而凸显诗歌的形式与功能的方法"②。他的这一论文以叶芝的诗歌《第二次降临》为例，分别探讨了抒情诗中的序列性、媒介性，以及抒情诗歌中叙事性的特殊形式。

2005年，彼得·霍恩的《抒情诗的情节化：诗歌中的叙述形式》一文同样涉及诗歌中抒情与叙事的一般理论关系问题。霍恩认为："对于诗歌来说，诉诸叙事学的跨文类研究可以很好地表明，虽然在形式、技巧和功能上叙事文本与抒情文本之间存在着明显的差别，但它们也共享一些基本要素，从而叙事学的范畴可以有益地运用于诗歌中，并期待形成具有更为广泛的范围、得以进一步发展的叙事学。"③他以华兹华斯的诗歌《我孤独地漫游，像一朵云》为例，探讨了对诗歌进行叙事学分析的可能性。在他的论述中，集中描述了诗歌的情节类型，以及诗歌中的情节化和情节的呈现，强调这种呈现更多是一种精神心理事件的呈现。同时，通过诗歌中采用叙事的种种例证，突出了诗歌的各种形式与功能。

2005年和2007年，作为汉堡大学"叙事学诗歌分析"的子项目"抒情诗歌叙事学分析的理论与方法：以英语和德语诗歌为途径"的重要成果，两

---

① Peter Hühn, "Transgeneric Narratology: Application to Lyric Poetry". In *The Dynamics of Narrative Form: Studies in Anglo-American Narratology*. ed., John Pier, Berlin: Walter de Gruyter, 2004, p. 142.

② 同上。

③ Peter Hühn, "Plotting the Lyric: Forms of Narration in Poetry". In *Theory into Poetry: New Approaches to the Lyric*. eds., Eva Müller-Zettelmann and Margarete Rubik, Amsterdam: Rodopi, 2005, p. 148.

部相关研究的姊妹卷著作以英语和德语在德国著名的德古意特出版社先后出版，这就是在该书导言部分所提到的彼得·霍恩与詹斯·基弗合著的《抒情诗叙事学分析：16 到 20 世纪英诗研究》和杨·舍内特与马尔特·斯坦合著的《抒情诗与叙事学：德语诗歌文本分析》。这两部著作在这一领域的研究实践中不仅具有某种方法论的意义，而且也以其研究提供了可资借鉴的范例。在《抒情诗叙事学分析：16 到 20 世纪英诗研究》一书中，彼得·霍恩和杨·舍内特合作撰写了"导论"，对诗歌的叙事学研究作了扼要的理论阐述。他们明确指出，作为一项实践性的研究，该书的目的在于"探讨如何运用叙事学的方法与概念对诗歌进行详细的描述与阐释"。而这一研究的合理性有赖于这样一个前提，即"叙事是任何文化和时代都存在的用以建构经验、产生和传达意义的人类学普遍的符号实践，即便在抒情诗歌中，这样的基本观念依然适用"①。在这里，作者是将叙事看作人类的一种基本的交流行为，它可以透过一切媒介，包括抒情诗体现出来，这样一来，就赋予了抒情诗的叙事学研究以其合理性。

那么，叙事作为符号实践在抒情诗中是如何表现的呢，或者说，抒情诗中如何表现出叙事性呢？作者认为，叙事性由两个维度构成：序列性，或者说时间组织与单个事件相连接而形成的连贯序列；以及媒介性，即从一个特定的视角对这一序列由选择、呈现和有意义的阐释所做的调节。这两个维度在大多数叙事学模式中分别构成故事（story）与话语（discourse），故事（story）与文本（text），以及法布拉（fabula）与休热特（syuzhet）这些两相对应的重要概念基础。但是，作者所提出的两个维度并不与上述这一组术语完全等同。在作者看来，抒情文本从狭义来说，与长篇小说、中篇小说这类散文体叙事文一样，具有同样的序列性、媒介性以及表达这三个基本的叙事学维度。抒情文本同样牵涉事件的时间序列，这些事件常常是内心的或精神心理的，但也可以是外在的，如具有社会性质的；抒情文本也可从一个特

---

① Peter Hühn, Jens Kiefer, *The Narratological Analysis of Lyric Poetry: Studies in English Poetry from the 16th to the 20th Century*. Trans., Alastair Matthews. Berlin: Walter de Gruyter, 2005, p. 1.

定的视角，即透过媒介调节的行动来讲述这些事件，从而创造出一致性与相关性。最后，抒情文本需要一个表达行为，凭借这一表达行为，媒介调节在语言文本中获得其形式。① 在提出所运用的相关理论与方法论的基础上，该书选择了从托马斯·怀亚特（Sir Thomas Wyatt，1503—1542）到彼得·雷丁（Peter Reading，1946— ）等 18 位著名英语诗人 18 首有代表性的抒情诗歌进行文本分析，包括托马斯·怀亚特《她们离我而去》、莎士比亚《十四行诗》第 107 首、约翰·多恩《封圣》、托马斯·格雷《写于乡间教堂墓地的挽歌》、柯勒律治《忽必烈汗：或梦中幻景断片》、济慈《忧郁颂》、罗伯特·布朗宁《圣普拉锡德教堂主教嘱咐后事》、叶芝《第二次降临》，直到当代诗人菲利普·拉金《我记得，我记得》、埃万·博兰《郊区颂》和彼得·雷丁《虚构》。结合对主题不同、风格各异的抒情诗的叙事学分析，作者力图从中归纳出一些带有规律性的现象。这与他们将叙事学的结构运用于诗歌，其目的主要在于实践性的这一诉求相应。在作者看来，"叙事理论是一个成熟的构架，运用这一成熟的构架，可以改善、延伸并阐明抒情诗歌分析的方法论，众所周知，抒情诗歌正缺乏这样的理论基础，——或许，在某种程度上是开辟一条抒情诗理论的发展道路"②。从该书颇富成效的分析来看，这一说法并未夸大其词。

　　抒情诗中的叙事与叙事性成为诗歌叙事学研究关注的重心之一，这一关注更多涉及的是抒情文本中叙事性表现形式的多样性及其范围，而主要不是文类的差异及其后果。2006 年，希瑟·杜布罗（Heather Dubrow）在《叙事与抒情的互动》一文中针对那些强调抒情诗与叙事文二者之间的差别，认为抒情诗是静态的，叙事文是变化的，抒情诗是内化的，叙事文是唤起外在实际状况的，抒情诗试图阻止叙事文向前的推动力等看法，指出二者之间既有

---

① See Peter Hühn, Jens Kiefer, *The Narratological Analysis of Lyric Poetry: Studies in English Poetry from the 16th to the 20th Century*. Trans., Alastair Matthews. Berlin: Walter de Gruyter, 2005, pp. 1-2.

② Peter Hühn, Jens Kiefer, *The Narratological Analysis of Lyric Poetry: Studies in English Poetry from the 16th to the 20th Century*. Trans., Alastair Matthews. Berlin: Walter de Gruyter, 2005, p. 2.

竞争与对立的一面，也有合作与互动的一面，相互之间存在混合的状况，因而不应该专注于"抒情与叙事之间的冲突"，而应该"注意它们之间频繁与多种多样的协同互动"①。在注意抒情诗与叙事文这两类文体之间差异的同时，强调它们之间的协同与互动，目的无疑是在构建跨越二者鸿沟的桥梁，为诗歌的叙事学研究提供进入的途径。

2009 年，美国学者布赖恩·麦克黑尔在《开始思考诗歌中的叙事》一文中对诗歌中的叙事进行了探讨。与传统的西方文类"三分法"有所不同的是，麦克黑尔不太注重叙事类作品与抒情类作品的区别，尽管他注意到霍恩及其汉堡大学的同事对抒情诗中叙事的研究，但他认为他们所分析的对象"不是叙事与诗歌的关系，而是叙事与抒情诗的关系——两者不是一回事"。在他看来，叙事诗的范围极为广阔，甚至包括许多抒情诗和十四行诗在内。因而，他主要不是从叙事文学与抒情文学这一跨文类的角度来探讨抒情诗的叙事学研究，而更多关注的是诗歌形式上的特征。他从杜普莱西（R. B. DuPlesis）提出的"段位性"（segmentivity），也即诗歌话语的形成从根本上来说依赖于段位和空白以生产出意义出发，来探讨诗歌的叙事。杜普莱西认为，诗歌牵涉"通过空白（跨行，跨节，页码空间）的协调而生产出意义序列"，而段位性"就是通过选择、调配和结合段位来说出和制造出意义的能力"，这是"作为文类的诗歌的基本特征"。与此同时，麦克黑尔也注意到肖普托（John Shoptaw）的看法："诗歌不仅是分段的，也往往是反分段的：在许多，甚至是大多数情况下，一个层次和范围的分段与另一个层次和范围的分段是对立的。"②参照两者的相关论述，麦克黑尔以荷马史诗《伊利亚特》第 16 卷从第 638 到 658 行的一段诗节为例，考察了 17 世纪乔治·查普曼、18 世纪亚历山大·蒲伯以及 20 世纪的两个译本中共四段对应的英译，以探讨四个不同英译本中所表现的不同分段与反分段，以及不同译文中叙事段位

---

① Heather Dubrow, "The Interplay of Narrative and Lyric: Competition, Cooperation, and the Case of the Anticipatory Amalgam". *Narrative* 14.3 (2006): 254, 264.

② Brian McHale, "Beginning to Think about Narrative in Poetry". *Narrative* 17.1 (2009): 12, 14, 17.

与诗歌段位不同的互动方式。①麦克黑尔的诗歌叙事与众不同,一是专注于诗歌形式上的特征,二是主要针对叙事诗的研究,对抒情与叙事之间的关系以及抒情诗的叙事学研究并未投入特别的关注。

南非西北大学教授普鲁伊(H. J. G. du Plooy)和自由州大学教授伯纳德·奥登达尔(Bernard Odendaal)以及荷兰蒂尔堡大学教授奥迪尔·海德斯(Odile Heynders)共同组织了一个研究项目:"诗与叙事文:抒情诗中的叙事结构与技巧"(Verse and Narrative: Narrative Structure and Techniques in Lyric Poetry)。2009年,他们在南非西北大学安排了一个研究工作坊,来自南非、荷兰和比利时的学者提交了17篇涉及非洲、英语和荷兰语诗歌的论文,探讨抒情诗中的叙事层面、抒情诗叙事学分析的理论维度等诸多问题。其主要目的在于尽可能发现和描述抒情诗所运用的叙事结构和技巧的多种表现形式,以便能够对叙事学的概念和方法运用于诗歌分析的适用性进行理论概括。这一研究项目形成了两卷论文,一卷涉及非洲诗歌研究,出版于2010年 *Stilet* 的22卷第3期,论英语和荷兰语诗歌的则出版于2010年的《文人》(*Literator*)31卷第3期。②该期发表了普鲁伊对这一研究项目的总结性论文《叙事学与抒情诗歌研究》。普鲁伊认为,抒情诗的叙事学研究是可能的,切实可行的,值得做的,并指出,由霍恩、基弗、麦克黑尔、杜布罗等人近年所做的有关诗歌叙事的研究证明,对抒情文本叙事层面的分析或抒情诗的叙事学研究是毋庸置疑的,重要而有价值的,他们的工作表明这样一种研究在理论上行得通,对诗歌进行的分析引人瞩目,从而,"抒情诗的'叙事/叙事学阅读'打开了不该被忽视或忽略的诗歌及其意义的多层面的大门"。他们在这一研究中关注的一系列重要问题包括:抒情诗中叙事结构、技巧和叙事内容的运用;当代抒情诗中流行的叙事层面;抒情诗中的叙事性;抒情诗中叙事性的各种呈现以及"叙述转向";抒情诗的叙事内容、

---

① See Brian McHale, "Beginning to Think about Narrative in Poetry". *Narrative* 17.1 (2009): 18–23.

② See H. J. G. du Plooy, "Narratology and the Study of Lyric Poetry". In *Literator: Journal of Literary Criticism, Comparative Linguistics and Literary Studies*. 31.3 (2010): 2–4.

结构和技巧在后现代文学中是否已成为一种潮流；在诗歌分析中实践叙事学的方法和概念；在诗歌的分析和阐释中对叙事学概念的运用做适度调整，从而对后经典叙事学研究作出贡献，等等。[①]

　　除普鲁伊的论文外，该文集还汇集了多位学者的重要研究论文。如布赖恩·麦克黑尔的《叙事诗诗节形式的赐予》，该文对抒情诗的叙事研究从更为独特的视角出发，认为段位性和语言的间隔是诗歌的突出特点，并以此探讨诗歌中叙事与诗歌特征之间的关系。麦克黑尔分析了叙事诗中诗节形式的段位性，运用"赐予"（affordances）这一概念以指称诗歌中其不同运用的可能性，探讨了包括肯尼斯·科克（Kenneth Koch）的后现代叙事诗《大地的季节》在内的诗歌中的段位性。该文集中还包括普鲁伊一篇基于对当代诗人一系列访谈的研究报告。作者于2007年对罗伯特·安克尔（Robert Anker）、托马斯·列斯科（Tomas Lieske）、伦纳德·诺伦斯（Leonard Nolens）、威廉·凡·托恩（Willem van Toorn）和伊娃·格拉克（Eva Gerlach）等荷兰和佛兰芒语诗人进行了访谈，请诗人就他们诗歌中的叙事性问题分别谈了自己的看法。他在访谈中提出的问题是："叙事是否可能隐含在抒情诗中？"对此，所有的诗人都作了肯定的回答，并承认他们在抒情诗中运用了叙事内容与技巧，虽然是以种种不同的方式来运用的。他们同时也认为叙事层面在他们的诗歌中是重要的。[②]

　　近年来，一些诗歌叙事学研究的论文对更多类型的抒情诗进行了研究，如丹麦学者斯蒂芬·凯克盖德（Stefan Kjekegaad）2014年在一篇从叙事学的角度研究抒情诗的论文中，探讨了所谓自传性抒情诗中的叙事。作者在这里所说的自传性抒情诗，一是在抒情诗中作者的名字与抒情人相会合，二是贯穿抒情诗的副文本可以界定为自传性的。论文认为，这类抒情诗对抒情与叙事提出了三方面的问题：第一，抒情性与叙事性如何相互关联，这一关联

[①] See H. J. G. du Plooy, "Narratology and the Study of Lyric Poetry". In *Literator: Journal of Literary Criticism, Comparative Linguistics and Literary Studies*. 31.3 (2010): 2–6.

[②] See H. J. G. du Plooy, "Narratology and the Study of Lyric Poetry". In *Literator: Journal of Literary Criticism, Comparative Linguistics and Literary Studies*. 31.3 (2010): 8–11.

如何与诗人的声音相关；第二，这些诗歌在自身处于虚构/非虚构中如何分野；第三，独特的诗的手段如何对诗歌的意义作出贡献。论文以美国诗人伊丽莎白·毕晓普（Elizabeth Bishop）的诗歌《在候诊室》和劳伦斯·弗林格蒂（Lawrence Ferlinghetti）的诗歌《自传》为例，围绕所提出的问题进行了分析，认为自传性抒情诗具有某些根植于诗人生活的事件，但在抒情诗中这些事件是以各种方式转呈出来的，比如，其中叙事性减弱而抒情性增强；由抒情的转换而产生的变形问题与"谁说"的问题相关联；由于诗歌所促成的诗歌总体意义的手段不同，读者对于叙事性可以想象的期望也在关系到抒情诗和自传性抒情诗的处理上有所不同。[①] 诸如此类的探讨在对抒情诗的叙事学研究中不断呈现出来，逐渐渗入到这一研究领域的诸多层面。

除了直接呼应诗歌的叙事研究而外，一些学者对相关叙事理论的探讨也有助于对诗歌叙事学这一领域的研究，或为之提供相应的理论基础。在对诗歌的叙事学研究中，许多学者都注意到，诗歌，尤其是抒情诗歌同样涉及与事件相关联的事件与事件性，但与叙事文本相比，这些事件往往表现为内心的或精神心理的事件。与情感相关联的这些事件如何构筑为情节与故事呢？美国学者帕特里克·科尔姆·霍根在他的《情感叙事学：故事的情感结构》一书中，从人类的情感出发，探讨了文艺作品中的故事与情节。在他看来，"人类具有一种对情节的激情。从亲密的个人互动到非个人的社交聚会，故事在每个社会、每一时期和每一社会语境中被分享着。这一对情节的激情（passion for plots）与情节的激情（passion of plots），即其中故事所显示的作者和人物感情、由情节而来的激情的方式，以及故事唤起读者或听众感情的方式联系在一起"。而故事结构，甚至故事构成成分的定义都是与激情不可分割的。他的目的正在于揭示激情和情节的这一最后层面，即"情感创造故事的方式"，在霍根看来，"故事的独特之处在很大程度上是情感系统的产物"[②]。

---

① See Stefan Kjekegaad, "In the Waiting Room: Narrative in the Autobiographical Lyric Poem, Or Beginning to Think about Lyric Poetry with Narratology". *Narrative*. 22.2 (2014): 185-202.

② Patrick Colm Hogan, *Affective Narratology: The Emotional Structure of Stories*. Lincoln and London: University of Nebraska press, 2011, pp. 1-2.

他相信，任何叙事理论都将从基于这一研究的更为充分的情感阐释中获益。虽然霍根在书中主要以诸如《安娜·卡列尼娜》这样的叙事作品作为研究的对象，但他所探讨的人类情感与情节和故事构成之间的相互关系对于诗歌，尤其是抒情诗歌中的事件与事件性的探讨无疑是十分有益的。

如前所述，除少数学者而外，国外的这一相关研究基本上都是在抒情诗叙事学研究与分析或诗歌叙事研究这一导向下进行的，几乎从未涉及与"诗歌叙事学"对应的名称。"诗歌叙事学"，其对应的英译似应为"Poetry Narratology"或"Poetic Narratology"。但在互联网上遍查英文"Poetry Narratology"之类的对应术语，却毫无结果。笔者为此给汉堡大学英语系教授、前述《抒情诗叙事学分析：16 到 20 世纪英诗研究》的作者彼得·霍恩发了电子邮件，询问在西方是否有"Poetry Narratology"这一术语以指对抒情诗的叙事学分析与研究，霍恩在 2016 年 4 月 10 日在给笔者的邮件中明确告知，就他所知，并无这样一个术语。① 笔者同时询问了美国叙事学界的重要代表，俄亥俄州立大学英语系教授、《叙事》（*Narrative*）主编詹姆斯·费伦是否有这样的相关术语，费伦在 2016 年 4 月 12 日的邮件中同样给了否定的回答，并认为或许可用诸如"诗歌叙事理论"这样的表达。②

纵观国外已有的诗歌叙事学研究，可以看出，这一领域的研究已经引起了国外叙事学界的日益关注，并得到了广泛的认可，形成了一定的研究势头，积累了一定的研究成果，这是应该予以充分肯定的。与此同时，也要看到，国外的诗歌叙事学研究仍处于理论探索和逐步实践的阶段，不仅研究数量有限，研究的深度和广度也有待进一步提高。在研究中，对抒情诗叙事学

---

① 笔者与霍恩教授的往来邮件涉及的相关问题的问与答分别是："Is there a term of 'Poetry Narraology' for narratological analysis and study in the West?" "To my knowledge, there is no such term so one has to use an expression like the one in the preceding."

② 笔者与费伦教授的往来邮件涉及的相关问题的问与答分别是："Are there any terms like 'poetry narratology,' 'poetic narratology' or 'poem narratology' refer to the research on narratological analysis of lyric poetry?" "I don't think any single term has emerged to refer to this movement, but phrases like 'theory of narrative in poetry' and 'theorizing narrative poetry' work."

研究的整体关注仍显不足，许多必要的理论问题尚有待进一步探讨，涉及的诗歌文本在数量上仍然有限。与叙事学研究众多领域大量的研究论著相比，在这一领域中出现的具有标志性的成果仍屈指可数，就著作而言，除前面提到的汉堡大学跨学科叙事学研究中心的两部抒情诗叙事学研究的姊妹卷著作，即 2005 年和 2007 年由德国著名的德古意特出版社分别出版的《抒情诗叙事学分析：16 到 20 世纪英诗研究》和《抒情诗与叙事学：德语诗歌文本分析》而外，尚无其他著作出版。因而，在它前面尚有广阔的理论与实践的空间留待更多的研究者去加以填补。

第二节　国内诗歌叙事学研究

21 世纪以来，国内的叙事学研究也逐渐进入了诗歌叙事学这一研究领域，并日益引起越来越多研究者的关注，产生了日渐增加的研究成果。可以说，在诗歌叙事学这一研究领域中，国内的研究大体上与国外的相关研究是同步的。甚至从某种意义上说，国内的诗歌叙事学研究比国外的研究起步得还要更早，研究的成果也丝毫不逊于国外已有的成果。与国外的研究形成对照的是，国内文学界和叙事学界从一开始就明确地将诗歌的这一跨文类研究冠以"诗歌叙事学"或"诗歌叙述学"之名，将其作为后经典叙事学研究的一个新的分支来看待。这些探讨促使国内叙事学研究一个新的方向逐渐形成，并以"诗歌叙事学/诗歌叙述学"之名居于研究的前沿。

作为有意识的叙事学跨文类研究，诗歌叙事学在 21 世纪才逐渐进入学界的视野。然而，与这一研究相关的一些理论与实践问题，如诗歌，尤其是抒情诗中叙事与抒情的关系，诗歌的叙事性等问题更早就引起了一些国内学者的注意。1984 年，董乃斌在《唐代新乐府和诗歌叙事艺术的发展——兼及中国文学史上一种现象的探讨》一文中，研究了出现于中唐时期的新乐府运动在诗歌叙事艺术方面所做的努力，指出它所具有的重要意义，并探讨了诸如创作主体与外在世界的关系等问题。①1986年，韦思在《屈原诗歌叙事性抒情艺术简论》一文中认为，强烈的抒情性是屈原诗歌浪漫主义最为突出的艺术特色之一。而这种强烈的抒情性是"建立在坚实的叙事基础之上的，即通过叙述的形式来表现的。屈原诗歌中的叙事性，完全可以称得上是其浪漫主义本质特征之一的强烈的抒情性赖以生存的土壤"②。显然，这样一些研究所关注的问题，是与后来在叙事学跨文类研究视野下所进行的诗歌叙事学研究一脉相通的。

"诗歌叙事学"之名在国内最早何时出现，尚有待进一步考察。这里，有几篇相关的论文值得引起我们的注意。1993年，李万钧发表了《中国古诗的叙事传统和叙事理论——中西文学的一个类型比较》一文，其中提出的一些重要观点值得引起重视。李万钧指出："中国是诗的大国，但这'诗'的概念，不仅指抒情诗，还包括叙事诗，尤其包括大量抒情叙事相结合的诗。"他从《诗经》开始进行探讨，认为《诗经》中有三类诗，一类是抒情的，一类是叙事的，一类是两者结合的，而《诗经》的准确定义应该是"中国第一部抒情叙事诗歌总集"，并具体分析了其中《国风》的抒情叙事结构，认为它包括五个特点：一是篇幅很短，只叙一事，"其叙事部分是由一个'事件'这个最小的单元组成的"；二是情不离事，抒情主人公就通过一事来抒情；三是"先叙事，后抒情"；四是"集中写人物动作，无动作即无诗"；五是"动作有明显的时间过程"。在探讨屈原的诗歌时，他认为"抒情叙事结合的结构正是屈原诗歌的基本类型"。这篇论文探讨了中国诗歌抒情与叙事结合发展的状况，以及中国古代文论中的相关论述，指出："中国诗歌的叙事学是中国古文论中最薄弱的一环，绝大多数文论家历来只重视诗歌的言志、缘情功能而忽视诗歌的叙事功能。"与此同时，作者也提到其中少数作出贡献的重要人物，认为"中国诗歌叙事学的贡献者还可以举出白居易"，并认为"当我们谈论中国诗歌的叙事传统和叙事学时，不妨从比较文学角度

---

① 董乃斌：《唐代新乐府和诗歌叙事艺术的发展——兼及中国文学史上一种现象的探讨》，《文学遗产》1984第4期。
② 韦思：《屈原诗歌叙事性抒情艺术简论》，《怀化师专学报（哲学社会科学版）》1986年第1期。

将西方作一个比较"①。李万钧的论文不仅涉及了诗歌叙事研究的一些重要问题，而且就目前所见，这是首先明确提出"诗歌叙事学"研究的第一篇论文，在这一研究领域无疑具有某种先导的意义。

臧棣 2002 年发表的《记忆的诗歌叙事学——细读西渡的〈一个钟表匠的记忆〉》是另一篇较早出现的明确提出"诗歌叙事学"的论文。针对 20 世纪 90 年代以来"当代诗歌的叙事性开始成为引人瞩目的诗歌倾向"这一状况，作者比较了传统的叙事诗诗人与 90 年代在诗歌的叙事性上作出突出贡献的诗人之间的不同。在作者看来，在后者身上很难发现传统意义上的对线性思维的崇拜和依赖。"传统的叙事诗在经验和想象的图式上无一不是受到一种整体观支配的，而这种整体观反过来又诉求中心意识和粗陋的客观性，而这样的感知世界的方式几乎已从 90 年代优秀的中国诗人身上绝迹。"他认为西渡《一个钟表匠的记忆》正集中体现了 90 年代诗歌叙事性的诸多审美特征，它"表面上是从回忆的视角描述一个钟表匠的成长过程，但实际上却是探讨作为一种叙事经验的内在的历史图式"。钟表匠作为《一个钟表匠的记忆》一诗的叙述者，以记忆展示了他的过去，而这一记忆往往是独白的代名词，因而，它表面上是"属于个人的"，"实际上却是属于一代人的甚至是属于我们每个人的"。在这一独白中，诗人为钟表匠设置了一个旁观者的视角，而正是这一视角"引出了他的社会观察与人生思考"②。作者逐节进行了文本剖析和阐释，颇显功力。从诗歌叙事学的角度来说，论文涉及前述叙事性问题，以及诸如诗歌的叙述视角等问题，尽管作者主要并不从试图构建诗歌叙事学的框架出发来分析西渡的诗歌，但就其明确提出"诗歌叙事学"而言，《记忆的诗歌叙事学——细读西渡的〈一个钟表匠的记忆〉》与李万钧的《中国古诗的叙事传统和叙事理论——中西文学的一个类型比较》一样，都是不应该被遗忘的。

2006 年，姜飞的《叙事与现代汉语诗歌的硬度——举例以说，兼及"诗

---

① 李万钧:《中国古诗的叙事传统和叙事理论——中西文学的一个类型比较》,《外国文学研究》1993 年第 1 期。
② 臧棣:《记忆的诗歌叙事学——细读西渡的〈一个钟表匠的记忆〉》,《诗探索》2002 年第 1 期。

歌叙事学"的初步设想》可说是对诗歌叙事学有意识的呼唤。论文探讨了诗歌中抒情与叙事的关系，认为"叙事亦抒情，抒情亦叙事，无纯粹的叙事，亦无纯粹的抒情"，并考察了现代汉语诗歌，尤其是抒情诗歌中的叙事。作者认为，在考察叙事在诗歌中的功能时，"叙事诗自然不能作为示例，最好的示例无疑是抒情诗等类"。在作者看来，现代汉语诗歌所具有的自由"赋予了叙事以方便，而叙事在现代汉语诗歌中则作为钙质甚至骨架而成了硬度的象征"。从这一角度出发，作者选择了从胡适的《蝴蝶》到韩东《你的手》等一系列诗歌，包括戴望舒的《雨巷》、徐志摩的《再别康桥》、穆旦的《野兽》、郑愁予的《错误》、北岛的《迷途》等抒情诗，探讨了其中所展示的叙事及其种种表现。作者认为，在胡适的《蝴蝶》中，"叙事成为抒情的基础，也成为情绪的象征"。徐志摩的《再别康桥》，"因为叙事因素而使离别康桥的情绪有了来源和基础，也有了形象和姿态"。穆旦的《野兽》其核心意象和抒写力度"不在对受伤的野兽静态的描写，而在对反抗的野兽动态的叙事"。郑愁予的《错误》以叙事为骨架，而"其叙事是含蓄典雅的，并不张扬外露"。北岛的《迷途》中某些具体的叙事，则给人以抽象之感，"原因在于这段叙事正好对应于一代人寻找精神自我的抽象过程，从确定到迷失再到有限寻回的宏大而抽象的历史"。韩东的《你的手》表现出两条叙事线索在时间上的错位、错落，正是这种错落象征了"人际往还间不同步的尴尬和本质性的隔膜，这其间展示了戏剧性的叙事力度"。从对这些抒情诗歌的分析中，作者得出了这样的结论："叙事学的温度计和解剖刀并不仅仅适用于戏剧、小说之类文体，诗歌同样可以成为叙事学的研究对象"，并认为，如果能够建立新的理论话语，使现代汉语诗歌的理论言说获得新的锐利眼光，应该可以深化关于诗歌的研究，作者从而呼吁"建立一门'诗歌叙事学'"。[①]姜飞的论文明确地展开了对抒情诗歌的叙事分析，除涉及抒情诗中叙事与抒情之间关系这一重要问题外，还探讨了诸如诗歌戏剧化、诗歌中"我"与"你"的一体关系、诗歌中人称与时间等问题。尽管它更多是从对具体诗歌

---

① 姜飞:《叙事与现代汉语诗歌的硬度——举例以说，兼及"诗歌叙事学"的初步设想》，《钦州师范高等专科学校学报》2006年第4期。

的分析入手，尚未展开更为深入的理论探讨，但就其有意识地从诗歌叙事学的角度对抒情诗叙事的分析可以看出这一叙事分析的可行性与具有的意义。

2010 年，孙基林在《当代诗歌叙述及其诗学问题——兼及诗歌叙述学的一点思考》一文中，再次呼吁在诗歌研究和分析中建立诗歌叙事学。论文回顾了传统的或隐在的诗歌观念，在这一观念中，"正典的诗歌体裁、形态甚至概念所指，其实一直就是抒情诗"。作者对此提出了质疑：并不是所有的诗歌类型都可称作"抒情诗"，也不是所有被称作"抒情诗"的诗歌体类，"都把'抒情'作为唯一的诗性本质和写作旨归"。通过考察中国当代诗歌创作的实践，作者指出，朦胧诗之后，大约从 1980 年初开始的诗歌，"都被叙述或叙事所裹挟，一味浸淫其中，并由此形成了一个时代的诗歌写作风气"，成为"我们时代诗歌艺术获得发展和富有创造性的一个明确标识"。但是，与当代诗歌创作形成对照的是，虽然出现了诗歌叙述性这一风气和思潮，但却"缺乏基本的方法和理论的自觉意识"，"诗学研究者也缺少一种理论自觉，仅仅满足于指出它的叙事性特征，却缺少一种理论关注和论述"。作者认为，可以借助建立诗歌叙事学来解决这一问题，并认为"诗歌叙述学观察、研究和建构的场域应该是全方位多视角的，它不仅牵涉到叙述的一般性和普遍性，诸如叙述者、叙述接受者、叙述视角、叙述格局与模式、叙述时间与空间等，然更为重要的是要关注'诗歌叙述'的本体层面，它的特殊性、个别性和修辞属性"，尤其是"叙述的诗性"问题。[①] 作者并未对如何建构诗歌叙事学提出进一步主张，但针对中国当代诗歌创作的具体情况及诗歌研究中的具体问题，作者的建议绝非无的放矢，也进一步说明诗歌叙事学的建构已经到了不可忽视的地步。

2012 年，尚必武在《"跨文类"的叙事研究与诗歌叙事学的建构》一文中延续了构建诗歌叙事学的设想。论文主要参照国外叙事学研究的发展，探讨了诗歌叙事学兴起的语境，以及诗歌叙事学建构的路径。在作者看来，在超越文学叙事的"跨媒介"叙事研究的背景下，"有必要把'超越小说叙事'

---

① 孙基林：《当代诗歌叙述及其诗学问题——兼及诗歌叙述学的一点思考》，《诗刊》2010 年第 7 期（下半月刊）。

的'跨文类'叙事研究提上日程。诗歌叙事学既是叙事研究的'后经典转向'与'叙事范畴的扩展'或'泛叙事性'的双重结果，同时也是'超越小说叙事'的'跨文类'叙事研究的一个新领域"。关于诗歌叙事学的建构路径，作者提出可以考虑如下五个方面：诗歌叙事特有的"话语属性"；诗歌叙事研究的多元方法；现有叙事学理论与诗歌理论的相互借鉴与交流；不同文类的诗歌叙事学研究；实行诗歌叙事学理论建构与批评实践并举。为了验证上述路径对于建构诗歌叙事学的可行性，论文以英语文学界广为流传的中世纪的一首匿名作者的抒情诗《西风》为例，从认知方法的角度对该诗的叙事性与叙事话语进行了分析，对诗歌叙事学的研究作了尝试性的探讨。①论文从叙事学跨文类研究的角度出发，结合国外叙事学界的相关研究，呼唤克服文学叙事研究等于小说叙事研究的误解，再次有力地呼唤诗歌叙事学的建构。

从2012年开始，罗军连续发表了多篇论文，探讨诗歌叙事学的构建，这些论文包括《走进诗歌叙事学研究新领域：构建诗歌叙事语法》《走向当代西方叙事理论新领域：诗歌叙事学》《论诗歌叙事语符对诗歌叙事文本语义的结构主义阐释》《从叙事文本碎片化叙事看诗歌叙事学碎片化叙事模式的构建》《诗歌叙事学的认知研究》《从诗歌叙事文本叙事行为动词的词类转化看诗歌叙事学的消义化叙事模式》等。罗军提出了自己的建议，如对诗歌叙事学开展诗歌叙事语法的探索，探讨"在诗歌的叙事结构、叙事模式、叙事方式、叙事行为以及叙事语言方面呈现出很多和一般意义上的叙事语法研究相似而又有别的地方"②；提出要"系统、科学地研究叙事诗歌中的叙事机制以重新审视叙事学和诗歌研究之间的关系"，其核心在于"关注叙事诗歌文本的性质、形式以及其内在规律、诗人、文本、读者，和叙事诗歌内在及外在机制相关的叙事性"③。在诗歌叙事学的认知转向中，则提出"从对诗歌

---

① 尚必武：《"跨文类"的叙事研究与诗歌叙事学的建构》，《国外文学》2012年第2期。
② 罗军：《走进诗歌叙事学研究新领域：构建诗歌叙事语法》，《长春工业大学学报（社会科学版）》2012年第2期。
③ 罗军：《走向当代西方叙事理论新领域：诗歌叙事学》，《长春理工大学学报》2012年第4期。

叙事文本的叙事结构、叙事语法和叙事模式的关注，转向对读者以及诗歌叙事文本与读者之间关系的关注"①；以及从现代诗歌叙事文本的叙事主题、叙事结构、叙事情节、叙事视角、叙事人物等方面"探索诗歌叙事学的碎片化叙事模式"②等。罗军对诗歌叙事学建构的呼唤不遗余力，并试图在对诗歌叙事文本的叙事学研究中归纳出一些带普遍性的问题。值得注意的是，他在对诗歌叙事学的界定与探讨中都以叙事诗或诗歌叙事文本为对象，对抒情诗的叙事学研究几乎未提及。

2014年，索宇环在《叙事性·诗性·抒情性：重审诗歌叙事学》一文中，对诗歌叙事学展开探讨。该文探讨的主要对象是抒情诗，集中于对抒情诗叙事进行探索。索宇环认为，抒情诗叙事是叙事性、诗性和抒情性三者互动的结果，抒情诗叙事具有时间、人物、情节的分割性和间隔性，也具有情节上的主观性和人文性。论文联系美国诗人罗伯特·弗罗斯特1923年的一首抒情诗《雪夜林边驻足》进行了具体分析，以期让抒情诗的叙事研究具有初步的理论依据，并使这样的分析显得更为具体明晰。③

2016年，李孝弟在《叙事作为一种思维方式——诗歌叙述学建构的切入点》一文中指出，为了能够更完善、科学、富于逻辑性地建构诗歌叙事学的理论，需要结合两个方面的努力："一是叙事学理论研究界的努力，积极为诗歌叙事学的建构寻求理论上的突破；二是诗歌研究者的思维突破，吸收叙事学理论的有关研究成果，来对诗歌做出有益的探索性阐释与解读，从而为构建诗歌叙事学提供文本解读的实证。"④这样一种合力，对于诗歌叙事学的构建和诗歌文本的分析与阐释将提供有益的推动，将促成诗歌叙事学在理论和作品实践分析相结合的研究中的发展。2017年，在《叙述学发展的诗

---

① 罗军：《诗歌叙事学的认知研究》，《长江大学学报（社会科学版）》2012年第8期。
② 罗军、辛笛：《从叙事文本碎片化叙事看诗歌叙事学碎片化叙事模式的构建》，《长春工业大学学报（社会科学版）》2013年第1期。
③ 索宇环：《叙事性·诗性·抒情性：重审诗歌叙事学》，《叙事研究前沿》第一辑，外语教学与研究出版社，2014年。
④ 李孝弟：《叙事作为一种思维方式——诗歌叙述学建构的切入点》，《外语与外语教学》2016年第1期。

歌向度及其基点——关于构建诗歌叙述学的思考》一文中,他进一步提出,"诗歌叙述学要以诗歌文本特征为基础,借鉴保留叙述学理论与方法中适合于诗歌叙述分析的成分,在如下三个方面加以突出:取消抒情与叙事的二分对立,重新界定内容与形式所指,注重诗歌的隐喻思维特征",并认为这或许是构建诗歌叙事学的起步之基。①

2017 年,乔国强在《论诗歌的叙事研究》一文中强调了在诗歌叙事研究中叙事研究元理论的重要性,指出,叙事研究的元理论在其构建伊始虽然主要是针对小说叙事研究而言的,而现在看来,"叙述学的基本理念和术语不仅适用于小说叙事研究,而且也适用于对诗歌(抒情诗和叙事诗)及其他叙事文类的研究"。他认为,就诗歌叙事研究而言,无论是针对抒情诗的叙事研究还是针对叙事诗的叙事研究,都需要在叙事研究元理论的观照下进行,并认为在诗歌叙事研究中应该有一种较为宏观的研究思路。他从中国叙事研究的传统出发,把古代哲人有关"道"与"理"和"元"与"宗"的理念运用到诗歌叙事研究中,在此基础上提出"元""宗""道"一体的研究框架。② 这里显现出一种不满足于拘泥诗歌文本本身的叙事性研究的局面,而关注研究的系统性和建立较为宏观的研究框架的努力。

孙基林历来赞同并展开了诗歌叙事学的研究,并以其所领衔的山东大学诗学高等研究中心为主多次主办了"诗歌叙述学前沿学术论坛"。③ 就这一叙事学的学科分支而言,孙基林更赞成使用"诗歌叙述学"而不是"诗歌叙事学"这一名称。2021 年,在《"叙事"还是"叙述"?——关于"诗歌叙述学"及相关话题》一文中,他提出,在英语或法语语言系统中,"叙

---

① 李孝弟:《叙述学发展的诗歌向度及其基点——关于构建诗歌叙述学的思考》,《外语与外语教学》2017 年第 4 期。
② 乔国强:《论诗歌的叙事研究》,《外语与外语教学》2017 年第 4 期。
③ 自 2020 年起,由山东大学人文社科青岛研究院和山东大学诗学高等研究中心主办的"诗歌叙述学前沿学术论坛"在青岛多次举办,吸引了众多国内外研究者。在论坛研讨的基础上,孙基林主编了《诗歌叙述学前沿文汇》的论文选集。这些论文围绕抒情与叙述、诗歌叙述基本理论问题、叙述者、叙述聚焦、话语、事物、时间与空间、叙述的诗性、诗性修辞等作了系统讨论与研究。该书 2022 年由山东大学出版社出版。

事/叙述"本为同一语词,"叙事学/叙述学"亦然;但译为汉语却出现了两组具有微妙差异的概念,并在学界引发较大争议。他认为,就诗歌而言,它并不像小说那样追求讲出故事,即便叙事也往往采用反叙事的叙述方式;内容层面不仅有事,而且更多是物,并不像"叙事"那样预设一个故事。依照现代观念,即便"叙事"也必然在叙述话语中呈现,并没有离开叙述话语的"事"。因此,就该研究的名称而言,他认为,"诗歌叙述学"比"诗歌叙事学"更为确切,它更注重的是"叙述"而不是"叙事"。当下诗歌书写者往往奔"事"而去,缺乏一种自觉的叙述意识,其结果离诗的本质渐行渐远。诗的本质在于诗性,诗歌叙述的所指和目的自然也是诗性。[①]有关叙事学的这一分支学科或者说跨学科研究的两个不同名称,根源于国内对一个同样的学科而采用"叙事学""叙述学"两个名称,与"叙事学""叙述学"引起国内学界的争议一样,[②]这一争议也延伸到诗歌叙事学中。目前国内"诗歌叙事学"与"诗歌叙述学"并用,看来无法也没有必要统一到同一个名称之下。就其实质而言,在这两个名称之下所进行的研究或许关注点稍有不同,但并无根本上的区别。因此,国内学者完全可以聚集在这两个有所不同的学科名称之下从事方向基本一致的研究。

在文学研究领域内,董乃斌多年来致力于中国文学抒情与叙事双重传统的研究,针对中国文学中推崇抒情传统而忽视叙事传统的一些传统看法,他认为:"中国文学史的确存在着抒情传统,但它不是唯一的,与之并存同在而又互动互补、相扶相益的,还有一条同样悠久深厚的叙事传统。"[③] 他所提出的叙事传统,显然不止存在于中国小说类的叙事虚构作品中,同样也存在于中国文学史源远流长的抒情诗歌传统中。对此,他曾明确指出,他所进行的中国历代诗歌叙事研究,是要从叙事视角对历代诗歌进行研究,这一研究

[①] 见孙基林:《"叙事"还是"叙述"?——关于"诗歌叙述学"及相关话题》,《文学评论》2021年第4期。

[②] 笔者在《叙述学:叙事理论导论》(第三版)的"译后记"中,对这一问题简要阐述了自己的看法。见〔荷〕米克·巴尔:《叙述学:叙事理论导论》(第三版),谭君强译,北京师范大学出版社,2015年,第261—262页。

[③] 董乃斌:《论中国文学史抒情和叙事两大传统》,《社会科学》2010年第3期。

不仅指向历代的叙事诗,同时,"我们的研究一定会更多地涉及抒情诗的叙事问题"①。这样的研究路径无疑将为中国诗歌,尤其是抒情诗的叙事学研究提供广阔的舞台。正是基于这一目的,董乃斌呼吁建立基于中国叙事传统的本土叙事学,其中就包括诗歌叙事学。他认为,中国叙事学的建构必须建立在中国文学史的研究之上,相关研究"必须与中国文学各种文体相结合,分别建立诗歌、辞赋、史传、小说、戏剧以及各类文章(从记事抒情的散文到种类繁多的应用文)的叙事学"。在这一基础上,"先建立分体的叙事学,再建设总体的文学叙事学,然后建设适用范围更广的一般叙事学"②。董乃斌针对丰富多样的中国文学史的实际状况,呼吁先建立包含诗歌叙事学在内的多文体的叙事学,再行扩展的做法,可以作为一个重要的参照,值得引起文学界和叙事学界的关注。

董乃斌在中国文学叙事传统方面所进行的持续不断的研究,不仅对变革中国文学史传统的研究格局,而且也对改变传统的研究视野产生了积极的影响。2011年,他出版了《中国文学叙事传统研究》,2015年,获准主持国家社科基金重大项目"中国诗歌叙事传统研究"。作为这一项目的先期成果,2017年出版了《中国文学叙事传统论稿》一书。他在谈到之所以要在中国文学叙事传统的研究中把视线集中于诗歌的原因时指出,这不仅是最能说明中国文学传统的代表性文体,更因为它历来被视为抒情传统的载体,"抒情传统说"的立论依据主要就是繁荣发达的中国古代诗歌。他认为:"如今我们要证明中国文学不仅存在抒情传统,而且存在一个与之同源共生、互动互竞的叙事传统,就不能不触碰诗歌,尤其是抒情诗繁茂这个难点。只有突破了这个难点,中国文学史贯穿抒叙两大传统的系统性论述才能可靠地树立起来"③,明确地提出要将对抒情诗的叙事研究作为一个重要的关注和有待突破的难点。他的《中国文学叙事传统论稿》分为上、中、下三编,其中上编三

---

① 董乃斌:《关于中国历代诗歌叙事研究的思考》,载董乃斌主编:《古代城市生活与文学叙事》,上海大学出版社,2015年,第2页。

② 董乃斌:《建构基于中国传统的本土叙事学》,《中国社会科学报》2012年9月14日,第B01版。

③ 董乃斌:《中国文学叙事传统论稿》,东方出版中心,2017年,第3页。

章集中探讨中国诗歌的叙事问题,主要涉及的便是对中国古典抒情诗歌的叙事研究。在对中国诗歌叙事性进行整体观照的背景下,探讨了中国古典诗歌的叙事性手法及唐宋文学现象与古代诗歌的叙事性问题。

2023年,作为该重大项目的最终成果,"中国诗歌叙事传统研究"丛书一套七册得以出版。其中,首席专家董乃斌撰写了《诗心缘事:中国诗歌叙事传统研究引论》一书,其团队成员共同撰写的其他六册,分别是《赋比且兴:先秦两汉诗歌叙事传统研究》(杨秀礼等)、《情事消长:魏晋至初盛唐诗歌叙事传统研究》(李翰)、《笔补造化:中唐至宋诗歌叙事传统研究》(杨万里等)、《复雅就俗:元明清诗歌叙事传统研究》(饶龙隼等)、《语体新变:中国诗歌叙事传统的近代转型》(杨绪容等)和《思浓情淡:中国现代新诗叙事传统研究》(姜玉琴)。回顾这一重大项目的缘起和整个研究过程,董乃斌指出,其缘起大致有三个方面:一是为了承续此前的文学史学史和文学史学原理研究,而以此比较集中具体地探索文学史贯穿线问题;二是质疑影响深广的"中国文学就是一个抒情传统"说,而以"叙事传统与抒情传统并存互动"论予以补正,借以建构抒情叙事双线并贯的文学史论说范式;三是受到西方叙事学研究丰硕成果的启发,也受到后现代主义混淆文史界限的刺激,遂联想到中国文学叙事传统既亟须加以梳理,文史关系的复杂尤须辨析澄清。伴随着整个研究过程,作者指出,"中国文学就是一个抒情传统"说,其片面性已经被揭示,与之相对的"抒叙两大传统"说,已经树立并为越来越多的学者理解和认同。与此同时,作者也谈到国内叙事学研究与该项目研究相互促进的情况,表明,"由于近年来国内的叙事学研究兴盛,叙事学界的同仁既给我们许多启发帮助,也引我们为同道,我们自然也愿努力为中国叙事学的发展作些微薄的贡献"[①]。在该书的《关于中国诗歌叙事学的一点思考》一文中,作者更直接提出了构建诗歌叙事学的问题,指出:"中国诗学源远流长,传统深厚,但也有不少陈规旧套,需要突破、更新以求发展。诗歌叙事学作为中国诗学一个新的生长点,应该建设,亟待建设,也的确有条

---

① 董乃斌:《诗心缘事:中国诗歌叙事传统研究引论》,上海远东出版社,2023年,第3—4页。

件建设。"① 这无疑是董先生在自己多年研究与实践的基础上所发出的十分合理的呼吁，而他自己多年来的研究实际上已为诗歌叙事学的构建作出了极为有益的贡献。董乃斌先生及其团队的研究别开生面，不仅在传统的中国文学史研究中注入阵阵新风，也在诗歌叙事研究中提供了可资借鉴的方法和范例，对新的研究格局的形成产生了重要的影响。

在呼吁建立诗歌叙事学的同时，一些学者通过专注于在诗歌叙事研究的实践中进行耕耘，从而加深与拓宽了这一研究领域，比如，王阳在其《虚拟世界的空间与意义》一书中，以其中一章对李金发的抒情诗《弃妇》进行了叙事学分析，目的在于"实现叙事学从小说批评向诗歌批评的扩张"。其具体思路是将叙事学的主体范畴（如文本外的真实作者和文本作者，文本内的隐含作者、叙述者，声音主体、眼光主体和人物主体）转换为对应的诗歌批评范畴，然后按照从文本内到文本外的顺序，从《弃妇》的二项对立结构的逐段讨论，过渡到诗歌的象征意义分析。作者认为，依据移植的叙事学主体范畴展开的逻辑分析，能够最大限度地挖掘文本符号结构中潜藏的丰富诗意。② 应该说，王阳运用叙事学的相关概念展开对《弃妇》的分析，是一个大胆的尝试，对这首素以"晦涩难懂"著称的抒情诗的理解开启了一条不同的路，也提供了一种方法论的思考。又如逯阳的《诗歌叙事学视域下的丁尼生作品解读》，对维多利亚时代的桂冠诗人丁尼生在诗歌创作上具有的特征的探讨，从叙事学理论出发，对其诗歌作品的叙事模式、叙事技巧、叙事节奏及空间标识等进行了理论阐述和文本分析，归纳其诗歌叙事的一般模式和常用技巧，进而探索诗人在信仰危机时代的内心变化。③ 周剑之的《从三分模式到两重标准：〈昭昧詹言〉的诗歌叙事学》探讨了方东树《昭昧詹言》在诗歌叙事批评上作出的独特贡献，指出叙、写、议的三分模式，促进了其诗歌叙事批评的成熟。以此为基础，方东树提出诗歌叙事的两重标准，建立起一套成熟圆融的批评体系。④

---

① 董乃斌：《诗心缘事：中国诗歌叙事传统研究引论》，上海远东出版社，2023 年，第 482 页。
② 见王阳：《虚拟世界的空间与意义》，宁夏人民出版社，2007 年，第 284—328 页。
③ 逯阳：《诗歌叙事学视域下的丁尼生作品解读》，《社科纵横》2019 年第 1 期。
④ 周剑之：《从三分模式到两重标准：〈昭昧詹言〉的诗歌叙事学》，《励耘学刊》2020 年第 1 期。

在这些研究中，有些研究并不直接冠以诗歌叙事学之名，但实际上采用的是与之一致或相关的方法与路径，它们对拓宽与深化这一领域的研究无疑具有必不可少的帮助。在这些研究中，值得注意的如张海鸥的《论词的叙事性》一文。在这里，作者集中对词这一中国古典抒情诗的重要形式进行探讨。论文中借鉴叙事学文本结构分析的理论和思路，寻绎和阐释词的叙事性，并对此作了颇具价值的分析。作者认为，词具有叙事性，早期的词调许多又是词题，具有点题叙事性；词题的主要功能是引导叙事；词序是词题的扩展，是对词题引导叙事的延展，又是对正文之本事、创作体例、方法等问题的说明或铺垫；词正文的叙事与其他叙事文体不同，其特点是片段的、细节的、跳跃的、留白的、诗意的、自叙的；词的叙事风格比小说典雅、含蓄、文人化。①这一探讨无疑别开生面，为词的叙事性分析作了很有意义的开拓。另外，如李志元、张键的《20世纪90年代以来的诗歌叙事》，探讨了该时期以来的中国诗歌将叙事作为主要的话语方式，其特征表现为零度叙事、复调叙事与非史诗叙事。②还有一些其他论文诸如李亚峰的《明清之际诗歌叙事意识的积淀》（2007）、贾丹丹的《抒情诗歌中的叙事图景——杜甫前期诗歌叙事艺术探析》（2009）、张志斌的《先唐民间诗歌叙事传统概论》（2010）、傅华的《当代先锋诗歌叙事性书写的西方诗学背景》（2010）等。

邵炳军关于《诗经》的叙事学研究也颇富意义。2015年以来，邵炳军就这一论题连续发表了多篇论文。其中《春秋社会形态变迁与诗歌叙事主体构成形态演化》探讨了《诗经》中叙事主体由特定社会形态的变迁而产生的演化；③《春秋诗歌"叙述者"介入叙事的多元形态——以两周之际"二王并立"时期诗作为中心》探讨"二王时期"（前771—前760）诗歌文本中以"公开的叙述者"为主的多元共存的介入格局。④《从〈诗经〉"自述其名"方

---

① 张海鸥：《论词的叙事性》，《中国社会科学》2004年第2期。
② 李志元、张键：《20世纪90年代以来的诗歌叙事》，《北京师范大学学报（社会科学版）》2006年第2期。
③ 邵炳军：《春秋社会形态变迁与诗歌叙事主体构成形态演化》，《江海学刊》2015年第4期。
④ 邵炳军：《春秋诗歌"叙述者"介入叙事的多元形态——以两周之际"二王并立"时期诗作为中心》，《上海大学学报（社会科学版）》2015年第4期。

式演进看叙事主体意识的强化——以〈崧高〉〈烝民〉〈巷伯〉〈节南山〉〈閟宫〉为中心》和《从"自述其名"方式看"卒章显志"叙事模式的变迁——以〈崧高〉〈烝民〉〈巷伯〉〈节南山〉〈閟宫〉为中心》探讨了《诗·小雅·巷伯》《节南山》等5首诗中叙述者表现的特殊形态,即透过"自述其名"而"卒章显志",也就是"真实作者(real author)在叙事文本的末尾直接点明自己的姓名,使叙述者'我'的真实身份明朗化;所谓'卒章显志',即叙事主体(narrative subject)采用篇末点题方式为受述者(narratee)表达叙事动机与主旨的一种叙事结构模式",也就是"真实作者在卒章通过'自述其名'方式以'显志'的叙事结构模式"。① 作者认为,这样的叙事结构模式,是以真实作者替换了叙述者"我",是一种最典型的"公开的叙述者",其特点是叙事主体的显性评价与自我意识的不断强化。由此而开创的诗歌"卒章显志"的叙事模式,对后世中国诗歌产生了深刻影响。邵炳军的研究由于采用了诗歌叙事学这一新的角度,因而在无以计数的《诗经》研究中别具一格,彰显出其新意。

值得注意的还有周剑之的《宋诗叙事性研究》,该书系作者在其博士论文的基础上修改而成。作者认为,"叙事"作为一种基本的文学功能和文学表现手法,在古典诗歌的发展历程中扮演着不可或缺的角色。而在诗歌叙事传统的发展脉络中,宋代是至关重要的一环。该书以"叙事性"作为关注的中心,选取宋诗作为诗歌叙事传统研究的突破口,试图突破古代诗歌史研究中偏重抒情的思维惯性,致力于梳理宋诗中关于叙事的重要创作现象和诗学概念,分析与之相关的诗歌表现和诗学内涵,由此探讨宋诗的叙事性。② "叙事性"本身是叙事学,包括诗歌叙事学的一个重要概念,《宋诗叙事性研究》以这一概念贯穿始终,突出了其与诸多已有研究的不同之处。实际上,在该书中,诸多叙事研究或叙事学研究的其他重要概念,如场景、历时性、片段、情节、事件要素、叙事干预、叙事模式、自我叙事等,均为作者所频繁

---

① 邵炳军:《从"自述其名"方式看"卒章显志"叙事模式的变迁——以〈崧高〉〈烝民〉〈巷伯〉〈节南山〉〈閟宫〉为中心》,《南京师大学报(社会科学版)》2015年第4期。
② 见周剑之:《宋诗叙事性研究》,中国社会科学出版社,2013年,第1—3页。

采用，显示出作者"从一个新的角度认识宋诗的过程"[①]。应该说，这是一个有效而富于成果的研究过程。沿着诗歌叙事研究的方向，作者于2022年又出版了《事象与事境：中国古典诗歌叙事传统研究》一书，尝试探寻中国古典诗歌叙事阐释的有效方法，从古典诗学传统及创作实践出发，拈出"事象""事境"两个关键概念作为出发点，选取叙事鲜明的诗歌类型及有代表性的诗人诗作，考察叙事形态，梳理叙事脉络，分析叙事细节，深入诗歌叙事独具魅力的艺术世界。在研究中，作者力图"回归古人的创作实践和诗学思想，从中寻找与古典诗歌叙事相适应的阐释工具"[②]，这种努力是值得肯定的。

在诗歌叙事学研究中，还有一支不可忽视的力量，这就是日益增多的博士硕士论文。这不仅表现出年轻学人对前沿学术领域的敏锐，也预示出这一研究领域的可喜前景。

对诗歌叙事学研究的关注，也表现在台湾学者的研究中。2015年，台湾清华大学中国文学系举办了"中国叙事学：历史叙事诗文"的学术研讨会。会后出版了收集这次会议主要成果的论文集，其中便包括如《"以追忆肯认现时"——论陆游追忆远游的自传意涵》（黄奕珍）、《组诗体制的抒情叙事双重性——以曹植、谢灵运、谢惠连的四组诗为探讨对象》（许铭全）等论文。后者论析二谢在典范模习下，如何将曹植组诗之序列性转化为叙事性及其体制选择的背后用意，由此阐论中古早期组诗的这一表现形式具有之意涵，及其所显露的抒情与叙事互融并济之诗学理想。[③]

纵观国内的诗歌叙事学研究，可以看出，这一研究目前已经引起了越来越多研究者的关注。从逐步意识到这一研究的重要性和必要性，到呼唤构建诗歌叙事学，到逐渐有意识地在理论与实践的层面上展开诗歌叙事学研究，这一进程一直在有条不紊地展开，并产生了一些值得注意的研究成果。作为一种新的跨文类的研究方法和实践，诗歌叙事学得到了充分的肯定，它拓宽

---

① 周剑之：《宋诗叙事性研究》，中国社会科学出版社，2013年，第315页。
② 周剑之：《事象与事境：中国古典诗歌叙事传统研究》，商务印书馆，2022年，第4页。
③ 见李贞慧主编：《中国叙事学：历史叙事诗文》，台湾"清华大学"出版社，2016年，第209页。

了研究的领域，不仅对国内叙事学研究的发展产生了积极的影响，也为诗歌研究和诗歌创作的繁荣提供了可资借鉴的理论资源。

自然，一个新的研究领域的开拓，一种新的研究方法的提出和不断完善，绝不是可以一蹴而就的。它需要时间和经验的积累，需要以不断的研究实践和理论开拓为新学科的发展开辟道路。就此而言，无论是国外还是国内的研究，都仍然处于一个正在进行中的理论探索和逐步实践的阶段。国内的诗歌叙事学研究目前更多处于基本的理论探讨与逐步开展的实践分析阶段。实质性的研究已逐步展开，但深入的理论探讨仍显不足，针对诗歌文本进行理论与实践相结合的、有说服力的诗歌叙事学分析无论在数量上还是质量上都有待进一步努力。因而，在它前面尚有广阔的理论与实践的天地，需要研究者去进一步耕耘与开拓，以使诗歌叙事学在跨文类叙事学研究的领域中结出丰硕的果实。

在对国内外的研究状况进行梳理的背景下，后面的章节将依次展开对诗歌叙事学研究所涉及的重要理论和实践问题的探讨。这些问题涉及诸如抒情诗的叙述交流，叙述交流的主体与对象，文学主体与抒情主体，抒情文本中的故事与"外故事"，抒情诗的时间与叙述时间，文学想象力与抒情诗的空间叙事，抒情诗的空间呈现以及抒情诗的叙事动力等。与叙事学研究注重理论与文本实践的结合一样，在下面的诗歌叙事学研究中，对相关理论问题的探讨同样会在密切结合诗歌文本分析实践的基础上进行，以使理论探讨不流于空疏，也使文本分析具有理论的依托，在这样的基础上，将力图概括出诗歌叙事学一些具有规律性的理论现象，并希望能够在诗歌，尤其是抒情诗的叙事学分析中起到举一反三的作用。

第三章　叙述交流

交流可以视为人类社会的本质特征。人类社会以各种方式，透过不同的介质进行交流。其中，文学艺术作品就是不可或缺的重要方式。不论以何种方式进行交流，都内在地包含着叙事的要素。在抒情诗歌中同样如此。情感的抒发以一种特定的方式进行叙说，内在地隐含着叙事的要素。抒情诗通过抒情主体对抒情对象的情感抒发实现叙事交流，并最终实现作者与读者的交流。这种以情感抒发表现的交流，显示出人类关系最永恒的因素，它一定具有特定的对象，"没有对象的纯粹情感已不具意义"[①]。而这样的对象可以是多种多样的，既可针对特定的个人与群体，也可针对抒情人将之人化的自然物体和各种其他现象，还可针对抒情人自身。无论在何种情况下，诗人透过抒情人所意图实现的是与最广大的读者的交流，引起读者的共鸣，实现情感的共享。

第一节　叙述交流语境

任何文学艺术作品归根结底都是作者与读者之间交流的产物，抒情诗也不例外。交流意味着交流的双方，即发送者和接受者透过特定的媒介实现信息的传递与共享。雅各布逊（Roman Jakobson）曾经将言语传达的交流过程按照一个系统来加以分解，并且以图表形式列出了一个有着广泛影响的交流模式，其中包含在交流过程中具有不同功能的六个要素，它们分别是：发送者（信息的发送者或编码者），接受者（信息的接受者或解码者），信息自身，

[①] 〔美〕高友工：《中国叙述传统中的抒情境界——〈红楼梦〉与〈儒林外史〉读法》，载浦安迪：《中国叙事学》，北京大学出版社，2018年，第269页。

代码（信息所表现的意思），语境（信息所涉及的语词所指的对象），联系（发送者与接受者之间的联系）。雅各布逊列出的图表如下：

语境
信息
发送者⋯⋯⋯⋯⋯⋯⋯接受者
联系
代码

这就是说，一个发送者发出信息给一个接受者，信息要想起作用，就需要联系某种语境，接受者要想捕捉到这种语境，不论它是语言的还是可以转化为语言的，就需要采取代码的形式，它通常是信息发送者和信息接受者双方都熟悉的符号形式，无论是以语言符号出现的，还是以光、色、线条、视觉形象等其他符号所表现出来的。最后还需要通过某种联系，一种在发送者和接受者之间保持畅通的物质通道和心理联系，以使二者进入并保持这一传达交流过程。① 自然，这样的交流不限于在同时代的作者与读者之间进行。任何作品，一旦诞生之后，便形成一种存在，"它可以不依赖作者而不断与读者交往、交谈；它不但能对现在的读者，还可以跨时空对将来的读者传达交谈"②。因而，这样的交流是永恒存在着的。在文学作品所形成的交流中，不同的作品进行交流的方式可能会有所不同。

在叙事作品中，这一交流表现为某种按特定目的所进行的"叙事"。叙事表现的是"从说者到听者的一个具有多重目的的交流"。按照詹姆斯·费伦从修辞叙事出发的表达，它是"某人向别的人，在某种场合，为某种目的，讲述对于某人或某事发生了某些东西"③。而在抒情诗歌中，这种交流则

---

① See Roman Jakobson, "Closing Statement: Linguistics and Poetics". In Thomas A. Sebeok, ed., *Style in Language*, Cambridge: MIT Press, 1974, p. 356.
② 叶维廉：《中国诗学》，生活·读书·新知三联书店，1992年，第138页。
③ David Herman, James Phelan et al., *Narrative Theory: Core Concepts and Critical Debates*. Columbus: The Ohio State University Press, 2012, p. 3.

主要以情感表达的方式来实现，通过抒发情感、传情达意而进行。以情感抒发的方式进行叙说，内在地包含着叙事的要素，包含着为达到某种特定目的所进行的叙事交流。同样从修辞叙事的角度出发，费伦对抒情诗的"抒情性"（lyricality）作了阐释，他将抒情诗界定为两种主要的模式："一、某人在某种场合出于某个目的告诉某人（可能出现也可能不出现在抒情人面前），或者甚至告诉他或她自己关于某事——一种状态，一种情感，一种感受，一种态度，一种信念；二、某人告诉某人（可能在场也可能不在场），或甚至告诉他或她自己关于他或她在某种场合下对某事的沉思。"① 这种一方对另一方出于特定目的的"告诉"（telling），将自身的情感、感受、态度、信念等倾泻而出，必定会在被告知的一方引起回应，并引起情感的变化以致产生共鸣；而在告知的一方同样会显现出情感、态度的种种变化。这样，也就会形成以情感表达作为基础的叙述交流。

由此可以看出，抒情诗作为情感抒发的文本体现，不会与叙事相隔绝，其中也用得着叙事的因素。不过，这些因素与在叙事文本中叙事所包含的意义有所不同，抒情诗中的叙事因素更多如黑格尔所说，"只是用来表现一种内心的情境"②，而非叙说有头、有身、有尾的连贯的故事。格罗塞在对原始诗歌的研究中，将诗歌分为客观的诗和主观的诗，前者指的是"用叙事或戏曲的形式表示外界现象——客观的事实和事件"的诗歌，实际上就是叙事诗；而后者则是抒情诗，它表现的是"内心现象——主观的感情和观念"，诗人所希望唤起的不是行动，而是感情。③ 这种透过内心主观情感的表现而渴求唤起的情感，不论对于诗人自身还是对诗歌倾诉的对象，都可看作是一种叙述交流。

在叙事文本中，叙事可以视为"由一个人（或一群人）向另一个或更多的他人进行某种有目的的交流"④。在这一点上，抒情文本与叙事文本并无区

---

① James Phelan, *Living to Tell about It: A Rhetoric and Ethics of Character Narration*. Ithaca: Cornell University Press, 2005, p. 162.
② 〔德〕黑格尔：《美学》第三卷下册，朱光潜译，商务印书馆，1981 年，第 197—198 页。
③ 〔德〕格罗塞：《艺术的起源》，蔡慕晖译，商务印书馆，2019 年，第 175 页。
④ David Herman, James Phelan et al., *Narrative Theory: Core Concepts and Critical Debates*. Columbus: The Ohio State University Press, 2012, p. 3.

别，这种有目的的交流在两者中都同样存在。而且，透过情感抒发所体现出来的交流，是一种更为直接的交流，一种以更具迫切性的情感表达为目的的交流，往往是更具明确对象的交流。这种情感表达可以看作为叙述交流的重要形式。就叙述交流而言，一方面，抒情诗中叙述交流表达的方式与叙事文本中有所不同；另一方面，作为一种交流行为，它们在本质上又存在诸多一致之处。比如，从前者来看，我们知道，读者的阅读动力与叙事判断有着密切的关联。而在以情感表达激起听者和读者反应的抒情诗歌中，有时当听者或读者的情感反应如此密切地与抒情人融合在一起时，有可能出现这样一种情况，这时，判断力有可能从听者或读者的回应中消失，取而代之的是同情的认同，结果，听者或读者"不是从观察者的角度"，而是从作为抒情人的"他或她的角度出发观察抒情人"。[①] 也就是说，听者或读者完全被抒情人的情感所吸引，所融化，甚至或多或少丧失了自己的判断力。这种情况，犹如德国艺术史家格罗塞所说，一首诗歌，它最初往往"只是表现诗人的情感；但是它表现的方式会激起听者和读者同样的感情"[②]。这可以说是抒情诗歌叙述交流一种极端的但又每每存在的状况。情感激荡的迷雾有时可能遮蔽了判断力，让判断力在情感的抒发与表达面前显得无能为力。

第二节 叙述交流对象

热奈特曾说到，在叙事文本中，可以区分出两个不同的主体，这就是文学主体（literary instance）与叙述主体（narrating instance）[③]。这是叙事文本分析所做的基本区分之一。叙述主体不直接归之为作者本人，而归之为作者

[①] James Phelan, *Living to Tell About It: A Rhetoric and Ethics of Character Narration.* Ithaca: Cornell University Press, 2005, p. 10.
[②] 〔德〕格罗塞：《艺术的起源》，蔡慕晖译，商务印书馆，2019 年，第 206 页。
[③] See Gérard Genette, *Narrative Discourse: An Essay in Method.* Trans. Jane E. Lewin. Ithaca: Cornell University Press, 1980. p. 229.

的代言人，即叙述者。这样的叙述者不是在构成叙事作品的语言中表达自身的个人，而属于一种功能，尽管这样的叙述者与作者本人有可能存在或多或少的关联，但不能将二者相等同。萨特对这一点作了很好的解释："为什么作者不是叙述者呢？因为作者要创作，而叙述者只是叙述所发生的事件……作者创作出叙述者以及叙事风格亦即叙述者的风格。"[①] 在叙事文本中，这样的叙述者可以只有一个，但也可以有多个，这一个或多个叙述者向"另一个或更多的他人"（在叙事文本中表现为与之处于同一层次的受述者）进行讲述，实现相互之间的交流，并进而实现包括作者与读者在内的更大范围更为广泛的交流。在抒情诗中，存在着与叙述者和受述者相应的叙述交流过程，它所表现的是抒情主体与抒情对象，即抒情人与抒情对象之间的叙述交流过程。

抒情主体无疑在抒情诗中居于核心地位，在抒情诗的叙述交流中同样居于中心地位。考虑到抒情主体的重要性，我们将单独列出一章，也就是在下一章中集中对它进行研究。因而，在此我们将暂时略过抒情主体，首先对作为其叙述交流对象的一方进行探讨。

一、作为交流对象的"作者的读者"

在文学作品的创作中，作者有可能针对一定的对象："作者的读者"，即"作者写作针对的假设群体"。[②] 这一群体将"分享作者期待他或她的读者与

[①] 〔法〕萨特：《家庭的白痴》，转引自热拉尔·热奈特：《虚构与行文》，载《热奈特论文集》，史忠义译，百花文艺出版社，2001年，第142页。

[②] 有关作者在文学作品创作中针对特定对象，或"作者的读者"的问题，是一个很有趣但又很难把握的问题。俄裔美籍诗人约瑟夫·布罗茨基（Joseph Brodsky）曾经在与俄裔美籍作家所罗门·沃尔科夫（Solomon Volkov）的谈话中，对后者提出的问题做过很有意思的回答。二者的对话如下：

沃尔科夫：您在写诗的时候，是在面对某些潜在的读者吗？

布罗茨基：您知道斯特拉文斯基是怎样回答此类问题的吗？我记得，是罗伯特·克拉夫特向斯特拉文斯基提出了这样一个问题："您是为谁而作曲的呢？"斯特拉文斯基回答："为自己，为一个假定的 alter ago。"就是这样。

沃尔科夫：这个假定的 alter ago 在您这里看来是说俄语的吧？

布罗茨基：也许……更确切地说，我还没有考虑过，他应该用哪种语言说话。　（转下页）

之分享的知识、价值、偏见、恐惧和经历,并将他或她的修辞选择建立在这样的基础上"①。在这样的读者中,艾柯所说的"模范读者"应该是最为理想的。这种理想状态的读者,"既是文本希望得到的合作方,又是文本在试图创造的读者"②。这样的读者,或许也就是 18 世纪英国诗人和评论家塞缪尔·约翰逊博士(Samuel Johnson)所提出的"理想读者"(ideal reader)。抒情诗所针对的"作者的读者"或"模范读者",可以是诗人的"假设群体",也可以是具有明确对象的个人或群体,是诗人某种强烈情感表达的明确对象。这样的对象可以说正是诗人心目中的模范读者或理想读者。与叙事文本相比,诗人尤为渴望这样的模范读者和理想读者,尤为迫切地希望这样的对象能够与之分享快乐和悲伤,分享"知识、价值、偏见、恐惧和经历"。在这个意义上,可以说作者在创作时竭力寻求其心目中的模范读者或理想读者。另一方面,对于交流的另一方即读者而言,也在寻求着自己心目中理想的作者,以透过其优秀的作品实现相互之间完美的交流。这种情况一如哈罗德·布鲁姆所说:"崇高的文学让读者遨游和扩展。阅读一位崇高的诗人,例如品达和萨福,可以让我们经历一种近似成为作者的感受。"③ 二者

(接上页)**沃尔科夫**:在这种情况下,这个 alter ago 他居住在什么地方呢?

布罗茨基:鬼才知道,这是他的私事。(见〔美〕约瑟夫·布罗茨基、所罗门·沃尔科夫:《布罗茨基谈话录》,马海甸、刘文飞、陈方译,作家出版社,2019 年,第 146—147 页。)alter ago 为拉丁语,意为"第二自我"。在这里,布罗茨基以美籍俄裔作曲家、指挥家和钢琴家斯特拉文斯基(Igor Fedorovitch Stravinsky,1882—1971)对相关问题的回答作为自己的回答。以对后者所述的认同而避免作出更明确的回答。这可以作为作者创作的一种情况来看待。但即使是"为自己",为"第二自我",依然还是表明作者借作品以进行自我交流的意图。而这种自我交流的意图其实未必以作者自身为止,作者不是一个自闭症患者,其最终目的仍离不开读者,因而,就一般情况而言,作者在创作时或隐或显地都可能存在着自己的"作者的读者"。

① David Herman, James Phelan et al., *Narrative Theory: Core Concepts and Critical Debates*. Columbus: The Ohio State University Press, 2012, p. 6.
② 〔意〕安贝托·艾柯:《悠游小说林》,俞冰夏译,生活·读书·新知三联书店,2005 年,第 10—11 页。
③ 〔美〕哈罗德·布鲁姆:《影响的剖析:文学作为生活方式》,金雯译,译林出版社,2016 年,第 18 页。

之间这种相互追寻的奇妙关系，演绎着文学艺术作品创作与阅读之间的种种景观。

抒情诗的抒情主体往往以单个抒情人体现出来，而与单个抒情人相对应的抒情诗的情感传达对象，或者说叙述对象（与叙事文本中和叙述者相对应的受述者相应）就不止纯粹的单个人，而表现出各种有所不同的情况。霍恩认为，从对他人的主题参照的角度看，可以区分两种主要形式的参照的文本，即对他人的参照的文本，与对自我（对抒情人个人和自我）参照的文本。①也就是说，情感抒发的对象，或者说叙述交流的对象，既可以是他人，也可以是抒情人个人和自我。让我们分别看看抒情诗中这两种不同的情况。

从抒情诗的创作实践来看，对他人与自我两种参照的文本中，前者"牵涉由对另一个人的中心参照而形成的界定与认同"②。也就是说，抒情人透过他人的存在、透过对他人的关注而凸显出自我，凸显出自我的认同与情感。在这里，其情感抒发的对象无疑是他人。这样的他人，是抒情诗的叙述交流对象。这一对象作为抒情人情感倾诉的接受者，与抒情人处于同一层面。这样的对象，不仅可以表现为个人，也可以表现为群体。

二、作为交流对象的个人

在抒情诗中，个人作为抒情人情感倾诉的接受者占据着十分重要的地位。人，包括诗人在内，都是社会的人，都存在着各种各样的社会关系，与周围的人，包括自己的亲人、友人有着割不断的联系，自然也会在相互之间产生各种各样的情感。而抒情诗就是表达这种情感的最好方式，是实现强烈情感抒发这种叙述交流的最佳载体。这样的个人，在许多诗篇中是以具体的、特定的人而出现。以此类特定个人作为对象的抒情诗，中外古今俯拾皆是。在中国的抒情诗歌传统中，致友人、亲人的诗歌以及相应的应答、应

---

① See Peter Hühn, Jens Kiefer, *The Narratological Analysis of Lyric Poetry: Studies in English Poetry from the 16th to the 20th Century*. Trans., Alastair Matthews. Berlin: Walter de Gruyter, 2005, p. 243.

② 同上。

和、唱和之诗无以计数，在中国抒情诗中占了极大的比重。许多历代读者耳熟能详、脍炙人口的优秀诗篇中都不乏这类诗歌。显然，这类抒情诗歌都是以特定的个人或多个人作为交流对象的。在英国，以《失乐园》《复乐园》等叙事长诗而知名的 17 世纪诗人弥尔顿，也有十分优美的抒情诗。其中有一首抒情诗，是弥尔顿写给他一位叫西里亚克·斯基纳的学生的十四行诗，题名就叫《给西里亚克·斯基纳》。弥尔顿在诗中叙说了自己长年累月为英国革命工作而累得双目失明，已经"什么都看不见"，"不见太阳、月亮或星星"，"男人女人"，但诗人接着倾诉道：

> 可是我并不埋怨上天的手段或用心，
> 我一点也没有减少我的希望和热情，
> 我仍旧要向上，向前迈进。
> 你要问这是什么在支持我吗？朋友，
> 那是道义呀，我为了保卫自由而失明，
> 保卫自由，这是我崇高的义务，
> 全欧罗巴到处都以这事为谈话的中心。
> 这个思想引导我穿透世界的假面具，
> 我虽然瞎了也满意，我有了无上的指针。①

对自己的学生叙说内心的情感，自然可以披肝沥胆，倾情而出。我们从诗篇中可以明确地感受到，透过抒情人而展现的诗人强烈的革命情怀凝聚于诗中，贯穿始终，让人看到革命家兼而为诗人的弥尔顿的历历心迹。这样的情感可以说贯穿在他的全部诗作中，无论是叙事长诗还是抒情短诗。但在他的叙事长诗中，这样的情感是透过长诗中的人物、情节、故事、场景而显露出来的，远不如在这里的直抒胸臆。再看看普希金的《致凯恩》，这是一首送别诗，系诗人为送别其女友凯恩而作：

---

① 〔英〕弥尔顿：《给西里亚克·斯基纳》，朱维之译，载华宇清编撰：《金果小枝——外国历代著名短诗欣赏》，黑龙江人民出版社，1982 年，第 195—196 页。

我记得那美妙的一瞬：
在我的眼前出现了你，
犹如昙花一现的幻影，
犹如纯洁之美的精灵。

　　在那无望的忧愁的折磨中，
在那喧嚣的虚荣的困扰中，
我的耳边长久地响着你温柔的声音，
我还在睡梦中见到你可爱的面影。

　　许多年代过去了。狂暴的激情
驱散了往日的梦想，
我忘记了你温柔的声音，
和你那天仙似的面影。

　　在穷乡僻壤，在流放的阴暗生活中，
我的岁月就那样静静的消逝，
失掉了神性，失掉了灵感，
失掉眼泪，失掉生命，也失掉了爱情。

　　如今灵魂已开始觉醒：
于是在我的眼前又重新出现了你，
犹如昙花一现的幻影，
犹如纯洁之美的精灵。

　　我的心狂喜地跳跃，
为了它，一切又重新苏醒，
有了神性，有了灵感，

有了生命，有了眼泪，也有了爱情。①

这首动人的诗篇，是普希金在凯恩即将离开诗人所居留的三山村时送给她的。诗人在清晨送别凯恩时，把《叶甫根尼·奥涅金》第一章的发表稿赠送给她，发表稿的书页中便夹着一张叠成四折的信笺，上面写着的便是这首《致凯恩》。②普希金与这位1800年出生的俄国贵族女性前后保持了长达17年的友情，她是他心目中一位圣洁的、理想化的女性。《致凯恩》便是诗人与其情感抒发对象透过诗篇面对面的直接交流。

在中国古典诗词中，也存在着大量的送别诗、应答诗，这样的传统一直延续至今。在这样的诗篇中，同样表现出诗人与特定对象的直接交流。王勃的《杜少府之任蜀州》一诗便是这样的诗篇：

城阙辅三秦，风烟望五津。
与君离别意，同是宦游人。
海内存知己，天涯若比邻。
无为在歧路，儿女共沾巾。③

唐人称县尉为少府，诗人送别的对象杜少府其人其行迹已不可考，然而诗篇所传达的情感却留存千古。在这样对特定对象的情感抒发中，短小的篇幅中往往可能凝聚着诗人长时间的甚至维系终生的情感。

当抒发对逝者的哀思与无限情怀时，诗人便永无《致凯恩》一诗这种与倾诉对象直面交流的机会了。我们在许多悼亡诗中所读到的，便是诗人深深潜藏在内心难以忘怀的情感。抒情人在诗篇中痛彻心扉的浅吟低语，或可

---

① 〔俄〕普希金：《致凯恩》，戈宝权译，载周煦良主编：《外国文学作品选》第二卷，上海译文出版社，1979年，第626—627页。
② 见张铁夫：《普希金与凯恩》，载张铁夫：《群星灿烂的文学——俄罗斯文学论集》，东方出版社，2002年，第34页。
③ （唐）王勃：《杜少府之任蜀州》，载倪木兴选注：《初唐四杰诗选》，人民文学出版社，2001年，第26页。

通达诗人心中永恒留存着的已逝者，或可以通过诗篇与之交流。但这样的诗篇，从某种意义上说，更多的是面向诗人自身的。透过抒情人对逝者所发出的，是诗人哀思的宣泄，情感的寄托。在与逝者的交流中，得以抚慰诗人痛苦的心灵，寄托永恒的哀思。而对于逝者的哀思，大多数读者或许都曾经历过、体验过。这样，诗篇中所表达的抒情人个人的情感，往往会深深触动读者内心的琴弦，激起读者的强烈共鸣。法国 19 世纪浪漫派领袖维克多·雨果创作了为数不少的优秀小说，而他作为诗人同样享誉文坛。他的悼亡诗《明日，破晓时分》是悼念他尤为疼爱的女儿列欧波汀（Leopoldine）的。列欧波汀 1843 年 19 岁时不幸溺水身亡，引起了作为父亲的诗人的长久哀痛。《明日，破晓时分》便是叙说诗人将于翌日清晨去女儿墓前送花的情景：

> 明日，破晓时分，乡野既白，
> 我将启程，知悉你在等待；
> 将行经森林，行经山冈，
> 不能远离你更久长。

抒情人并未直抒对怀念对象的浓烈情感，却将逝者看作依然活在人世等待父亲到来的女儿，其所有的注意力都集中在要将花送达等待的女儿身边，并以质朴平实的语言描述了这一将要出现的行程，它使世间的一切显得黯然失色："我将行走，双目凝视思维，／不听任何声音，无视外界一切；／弓着背，双手交叉，踽踽独行，／忧心忡忡，白昼于我将是黑夜。//将不观看日落之金，／亦不观看落向何伏勒赫的夜幕。／抵达时，我将在你墓前放置／开花的欧石南和冬青一束。"[①] 这是一位将世间一切置于脑后的抒情人，他心中的一切全凝聚在墓前的鲜花上。一位年迈的悼亡者的身影深深地铭刻在读者的心中，平静的言语中流露出抹不去的深情，让人久久回味。

抒情诗所表达的是极富个人秉性的情感，在针对特定个人的诗篇中尤可

---

① 〔法〕雨果：《明日，破晓时分》，载〔法〕波德莱尔等著：《法兰西诗选》，胡品清译，上海三联书店，2014 年，第 81—82 页。

表现出这样的情感。因而在这样的诗篇中,情感的表达尤为真切动人。而在对特定个人的情感表达中,往往会有一个触发点,也就是说,情感会因某一特定的情境而生。"最完美的抒情诗所表现的就是凝聚(集中)于一个具体情境的心情,因为感受的心灵是主体性中最内在最亲切的因素。"① 因某一特定情境而在瞬间产生的情感往往可以凝聚为最完美的诗篇,它不仅完成了诗人与特定对象的情感交流,也因为这种情感的共通性而打动读者,激起世世代代人们的共鸣,形成与远为广大的历代读者之间源源不断的交流。

在对特定对象的情感表达中,可以出现如上述弥尔顿、普希金、王勃诗篇中的具体对象,而在有的情况下,诗篇并未提及具体的个人,但诗人心中已存在着特定对象,如古希腊女诗人萨福《给一个富有而没有知识的妇人》②:"你将永远地长眠,没有人记得你是谁,/因为你从没有在缪斯的树上摘过玫瑰;/你将在寒冷的阴间,同那些不知名的鬼魂/到处飘荡,和在世时一样默默无闻。"③ 我们不知道这位妇人是谁,甚或有没有这样一位妇人都并不重要,但我们可以说,诗人是在特定情境下的有感而发,它表现的依然是一种真实的情感,仍然是一种别具意味的交流。

三、作为交流对象的群体及其他

在对他人的情感表达中,对象不见得都是特定的个人,抒情人还可面对更为广大的对象,诸如特定群体、民众,甚至民族、国家,乃至整个世界抒发自己的情感,实现与更为广大的对象的交流。在这样的情况下,抒情人

---

① 〔德〕黑格尔:《美学》第三卷下册,朱光潜译,商务印书馆,1981年,第212页。
② 萨福的诗歌除个别的而外,均为残篇,且通常并无诗题,诗题多为后人所加。该诗的诗题出自普鲁塔克所说:这首诗是写给一个有钱而无知的女人的。田晓菲该诗的译文为:"死去的时候,你将躺在那里,无人/记得,也无人渴望——因为你不曾分享/匹瑞亚的蔷薇,即使在冥府/你也寂寞无闻,在黯淡的影子当中/摸索行路——轻飘飘地,被一口气吹熄。"(见田晓菲编译:《"萨福":一个欧美文学传统的生成》,生活·读书·新知三联书店,2019年,第99—100页。)
③ 〔古希腊〕萨福:《给一个富有而没有知识的妇人》,周煦良译,载周煦良主编:《外国文学作品选》第一卷,上海译文出版社,1979年,第36页。

往往是作为群体、民众、民族的代言人而抒发情感,这样的交流在本质上与和特定对象的交流并无不同。西班牙现代诗人巴切柯的短诗《呼声》只有四行:

> 空气。
>
> 恐怕是
> 西班牙没有空气?
>
> 空气!空气!!①

这是一首写于西班牙独裁统治者佛朗哥统治时期的诗。诗歌所要倾诉的对象无疑是西班牙人民,而诗人则代西班牙人民而言。在那令人窒息的年代,连须臾不可分离的空气都没有了,这样的时代还能存在下去吗?无怪乎包括这首诗在内的巴切柯的众多进步诗篇都被佛朗哥查禁。在特定的时代,这首诗歌的力量是不言而喻的。它会激起无数与巴切柯有同样感受的读者的共鸣,不仅激起当时西班牙的广大读者,而且也激起包括处于备受专制压迫的国家的广大读者的共鸣,从而构成与最为广大的读者之间的交流。在中外许多政治抒情诗中,以个人作为群体、民族代言人的情况不难发现。诗篇中的"我"往往与"我们"、与更为广大的对象融为一体,透过抒情主体实现与众多对象的交流。

在抒情人的情感交流与表达中,有时也会出现以人物喻示的特定对象和各种现象,将人物与特定的对象合为一体。俄国诗人勃洛克写于1906年的《致革命——女郎》便是如此:

> 啊,女郎,我追随你前行,

---

① 〔西〕巴切柯:《呼声》,飞白译,载华宇清编撰:《金果小枝——外国历代著名短诗欣赏》,黑龙江人民出版社,1982年,第314页。

> 追随你是可怕的吗，
> 对于一个爱恋你心的人，
> 对于一个爱恋你身的人？①

在这首只有四行的诗中，抒情主人公表达了对一位女郎的追随，然而这种追随却是一种让抒情人自己感到忐忑不安、不知前景的追随，连爱恋着女郎身心的抒情主人公自己都不知道这究竟是不是"可怕"的。从诗歌的标题，可以清楚地看出，这里的女郎，实际上就是"革命"，特定的人物女郎与"革命"在这里被合为一体。如果我们联系这首写于 1905 年俄国革命之后的诗歌（该诗标注写于 1906 年 8 月 19 日的玛利诺瓦山），那么，不难看出，这里的"革命"显然是指 1905 年的俄国革命。作为一位杰出的俄罗斯象征派诗人，勃洛克追随时代的步伐，他对 1905 年的革命是欢迎的。然而，1906—1907 年间的革命失败却让他极为失望，被一种悲观情绪所笼罩，这种悲观情绪免不了浸透在他此时的诗歌中，使之展现出一种"致命的虚空"②。由此可以看出，诗中透过抒情主人公所表达的对女郎——革命的追随，清晰地表现出诗人自身的"致命的虚空"。

在诗人的情感倾诉与交流的对象中，还有许多并非个人或群体的自然对象，从高山大海、日月星辰到春花秋树、鸟兽鱼虫，不一而足。这是诗人将自然人化，将自身的情感投射到特定对象之后而产生的。一如诗人艾青所说："只有在诗人的世界里，自然与生命有了契合，旷野与山岳能日夜喧谈，岩石能沉思，河流能絮语……/ 风，土地，树木，都有了性格。"③在对这样的对象的倾诉与交流中，抒情主人公所融汇的情感未必亚于对特定个人或群体的倾诉与交流。华兹华斯的《致云雀》，开头便展现出抒情人一种强烈的渴望：

---

① 〔俄〕勃洛克：《致革命——女郎》，孙美玲译，载周启超主编：《白银时代·诗歌卷》，中国文联出版公司，1998 年，第 133—134 页。
② 〔俄〕德·斯·米尔斯基：《俄国文学史》下卷，刘文飞译，人民出版社，2013 年，第 222 页。
③ 艾青：《诗人论》，载海涛、金汉编：《中国当代文学研究资料丛书·艾青专集》，江苏人民文学出版社，1982 年，第 148 页。

> 带我上，云雀呀！带我上云霄！
> 因为你的歌充满力量，
> 带我上，云雀呀！带我上云霄！
> 唱呀唱，唱呀唱，
> 唱得你周围的云天一片回响；
> 请把我激励和引导，
> 帮我找到你看来合适的地方。

抒情人回顾他曾经走过一片片凄凉的荒原，旅途曾经崎岖不平，"蜿蜒在荆棘丛生的灰蒙蒙荒野"，然而现在，"听见你或你同类的声音——/一派天堂的无忧无虑和喜悦，/我就安天乐命地拖着往前走，/并把生命结束后的狂喜等候"①。在云雀的身上，抒情人寄予了殷切的期望，他将云雀看作是引导其摆脱困境的引路人，激励其不断向上的鼓动者。抒情人借云雀所要达到的目标，甚至不是通过作为特定个人或群体的交流对象所能实现的，由此可见抒情人对此类对象所凝聚的情感之深，所怀的希望之切。

借自然万物以吟咏心志、寄托性情，在中国抒情诗歌传统中同样引人瞩目。在初唐诗人骆宾王的《在狱咏蝉》中，我们从诗歌的标题便可看出，抒情人在极为特殊的环境下，只能在面对树上的鸣蝉时显露自己的心迹：

> 西陆蝉声唱，南冠客思侵。
> 那堪玄鬓影，来对白头吟。
> 露重飞难进，风多响易沉。
> 无人信高洁，谁为表予心？②

唐高宗仪凤三年（678），骆宾王迁任侍御史，因多次上书讽谏，得罪了武则

---

① 〔英〕华兹华斯：《致云雀》，载《华兹华斯抒情诗选》，黄杲炘译，上海译文出版社，1986年，第194—195页。
② （唐）骆宾王：《在狱咏蝉》，载倪木兴选注：《初唐四杰诗选》，人民文学出版社，2001年，第259页。

天，被诬以贪赃罪下狱。《在狱咏蝉》一诗题下有序云："余禁所禁垣西，是法厅事也。有古槐数株焉……每至夕照低阴，秋蝉疏引，发声幽息，有切尝闻。岂人心异于曩时，将虫响悲于前听？嗟乎！声以动容，德以象贤。故洁其身也，禀君子达人之高行；蜕其皮也，有仙都羽化之灵姿。……仆失路艰虞，遭时徽纆。不哀伤而自怨，未摇落而先衰。……感而缀诗，贻诸知己。"①身陷囹圄的诗人透过诗篇中的抒情人将鸣蝉当作自己的知友，向之叙说，与之交流。同时，以鸣蝉自况，将一片心意寄托在其身上。诗人希望透过抒情人对鸣蝉的表白，表明自己"高洁"之身，并希望透过鸣蝉，表明自己的殷殷心迹，实现与更多对象的交流。这样独特的抒情对象是无人能代的。

四、作为交流对象的抒情人自我

让我们再看看抒情诗中另一类叙事交流的对象，即作为交流对象的抒情人自我：抒情人内在地面对自我进行交流。在这种情况下，抒情主体和抒情客体，即抒情主人公与情感抒发的对象合而为一。这是一种在整体上对抒情人自我的关注，排除了对自我以外的任何主题参照，而"以外部参照的缺失为其特点，这类参照可以在其中界定出个人自我，有时甚至以强调对外部参照的断然拒绝而形成"②。这就意味着，抒情人有意无意地不将交流的触角伸向他人，而是指向抒情人自身，指向自我的沉思与内省。它所突出的，是抒情人个人与自我，是抒情人透过抒情文本展现的叙事创造。作为一个一个的个体，"自我早已存在，只是等待我们用语言去描述它"③。换句话说，是通过语言将特定的个体展现出来。以语言来描述自我，凸显自我，其形式自然可以多种多样，而以表达自身强烈情感见长的抒情诗，无疑是一种最为切近的

---

① （唐）骆宾王：《在狱咏蝉》，载倪木兴选注：《初唐四杰诗选》，人民文学出版社，2001 年，第 259 页。
② Peter Hühn, Jens Kiefer, *The Narratological Analysis of Lyric Poetry: Studies in English Poetry from the 16th to the 20th Century*. Trans., Alastair Matthews. Berlin: Walter de Gruyter, 2005, p. 245.
③ 〔加〕琳恩·E. 安格斯、〔挪威〕约翰·麦克劳德主编：《叙事与心理治疗手册：实践、理论与研究》，吴继霞等译，北京师范大学出版社，2020 年，第 2 页。

方式之一。透过包括抒情诗在内的语言方式，"我们持续地创造并再造我们的自我，以满足我们所面临情况的需要"①。这正是我们所常见的方式。

抒情人以自我为对象、以抒情文本为载体所进行的自身内在的交流，是以语言创造自我的绝佳方式，也是自我塑造的极好途径。这种内在的交流，在许多诗篇中，是渴望形成抒情主体的某种自我认同。从认同心理社会理论看，"认同具有叙事结构"，"过去的经历会依据现在和将来的情形不断重构。……本质上，认同就是**不断重构的传记，别无其他**"②。这样的自我参照与自我认同，往往与透过诗篇中的抒情人展现的诗人自我有着更为密切的割不断的联系，抒情人一生的种种体验和情感都可能在瞬间凝聚于笔端。

在抒情诗中，这种面向自我的交流与自我塑造在世界各国的文学中很早就显现出来，且日益流行，成为一种根深蒂固的文学现象。格罗塞在对原始民族的抒情诗的研究中，发现在澳洲的狩猎民族的抒情诗中所展现的关注不在外在的对象，甚至不在自己的同伴，而在作为诗人的自身。这些抒情诗"是十足地表现着自我性质的。诗人专门咏叹他自身的苦痛和喜悦；很少提到他同伴们的祸福"③。这些表现出狩猎民族对自身关注的抒情诗，在格罗塞看来，其价值并不低于欧洲人抒情诗中所有的较高尚和更同情的细腻表现，这些抒情诗歌在本质上都是相同的，都是诗人"郁积着的感情的慰藉物"，"是对于歌者的一种发泄和慰藉"④。这种发泄和慰藉，实际上是原始民族诗人内在的自我交流。类似的情况，在世界各国的抒情诗歌中，不胜枚举。

中国古典抒情诗中的"咏怀"诗，是这种抒情人内心自我交流的极好例证。自"竹林七贤"之一的阮籍八十二首五言《咏怀》诗以降，咏怀诗、述怀诗或感遇诗便不断涌现。而此类诗歌的源头则远在阮籍以前。钟嵘认

---

① [加] 琳恩·E. 安格斯、[挪威] 约翰·麦克劳德主编：《叙事与心理治疗手册：实践、理论与研究》，吴继霞等译，北京师范大学出版社，2020年，第2页。
② [匈] 雅诺什·拉斯洛：《故事的科学：叙事心理学导论》，郑剑虹、陈建文、何吴明译，北京师范大学出版社，2018年，第151页。
③ [德] 格罗塞：《艺术的起源》，蔡慕晖译，商务印书馆，2019年，第186页。
④ 同上书，第187页。

为，阮籍的《咏怀》诗"源出于《小雅》"①，还有的认为本于《庄》《列》《离骚》②。这就说明，此类注重内心自我交流的诗歌如何为诗人所钟爱，有着何等悠久的历史渊源。在这些诗篇中，抒情人往往并不针对他人，而是叙说自身的思想、情怀，以诗人个人的自思、自省、自况、自励而自抒胸臆，意气所向，则无论远近。一如钟嵘在论及阮籍时所说："《咏怀》之作，可以陶性灵，发幽思。言在耳目之内，情寄八荒之表。洋洋乎会于《风雅》，使人忘其鄙近，自致远大，颇多感慨之词。"③这类"咏怀"之作，自然不止于自我交流，它也是抒情人借以表现自我、塑造自我的极好途径。这种自我塑造，"既源于内部，同时也受到外部的影响。……就其内部性而言，自我塑造是记忆、感觉、理念、信仰和主体性。……自我塑造也受到外部的影响——基于他人表现出的尊重，我们早年的无数期冀，甚至是我们对自身所处的文化背景无意识地汲取的成分"④。显然，这种自我塑造的根源是多重的，其意义也是多方面的。阮籍以自己的八十二首五言诗集中冠之以《咏怀》，在文学史上显得蔚为壮观。八十二首五言诗的第一首为：

> 夜中不能寐，起坐弹鸣琴。
> 薄帷鉴明月，清风吹我襟。
> 孤鸿号外野，翔鸟鸣北林。
> 徘徊将何见？忧思独伤心。⑤

"咏怀"者，咏内心情怀之谓也。它全然是诗人一种诉诸内心的个人化

---

① （南朝梁）钟嵘著，陈廷杰注：《诗品注》，人民文学出版社，1980年，第23页。
② （清）沈德潜选：《古诗源》，中华书局，2006年，第118页；（南朝梁）钟嵘著，陈廷杰注：《诗品注》，人民文学出版社，1980年，第23页。
③ （南朝梁）钟嵘著，陈廷杰注：《诗品注》，人民文学出版社，1980年，第23页。
④ 〔加〕琳恩·E.安格斯、〔挪威〕约翰·麦克劳德主编：《叙事与心理治疗手册：实践、理论与研究》，吴继霞等译，北京师范大学出版社，2020年，第3页。
⑤ （魏）阮籍：《咏怀·其一》，载林庚、冯沅君主编：《中国历代诗歌选》上编（一），人民文学出版社，1979年，第165页。

的感慨，因而，诗中抒情人所咏叹的全集于自身，纯然是一种与抒情人自身的交流与对话，看似与他人无涉。从"夜中不能寐"到"忧思独伤心"，这一点我们在全诗中看得很清楚。然而，这种内在的情感并不纯然凭诗人个人的情愫而起，而大多源自外在的种种际遇，包括对"自身所处的文化背景无意识地汲取的成分"。这种以"咏怀"的方式进行的诗人自我交流、自我塑造，面向自我，却与诗人所生活的时代、环境与社会息息相通，与诗人个人的际遇不可分离。纵观阮籍的八十二首"咏怀"诗，无一不是面向自我有感而发的篇什。在诸如"独坐空堂上，谁可与欢者"（其十七），"寄颜云霄间，挥袖凌虚翔"（其十九），"视彼庄周子，荣枯何足赖"（其三十八），"垂声谢后世，气节故有常"（其三十九）等不同情境中，我们可以看到一个面向自我、执着于自我、与自我独自交流的抒情人，联系诗人阮籍的遭际，可以看出透过诗歌所进行的诗人的自我塑造其来有自。

透过抒情诗歌所进行的诗人自我塑造是"建构自身独特性的主要途径"，而"自我塑造的规则并非硬性的指令，而是有着充裕的构建空间"①。因而，我们可以在此类抒情诗歌中看到种种自我交流的状貌，种种情感的表现，凸显出具有不同面貌的丰富多样的抒情人自我。初唐诗人魏徵在《抒怀》一诗中感叹："人生感意气，功名谁复论。"诸如此类的感遇诗出现在众多诗人的诗篇中。陈子昂有感遇诗三十八首，张九龄有《感遇》十二首，其中第一首曰：

> 兰叶春葳蕤，桂华秋皎洁。
> 欣欣此生意，自尔为佳节。
> 谁知林栖者，闻风坐相悦。
> 草木有本心，何求美人折？②

---

① 〔加〕琳恩·E. 安格斯、〔挪威〕约翰·麦克劳德主编：《叙事与心理治疗手册：实践、理论与研究》，吴继霞等译，北京师范大学出版社，2020 年，第 3 页。
② （唐）张九龄：《感遇》，载中国社会科学院文学研究所编：《唐诗选》上，人民文学出版社，1978 年，第 55 页。

诗人以兰、桂自况，以美德自励，何求人知？在这类诗篇中，我们往往可以发现，抒情人"由对自我的参照和自主性的建立而产生自信"①，构建起一种对自我充满自信的自我认同。透过包括抒情诗在内的文本所建构的这种"叙事认同"（narrative identity），是"由人与文化背景共同创作的心理社会建构（psychosocial constructions），他们的生活被嵌入其中并被赋予了意义。因此，生命故事反映的是个体所处社会的价值观念和规范"②。张九龄的《感遇》，由题名便可知，是诗人由所遇到的种种遭际，有感而发。而这样的遭际，更多的自然属于社会的遭际。由此可见，这类以面向抒情人自身、以抒情人自我交流与自我塑造为旨意的诗歌，是与社会息息相通、血脉相连的。如果说，在中国古代这类抒情诗中所凸显的抒情人的自主性和自我还显得较为含蓄和隐忍的话，那么，在西方许多抒情诗中则表现得更为外露和张扬。莎士比亚十四行诗的第116首表明了对爱的确信不疑。抒情人的自主、自信和自我认同透过诗篇明确地显露出来：

> 我绝不承认两颗真心的结合
> 会有任何障碍，爱算不得真爱，
> 若是一看见人家改变便转舵，
> 或者一看见人家转弯便离开。
> 哦，决不！爱是亘古长明的塔灯，
> 它定睛望着风暴却兀不为动；
> 爱又是指引迷舟的一颗恒星，
> 你可量它多高，它所值却无穷。
> 爱不受时光的播弄，尽管红颜
> 和皓齿难免遭受时光的毒手；
> 爱并不因瞬息的改变而改变，

---

① Peter Hühn, Jens Kiefer, *The Narratological Analysis of Lyric Poetry: Studies in English Poetry from the 16th to the 20th Century*. Trans., Alastair Matthews. Berlin: Walter de Gruyter, 2005, p. 245.
② 〔加〕琳恩·E. 安格斯、〔挪威〕约翰·麦克劳德主编：《叙事与心理治疗手册：实践、理论与研究》，吴继霞等译，北京师范大学出版社，2020年，第188页。

> 它巍然矗立直到末日的尽头。
> 我这话若说错,并被证明不确,
> 就算我没写诗,也没人真爱过。①

抒情人对爱的自信斩钉截铁,毫不含糊。这种经由抒情人的沉思与自省所做的自我交流而建立的自主性和自信,有益于对抒情人自我的确认,有益于对其所表现和抒发的情感的肯定和强化,自然也有益于透过抒情人而对诗人自身做充分的肯定和褒扬。如果把抒情人针对自身的内在交流看作仅及于自身,把这样的自我交流仅仅看作诗人的自娱和自我玩味的话,显然是有失偏颇的。这些饱含情感而又不指向任何他人的诗篇,与任何文学作品一样,所渴望的仍是无数的他人,诗人透过抒情人力图与无数的他人分享自己刻骨铭心的情感,表明自己对真善美的追求,对假丑恶的鞭笞,将人性中最强烈的情感播扬四海,从而引起读者的共鸣,实现与最广大的读者的交流。

有可能承载诗人瞬息之间情感的抒情诗歌,有可能在诗人情动之中一挥而就而留下的抒情诗歌,却可以在定格之后打动世世代代人们的心,激起世世代代人们的共鸣,成为今天人们所说的真正的"慢艺术",即那种鼓励人们从容不迫地进行欣赏和深入思考研究的方式创作或呈现出的艺术:"我们需要的是慢艺术——像承载水的花瓶一样能够承载时间的艺术;产生于某种感知方式的艺术,它体现出的技能和坚持不懈会让你有所思考和感悟;这种艺术不仅仅引发轰动效应,不会只用10秒时间就传递出奇招的信息,也不带有错误的标志性,而是依附于深深植根在我们天性中的某些因素。"②在抒情诗歌中,许多体现飘忽之间强烈而微妙的情感,瞬息之间定格的优美诗篇可以说就是这种"慢艺术"的绝好表现。这些在特定场合中定格下来的情感

---

① 〔英〕莎士比亚:《十四行诗·一一六》,梁宗岱译,载《莎士比亚全集》卷11,人民文学出版社,1978年,第274页。
② "慢艺术"(slow art),澳大利亚艺术评论家罗伯特·休斯演讲中所提出,原载英国《卫报》2004年6月3日,见王宇丹:《Slow Art 慢艺术》,载《参考消息》2015年6月3日,第12版。

画面，这些透过抒情人承载着诗人深情的文字，不会不拨动世世代代读者内心的琴弦，不会不让人反复咏颂而情动于中。短小的抒情诗篇所产生的与读者的情感交流，丝毫不弱于那些鸿篇巨制的叙事文本所能达到的目的。

第三节　情感交流与叙事性、序列性

一、抒情诗的情感交流与抒情性和叙事性

文学作品，无论是叙事文本还是抒情文本，都可以看作是一种交流活动，一种有目的有意识的交流活动。而任何一种交流活动，无论是针对他人还是针对自己，都可以看作一种叙事。作为交流活动的叙事，必定要进行讲述或表达，因而，也就存在着叙事性或者叙述性（narrativity）。所谓叙事性，简单说来，就是作品叙事状物展现的一般特性。普林斯在对"叙事性"进行界定时，说过这样的话："叙事性指叙事的质量，以及表征叙事作品和将它们从非叙事作品中区分开来的诸种属性。它也可指一套可选择的特征，这些特征使叙事作品从原型上更像叙事，更能直接被界定、加工并解释为叙事作品。"[1]从某种意义上说，叙事性也可视为"讲述故事性"，或者"可述性"（tellability）、"可叙述性"（narratability），甚至与之相关的"事件性"（eventfulness）等，都表明了其重要的含义。叙事性"在可解释为故事的所有文本中都可找到其属性"[2]，因而在叙事文本中，它是与之相伴而行、不可或缺的。

然而，"叙事性"是否仅仅存在于以叙事交流为主的叙事作品中，而与抒情诗无涉呢？换句话说，以情感表达与交流为主的抒情诗中是否存在着叙

---

[1] Gerald Prince, "Narrativity." In David Herman, Manfred Jahn and Marie-Laure Ryan, Eds., *Routledge Encyclopedia of Narrative Theory*. London and New York: Routledge, 2008, p. 387.

[2] See David Herman, Manfred Jahn and Marie-Laure Ryan, Eds., *Routledge Encyclopedia of Narrative Theory*. London and New York: Routledge, 2008, p. 589.

事性，是否可对抒情诗中的叙事性进行探讨呢？这既是一个引起学界关注的问题，也是一个引起争议的问题。布赖恩·麦克黑尔在《弱叙事性：先锋派叙事诗个案研究》一文中曾指出："抒情诗中的叙事性一直存在问题和争议。某些抒情诗的亚类型比其他一些更倾向于被当作叙事作品来读，然而，作为一个整体，抒情诗似乎普遍抵制叙事。"[①]麦克黑尔在这里显然更多地注意到对抒情文学和叙事文学之间差异的强调这种一般观念。

在对抒情诗是否存在叙事性进行探讨前，可以先将眼光投向抒情诗歌的基本属性，即抒情性（lyricality）。如叙事文本中叙事性不可或缺一样，抒情诗歌的抒情性是构成其文类基础的必要条件。前面曾提到詹姆斯·费伦在从修辞叙事的角度对抒情诗进行阐释时，将抒情诗界定为两种主要的模式，这两种主要模式都是某人在某种场合为某个目的告诉某人关于某事。这里依然存在着讲述某"事"，依然是透过对"事"的讲述来进行情感表达与交流。然而，这里的"事"，显然不同于叙事文本中所讲述的一系列事件。抒情诗中某人告诉某人的"事"更多表现的是"一种状态、情感、感受、态度、信念"，或者抒情人"在某种场合下对某事的沉思"[②]。由此可以看出，在这两种模式下的讲述内容，"某事"，主要都与内心的某种表达或者是对某些事情的沉思有关，而并不关涉行动层面上所发生的一系列事件，即使出现了"某事"，也仅仅是脑海中对该事的"沉思"，其要害在"思"而不在"事"。正是在这种情况下，抒情诗歌的抒情性明显地展现出来。可是，需要注意的是，在抒情诗彰显出抒情性的同时，实际上并不排除另一种可能性，即在抒情诗中同时也包含着叙事性。抒情性与叙事性两者可以相容相携、并生共存。只不过抒情诗以情感的抒发为圭臬，尽管情感的产生与发展往往与"事"相关，因"事"而起。自然，这种"事"的形态与展现有其自身的特征，作为抒情诗通常所具有的一种"类"的属性，抒情诗不可避免地只具有

[①] Brian McHale, "Weak Narrativity: The Case of Avant-Garde Narrative Poetry." *Narrative*, Vol. 9, 2 (2001): 161–167.

[②] James Phelan, *Living to Tell about It: A Rhetoric and Ethics of Character Narration*. Ithaca: Cornell University Press, 2005, p. 162.

"相对低的叙事性"①。而"抒情性"则始终在抒情诗中占据主导地位。但无论低叙事性也好,强抒情性也好,这都是就二者的强弱程度而言的。在抒情诗中,我们通常所看到的大多是"事"若隐若现,浮现其中,因事生情,因情促事,二者难分难舍,形成了抒情性与叙事性的交融与结合。② 抒情诗歌中的叙事交流,往往是因"事"而触发情感的变化,进而通过抒发情感,传情达意而进行。下面可以英国小说家和诗人劳伦斯(1885—1930)写于1923年的抒情诗《人与蝙蝠》为例,结合进行具体分析。

《人与蝙蝠》是一首透露出抒情人强烈情感的诗篇,这一强烈情感从头至尾贯彻于整首诗歌中。然而,抒情人的这种强烈情感从一开头就缘"事"而起,并伴随"事"的发展而使其情感起伏波动。诗歌一开篇,抒情人"我"描述了他不期而遇所撞到的一桩"事"——他无意中在自己所住的佛罗伦萨一座旅馆的房间里发现了一只蝙蝠:"上午走进我房里,/说是10点钟吧……/我的房间,巴迪街上/马车碾过石头路发出喧闹……一只鸟/在房子里狂乱地转圈飞着。/狂乱地转圈/……一只鸟/一只让人厌恶的蝙蝠"③。整首诗歌自始至终,就是围绕抒情人与这只意外发现的蝙蝠的互动,抒情人的情感也由于蝙蝠的种种举动而起伏变化。从最初在一种强烈的厌恶感驱使下,竭尽全力驱赶蝙蝠,而蝙蝠则发狂地在屋里转圈,到最后精疲力竭跌落下来,抒情人将蝙蝠裹在自己的夹克里将它抖出窗外,而蝙蝠在窗外自由的世界里飞翔,抒情人则在远处观察它,并最后表示了对蝙蝠行为的逐渐理解。这就是一个人与蝙蝠的"故事"。

在这首诗中,人与蝙蝠的相遇与互动,无疑可以构成一个叙事学意义上

---

① 〔美〕苏珊·S. 兰瑟:《观察者眼中的"我":模棱两可的依附现象与结构主义叙事学的局限》,宁一中译,载〔美〕詹姆斯·费伦、彼得·J. 拉比诺维茨主编:《当代叙事理论指南》,申丹、马海良、宁一中等译,北京大学出版社,2007年,第232页。
② 见〔美〕戴维·赫尔曼、詹姆斯·费伦等:《叙事理论:核心概念与批评性辨析》,谭君强、降红燕、王浩等译,北京师范大学出版社,2016年,第3页。
③ David Herbert Lawrence, "Man and Bat", In *The Complete Poems of D. H. Lawrence*. ed., Vivian de sola Pinto and Warren Roberts, Harmondsworth, 1977, pp. 342-347.(该诗为笔者据原文所译,后面所引该诗不一一加注,仅标明诗歌行数。)

的事件。事件有大有小；有重要的，有微不足道的。在这首诗中，似应属于后者。尽管事件的意义不能以大小而论，我们不难看到不乏以微小之事而演绎为颇具意义的叙事作品的例证。不过，在这首诗中，重要的不在于事之大小，而在于以微小之事所引发的抒情人的情感表达与情感的变化。在这一点上，《人与蝙蝠》应该说是成功的，透过这一微不足道的小事所展开的抒情人的种种举动与他的情感活动丝丝入扣，十分自然地推动诗篇逐步发展直至走向高潮。

这首总共 155 行的抒情诗，除了最后的 6 行而外，可以说是一个集中的场景展现：从抒情人遇到蝙蝠，到如何让它离开，这就是贯穿其间的"事"的主线。围绕这一核心的"事"，即人与自然界中一个自然物的关系，抒情人的行动与展开的思索贯穿其间。美籍华裔学者段义孚在《恋地情结》一书中，探讨了人类对于大自然的态度和价值观的形成过程。在他看来，这一形成围绕如下这样一个过程表现出来，即"感知（perception）、态度（attitude）、价值观（value）和世界观（world view）"①。在《人与蝙蝠》中，抒情人的思索和情感变化的过程虽然从时间上说来延续得并不长，主要通过一天上午 10 点左右开始的一个集中的、时间有限的场景展现出来，但却与《恋地情结》所表明的这一过程是相应的。在一段不长的时间内，抒情人从与一只蝙蝠相遇的感知开始，以一种激烈而集中的方式，透过自己的行动表明了自己的态度，宣泄了自身的情感，并且随着这一过程的展开，价值观和世界观的某些方面发生了转变。

在这首抒情诗中，这一认识过程明显始于感知。感知的一般性质便是感觉。在视觉、听觉、嗅觉、味觉和触觉这五种感觉中，"人是视觉优先的动物"②。正是与蝙蝠的不期而遇，也就是"看"到自己居住的房子里的一只蝙蝠，开始了抒情人的感知过程。"感知，既是对外界刺激在感觉上的反应，也是把特定现象主动而明确地镌刻在脑海中，而其他现象则被忽略或被排斥。"③

---

① 〔美〕段义孚：《恋地情结》，志丞、刘苏译，商务印书馆，2018 年，第 4—5 页。
② 同上书，第 7 页。
③ 同上书，第 5 页。

在这里，突如其来镌刻在抒情人脑海中的是一只不该居于人所生活的居所中的外物占据了人的活动空间。世上万事万物各有所归，各居其所。然而，这只蝙蝠却离开了它所居之所，侵入了属于人的领地。这一意外的外界刺激在抒情人身上即刻产生了强烈的反应，这种反应导致一种不可遏制的厌恶感。实际上，这种对蝙蝠的厌恶感还不仅源于蝙蝠侵入了不该进入之地。在诗人的其他诗篇中，可以发现他曾经表达过内心对蝙蝠某种不快之感的作品。《人与蝙蝠》首次发表于1923年的《鸟，兽和花》一书中，而在《人与蝙蝠》之先，诗人还有《蝙蝠》一诗，这首诗的结尾是："在中国蝙蝠是幸福的象征。/ 但对我不是！"① 诗行中透露的观念如此明确。无疑，对蝙蝠这一特定对象的刻板印象已然"主动而明确地镌刻在脑海中"，对抒情人来说形成了一道挥之不去的阴影。显然，它融合了诗人自身的某些情感。

正是出于这种明确的印象，抒情人几乎从本能出发，竭尽全力驱赶这只"让人厌恶的蝙蝠"。在这首诗中，抒情人"我"是一个自身故事的抒情人（autodiegetic speaker），也就是说，他自身参与了自己所讲述之"事"，并且是引起该"事"的主人公，这样，他的情感便伴随着自己的行动而明确地表现出来。抒情人与蝙蝠的激烈搏斗成为诗歌主要展现的场景，他拼命驱赶，不断地重复："出去！滚出去！"（13），"出去，从我房里出去"（19），"现在出去，从我房里出去！"（23），"滚出去"（89），"出去，畜生！"（100），"出去，你这个畜生！"（124）。蝙蝠则在人的驱赶下拼命逃离，逃离的表现不是离开这所屋子，而是死命地在屋子里转圈："狂乱地转着圈""转啊转啊转着圈"，诸如此类的诗句在诗歌中前后重复，达十余次之多。在抒情人眼中：

> 那模糊的一团，他蜷伏着看着我，
> 黏乎乎浆果般的黑眼睛，
> 不合适的可笑的耳朵，

---

① See Peter Hühn and Jens Kiefer, *The Narratological Analysis of Lyric Poetry: Studies in English Poetry from the 16th to the 20th Century*. Trans., Alastair Matthews. Berlin: Walter de Gruyter, 2005, p. 192.

> 合上翅膀，
> 褐色的毛茸茸的身体。
>
> 褐色，深褐色，细细的毛！
> 就像蜘蛛身上的毛，
> 带着长长的黑纸般的耳朵。
>
> 所以，进退两难！
> 他像个不洁之物蜷伏在那儿。
>
> 不，他不能蜷伏，也不能可憎地挂在我房里！（102—112）

在抒情人不断驱赶蝙蝠的行动中，他的情感也同时表露无遗。上述反复让蝙蝠"滚出去"的话语清晰地表达了他内心的这种情感，在对蝙蝠的描述中也同样展现出抒情人的这一情感。在驱赶蝙蝠的过程中，抒情人看到绝望的蝙蝠"掉在角落里，颤抖着，精疲力竭"，接着便对蝙蝠作了这样的描述：在这幅丑陋不堪的形象下，在"可笑""可憎""不洁之物"等明确表达中，明显地表现出抒情人极端厌恶的情感，并表明了自己毫不妥协的态度。在所有这些人与蝙蝠的搏斗中，无论是对蝙蝠的行动和外形的描述，对蝙蝠种种充满贬义的词语界定，还是抒情人自身行动和言语的展现，都在一系列"事"中表现出来，再好不过地表明情与"事"相谐，抒情性与叙事性融为一体，难以分隔；同时也表明，除了不可或缺的抒情性而外，叙事性也可成为抒情诗的另一重要属性。

叙事性以事件作为基础，事件的结合按照一定的规则而进行，由此表现出相应的序列性与事件性。抒情诗歌中所展现的"事"或者"发生之事"，同样会在叙事性的基础上表现出序列性与事件性。

二、抒情诗的序列性与事件性

序列性与事件性是叙事文本研究的另一重要维度，它与叙事性有着密切关联，或者说是叙事性的必然表现。叙事文本以事件或一系列事件而构筑，这些事件在时间上的构成表现出序列性。序列性存在于两个对应的层面，即故事层与话语层。在故事层，序列性依据事件发生的时间先后顺序构成；在话语层，序列性在时间维度和逻辑关系上形成。在抒情诗歌中，事件并非关注的中心，但如前所述，"事"或"发生之事"可以忽隐忽现，存在于抒情文本中。与叙事文本一样，抒情诗的序列性同样可以在两个对应的层面上表现出来，可以分别称为情感—故事层与话语层。

我们仍透过《人与蝙蝠》，考察话语层，即抒情文本的话语表现来理解其中的序列性。从诗歌开头抒情人与蝙蝠的不期而遇，到与它的搏斗，直到抖出窗外，最后将它驱走："他走了！／尾巴上留着恐惧懦弱。／匆匆地，直冲，鸟儿直冲巴迪街，／在充满车夫爆裂的鞭子声的狭窄街道上，／朝向圣·雅各布镇。"（145—149）这一整个场景所表现的序列性是基于时间先后的一系列发生之事而形成的。这一系列发生之事环环相扣，一步一步向前推进。与此同时，这一序列性也在抒情人情感波澜起伏的发展中以某种序列表现出来。我们可以将它看作为一种序列发展的情感序列性。这种情感序列性呈现为一种有意义的情感表现或情感存在，而"有意义的序列只有借助于语境和世界知识的帮助才能产生。也就是说，作者和读者只有在参照此前存在的有意义的结构，参照已具意义的熟悉的认知模式才能把握和理解文本"[①]。无疑，这些有意义的结构和熟悉的认知模式都是与特定的文化、历史、社会、习俗等语境联系在一起的。从这样的背景来看，人的行动可以理解，蝙蝠出于动物的本能所表现的行动也可以理解。抒情文本由此构成为一个有意义的序列，无论是表现在抒情人和蝙蝠的行动中还是抒情人情感中的序列性，都是某种合乎自然和社会语境的行为的必然结果。

另一方面，还要注意，在任何有意义的序列行动和情感展现面前，都可能出现某些意外或偏离的情况。在现实世界中，人的行动也好，情感表现也

[①] Peter Hühn and Jens Kiefer, *The Narratological Analysis of Lyric Poetry: Studies in English Poetry from the 16th to the 20th Century*. Trans., Alastair Matthews. Berlin: Walter de Gruyter, 2005, p. 5.

好，都可能出现与一般情况下相悖或有所不同的反应。毕竟，人的个体行为是千差万别的，而在不同的文化、历史、社会、习俗背景下的人也可能对同样的事有不同的反应。这种情况自然会在文学作品中有所表现，并引起研究者的关注。在叙事学研究中，"事件性"（eventfulness）是表现这一状况的一个有益的用语。所谓事件性，指"文本中出现的偏离序列类型所预期的延续，一个事件也可以出现在一个期待中的延续或变化未曾发生之时"[1]。换句话说，叙事文本或抒情文本中可能出现某种与期待相悖或未曾在预期中料到的状况，包括某种未曾预期的情感表现。事件性表现的程度各有不同，这主要"依据对于预期或对于通常情况所偏离的程度而定"[2]。因而，事件性所关涉的主要不是有或无的问题，而更多的是程度问题。

在《人与蝙蝠》中，抒情人在最初透过"看"所形成的感知，在他对蝙蝠的厌恶态度中表露无遗。但是，这只是其中的一个方面，尽管至少从篇幅上来说，它是居主导的面向。另一方面，构成抒情人的情感变化，并使抒情人的价值观发生某种转变的面向也意外地展现出来。之所以说"意外"，是因为它偏离了"序列类型所预期的延续"，也就是说，在这里，它是与抒情人强烈的厌恶态度相悖的。正是在这里，抒情诗的事件性明显地展现出来。事实上，事件性在伴随着抒情人贯穿始终的对蝙蝠的厌恶感的同时就已经有所显现，它表现在抒情人对蝙蝠的行动逐渐开始有所理解，而且不断强化这种理解。蝙蝠被驱赶时沿着屋子墙壁发狂地转圈，人则尽力将它驱向窗外，蝙蝠也似乎有机会但却死也不愿跃出窗外，进入它本可自由的世界中。如此几次反复之后，抒情人最终明白了：

　　他不会出去的，

---

[1] Peter Hühn and Jens Kiefer, *The Narratological Analysis of Lyric Poetry: Studies in English Poetry from the 16th to the 20th Century*. Trans., Alastair Matthews. Berlin: Walter de Gruyter, 2005, p. 7.

[2] Peter Hühn, "The Eventfulness of Non-Events." In Raphaël Baroni and Françoise Revaz, eds. *Narrative Sequence in Contemporary Narratology*. Columbus: The Ohio State University Press, 2016, p. 37.

> 我也明白了……
> 他进不了白天的光亮中，
> 如我进不了高炉白热的门。
>
> 他不会跃入窗外的阳光中，
> 那是对他本性的过分要求。（59—64）

始终怀着对蝙蝠强烈厌恶感的抒情人，此刻却站在蝙蝠的角度，表现出对它行为的理解，而且将蝙蝠的行为与自己固有的行为相比较，尽管这丝毫不影响他继续竭力驱赶蝙蝠。在继续驱赶依然毫无效果之后，抒情人又一次明白了："世上没有什么能给他勇气进入白天甜蜜的火光中。"（113）抒情人自问："那怎么办？揍他杀他赶他走？"（114—115）回答是："不然，/ 我没有创造他。/ 让创造他的上帝为他的死负责……/ 只不过在明媚的日子里，不要让这东西在我房里。"（116—119）况且：

> 只要生命都有出路。
> 人的灵魂注定要睁大眼睛去承担
> 人生的责任。（137—139）

对蝙蝠的厌恶感支配了抒情人，但他并不只一味展现出这种单一的厌恶情感。我们可以看到，在对蝙蝠的驱赶中，抒情人的情感和行为都与人们所预期的开始产生某些矛盾和不一致之处。由此，在抒情文本不断展开以及读者一步步接受的过程中，诗歌的事件性不断涌现，使诗歌跌宕起伏，也使读者的情感随抒情人的情感变化而波动。事件性的高潮出现在诗歌的结尾。结尾的六行诗在时间上与前面连续的场景形成了间隔，它出现在夜里，在早先蝙蝠已被抖落于窗外，此刻已在暗夜中自由飞翔之时：

> 现在，夜里，他在河上忽隐忽现，
> 在小小得意的飞行中，对着离去的太阳窃笑，

>我相信他在吱吱叫着,看着我在这阳台上写;
>他停落在那儿,不停地叫着!
>但是我胜过他……
>我逃离了他……(150—155)

在夜里,在天空中,蝙蝠回归了自然,置身于自己熟悉的环境。它得意,"对着离去的太阳窃笑",它有一种胜利的感觉,一种凯旋的狂欢,因为它获得了自由,再次回到了自己应该回到的地方,自己可以大显身手可以自由存在的地方。与此同时,抒情人的情感也出现了变化,他不再如先前一副气急败坏的样子,不再表现出对蝙蝠的强烈的厌恶,不再以一种居高临下的眼光鄙视这无足道之物,而是以一种平静的态度,一种平视的眼光聚焦蝙蝠,展现出蝙蝠在自由状态下的矫健身姿,并展开与蝙蝠的一种平等的对话。这种对话也就是人与自然的一种对话,从根本上说来,它实现了人与自然的和谐发展。抒情人从感知开始,表现出对所遇到的对象的态度。这种态度在与对象相互交往的过程中逐渐发生变化,导致抒情人的价值观,甚至世界观也出现了变化。在这首诗中,抒情人对大自然的态度和价值观的形成过程就这样生动地表现出来,在充满事件性的关头尤其可以看出这种变化之大。

透过劳伦斯的抒情诗《人与蝙蝠》,可以明确地看到抒情诗所表现的叙事性。尽管从总体上说来,表达出强烈情感的抒情性在抒情诗中占据了主导地位,但情之所"兴",往往以一定的"事"作为依托,而情感的起伏波动,也或多或少伴随着发生之事而行,因而,叙事性与抒情性的交融在抒情诗中是常见的现象。序列性与事件性作为叙事性的必要表现,同样存在于抒情诗中,形成为抒情诗必要的构架。对抒情诗的叙事分析离不开序列性与事件性,而序列性与事件性的展现对于理解抒情诗所表现的情感及其变化无疑是十分有益的。

第四章 抒情主体

犹如叙事文本中的叙述主体一样,抒情文本中的抒情主体同样占据着至关重要的地位。不论是叙事文本中的叙述主体叙述者,或抒情文本中的抒情主体抒情人,都是作家或诗人所创造的。而在文学艺术作品中,作者的创作往往表现出一种自我自反性。在抒情诗歌中,透过抒情主体表现出来的这种自我自反性在文艺作品中是最为引人瞩目的,这为以抒情主体作为中心的叙述交流打上了明显的印记,并贯穿在整个交流过程中。在任何抒情文本中,对抒情主体的准确把握是理解抒情诗最为重要的基点。

第一节 抒情诗中的抒情主体

一、抒情主体及其表现

在抒情诗这种篇幅短小的文本中,与叙事文本中的叙述者相对应的是抒情文本的抒情主体,即抒情诗中的抒情人(speaker)。这一抒情人通常被更多地与抒情诗的创作者,即作为文学主体或写作主体的诗人关联起来。这一观念在中外抒情诗传统中早有表现,且延续甚久。1972年,托多罗夫在《语言科学百科辞典》中论及文学类型的"三分法"滥觞于柏拉图而定型于狄俄墨得斯(Diomedes)时说道:"公元4世纪时,狄俄墨得斯系统总结了柏拉图的学说,提出下述定义:抒情作品=只有作者一人讲话的作品;戏剧作品=只有人物讲话的作品;史诗=作者和人物都有权利讲话的作品。"[①] 这一传统

[①] 转引自热拉尔·热奈特:《广义文本之导论》,载《热奈特论文集》,史忠义译,百花文艺出版社,2001年,第3—4页。

看法在西方迄今依然广为流行。根据迄今为止仍然流行的普遍看法，认为抒情诗区别于史诗和戏剧作品的文类特征就建立在其表现或中介的特殊形式上，也就是认为抒情诗"不具中介性质——它是作者体验的直接的、无过滤的交流，作者与作为这一体验主体的抒情人相认同"[1]。换句话说，按照这一流行的看法，在抒情诗中，诗歌中的抒情人直接与作者相等同，与抒情诗中抒情人体验的交流就是作者自身无中介的交流。

热奈特尽管对此有不同的看法，但在谈到抒情诗歌时仍明确指出："颂歌、哀歌、十四行诗等不'摹仿'任何行为，原则上，它们只是像一段话语或请求一样，表达作者的某些真实或虚构的思想或感情。"[2] 这里，仍明显地将颂歌、哀歌、十四行诗等抒情类诗歌与真实作者联系起来。[3] 一般说来，与其他众多的文学作品相比较，包括与作为文学类型的叙事作品与戏剧作品相比较，抒情诗中所体现的情感与创作者的情感确实更为密切地融会在一起，与诗人本身存在着千丝万缕的联系。这样的情况就如黑格尔所说："抒情诗的主体的首要条件就是把实在的内容完全吸收到他的自我里去，使它变成自己的东西。"[4] 也如歌德所说，他"只在恋爱中才写情诗"。可以说，在抒情文本中，创作主体（诗人）与抒情主体（抒情人）以多种方式内在地相互

---

[1] Peter Hühn & Roy Sommer, "Narration in Poetry and Drama". In Peter Hühn, Jan Christoph Meister, John Pier, Wolf Schmid, eds., *Handbook of Narratology*, 2nd edition, Vol. 1. Berlin: De Gruyter, 2014, p. 421.

[2] 〔法〕热拉尔·热奈特：《广义文本之导论》，载《热奈特论文集》，史忠义译，百花文艺出版社，2001年，第20—21页。

[3] 这里需要注意的是，热奈特认为在他所提到的这些诗歌类型中，作者在表达真实的思想或感情的同时，也可以表达"虚构的"思想或感情。而传统和流行的看法通常认为，抒情诗中诗人的情感表达应该是真实情感的表达。如歌德对爱克曼所说："我写诗向来不弄虚作假。凡是我没有经历过的东西，没有迫使我非写诗不可的东西，我从来就不用写诗来表达它。我也只在恋爱中才写情诗。本来没有仇恨，怎么能写表达仇恨的诗歌呢？"（见〔德〕爱克曼辑录：《歌德谈话录》，朱光潜译，人民文学出版社，1980年，第214页。）通常认为"虚构的"思想或情感的表达不应该出现在抒情诗中（至少，表达虚构情感的抒情诗难以成为优秀的诗篇）。相反，"虚构的"表达不仅完全可以且本就应该出现在更多地面向外在世界的叙事文本和戏剧之类的文学作品中。

[4] 〔德〕黑格尔：《美学》第三卷下册，朱光潜译，商务印书馆，1981年，第196页。

融合与重叠,它与叙事文本中文学主体(作者)与叙述主体(叙述者)的分离状况有所不同。这是抒情文本与叙事文本之间存在的重要差别之一。

但是,需要注意的是,这样说并不意味着抒情文本中的抒情人与诗人本身契合无间,两者完全一致。在两者的内在关联中,实际上会表现出种种复杂的情况。抒情人与诗人本身虽然存在着密切的关联,却不可能完全认同或等同,透过抒情人所表现的情感也不等于是诗人自身体验的不具中介、无过滤的直接展现。与叙事文本中的叙述者由作者创造出来一样,抒情文本中的抒情人同样是由诗人所创造的,诗人可以在不同的诗篇中创造出不同的抒情人,不同诗篇中的抒情人与诗人本身的关联和距离的远近也会出现种种差别。热奈特认为:"'抒情之我'既不可能准确无误地等于诗人本人,也不可能等于另一确定的主体。"[1]在有些抒情诗中,我们可以发现,抒情人所抒发与表达的往往并非其自身完全认同的个人的情感,而是他人的情感,或者如前述热奈特所说的"虚构的思想或感情",尽管抒情人可能对这样的情感表示认同或产生共鸣。这种状况在古今中外的抒情诗歌中不难见到。比如,中国古代的闺怨诗,许多并不出自女性诗人之手,而来自于男性诗人,即出现所谓男子作闺音的情形。王昌龄的《闺怨》便是这类抒情诗的典型代表:"闺中少妇不知愁,春日凝妆上翠楼。忽见陌头杨柳色,悔教夫婿觅封侯。"[2]这里,或许可以看作是一位男性诗人代闺中怨妇而倾诉,在叙说他人——某位女性的情感,或有此类切身经历的女性的情感。再如张籍的《节妇吟》:

> 君知妾有夫,赠妾双明珠。感君缠绵意,系在红罗襦。妾家高楼连苑起,良人执戟明光里。知君用心如日月,事夫誓拟同生死。还君明珠双泪垂,恨不相逢未嫁时。[3]

---

[1] 〔法〕热拉尔·热奈特:《虚构与行文》,载《热奈特论文集》,史忠义译,百花文艺出版社,2001年,第94页。
[2] (唐)王昌龄:《闺怨》,载林庚、冯沅君主编:《中国历代诗歌选》上编(二),人民文学出版社,1979年,第325页。
[3] (唐)张籍:《节妇吟》,载徐礼节、余恕诚校注:《张籍集系年校注》上,中华书局,2011年,第53—54页。

就抒情文本本身而言，这明明体现出一位女性抒情人在叙说自己内心缠绵悱恻的情感，而这是一位男性诗人站在"节妇"的立场代为咏叹的。更为直接的，文学史上还有许多所谓代言诗，即诗人代特定的人物以抒情叙事的。如骆宾王《艳情代郭氏答卢照邻》，便是骆宾王代其好友、诗人卢照邻在四川新都县尉任上时的情妇郭氏而写给卢的。卢回洛阳时，郭氏已有身孕，临别时曾约定不久后即回来与郭氏正式结婚。但时过二年，卢仍不还，且有新欢，郭氏悲痛不止。在骆宾王的诗中以郭氏口吻的叙说中便有这样的诗句："谁分迢迢经两岁，谁能脉脉待三秋？情知唾井终无理，情知覆水也难收。不复下山能借问，更向卢家字莫愁。"① 但是，不可忽视的是，即便在上述种种情况下，诗人往往仍将自身的情感融入所借以抒发情感的对象之中。在很多场合，实际上是借特定对象以抒发个人的情感，至少或多或少汇入了个人的情感，依然极具诗人的个人色彩。比如，上述张籍的《节妇吟》，有的辑本在标题后有"寄东平李司空""寄东平李司空师道"之语。宋洪迈在其《容斋随笔》中曰："张籍在他镇幕府，郓帅李诗古又以书币辟之，籍却而不纳，而作《节妇吟》一章以寄之。"② 表明诗歌的作者是借诗以明道寄意。此类情况中外抒情诗歌中多有体现。在这里，虽然我们对张籍借其诗表明自己已事人而难再事他主的宛然之意并不在心，却对诗中抒情人所倾诉的真切而微妙的情感极为动心。

　　从这些诗篇中可以看出，诗中的抒情人与诗人本人存在着错综复杂的内在关联。即便其中包含着某种"虚构的思想或感情"，这样的个人色彩依然存在。黑格尔曾经谈到过这样的情况：抒情诗人可能应人邀请而作诗，但即便如此，"伟大的诗人在这种场合会毫不迟疑地离开本题而表现他自己"③。他以古希腊诗人品达为例，品达往往被邀请歌颂竞赛中的锦标手，可是，"品达在他的诗里并不是替那位锦标手传播声誉，而是要让人倾听他这位诗人自

---

① （唐）骆宾王：《艳情代郭氏答卢照邻》，载倪木兴选注：《初唐四杰诗选》，人民文学出版社，2001年，第229页。
② （宋）洪迈撰，孔凡礼点校：《容斋随笔》，中华书局，2015年，第383页。
③ 〔德〕黑格尔：《美学》第三卷下册，朱光潜译，商务印书馆，1981年，第208页。

己"①。就叙述交流而言，将诗人自身的情感融入所借用的对象之中，有可能引起读者更多的共鸣，实现更为广泛的交流与共享。

　　人的情感是多面的，因而，情感的抒发也是多种多样、丰富多彩的。但无论什么样的情感，往往都透过单个抒情人体现出来，并与诗人的个人情感联系在一起。即便抒情人以"我们"的形式出现，或抒情人代某一特定个人、群体、集体，甚至某一民族、国家与人民而进行情感抒发，依然是以诗人个人作为抒情人而代言。实际上，这种情况在中国古典抒情诗歌中很早便引起了人们的注意。唐代孔颖达在《毛诗注疏·卷第一》为"是以一国之事，系一人之本，谓之风"作疏时，对之作了这样的诠释：

　　　　一人者，作诗之人。其作诗者道己一人之心耳。要所言一人之心乃是一国之心。诗人览一国之意以为己心，故一国之事，系此一人，使言之也。但所言者直是诸侯之政，行风化于一国，故谓之风。②

在孔颖达眼里，作诗之一人，并不只是代表一人之心，而是代表着"一国之心"，"览一国之意以为己心"。因而，在抒情文本中通常只能发现单一的抒情人，这一单一抒情人的情感贯穿始终，不像在叙事文本中那样，可以由多个叙述者轮番来讲述故事，如在福克纳的小说《我弥留之际》中那样，分别有20多个作为人物的叙述者轮流来讲述。

　　这一单个的抒情人在抒情文本中以所谓抒情主人公体现出来，并成为抒情文本中表现诗人情感的稳定的整体。彼得·霍恩认为，抒情人通过运用所讲述的故事指向他或她自身的稳定的或作为参照框架的存在，并追求这一目标。这一自身的存在取决于每首诗歌主题的复合整体，它可以在一首诗到另一首诗中表现为范围广泛的不同形式。换句话说，"抒情人创造了一个将他或她结合进去作为主人公的个人的故事（有许多方式来做到这一点），其

---

① 〔德〕黑格尔：《美学》第三卷下册，朱光潜译，商务印书馆，1981年，第208页。
② （汉）毛亨传，（汉）郑玄笺，（唐）孔颖达疏，（唐）陆德明音释：《毛诗注疏》上，上海古籍出版社，2013年，第20页。

对自我的界定可以这一主人公作为参照点。他或她做这一点，为的是界定其自身，或者，如果不是那样的话，至少是要获得不断增加的稳定性。即便由此而发生的叙事包含着对外在意识现象的参照，我们最终所涉及的仍是抒情人所触及或试图触及的瞬间及安定的延续状态的精神的、认知的故事"①。霍恩在这里论述的显然是抒情诗中作为表现其自身存在的抒情人而言的，一个"自身的稳定的或作为参照框架的存在"的抒情人只能是单一的抒情人。

抒情主体在抒情诗歌的交流中起着至关重要的作用。不仅如此，就抒情诗本身而言，如乔纳森·卡勒指出的那样："主体性及抒情诗中主体的地位一直是这一文类的关键问题。"② 下面，将对作为中介体的抒情主体作进一步的探讨。

二、作为中介体的抒情主体

我们说，无论在叙事文本或抒情文本中，都有作为中介形式出现的中介体，透过这一中介体将文本组织在一起，赋予文本以特定的形式和结构，从而形成为富于内在意义的多种多样的不同文本；与此同时，这一中介体本身也具有各自独特的意义，或简单或复杂，或仅具单一功能，或同时聚合多重功能，或以外在于文本的形式示人，或构成为文本中具有独特意义的特定形象，等等。在叙事文本中，这一中介体表现为叙述主体，在抒情诗歌或抒情文本中，这一中介体则表现为抒情主体。两者在各自的文本中都不可或缺，两者也都表现出共同和不同的特征。

就抒情主体而言，我们可以从不同的角度对之进行探讨。从文学形象学的角度看，抒情主体体现为特定的文学形象，即通常所谓抒情主人公或特定的单个形象。在抒情诗中，这一抒情主人公或其他的单个形象跃然纸上，活跃在读者面前，体现出包含特定思想与行为，以及思考和感知的过程，在与读者的互动中所凝聚的文学形象，并在这一过程中引起读者的共鸣。美国学

---

① Peter Hühn, Jens Kiefer, *The Narratological Analysis of Lyric Poetry: Studies in English Poetry from the 16th to the 20th Century*. Trans., Alastair Matthews. Berlin: Walter de Gruyter, 2005, pp. 242-243.

② 〔美〕乔纳森·卡勒：《论抒情诗的解读模式》，曹丹红译，《文艺理论研究》2018 年第 3 期。

者希利斯·米勒（J. Hillis Miller）认为，大多数人阅读抒情诗是为了享受词汇所带来的想象景象的快感，或者是"欣赏诗词在其头脑中所生成的有关言说者的思想和情感"①。这里的言说者，即抒情人或叙述者，也就是抒情诗的抒情主体。米勒举例谈到了这一过程："当威廉·华兹华斯开始他诗的第一句，'我独自漫步，像一朵云……'，我立刻想象到那个说此句的'我'，我也看到一片云在天空孤独地飘荡。"②这里，显然是将抒情主体即抒情主人公"我"看作一个特定的文学形象，并借由这一形象将自身与之融为一体，透过这一融为一体的形象去观察与感受外部世界与抒情主人公的内在世界。在抒情诗中，这样的抒情人表现得多种多样，可以是一个完整的人物，也可以是一个阶段性的人物，或是一个虚构的角色。③

从文学符号学的角度来说，主体被视为话语的产物，因而主体也就被视为一个符号。任何一个人的叙述，都是一个将自我符号化的过程，即将自我的过去通过当下的信息编码，组织为一个有意义的向度。而文本中所说的主体，并非一个拥有充分自我意识、完全自主自为的充分实体。主体是一个通过言说而形成的过程，是一个"待在"的形成过程，主体只有通过符号，在示意过程中确立自身，并且，示意过程是随着符号解释项的自由转换而无限绵延开来，直逼真实的。④无疑，这样的主体观念对于抒情诗中的抒情主体也同样适用。

就一种具有广泛影响的传统观念而言，在很多情况下，抒情诗中的抒情主体被直接与诗人关联起来，甚至直接等同于诗人。因而，抒情诗中所表现的思想，所抒发的情感，也就直接与诗人自身连接起来，并由此寻求诗人的心路历程。在这种观念下，"'抒情主体'，指在诗中以显性或隐性方式控制表情达意过程的主体存在，是诗人在诗中的心灵投影或角色化，是影响诗歌

---

① 〔美〕J. 希利斯·米勒：《J. 希利斯·米勒致张江的第二封信》，王敬慧译，《文学评论》2015年第4期。
② 同上。
③ 见〔美〕M. H. 艾布拉姆斯：《文学术语词典》，吴松江主译，北京大学出版社，2009年，第293页。
④ 见文一茗：《论主体性与符号表意的关联》，《社会科学》2015年第10期。

构形的内在因素"①。显然，这样的主体存在，只能是诗人自身的一种形象的存在，是诗人内心情感的投射与外化。这种看法自然也就将抒情诗中所出现的一切，思想、情感、价值观念，包括形式都追根溯源至诗歌的创作主体即诗人身上。上述对抒情诗中抒情主体的各种看法，各有其侧重点，也都各有其合理之处，同时也难免有其遮蔽之处。从叙事理论的角度来说，对抒情文本中抒情主体的探讨，可以在与叙事文本中叙述主体相互参照的基础上来理解并进行分析。

在普林斯看来，在叙事文本中，与叙述主体联系在一起的是一种进行叙述的行为，它所起到的主要作用便是叙述，即"详细叙述一系列情境和事件的行为"，进而，那一行为涵盖"时空语境（包括叙述者与受述者）"②。这一主体也即叙事文本中作为中介形式出现的中介体。抒情诗作为一类文本构成，其中所出现的这一中介体，是与叙事文本的中介体对应的抒情主体。自然，叙事与抒情，作为文学艺术作品中两类主要的表现形态，并不是截然分开的，表现在不同种类的文学艺术作品中也同样如此。因而，叙述主体与抒情主体二者是相对而言的，是就其在不同文类中所起到的主要作用而言的。在有些融叙事与抒情为一体的作品中，这样的主体同样可以融为一体，或可称为叙述—抒情主体，或抒情—叙述主体。比如，前面提及的英国诗人拜伦的长诗《唐璜》，就是一部融抒情与叙事为一体的长诗，出现在这一长诗中的中介体，便可称为叙述—抒情主体。

在叙事文本中，无论是故事外的叙述主体，还是故事内的叙述主体，都不能将其直接归为作者本人，而须归为作者所创造的履行叙述功能的叙述者。这样的叙述者并不是在构成叙事作品的语言中表达自身的个人，而是"表达出构成文本的（语言或其他）符号的那个行动者"③。抒情诗中的抒情主体和叙事文本中的叙述主体一样，也有与其类似之处。在这里，同样需

---

① 傅元峰：《错失了的象征——论新诗抒情主体的审美选择》，《文学评论》2016 年第 1 期。
② Gerald Prince, *A Dictionary of Narratology*, Revised Edition. Lincoln: University of Nebraska Press, 2003, p. 57.
③ 〔荷〕米克·巴尔：《叙述学：叙事理论导论》（第三版），谭君强译，北京师范大学出版社，2015 年，第 14 页。

要将抒情诗中的文学主体与抒情主体进行区分。其中的文学主体或写作主体,都指抒情诗的作者,即诗人,而抒情主体与叙事文本中的叙述主体一样,可以归为"表达出构成文本的(语言或其他)符号的那个行动者",即抒情人。

在叙事文本中,注意叙述主体与文学主体的区分极为重要,不如此难以深入叙事文本的内在构成机制进行细致与合理的考察,也难以对包括作者在内的叙事文本的内在和外在交流进行进一步的探讨。在抒情文本中,同样需要这样的区分,但是,这一区分所具有的意义,抒情文本中文学主体与抒情主体的关系,与叙事文本中的情况有所不同,抒情文本中抒情主体的地位有必要得到进一步的确定。

抒情文本以抒发情感为要,因而,感时伤怀之咏,离别欢聚之情,精忠报国之志,同仇敌忾之意,凡此种种,均可由抒情人在抒情诗中淋漓尽致地尽情挥洒,最终定格为文。由于所表达的往往是一时一地、瞬间而出的丰富多样的情感,因而情感表达定格的文本往往篇幅短小,远难与讲述故事的小说,特别是涵盖丰富多样的长篇小说相比。在叙事作品中,无论是讲述叙述者外在于其中还是内在于其中的故事,都必须不将它们看作是体现作者自身的真实故事。其中的人物,即使是实有其人的历史人物,也只能将之看作故事人物,也就是说,"不能将故事外的状况与真实的历史存在混为一谈,也不能将故事内(甚至元故事)的状况与虚构混为一谈"①。在这里,虚构与真实,历史与现实,叙述者与作者是需要认真加以区分的。叙事文本的这一基本区分,在抒情文本中也有其必要性,许多时候,如乔纳森·卡勒所说,"诗人的自我与诗歌所表达的情感之间的关系原则上是不确定的"②。但是,在注意这一区分的同时,又需要注意到另一种更为普遍存在的状况,这就是抒情文本中的抒情主体与文学主体之间所存在的联系,它以种种形式,表现出二者之间更多的相互关联性。卡勒在谈到诗人自我与诗歌所表达的情感间不确

---

① Gérard Genette, *Narrative Discourse: An Essay in Method.* Trans. Jane E. Lewin. Ithaca: Cornell University Press, 1980, pp. 229–230.
② 〔美〕乔纳森·卡勒:《论抒情诗的解读模式》,曹丹红译,《文艺理论研究》2018年第3期。

定性的同时，也注意到存在"另一些诗歌，我们想把它们当作诗人情感的个人表达"①。

在很多情况下，抒情诗中的抒情主体所表达的情感在很大程度上出自诗人本身，或是诗人透过抒情人直抒胸臆，或将自身隐藏在诗中的人物之后，等等。换句话说，抒情诗中的抒情主体带有明显的自我自反性。

三、具有自我自反性的抒情主体

可以说，抒情诗中的抒情主体是一个具自我自反性的主体。人作为世界中的个体，无时不在思考个人在这一世界中的存在，思考人与自然的关系；人作为特定社会的个体，也无时不在思考个人在社会中的存在，感受自我在这一社会网络中与他人的种种关系，以及随之而产生的个人的种种情感。这就是胡塞尔所说的所谓自我反思或自深思（self-reflection, selbsthesinnung），一种对我们自身存在问题的回溯式探索。狭义的自我反思是对自我作为自我的全部生存进行的反思，而且是对自我的意义或目的论本质进行"回问"这一严格意义上的深思；广义的自我反思则是关于某个人对自身存在的最终意义进行的反思。② 这样一种自我思考和感受，可以由外在的因素引发，也可由内在的思维活动而产生。而这种思考和感受，最终都会产生一种所谓自我自反性，"在这种自反性中，能动作用反作用于其自身"③。在这种情况下，主观与客观，思考、感受的主体与思考、感受的对象可以说融为一体，互为主客。如贝克等人所说：

> 自反性恰恰背离了我们生活在其中的主客观对立式的知识。它暗示着一种与社会世界的关系，这个社会世界便是我们从自己所处的位置（注意：不是我们看问题的立场）出发、从我们的语义背景出发、从我

---

① 〔美〕乔纳森·卡勒：《论抒情诗的解读模式》，曹丹红译，《文艺理论研究》2018年第3期。
② 见〔爱尔兰〕德尔默·莫兰、约瑟夫·科恩：《胡塞尔词典》，李幼蒸译，中国人民大学出版社，2015年，第235页。
③ 〔德〕乌尔里希·贝克，〔英〕安东尼·吉登斯、斯科特·拉什：《自反性现代化：现代社会秩序中的政治、传统与美学》，赵文书译，商务印书馆，2014年，第146页。

们的预先判断出发来进行分析的社会世界。那么知识便成为一个合作生产、一个创造共同意义之世界的对话性……过程。①

　　诗人作为社会中感受尤为敏锐的个人，自我思考和感受的广阔天地，外在世界与内在世界的相互交融，都极为自然地通过诗人体现在敏于思考和适于情感定格的抒情诗歌中，使抒情诗歌成为体现主客体相互融合，表现出抒情主体自我自反性特征的最好载体。在中国传统的天人合一的文化语境下，这一主客体相融的状况表现得尤为明显，诗人创作中所表现的自我自反性也尤为突出。可以说，抒情诗歌的创作正是最好地体现出主客体相融合、合作生产、创造共同意义之世界的对话性这一过程。中国诗歌自《诗经》以降历久不衰的抒情诗传统，或许正是这一文化状况的内在反映。

　　自然，抒情诗歌并不是体现出这一自我自反性的唯一文类，"时空伸延的叙事、形象和声音等（美学）原材料使这种自反性成为可能"②。换句话说，在叙事作品以及其他文学艺术，包括音乐、绘画等诸多艺术形式中，都可以体现出这种自反性。在文学艺术作品中，透过文本的中介体，作者与自己的创作对象相融，并以不同方式将自我体现在自己的作品中，这样的情况是广泛存在的。绘画中作者的自画像，小说中出自作者的声音，无论在文本中如何隐蔽，实际上都可在作品中看到，听到，或感受到，一如美国学者布斯所说："不论一位非人格化的小说家是隐藏在叙述者后面，还是观察者后面，是像《尤利西斯》或者《我弥留之际》那样的多重角度，还是像《青春期》或康普顿-伯内特的《父母与孩子》那样的客观表面性，作者的声音从未真正沉默。"③艺术家与作者通过自己的创作材料，通过言语、线条、色彩等，以种种不同的方式自觉不自觉地、或多或少地将自我在文学艺术作品中呈现出来，这种情况比比皆是。

---

① 〔德〕乌尔里希·贝克、〔英〕安东尼·吉登斯、斯科特·拉什：《自反性现代化：现代社会秩序中的政治、传统与美学》，赵文书译，商务印书馆，2014年，第266页。
② 同上书，第265页。
③ 〔美〕W·C·布斯：《小说修辞学》，华明、胡晓苏、周宪译，北京大学出版社，1987年，第63页。

然而，与其他文学艺术作品相比，抒情诗歌中透过抒情主体将诗人的自我自反性表现得更为突出与直接，抒情文本与诗人之间的贯通显得更为和谐一致。在叙事文本中，或者说在叙事虚构作品中，无论作者的声音如何显露，都只能透过作品中的人物、场景、对话等间接地表现出来，抛开这一切而以作者无中介的形式直接叙说与评论，是叙事文本中最为失败之处。而在抒情诗歌中，抒情主体与诗人的间隔显然远没有叙事文本中叙述主体与作者之间的间隔那么大，在很多情况下，两者几乎可贯通无碍。在抒情诗歌创作的理论与实践中，这是历来为人所认可的传统看法。朱熹在谈到诗歌创作的过程时曾这样说：

> 或问于余曰：诗何谓而作也？余应之曰：人生而静，天之性也；感于物而动，性之欲也。夫既有欲矣，则不能无思；既有思矣，则不能无言；既有言矣，则言之所不能尽而发于咨嗟咏叹之余者，必有自然之音响节奏，而不能已焉。此诗之所以作也。①

在这里，诗歌创作的过程就是诗人有感而发、不吐不快的过程，抒情主体与文学主体几乎无可分隔。黑格尔在《美学》中对这一现象所做的理论阐述显得更为明确，在他看来，"抒情诗的中心点和特有的内容就是具体的诗创作主体，亦即诗人。……他的唯一的外化（表现）和成就只是把自己心里话说出来，不管对象是什么，说出来的话表达了主体的情感，即把自表现的主体的心情展示出来，在听众心中引起同情共鸣"②。如此而出现的抒情主体就是一个具有明确的自我自反性的抒情主体，而诗篇的创作者也是一个具有明确自我自反性的诗人。

从这一自反性出发，我们可以考察抒情诗中抒情主体的地位。与叙事文本中叙述者可明确区分为故事外、故事内叙述者，同故事、异故事叙述者相比，在抒情文本中，抒情人更多属于抒情情境之内或者说故事内抒情人，属

---

① （宋）朱熹集注：《诗集传·序》，上海古籍出版社，1958年，第1页。
② 〔德〕黑格尔：《美学》第三卷下册，朱光潜译，商务印书馆，1981年，第208页。

于同故事（homodiegetic）抒情人，而且其中大部分是自身故事的（autodiegetic）抒情人。也就是说，主人公与抒情人合而为一，成为同一个单一实体。① 在这种情况下产生的自我参照，往往以抒情人"我"的叙说方式出现，即使在文字上未直接呈现第一人称的抒情人"我"，实际上仍可看出，在大多数情况下，不过是略去直接的第一人称而已。

带有自我自反性的情感倾诉，透过第一人称的抒情人"我"来表达无疑最为直接，最无障碍。这种情况在抒情诗的实践中得到了明显的反映。在抒情诗中，无论在中国还是外国，自早期的诗歌传统开始，以第一人称出现的抒情人便十分常见。在中国诗歌的源头《诗经》中，第一人称的抒情主体便频频出现。《诗经》305 篇，据统计，直接在诗中表现出第一人称抒情人的共 168 篇，占 55% 以上，其中绝大多数为第一人称"我"，其他如"予""余""朕"也少量出现。第一人称抒情人在《风》《小雅》《大雅》《颂》中都有分布，具体为《风》160 篇，出现第一人称的 81 篇；《小雅》74 篇（不含 6 篇仅有篇目而无文辞的"笙诗"），出现第一人称的 51 篇；《大雅》31 篇，出现第一人称的 15 篇；《颂》40 篇，出现第一人称的 21 篇。而且，在相当多的诗篇中，第一人称抒情人都以复踏的形式反复出现，比如《鄘风·桑中》："期我乎桑中，要我乎上宫"；《王风·黍离》："知我者，谓我心忧。不知我者，谓我何求"②，都分别在诗歌的三段诗节中三次重复出现。与此同时，还有一个现象值得注意，在《诗经》的许多诗篇中，虽然没有直接出现第一人称抒情人，但以第二人称"尔"指称对象的情况十分普遍，这样，便以相对的方式，间接地显示抒情人"我"的存在，因而，《诗经》中带有自反性的抒情人的诗篇数量远不止上述 168 篇。在屈原的抒情诗中，第一人称抒情人亦明显可见。《离骚》全诗 370 余句，约 2490 字，其中第一人称代词"朕""余""吾""我""予"等出现约 80 余次。从诗篇开头"帝高

---

① See Peter Hühn, Jens Kiefer, *The Narratological Analysis of Lyric Poetry: Studies in English Poetry from the 16th to the 20th Century*. Trans., Alastair Matthews. Berlin: Walter de Gruyter, 2005, p. 235.

② 吴闿生：《诗义会通》，中华书局，1964 年，第 37、51—52 页。

阳之苗裔兮，朕皇考曰伯庸"，直到诗篇结尾"既莫足与为美政兮，吾将从彭咸之所居"①，从头到尾，第一人称抒情人在诗篇中频繁出现。由《诗经》《楚辞》所开创的这一中国抒情诗歌的传统，在此后大量中国传统抒情诗歌中留下了明显的印迹。

类似的情况在国外抒情诗传统中同样有大量的表现。早在公元前7世纪古希腊女诗人萨福（公元前610—？）的抒情诗中，便可以明显看到第一人称抒情人大量现身于诗中，表现出抒情人的种种情感。比如，在她一首仅存三行的诗歌中，一开头便是"我"针对"你"的一种强烈的情感倾泻：

> 我从未想到
> 你，爱拉那——
> 如此伤人②

爱拉那（Eirana），为女子名，在这里，我们不知因何缘故爱拉那如此伤到"我"，但抒情人痛彻心扉的情感已表露无遗。再如萨福的《月亮下去了》：

> 月亮下去了，七曜星也已西沉，
> 　　时已过三更，
> 夜迢迢，流光似水，
> 　　只有我独眠人。③

这是夜深人静之时，一种独自的个人情感的自我倾泻。这里，只有自我。而

---

① （战国楚）屈原：《离骚》，载（宋）洪兴祖撰，白化文等点校：《楚辞补注》，中华书局，2015年，第2—36页。
② 田晓菲编译：《"萨福"：一个欧美文学传统的生成》，生活·读书·新知三联书店，2019年，第113页。
③ 〔古希腊〕萨福：《月亮下去了》，周煦良译，载周煦良主编：《外国文学作品选》第一卷，上海译文出版社，1979年，第35页。

在她的《相思》中，这一"我"以另一种方式和姿态显得格外突出：

> 妈呀，亲爱的妈呀！
> 　　我哪里有心织布，
> 　　我心里已经充满了
> 　　　　对那个人的爱慕。①

再如波斯 11 世纪的大诗人莪默·伽亚谟（1048—1123），在他的数百首鲁拜（rubai），即一种一首四行的抒情诗中，同样不乏第一人称的抒情人。郭沫若译的《鲁拜集》包括 101 首诗，其中第 12 首和第 13 首分别是这样的：

> 树荫下放着一卷诗章，
> 一瓶葡萄酒，一点干粮，
> 有你在这荒原中傍我欢歌——
> 荒原呀，啊，便是天堂！
>
> 有的希图现世的光荣；
> 有的希图天国的来临；
> 啊，且惜今日，浮名于我何有，
> 何有于远方鞺鞳的鼓音！②

在这里，作为抒情主体的抒情人"我"明显凸显出来，而这一抒情人与诗人自身有着密切的内在关联。不仅如此，在译者郭沫若看来，在伽亚谟的诗

---

① 〔古希腊〕萨福：《相思》，周煦良译，载周煦良主编：《外国文学作品选》第一卷，上海译文出版社，1979 年，第 35 页。田晓菲该诗的译文为："母亲啊，我哪里还有心织布！/ 腰肢纤细的阿佛洛狄忒 / 让我心中充满 / 对那个少年的爱慕。"（见田晓菲编译：《"萨福"：一个欧美文学传统的生成》，生活·读书·新知三联书店，2019 年，第 132 页。）

② 〔波斯〕莪默·伽亚谟：《鲁拜集》，郭沫若译，人民文学出版社，1959 年，第 12—13 页。

中，甚至还可以看出其他诗人显现的身影："读者可在这些诗里面，看出我国李太白的面目来。"①

在英语诗歌中，第一人称抒情人在抒情诗中同样十分普遍。彼得·霍恩曾通过选取三部广为流行、有代表性的英诗选集作为分析统计的对象，对三部诗集中运用第一人称视角或以自反性的抒情人而出现的诗歌做过统计。他选择的三部诗集分别是约翰·海沃德（John Hayward）编选的《企鹅英诗集》(*Penguin Book of English Verse*, 1956)，克里斯托弗·里克（Christopher Rick）编选的《牛津英诗集》(*Oxford Book of English Verse*, 1999)，保罗·基根（Paul Keegan）编选的《新企鹅英诗集》(*New Penguin Book of English Verse*, 2000)。这些选集汇集了所有时代有代表性的大量英语抒情诗。按照霍恩的统计，在这三部诗集中，运用第一人称或具自反性的抒情人在三部诗集中所占的比例分别为88%、76%和74%。②中外抒情诗歌中所运用的这一人称状况绝非偶然，它实际上反映了抒情诗中抒情主体的地位，显示出抒情人与诗人本身的密切关联。

自然，在抒情诗歌中，第一人称抒情主体的广泛运用，我们看到的更多是一种形式上的明显表现。但是，这种形式上的表现反映了抒情诗歌的独特性，它实际上是人们对抒情诗歌本质认识的一种自然体现。在中国古典抒情传统中，几乎从一开始就将出现在诗歌中的抒情人直接等同于诗人，将诗歌中的情感抒发视为诗人借之以直抒胸臆的表现。《尚书·尧典》所谓"诗言志，歌永言，声依永，律和声"③，便是对这一状况所做的清楚阐释。类似的论述在中国古典诗论中一以贯之，源源不绝。刘勰所谓"人禀七情，应物斯感，感物吟志，莫非自然"④；苏舜钦将诗歌归为与人生相偕："诗之作，与人

---

① 〔波斯〕莪默·伽亚谟：《鲁拜集》，郭沫若译，人民文学出版社，1959年，第7页。
② See Peter Hühn, Jens Kiefer, *The Narratological Analysis of Lyric Poetry: Studies in English Poetry from the 16th to the 20th Century*. Trans., Alastair Matthews. Berlin: Walter de Gruyter, 2005, p. 10.
③ 曾运乾注，黄曙辉校点：《尚书》，上海古籍出版社，2015年，第22页。
④ （南朝梁）刘勰著，范文澜注：《文心雕龙注》上，人民文学出版社，1978年，第65页。

生偕者也。函愉乐悲郁之气，必舒于言"①，便都是很好的说明。类似的看法在国外诗歌传统中同样普遍存在，意大利文艺复兴时期的杰出作家和诗人卜迦丘在他的《但丁传》中这样说："诗人在他们的作品里都运用了最深刻的思想，这种思想就好比果壳里隐藏着的果肉，而他们所用的美妙的语言就好比果皮和树叶。"② 英国19世纪诗人柯尔立治（柯勒律治）在谈到诗的本质时说道："诗的根本的、不可缺少的条件是：它必须是朴素的和诉诸我们天性的要素和基本规律的；它必须是诉诸感官的，并且凭意向在一瞬间引出真理的；它必须是热情奔放的，能够打动我们的情感、唤醒我们的爱慕的。"③ 从理论到诗歌创作实践，我们可以在大量中外抒情诗创作和诗论中看到诸如此类的情况。

在有些情况下，抒情诗中并不直接出现第一人称代词以突出抒情人的存在，但是，我们依然透过多种方式，感受到一个具有自我自反性的抒情人的存在。比如，在许多抒情诗中，抒情人对与之相对的对象以第二人称"你"称呼，形成一种相互对应的关系，以这种方式凸显抒情人"我"的存在。这种情况在《诗经》中十分常见。《诗经》在大量出现第一人称的抒情人"我"的同时，也有相当部分诗歌并无第一人称抒情人直接现身，但是我们从其中所指涉的第二人称代词中，依然可以清晰地感受到抒情人"我"的存在。《诗经》的《魏风·伐檀》一诗共三节，其中第一节曰：

> 坎坎伐檀兮，
> 置之河之干兮。
> 河水清且涟猗！
> 不稼不穑，
> 胡取禾三百廛兮。

---

① （宋）苏舜钦：《石曼卿诗集序》，载《苏舜钦集》，中华书局，1961年，第192页。
② 〔意〕卜迦丘：《但丁传》，朱光潜译，载伍蠡甫主编：《西方文论选》上卷，上海译文出版社，1979年，第176页。
③ 〔英〕柯尔立治：《诗的本质》，刘若瑞译，载《十九世纪英国诗人论诗》，刘若瑞编，人民文学出版社，1984年，第110页。

> 不狩不猎，
> 胡瞻尔庭有悬貆兮。
> 彼君子兮！
> 不素餐兮。

该节和以后的两节诗中都未出现第一人称抒情人"我"，但是，出现了第二人称的"尔"："不狩不猎，胡瞻尔庭有悬貆兮"，除了第一节外，后面的两节诗中再次重复出现："不狩不猎，胡瞻尔庭有悬特兮"；"不狩不猎，胡瞻尔庭有悬鹑兮"[①]。诗中三次出现"尔"这一对象，抒情人以对对象发问质询的方式，显示出自己的存在，表明自己的态度，即便并不以"我"的形式出现，这一具有强烈自我自反性的抒情人依然栩栩如生地呈现在我们面前。

与作为抒情主体的抒情人相对应的第二人称"你"，可以是多种多样的，并由此形成与抒情人"我"种种不一的关系，从而表现出多种多样的抒情人的自我形象。在有些情况下，作为抒情主体的第一人称抒情人不直接表现出来，但是却"隐藏在第二人称称呼语之后"，也就是隐藏在以第二人称称呼不在场的人物或拟人的事物之后。在这种情况下，尽管自我指涉出现了某些隐蔽性，但我们"仍可意识到抒情人心灵对另一实体外在的投射"[②]，仍然可以从中感受到抒情人的情感、态度和立场。

由上述分析可以看出，抒情文本中抒情人与诗人的关系与叙事文本中叙述者和作者的关系既有相似之处，又有所不同。其中抒情人与诗人有着千丝万缕的联系，远非叙事文本中叙述者和作者的关系可比。尽管自我自反性并不唯一地在抒情诗中表现出来，但在诸多文学艺术作品中却是表现得尤为突出的一类作品。

---

① 吴闿生：《诗义会通》，中华书局，1964年，第87—88页。
② Peter Hühn, Jens Kiefer, *The Narratological Analysis of Lyric Poetry: Studies in English Poetry from the 16th to the 20th Century*. Trans., Alastair Matthews. Berlin: Walter de Gruyter, 2005, p. 236.

第二节 抒情主体的时空存在

一、叙述主体与抒情主体在叙事作品与抒情诗中的时空存在

知名叙事学家莫妮卡·弗卢德尼克（Monika Fludernik）在《叙事学导论》一书中对叙事作品（narrative）进行界定时，涉及了多个方面，其中一个是相关叙事作品的时间与空间。她认为，是否构成为叙事作品的最终标准关系到叙事作品中所发生的一切的时间位置，这也牵涉从认知角度看主人公作为"真实世界"角色的中心地位问题。在她看来，每一个人的存在都受制于特定的时间与空间。在这一时刻之前发生的属于过去，尽管已经固定在回忆中；在这一时刻之后发生的属于将来，这一将来将会转变为现在，并最终成为过去。在这一基础上，她提出了在时间与空间维度上抒情诗与叙事作品之间的区别，并以之作为对叙事作品界定的必要条件。她认为：

> 抒情诗与叙事作品的一个重要区别在于，抒情诗往往不将其抒情人置于特定的时间或空间中，因而，自我在时间与空间中的存在位置是缺失的，而这在叙事作品中是必定存在的。这也意味着这样的诗歌不能被归类为叙事作品。[1]

弗卢德尼克在这里所界定的叙事作品，主要是指小说类的叙事虚构作品。诸如此类的叙事作品所展现的主要是主人公与其他人物在虚构世界中的一系列行为与活动，也就是表现在虚构世界中的种种生活。这样的生活和活动是一种必定发生在特定时间与空间中的行为，因而，相应地，作为人物及其自我表现显然不会在叙事虚构作品的时间与空间中缺失，就如阿喀琉斯和赫克托耳不会在《伊利亚特》的特定时间与空间中缺失，浮士德和靡菲斯特

---

[1] Monika Fludenik, *An Introduction to Narratology*. London and New York: Routledge, 2009, p. 6.

不会在《浮士德》的特定时间与空间中缺失，贾宝玉、林黛玉不会在《红楼梦》的特定时间与空间中缺失一样。与此同时，讲述呈现在叙事作品中发生的所有一切的叙述者也不会处于一种虚空的状态。尤其是其中参与故事的人物叙述者，更必定会活动于特定的时间与空间中，作为叙述者或叙述者自我在叙事文本中必然有自己的特定位置，不会也不可能缺失。

对叙事作品中叙述者与人物自我在时间与空间中的展现不是这里所关注的问题。这里关注的是弗卢德尼克所提出的作为与叙事作品相对的一方，即抒情诗中的抒情人与人物自我在时间与空间中的地位问题。弗卢德尼克明确认定，在抒情诗中，抒情人并不存在于特定的时间与空间中，与此相应，自我在时间与空间中的存在位置是缺失的。这是抒情诗不被归为叙事作品的重要依据。应该说，弗卢德尼克的这一看法是站不住脚的，她将其作为判断抒情诗的一条普遍的、基本的规则也是难于成立的。事实上，弗卢德尼克的这一看法不仅过于绝对，也与中外古今众多抒情诗歌的实践不相吻合。

二、抒情诗中抒情主体的时空存在

一般说来，与叙事作品的叙述者或人物在时间与空间中的展现相比，抒情诗中的抒情人或人物不像在前者中表现得那样突出和明显。抒情诗作为情感抒发的产物，作为表现抒情人或人物瞬间情感的文本，通常篇幅短小，不像篇幅远比它长的小说，尤其是中长篇小说那样，可以从容地将人物置于漫长的时空之中，展开广泛而充满种种变化的复杂的活动，而叙述者也可在特定的时空中从容地进行讲述，甚至同时作为故事中的某个人物参与特定时空中的活动。抒情诗的短小篇幅，明显地限制了抒情人在有限的时空中的展现。这种状况，在抒情诗发展的过程中很早便显现出来。我们可以从盛行于公元前七世纪以来的古希腊抒情诗中，对这样的状况大体有所感知。在水建馥翻译的《古希腊抒情诗选》中，汇集了120余首古希腊诗人或无名氏的抒情诗，以及少量如从荷马《伊利亚特》、赫西俄德《工作与时日》中节选的抒情篇章。在许多诗篇中，确实不易看出抒情文本展现出特定的时间与空间，也无法把握抒情人或人物在特定时间与空间中的活动。比如无名氏的《恋歌》："你怎么了？求求你，别出卖了咱俩，/ 趁他没来，快起来吧。/ 你闯下祸，我会吃苦。/ 天亮了。你不见阳光已照进窗户？"①这里的"你""我"或"咱俩"看得出是一对恋人，可他们之间存在怎样一种关系，他们之间究竟发生了什么，他们活动在什么样的时空环境下，让人很难把握，只能透过抒情文本去细加琢磨。再如梭伦的《许多坏人有钱》：

> 许多坏人有钱，许多好人贫寒，
> 然而我们绝不以品德
> 去和财富交换，因为品德永久，
> 而财富他时又归他人。②

这首诗表现的是抒情人眼里的一般状况，表现抒情人对财富和品德的看法。这样的看法无须通过特定的时空环境得到表现，也无须透过特定的时空环境展现抒情人所获得的这一认识，它可以是抒情人长久的实践与体验之后在瞬间所获得的感悟。诗歌突出的正是这最终所得到的、可能是瞬间的顿悟，而感悟的过程则可以完全不顾。吉川幸次郎在谈到中国抒情诗歌时，曾经说到，自《诗经》开始的中国诗歌，除极少数而外，"都是歌唱瞬间感受的"，它是"后来中国诗一直以这种抒情诗为主流的开端"，并且指出，"在日本诗歌中，也存在着这种倾向"③。这样的情况在古希腊开端的西方抒情诗中也有类似的表现。在古希腊抒情诗中，这种瞬间表现的情感往往涉及诸多主题，其中很多都与爱、恨、悲、愁、喜、怒或诸如正义、宽容、得失、友爱、德行、荣誉、天命等一般性主题有关，在表现诸如此类一般性主题的抒情诗中，特定时间与空间中的抒情人或人物往往被淹没在所突出表现的一般性主题中，从而模糊了作为表达者的抒情主体的时空位置。

然而，需要注意的是，上述情况不能一概而论，它并不是呈现在抒情诗中唯一的状况，甚至不是一种占主导的、普遍的状况。抒情人或人物在时

---

① 《古希腊抒情诗选》，水建馥译，人民文学出版社，1988年，第19页。
② 同上书，第83页。
③ 〔日〕吉川幸次郎：《中国诗史》，章培恒、骆玉明等译，复旦大学出版社，2012年，第20页。

空中的自我展现与活动，包括心理活动，及其在时间与空间中的位置，并不完全受抒情诗篇幅短小的制约。抒情诗短小的篇幅，并不能完全掩盖其中表现包括沉思在内的发生之事，而只要存在着形态不一的发生之事，便可以推断其中存在着发生之事所赖以容身的时间与空间，以及营造出所有这一切的抒情主体和活跃于其中的人物的身影。这样的情况在中外抒情诗中都不难发现。在前面我们探讨的古希腊抒情诗中，有些诗篇便可看到存在于特定时空中的抒情人或人物及其活动，以及其中所展现的自我。这种情况甚至可能出现在一些篇幅极其短小的抒情诗歌中，比如，诗人西摩尼得斯只有两行的诗歌《温泉关凭吊》：

> 旅客，请你带话去告诉斯巴达人，
> 我们在此长眠，遵从了他们的命令。①

这是一首著名的凭吊诗。公元前480年，波斯人入侵希腊，斯巴达王率领三百壮士扼守温泉关，最后全体壮烈死难殉国。西摩尼得斯卒于公元前468年，这首诗是诗人晚年到温泉关凭吊时所作。在所有的文学类型中，抒情诗歌的文学主体即诗人与抒情主体即抒情人之间的距离可以说是最接近的，两者的情感往往相融相通。在这首短短的抒情诗中，诗歌的抒情人透过让过往旅客带话的方式，展现出特定时间与空间中的"我们"——当年死守温泉关的烈士们的壮举，由于有此前的史实作为依凭，人们可以想象作为人物的"我们"如何在那历史关头拼死作战，为国捐躯，也可看出抒情人在特定时间与空间中所表现的崇敬之情，这种崇敬之情从诗歌的题名可以看出，从诗歌平实无华的诗句中蕴含的丰富情感中也可感受到。抒情人在特定时空中的位置由此得以凸显，而诗歌咏叹的主角——那三百扼守温泉关的壮士在特定历史时空中的身影也栩栩如生地浮现在人们的脑海中。

在中国文学的源头《诗经》中也可发现，其中有不少抒情诗篇，抒情人或人物存在并活动于特定的时间与空间中。吉川幸次郎认为："《诗经》的抒

---

① 《古希腊抒情诗选》，水建馥译，人民文学出版社，1988年，第166页。

情是从日常事件与事物中产生的，后来的中国诗一直是日常的文学，《诗经》也开了它的先河。"①从日常事件与事物中所产生的情感抒发与个人有着更为密切的关联，更为深刻地打上了抒情人或人物个人的烙印，并往往更能凸显出抒情人在特定时空中的位置。看看《国风·卫风》中的《河广》：

> 谁谓河广，一苇杭之。谁谓宋远，跂予望之。
> 谁谓河广，曾不容刀。谁谓宋远，曾不崇朝。②

诗中的"河"即黄河，"宋"即宋国。《毛诗注疏》对这首诗的解释是："《河广》，宋襄公母归于卫，思而不止，故作是诗也。"《笺》则进一步指出："宋桓公夫人，卫文公之妹，生襄公而出。襄公即位，夫人思宋，义不可往，故作诗以自止。"③这些解释可以作为理解诗歌的参考。按照《毛诗注疏》与"笺"的解释可知，宋襄公母即使贵为一国之君襄公之母，但因其生襄公之后即被出，而被出之妇只能居于娘家卫国，对于宋国"义不可往"，因而只能"作诗以自止"。卫、宋两国仅一河之隔，地理上的空间如此之近，一束芦苇便可航之，跂起脚尖便可望之，一个早晨便可达之。然而，抒情人却不可往，不能往，悲伤之情自然难于抑止。抒情诗中呈现的特定空间近在咫尺，举目可及。重复出现且语气峻急的"谁谓河广""谁谓宋远"两个发问及其后的明确回答，强化了这一认定。然而，诗中未曾明白道出的是，相隔如此之近的空间，却是不可任意进入的，原因就在"义"之所阻。这彰显了空间之上所笼罩的浓重的人文道德观念，它是使近在咫尺的特定空间不能被突破的真正原因，由此而形成人与人在空间上的阻隔，进而引发抒情人的强烈感慨。但是，抒情人并未直接发出这样的感慨，而是将其留待不言之中。可一旦读者将文本内外的语境做进一步的关联，便可充分理解抒情人在这一

---

① 〔日〕吉川幸次郎：《中国诗史》，章培恒、骆玉明等译，复旦大学出版社，2012年，第20页。
② 吴闿生：《诗义会通》，中华书局，1964年，第48页。
③ （汉）毛亨传，（汉）郑玄笺，（唐）孔颖达疏，（唐）陆德明音释：《毛诗注疏》上，上海古籍出版社，2013年，第325页。

特定时空中表达的情感，并把握抒情人进退两难的处境。每个时代都有每个时代的道德、习俗、观念、准则，其中"情"与"义"相悖而造成的矛盾与冲突尤为引人瞩目，诸如此类的人文道德观念在每个特定的社会历史时期都存在，并且如影随形地以各种方式表现在包括抒情诗歌在内的文学艺术作品中，使人获得十分形象的感知。

从上述中西抒情诗歌的源头古希腊抒情诗与《诗经》选取的有限例证中可以看到，透过情感的抒发，抒情人可以将自己置于特定的时间与空间中，抒情人或人物自我也可存在于特定的时间与空间中。所谓"特定的时间与空间"，不是指具体的历史时间或空间，而是一种艺术的时空，而且两者往往难于分离，形成如巴赫金所称的艺术中的"时空体"①。巴赫金谈的主要是针对叙事文本，但对于抒情诗显然也是适用的。尽管在抒情诗中，这种存在不如在小说类的叙事虚构作品中那样具体而持久，但这只是一个程度的问题，而不是一个有无的问题。即便在许多不易把握抒情人或人物在特定时空中位置的抒情诗中，也很难说其中"自我在时间与空间中的存在位置是缺失的"。从根本上说，抒情人自我伴随抒情诗歌而存在，并透过抒情文本以抒情主人公的形式表现出来。透过文本，读者可以感受到隐含在文本中的抒情主人公的形象。

在对叙事文本的研究中，查特曼曾谈到所谓叙述者"缺席"的情况，并将那些叙述者不露面、叙述者引人注目地不留痕迹的叙事文本称为"无叙述"（nonnarrated）或"非叙述"（unnarrated）的文本。②此后，又有所谓"缺席的叙述者"（absent narrator）之说。缺席的叙述者，按普林斯所说，指的是"最大程度地隐蔽的叙述者；非个人化的叙述者；以从不涉及叙述自我或叙述行动、用最低限度的叙述者居间操作的方式来表现情境与事件的叙述者"③。

---

① 〔俄〕巴赫金：《小说的时间和时空体形式——历史诗学概述》，白春仁译，见〔俄〕巴赫金：《小说理论》，白春仁、晓河译，河北教育出版社，1998年，第274页。

② Seymour Chatman, *Story and Discourse: Narrative Structure in Fiction and Film*. Ithaca: Cornell University Press, 1989, pp. 33–34.

③ Gerald Price, *A Dictionary of Narratology*. Revised Edition. Lincoln: University of Nebraska Press, 2003, p. 1.

如果说叙述者"缺席"的话，那就完全不可能在叙事文本中存在。而"最大程度地隐蔽"却仍然存在着，这里只不过有着程度上的差别。事实上，无论叙述者如何"缺席"，总不可能在叙事文本中毫无踪迹可循。无论叙述者躲在文本的哪一道篱笆之后，都不可能完全消失不见。抒情文本中所出现的抒情人不露痕迹，或难于确定其在文本中的位置的情况，与上述叙事文本中出现的此类状况十分类似。抒情人难于在抒情文本的特定时间与空间中定位，或抒情人在抒情文本中隐蔽，并不表明抒情人不存在。任何一种情感的表达都离不开抒情人，在任何一首抒情诗中，即使抒情人不直接呈现在抒情文本中，或难于将抒情人自我进行定位，都不表明抒情人在抒情文本中不存在。就如叙述者在叙事文本中不可能不存在一样，在抒情文本中，也不可能不存在抒情人。无论抒情人躲在文本的哪一道篱笆之后，抒情人的自我都将会透过文本显露出来，形成为前述所谓抒情主人公，这是读者透过抒情文本的阅读和接受之后，可以审视并可以定位的。

在抒情文本中，抒情人是体现在其中的情感表达者，与抒情文本密切相关，且往往与诗人自身有更为密切的联系。那些明显地抒发出自抒情人个人的情感、表达与抒情人作为个人有关的发生之事有密切关联的抒情人，即所谓自身故事的抒情人。这样的抒情人，在古今中外的抒情诗歌中广泛存在。

抒情诗的情感抒发，往往因时因事而起，有感而发，而这些大都与诗人自身及体现在抒情文本中抒情人个人的经历联系在一起，与抒情人个人在特定的经历中产生的情感融而为一。换句话说，抒情人是作为某个特定的人物而表达自身情感的。在特定的经历中产生的情感，必定发生在一定的时间与空间中。这样，就必不可免地将抒情人置于特别的时间或空间中；与此同时，自我在时间与空间中也就有自己存在的位置，不会从中缺失。

《诗经》中有许多爱情诗，是十分优美的抒情诗。在这些抒情诗中，可以从文本中感知抒情人和人物显现在特定的时间与空间中，其言语行为跃于文本之上，成为一幅幅优美动人的形象画面。这些抒情诗之所以形象动人，是与它由自身故事的抒情人所讲述而分不开的。换句话说，是由参与文本中发生之事的抒情人来讲述并表达自身的情感。试看《国风·邶风》中的《静女》：

> 静女其姝，俟我于城隅。爱而不见，搔首踟蹰。
> 静女其娈，贻我彤管。彤管有炜，说怿女美。
> 自牧归荑，洵美且异，匪女之为美，美人之贻。[1]

在这首诗中，自身故事的抒情人"我"叙说了自己与"静女"，即一位优雅端庄的女子相恋相爱的动人景象。女子欲见还羞的情态，贻男子以彤管、荑茅的情景，以及作为抒情人的男子对女子的珍爱与美人贻赠的珍重，极为形象地展现在人们面前。由于这一切都出自抒情人自身的经历，表达的也是抒情人自身的情感，因而显得真实可信，而显现在特定时空中的抒情人与人物也让人感到触手可及，自我的形象及其展现在抒情文本中的位置清晰可辨。

抒情诗铭刻着抒情人对大千世界的种种感知。人在面对客观事物时产生的各种感知，"既是对外界刺激在感觉上的反应，也是把特定现象主动而明确地镌刻在脑海中，而其他现象则被忽略或被排斥"[2]。这种对外界刺激产生的强烈反应，尤其是那些深深留存在诗人脑海中的特定现象产生的强烈反应，尤为适宜在篇幅短小、容量有限的抒情诗歌中集中加以表现。诗人往往透过抒情人将那些发生在特定时空、对自己产生强烈印象、镌刻在自己脑海中的特定现象融于笔端，以简短而凝练的诗行展现在抒情文本中，而置其他现象于不顾。宋代潘阆的词《前调》就呈现了一个让抒情人刻骨铭心的景象：

> 长忆观潮，满郭人争江上望。来疑沧海尽成空，万面鼓声中。 弄潮儿向涛头立，手把红旗旗不湿。别来几向梦中看，梦觉尚心寒。[3]

这首词表现的是铭刻在抒情人脑海中钱塘观潮的情景。这壮观的景象令抒情人长久忆起，每每萦回于睡梦中，梦醒之后依然感觉心惊不止。可见这一壮观的景象何等深刻地镌刻在抒情人的脑海中。在这首词中，抒情人回忆

---

[1] 吴闿生：《诗义会通》，中华书局，1964年，第32页。
[2] 〔美〕段义孚：《恋地情结》，志丞、刘苏译，商务印书馆，2018年，第5页。
[3] （宋）潘阆：《前调》，载胡云翼选注：《宋词选》，上海古籍出版社，1982年，第4页。

的是"观"潮,也就是说,这是一种视觉感知下的回忆。而视觉在各种感知中对于人显得尤为重要:"人是一种视觉优先的动物。通过眼睛,更广阔的世界会展现在人的面前,更多详细而特别的空间信息会更加接近他。"① 透过抒情人的视觉,将感知对象联系在一起,这同样表明抒情人也参与其中,参与了自身所讲述的发生之事,只不过这种参与是抒情人自身所眼见的,以一种视觉感知表现出来;同时,它也表明抒情人将自身置于特别的时空之中,而自我也可在特定的时空中定位。

无论悲欢离合,喜怒哀乐,凡是铭刻在脑海中的,不时出现在睡梦中的,都是最为刻骨铭心的。抒情诗中不乏表现这种刻骨铭心的情感的诗篇,而对这种独特的情感,感受最深的就是抒情人自身。恰恰是经历了特定时空下发生的独特情感的抒情人,才能将这样的情感及其所引起的种种情感变化形象地定格于文本中。让我们看看李璟的《浣溪沙·又》:

> 菡萏香销翠叶残,西风愁起绿波间,还与韶光共憔悴,不堪看!细雨梦回鸡塞远,小楼吹彻玉笙寒。多少泪珠无限恨!倚阑干。②

这是一首愁肠百结的词。有学者认为,"在历史上,词所唱的是一种普遍化环境,与作者的生活并无直接关联",认为对于包括像李清照、李煜这样的词人,都可"将其作品视为杰出词人对情绪的成功塑造,这些词人在营造情绪方面使人如同身临其境"③。这样的情况不能说没有,但未必是中国抒情传统的主要表现,这样的看法也很难说与中国文学,尤其是包括词在内的抒情诗的主流状况相吻合。自然,我们不能排除一些作者,包括一些优秀的诗人、词人可以在欢愉之时作悲声,营造出表达某种悲伤情感的成功作品,也不能绝对地将抒情诗看作诗人心路历程的外在表现,而去一一加以印证,

---

① 〔美〕段义孚:《恋地情结》,志丞、刘苏译,商务印书馆,2018年,第7页。
② (南唐)李璟:《浣溪沙·又》,载詹安泰编注:《李璟李煜词》,人民文学出版社,1982年,第10页。
③ 〔美〕梅维恒主编:《哥伦比亚中国文学史》上卷,马小悟等译,新星出版社,2016年,第356页。

寻求其种种踪迹。但需要注意的是，在所有的文学作品中，抒情诗这种文学形式可以说是与创作主体本身在情感上最为接近的，透过诗歌中的抒情人，创作主体每每会将这种强烈的情感自然而然地投射在自己的文本中，情不自禁地披露出自内心的种种情怀。

前面述及的《浣溪沙·又》一词的作者南唐中主李璟（916—962），生活在五代十国一个分裂、混战的时代。李璟28岁继父位为南唐皇帝，虽为皇帝，但处于种种内外矛盾之中，其处境十分艰难。且其国势日衰，到958年更由于受到后周威胁，遣使上表，去帝号，改称南唐国主（史称中主），三年后卒。在李璟现存的四首词中，都体现出万般孤零无奈的深长愁绪，在上面所引的词中，这种孤零与悲愁布满字里行间，一展无遗。而在他的另一首《浣溪沙》中，这种情绪也在"青鸟不传云外信，丁香空结雨中愁"的名句中表现得淋漓尽致。抒情人体现在词中的愁情别绪，显然不能完全与创作主体自身的经历与情感割裂开来。李璟的经历与所处的环境，无疑在他为数不多的词中打下了隐隐印记，并透过其中的抒情人形象地展现出来。从这个意义上说，这首词中的抒情人作为自身故事的抒情人，将自己置于特别的时间或空间中，并在特定的时间与空间中显现出自我的存在。这种情况，在李璟之子、经历过更多磨难的后主李煜的词中可以说表现得更为明显。

在有些抒情诗中，抒情人将其在时间与空间中的特定位置直接呈现于诗歌中，而自我也更为明显地表现于抒情文本中，这无疑可以给人留下更为直观的印象，对自身故事的抒情人参与其中的发生之事也有更为直观的把握。人们耳熟能详的毛泽东的词《沁园春·长沙》便如此：

> 独立寒秋，湘江北去，橘子洲头。看万山红遍，层林尽染；漫江碧透，百舸争流。鹰击长空，鱼翔浅底，万类霜天竞自由。怅寥廓，问苍茫大地，谁主沉浮？　　携来百侣曾游。忆往昔峥嵘岁月稠。恰同学少年，风华正茂；书生意气，挥斥方遒。指点江山，激扬文字，粪土当年万户侯。曾记否，到中流击水，浪遏飞舟？①

---

① 毛泽东：《沁园春·长沙》，载周振甫：《毛泽东诗词欣赏》，中华书局，2010年，第7页。

从这首词的词牌之后所包含的地名"长沙"二字,以及词作开头的前三句中,可以十分清晰地感知抒情人所处之地,所居之时,而此后紧接着"看"所展现的,也恰是抒情人在特定的时空中所眼见的一切。在这一特定的时空下,抒情人回忆起"同学少年"时的往昔,以及那一切铭刻在脑海中昔日的活动。无论是"看"也好,还是所忆起的往日的种种行动也好,其行为主体都是抒情人自身,而所有这一切,无疑都与词作的创作主体自身的经历和思想情感密切相关。我们可以明显地看出,词中的情与景、思与行,都是透过一位自身故事的抒情人呈现出来的。王国维在谈到诗歌创作时说到,诗歌之"写景物也,亦必以自己深邃之感情为之素地,而始得于特别之境遇中,用特别之眼观之"[①]。在这一特别的时空境遇中,抒情人透过自身经历这一"特别之眼"去观察、回忆,凝深邃之情感于文字中,不仅凸显了抒情人在特别时空中的存在,也凸显了在这一特别时空中自我的形象。

从以上分析中可以看出,自身故事的抒情人由于以不同方式将自身置于抒情诗中,与抒情文本融为一体,因而,其情感表达显得更为真切、自然、可信,抒情人在特定的时间与空间中的显现更为有迹可循,抒情人自我的存在也透过情感的表达而得以凸显,形成一个个具有鲜明个性的抒情主人公的形象。

总体而言,在抒情诗中,由于情感的抒发并不与"事"相隔绝,各种发生之事往往与情感的抒发相伴而行。而任何发生之事,即使再细微,也必定会呈现在特定的时间与空间中,浓缩在艺术的时空体中。因而,透过这些或隐或显的发生之事而引发情感表达的抒情人必定存在于抒情文本特定的时间与空间中,抒情人自我与人物自我也不会在特定的时间与空间中缺失。在那些并不因"事"而起、表达一般性主题的抒情诗中,即便难以从抒情文本本身看出抒情人特定的时空存在,也可透过抒情文本的情感表达,把握隐含在文本中的抒情人的情感及抒情主人公的形象。说到底,这些抒情文本中的抒情人依然存在于特定的文化时空中,抒情人自我也在特定的文化时空中

---

① 王国维:《屈子文学之精神》,载洪治纲主编:《王国维经典文存》,上海大学出版社,2003年,第155页。

表现出来。

　　强调抒情诗中抒情主体的时空存在，其意义在于引起对抒情主体的充分关注，注重对抒情主体做细致的分析与探索，从而透过抒情主体从整体上对抒情诗有更好的把握。抒情主体，或通常所说的抒情人或抒情主人公，存在于所有的抒情诗歌中，犹如叙述者存在于所有的叙事作品中一样。无论是以人物或以自身故事的抒情人的方式，还是以更为隐蔽的方式，抒情主体都无一例外地存在于所有抒情诗歌中（后者的情况与查特曼所谈到的叙事文本中所谓叙述者"缺席"，也即普林斯所说的"最大程度地隐蔽的叙述者"的情况有类似之处）。可以说，抒情主体是体现在一首抒情诗歌中具有核心地位的关键因素，是我们在抒情诗歌阅读和接受过程中进入一个更高层次时所获得的更为完整的理解和感悟。

　　我们在分析和领会一首抒情诗歌时，在一定的阶段，将关注点放在抒情诗歌或隐或显的抒情人身上，将能够牵一发而动全身，更好地把握体现在抒情诗歌中的情感、态度、认知，以及更深层次上表现出来的文化与道德规范、价值判断等因素。而所有这些，都隐含在抒情人的时空存在中，都可透过抒情人的时空存在加以把握，从其时空存在中去细细地感悟、领会，归结抒情人的种种表现及其所展现的情感和态度。这样，将使对抒情诗的理解不只停留在某些打动人心的分散的诗行中，或仅仅为其个别的场景所吸引，而可以贯通一气，构成对抒情诗的完整把握，从更深的层次上引起与抒情人的共鸣，使阅读与接受的过程表现得更为深邃而完美。

第三节　《斯威夫特博士死亡之诗》的文学主体与抒情主体

　　前面，对抒情诗中抒情主体的时空存在、抒情诗的文学主体与抒情主体及其相互之间的关系作了论述。接着，将以英国作家乔纳森·斯威夫特（1667—1745）的一首长篇抒情诗作为个案，进一步探讨抒情诗中文学主体与抒情主体及二者之间的关系。

一、斯威夫特及其《斯威夫特博士死亡之诗》

斯威夫特以小说知名，他的讽刺小说《格列佛游记》在中国广为人知；然而，他同时也是一位有着重要影响的诗人，尤其是作为讽刺诗人，他的地位在英语世界得到公认，而他作为一位重要诗人的成就，则甚少引起中国研究者的注意。从探讨抒情诗的抒情主体的角度来说，斯威夫特的长篇抒情诗《斯威夫特博士死亡之诗》具有十分独特的意义，值得引起我们特别关注。

《斯威夫特博士死亡之诗》长达 488 行，是斯威夫特 1739 年发表的抒情诗，是他最后的重要作品之一。这首诗歌表明了"斯威夫特对轻松诙谐的讽刺诗（vers de société）的娴熟把握"[①]，是承续他长期以来讽刺传统的杰作。它以极为独特的视角透视了社会和人生百态，展现了一位极具特色的抒情人形象，在斯威夫特的创作和英语诗歌史上留下了厚重的一笔。

国内对斯威夫特的研究，绝大部分集中于他的小说《格列佛游记》，而包括这首抒情诗在内的诗歌则极少受到关注。2002 年有一篇不足三页的英文论文，对这首诗歌作了简单介绍，认为该诗"试图追溯诗人对人性的弱点以及当时英国社会的不良行为的讽刺"[②]。王佐良在《英国诗史》的"王政复辟时期和 18 世纪诗歌"一章中，提到了斯威夫特这首诗，认为它是"英国文学史上的珍品。同蒲柏一样，斯威夫特也是在发挥诗的社会作用，写出了当时的社会面貌，写得具体，有叙有评；艺术上也见功力，在隽言妙语中寄托了讽刺，简洁而入木三分"[③]。这里，将集中从这首抒情诗的文学主体入手，探讨诗歌中文学主体与抒情主体之间的关系，进而探讨抒情诗中独特的抒情主体，以及诗歌所显示的丰富意义。

---

① Miriam Kosh Starkman, ed., *Gulliver's Travels and Other Writings by Jonathan Swift*. London: Bantam Books, 1981, p. 508.
② 吴培宏、王俊刚：《〈咏斯威夫特教长之死〉中的讽刺》，《沂州师范学院学报》2002 年第 1 期。
③ 王佐良：《英国诗史》，载《王佐良全集》第二卷，外语教学与研究出版社，2016 年，第 235 页。

二 《斯威夫特博士死亡之诗》的文学主体

让我们首先将眼光投向《斯威夫特博士死亡之诗》的文学主体,即诗歌的创作者。乔纳森·斯威夫特是该诗的作者,这一点不存在任何问题。值得注意的倒是诗歌对文学主体的刻意强调与凸显,这一点在诗歌的标题中便明显地表现出来。这首诗的完整标题是:《都柏林圣帕特里克大教堂教长斯威夫特博士死亡之诗》;与此同时,还包含一个副标题:"读拉罗什富科箴言所作"。① 在这一标题中,至少有两处与作者本人一一对应。一是"斯威夫特博士",乔纳森·斯威夫特1686年在都柏林三一学院取得学士学位,1692年获牛津大学硕士学位,1701年在三一学院获得神学博士学位,因而,"斯威夫特博士",明显是对创作者自己的指称和确认。另一处同样明确的指称是:"都柏林圣帕特里克大教堂教长"②。1713年4月,安妮女王曾任命斯威夫特为都柏林圣帕特里克大教堂教长。这两处对文学主体的指称,强化与突出了作者的地位。至于"读拉罗什富科箴言所作",则是指阅读17世纪法国箴言和伦理作家拉罗什富科(1613—1680)的如下一则箴言:"在我们好友的厄运中,我们总会发现某些令我们不快之处。"③ 它表明,诗歌的创作者是在阅读这则箴言之后,有感而发,这从另一方面强调了文学主体的真实性、可靠性。

在后面的诗行中,与文学主体相关的一些自传性描述不时出现,几乎散落在整首诗中。这种情况,如果不说在抒情诗中普遍存在的话,至少是我们在抒情诗中不难看到的。这就可以说明,"诗歌与其他形式自传的关系问题是一个十分重要的问题"④。尽管我们说,抒情主体是一个具有自反性的主体。在许多抒情诗歌中,这一主体所表达的情感在很大程度上出自诗人自身,或是诗人

---

① 原诗完整标题为:"Verses on the Death of Dr. Swift, D.S.P.D. Occasioned by Reading a Maxim in Rochefoucault"。

② "圣帕特里克大教堂教长",原文为缩写"D.S.P.D.",意为:Dean of St. Patrick's, Dublin。

③ Jonathan Swift, "Verses on the Death of Dr. Swift, D.S.P.D.". In Miriam Kosh Starkman, ed., *Gulliver's Travels and Other Writings by Jonathan Swift*. London: Bantam Books, 1981, p. 508.

④ Jo Gill and Melanie Waters, eds., *Poetry and Autobiography*. London and New York: Routledge, 2011, p. 2.

透过抒情人直抒胸臆,或与诗人本身密切相关,或将自身隐藏在诗中的人物之后,等等。但是,就如虚构叙事与真实叙事属于两类不同性质的叙事一样,抒情诗歌与自传毕竟是不同的两回事。保尔·德·曼(Paul De Man)曾提出过这样的问题:"自传可以用韵文写成吗?"① 菲利普·勒琼也认为,诗歌不能认为是自传的一种体裁,自传是"以散文形式表现的一个真实的人对他自身存在的回顾,它强调个人生活,尤其是人格形成的历史"②。在这里,明确认定自传应该以散文形式来表现,这与文学创作与自传性写作的实践大体上是吻合的。

应该如何理解出现在《斯威夫特博士死亡之诗》中大量自传性的材料呢?它是为了显现或表明文学主体的存在,或是对诗人"自身存在的回顾"吗?回答自然不能这么简单。可以说,这首诗歌之所以反复强调文学主体的存在,有两个相关的因素值得注意。首先,它与诗歌的主旨密切相关。从诗歌的标题可知,这是一首咏死亡之诗,而且是关于作者本人的死亡之诗。但是,与一般咏叹死亡的诗歌不同,它不是对死亡这一人类无可避免的归途本身的慨叹与探究,也就是说,诗歌没有将死亡主题化,没有将死亡本身作为一个核心问题来探讨。诗歌关注的是诗人对自己死后周围的人们与社会所可能作出的反应,人们会如何看待他的死,对此会如何行事,这才是诗歌关注的中心及其主旨所在。在这里,对特定个人的死所产生的反应既与特定的个人相关,同时,抒情人也试图通过人们对这一特定个人之死的反应,看出某些具有普遍意义的东西,由个人而推及社会。而在对这样的个人的选择中,诗人自己无疑是最好的对象。从本质上说诗歌是一种最为真实的表现,"像心理学和哲学一样,诗歌就是关于生活,不是部分的生活,而潜在地是全部生活。诗歌表现的真实……是整个的真实"③。而出自诗人自身的感知与思考无疑

---

① Paul De Man, "Autobiography as De-Facement". *MLN* 94 (1979): 920.
② James Olney, "Autobiography and the Cultural Moment: A Thematic, Historical and Biographic Introduction". In *Autobiography: Essays Theoretical and Critical*. Ed., James Olney. Princeton: Princeton University Press, 1980, p. 18.
③ Celeste Schenck, "All of a Piece: Women's Poetry and Autobiography". In *Life/Lines: Theorizing Women's Autobiography*. Eds., Bella Brodzki and Celeste Schenck. Ithaca and London: Cornell University Press, 1988, p. 287.

是这种最为真实表现的最好体现。在斯威夫特的诗中，文学主体被反复提及，并以各种方式加以印证，就是为了强化这一目的。

　　反复涉及文学主体的另一个原因，与诗歌的体裁相关。斯威夫特的这首抒情诗歌属于讽刺诗，所谓"轻松诙谐的讽刺诗"。这类诗歌又称为"社交诗"，从公元前6世纪古希腊诗人阿那克里翁开始，这种诗歌就盛行于上流社会，特别是在宫廷人士和文艺沙龙中间。在斯威夫特生活的时代，它在英国和法国都十分流行，斯威夫特诗中提到的蒲柏（Alexander Pope）、盖伊（John Gay）都写过这类诗歌。它的调子轻松而略带讽刺，"以主观和亲切的语气论述琐屑的题材，即使主题是有关社会情况的，也仍以轻快的基调为主"①。这类带有特殊情趣、在上流社会和有限的人群中流行的诗歌，其轻松嘲讽的调子不仅出现在他人身上，也同时指向创作者自身，让诗人自己的身影频频出现在诗歌中，同时成为嘲讽的对象。比如，在诗中涉及自己与其他诗人的诗歌创作时，诗人便戏谑地嘲弄了自己：

　　　　　　读蒲柏的诗我连连叹息，
　　　　　　我多希望它就是我的；
　　　　　　他可以用一个对句搞定，
　　　　　　我却用六行诗也难做到；
　　　　　　它使我嫉妒大发，我叫喊，
　　　　　　让他和他的机智染上瘟疫！

　　　　　　我怎么能被盖伊胜过？
　　　　　　还是用我幽默刺人的方式。

　　　　　　阿巴思诺特不再是我朋友，
　　　　　　他居然敢于自命嘲讽；
　　　　　　我才是生来的嘲讽大师，

---

① 《简明不列颠百科全书》第7卷，中国大百科全书出版社，1986年，第126页。

精雕细刻，展开用场。①

　　这三位诗人都是斯威夫特十分亲近的朋友，他与盖伊的友情自 1713 年相遇时开始一直持续到 1732 年盖伊去世；而与蒲柏长久而亲密的友谊自 1713 年开始直到斯威夫特 1742 年病后瘫痪。② 在这些诗行中，作为文学主体的斯威夫特不无讽刺地谈论了自己与朋友们的诗歌，也谈论了自己与朋友们的关系，戏谑地以自己对朋友的嫉妒而显示出诗人朋友的诗歌才能。诸如此类的文学主体的呈现在诗歌中不时可以看到，表明诗人有意将自身的存在贯注于诗歌中。

三、文学主体与抒情主体之间的关系

　　在《斯威夫特博士死亡之诗》这首文学主体与抒情主体结合得如此绵密频繁的诗歌中，文学主体与抒情主体是否可以被看作合为一体，或者说二者是否可以相等同呢？这是下一步需要细致考察的问题。

　　不可否认，抒情诗歌中抒情人与诗人自身有着更为密切的联系。在某些情况下，抒情主体被直接与诗人关联起来。这样，透过抒情人所表现的思想，所抒发的情感，也就直接与诗人自身连接起来，并透过诗歌寻求诗人外在的情感投射，由此寻求诗人的心路历程。显然，这样的主体存在，只能是诗人自身的一种形象化的存在，是诗人内心情感的投射与外化。换句话说，也就是把诗歌的文学主体与抒情主体合而为一，将抒情人的形象与诗人的形象合而为一。尽管在实践中或许可以观察到此类结合的情形的大量表现，但这种情况并非抒情诗歌唯一表现的状况。我们在《斯威夫特博士死亡之诗》中，在文学主体与抒情主体相互缠绕的情况下，看到的是这一表象之下二者

---

① Jonathan Swift, "Verses on the Death of Dr. Swift, D.S.P.D.". In Miriam Kosh Starkman, ed., *Gulliver's Travels and Other Writings by Jonathan Swift*. London: Bantam Books, 1981, pp. 509–510.（所引斯威夫特《斯威夫特博士死亡之诗》由笔者据原文译出，以下引用该诗时仅在引文后标明诗歌行数。）

② See Miriam Kosh Starkman, ed., *Gulliver's Travels and Other Writings by Jonathan Swift*. London: Bantam Books, 1981, pp. 500–503.

远为复杂的呈现，以及文学主体与抒情主体之间错综复杂的关系。

如前所述，斯威夫特这首抒情诗是在读拉罗什富科的箴言之后所作。整首诗在某种程度上贯穿着对这一箴言的回应，而这一回应又以对诗人自己的死的反应作为试金石。这首诗歌自开头而起的前70行，称为"开场白"（proem），它形成为一个相对独立的部分，描述了拉罗什富科箴言及其一般性的表现。一开篇，诗歌就直接点出了与拉罗什富科箴言的关联："拉罗什富科箴言中有言／由大自然我相信所言不虚：／没有腐败的头脑，／错误在人类身上"（1—4行）。诗歌将人类看作是"徒然的人类！荒诞的人类！"，充满着"自爱、野心、嫉妒、骄傲"（39、41行），在这里，抒情人并不将自己看得更高明，没有将自己排除在"荒诞的人类"之外：

> 我们都有一双美慕的眼睛，
> 平等高举在我们身躯之上；
> 谁不想在拥挤的人群中，
> 自己站得比别人更高？
> 我爱我的朋友也爱你，
> 但不要让他挡住我的视线；
> 就让他有个更高的位置吧，
> 我要的最多不过高一英寸。（13—20行）

然而，如果仅凭这些诗行便认为抒情人是一个关心自己远胜于他人的"自爱"之徒，那就错了。至于将这一抒情人与诗人自身等同起来，认为诗人自己也是一位只看重自己的"自爱"之人，并以自己作为例证来证明拉罗什富科关于自爱的箴言所言不虚，那就不仅只见树木不见森林，而且也与诗人自身的经历不相吻合，与诗中其他部分抒情人所表达的情况也相差甚远。比如，在描述斯威夫特教长死后，抒情人提到他要将自己所留下的一切，"全都要留给公众使用"（156行）。这里实际上暗含了斯威夫特所留下的遗嘱的内容：他要在身后将大部分财产留以修建一座供精神病患者居住之所。再如，抒情人在谈到斯威夫特教长的品格时，曾这样叙说：

"他从不取悦居高位者,
"也没人让他畏惧;
"不用管别人有多伟大,
"因为他不依赖任何人帮助。
"虽然长久做着大事,
"却从不让自己摆架子;
"他不考虑私人目的,
"将信任放在朋友身上。"(325—332 行)

如此看来,出现在诗歌中的抒情人是一个十分复杂的抒情主体。作为具有明显自反性的抒情人,他与诗人自身有着密切的联系。这一抒情人可以视为自身故事的抒情人,他将自己指涉为"斯威夫特博士""教长",既以第一人称也以第三人称指涉自己。在他诗歌的虚构叙说中展现出根据事实讲述的清晰特征。换句话说,抒情人将自身表现为一位以自身经验与经历为依据的创作者,出现在诗歌中大部分相关的事情实际上并不是一种凭空想象,而与作者所曾有过的某些经历相一致。这样,诗歌中被表现的世界与诗人存在的世界之间的界限被打破。正因为诗歌涉及诗人个人经历的某些传记性材料,甚至包括一些详情细节被表现出来,再加上抒情人将自己指涉为教长,因此在历来对斯威夫特这首诗歌的研究中,几乎无法在抒情人与经验作者斯威夫特之间进行区分。[①] 这种直接将诗歌中的抒情人等同于诗人的看法,自然会影响对斯威夫特这一诗歌中抒情人形象的理解,也难以解释诗歌中抒情人在思想规范、价值观念、道德判断等方面所表现出的某些矛盾,至少是表面上的矛盾。

将抒情诗歌中抒情人与诗人自身相等同是一种传统看法,它实际上与长期以来存在于小说中的情况是一样的。弗卢德尼克曾说过,叙事学所取得的最有意义的成就之一,就是"我们现今在作者与叙述者之间进行区分"。因

[①] See Peter Hühn and Jens Kiefer, *The Narratological Analysis of Lyric Poetry: Studies in English Poetry from the 16th to the 20th Century*. Trans., Alastair Matthews. Berlin: Walter de Gruyter, 2005, p. 68.

为"直到 19 世纪末期,作者都一直被与作者叙述者(authorial narrator)相等同";在 19 世纪的英国小说,如司各特、早期的狄更斯、特洛罗普、萨克雷、乔治·艾略特等作者的小说中,这类作者叙述者频繁出现。[①] 在中国历史悠久的传统小说中,这样的叙述状况同样不例外。叙事文本中的情况如此,而与叙事文本中的叙述者相比,抒情文本中的抒情人带有更多的自反性,因而,将这些带有更多自反性特征的抒情人与诗人自身相等同,自然就可以找到更多理由了。

如前所述,在《斯威夫特博士死亡之诗》中,可以找到许多诗人个人的自传性材料,但这不能作为将诗歌中的抒情人与作者自身相等同的理由,何况在诗歌中还存在着许多与诗人个人的思想、观念、经历不相吻合的篇章,甚至一些看似前后矛盾的诗章。应该说,出自斯威夫特这首诗中抒情主体的声音,从某种意义上来说是充满矛盾的,而恰恰是这种矛盾性可以提供让我们进一步理解诗歌中的抒情主体并进而理解诗歌整体的门径。

在诗歌的"开场白"之后,抒情人告知:"后面我们的诗就要开始"(72 行),直接切入诗歌的主题。这一开始伴随着抒情人预告自己的死将要到来:"我 / 必定在自然的过程中死去。"而在自己离开这个世界之后,抒情人试图发现他那些特殊的朋友们的"私人目的",要看看为什么"我的死会让他们觉得更好","虽然那很难被理解"(74—78 行)。由此抒情人开始了对自己各种各样特殊的朋友们的描绘,描绘他们在谈论或听到教长的死时的种种反应,他们在自爱的宗旨下的种种行径;同时,也在对包括宫廷和上流社会对教长的死的反应中,描绘出与诗人同时代的五光十色的英国社会的风貌。在这里,抒情人的嘲讽不绝于耳,诗歌戏谑的、反讽的调子显露无遗。比如,他的朋友们在谈到诗人的诗歌时,认为"他已经过气了"(99 行);在说到他濒临死亡时,他们没有半点怜悯,更多的是想到自己,或为自己感到庆幸:"那么拥抱自己吧,有理由说,/ '对我们说来还不算太糟'"(115—116 行);在宫廷中,当听到教长的死讯时,王后首先的反应是当年曾经应许过

[①] See Monika Fludernik, *An Introduction to Narratology*, London and New York: Routledge, 2009, p. 56.

他的圣牌终于可以不用再给了："我很高兴圣牌给忘了，/ 我承认许诺过他们，但何时呢？"（184—185 行）；而听到他死讯的那些诗人朋友们又如何为他悲伤呢？抒情人如此说道："可怜的蒲柏会伤心一个月，/ 盖伊一星期，阿巴思诺特一天"（207—208 行）；至于其他人呢？"其他人会耸耸肩，说一声，/ 我很难过，但我们都得死，冷漠无情罩上智慧的外衣"（211—213 行）。抒情人甚至还设想了教长死去一年以后的情景：

> 一年过去，情景迥异，
> 教长已经不再被提到；
> 唉！现在没人泪眼模糊，
> 就好像他从未存在过。
> 阿波罗宠爱的人眼下在哪？
> 离世了，他作品随他而去：
> 必定也会经历共同的命运。（245—250 行）

在抒情人眼里，一年之后，教长和他的作品都将荡然无存。而流行的却是为国王的生日写庆贺诗的桂冠诗人科雷·西伯（Colley Cibber）的生日诗，为回应王后卡洛琳的赞助而为她写诗的"打谷诗人"史蒂芬·达克（Stephen Duck）的诗歌，以及"所有的政客都读"的"沃尔斯顿的计谋篇，第十二版"（281—282 行）。

在"开场白"之后延续到此的这一部分，抒情人基本上都以第一人称"我"指涉自己，尽管其中也偶尔杂以其他人物作为讲述者，如伦敦当时的一位书商林托特。这样的讲述者都是通过抒情人引入的，如叙事文本中那样，这种讲述属于从属故事叙述（hypodiegetic narrative）。也就是说，这一讲述在位于一个更低的层次上进行，或者说以嵌入的层次插入其中。① 书商林托特作为从属故事的讲述者，以他的口谈论前面提及的当时图书市场的状

---

① See Monika Fludernik, *An Introduction to Narratology*, London and New York: Routledge, 2009, p. 28, p. 100.

况。这些讲述被插入诗歌抒情人的整体叙说中，虽有层次上的不同，但相互融为一体。

诗歌中尤为值得注意的是最后一部分（299—488行），这一部分从整体上说来仍是由诗歌抒情人"我"所引入的从属故事叙述。在这一部分，从属故事的抒情人不再以第一人称指涉教长自身，而是以第三人称指涉教长。从属故事的抒情人对教长充满赞赏，与此同时，也在对教长的赞赏中，展开对社会的种种讽刺与批评。从思想的敏锐和对社会所展开批评的尖锐程度来说，它无疑是全诗中最值得关注的部分，《斯威夫特博士死亡之诗》的抒情人形象也正是在这一部分得以最终成就。

诗歌中由抒情人引入的这一部分，是通过抒情人的一个假设开始的："假如我死了，再假如 / 聚集在罗斯的一个俱乐部，/ 那里的谈话五花八门，/ 我成了他们聊天的对象"（299—302行）。抒情人将自己归为被人们议论的一个"聊天的对象"，再以其中一个对他充分肯定的赞赏者作为讲述者和抒情人来对他进行描述和评论。如前面所提到的书商林托特一样，这位无名的赞赏者是抒情人引入其中的故事内的讲述者或抒情人（intradiegetic speaker）。从交流的状况来说，在这一部分，诗歌的视角发生了变化，这位无名的赞赏者从一个旁观者的角度来描述教长，以第三人称指涉教长，不再如前面的抒情人以第一人称"我"自称。由于这一无名的赞赏者从一个中立的旁观者的角度出发，因而出自他眼中的一切显得更为客观、可信，他甚至纠正了前面的抒情人"我"所叙说的某些内容。比如，在提到教长死后的著作时，这位赞赏者表明，它们并不如前面的抒情人所说的会随教长的离去而随风而逝：

"至于他的诗歌和散文，
"我承认自己难于评价，
"也说不出批评家怎么看待；
"但我知道，所有人都买它，
"正如他所贯彻的道德观
"就为医治人类的恶习。

"他的才气和尖刻的反讽,
"暴露蠢材,鞭打恶棍;
"连一个暗示都不会盗取,
"他写的全是他自己的。"(309—318 行)

  教长的作品不仅不会因为他"离世了,他作品随他而去",相反,"所有人都买它",因为他的作品"就为医治人类的恶习",为"暴露蠢材,鞭打恶棍"而作。在前后两位抒情人的眼里,同样的情况出现的是完全不同的结果。纵观全诗,可以看出,在这位作为赞赏者的抒情人眼里所出现的教长的形象,与前面的抒情人"我"所表现的教长的形象之间,明显地存在着某些差异。如果说前面的第一人称抒情人更多的是将教长戏谑性地归入拉罗什富科箴言中那类"自爱"的人的话,那么,这位作为赞赏者的抒情人所展现的更多的是教长自身的高贵品格,教长在宫廷和权贵面前所表现的独立自主,以及与种种不公所进行的斗争。比如,在赞赏者看来,教长"既无奉承者,也无结盟死党"(334 行);"在王公们当中举止得体,/ 站在他们面前从不畏怯"(339—340 行);"他谨遵大卫的教导:你们不要依靠君王"(345—346 行)。在这位赞赏者眼里,教长对权柄嗤之以鼻,而为了他高贵的自由的理想,却可以献出一切:

"要是激发他做追逐权柄者,
"你会惹得他暴跳如雷;
"如果你提到爱尔兰上院,
"他会急切地慷慨陈词!
"公正的自由是他唯一的呼喊,
"为了她他准备献出生命,
"为了她他勇敢兀自屹立,
"为了她他不顾自己一切。"(347—354 行)

  在赞赏者的描述中,如前面抒情人的描述一样,也透露出诗人的某些个人经历。斯威夫特是教会和公众领袖。1713年他被安妮女王任命为都柏林圣帕特里克大教堂教长，1714年，安妮女王去世，斯威夫特结束了他在英国的政治生活，返回爱尔兰。赞赏者将之称为"放逐"："放逐中怀着一颗不变的心，/他度过生活中剩余的时光；/远离圣约翰、蒲柏和盖伊，/远离愚蠢、骄傲和派系之地。"（435—438行）然而，在赞赏者眼里，无论在哪里，教长追求自由的理想始终不变，鞭打罪恶的行为从未中断。当眼见"宗教变为无稽之谈，/政府成了巴别塔：/法律滥用，长袍失色，/议院腐败，王冠遭劫"之时，当眼见"古老英国的荣光成为祭品，/使她在故事中变得无足轻重"之时，他"怎能不起来捍卫美德？"（387—393行）。教长不能坐视种种丑恶和不公，他起而痛击这一切，将个人的安危置之度外："教长用他的笔击败/臭名昭著的破坏性欺骗，/揭穿蠢材们的私利，/用双臂迎击以免遭损失。/他做的一切让人羡慕，/从毁灭中拯救无助的土地"（411—416行）。

　　自身故事的抒情人"我"与作为赞赏者的抒情人所叙说的教长，表面上看来，明显出现了差异。在前述将抒情人与诗人完全等同的研究中，我们很难解释前后不同的抒情人眼里所出现的教长形象的差异。值得注意的是，在这些研究者中有一个例外，戴维·维斯（David M. Vieth）在解释诗歌中所出现的不同的斯威夫特时，不仅注意到《斯威夫特博士死亡之诗》中身份的差异，还对此做了细致的区分，分别区分了斯威夫特的四种身份：作为经验作者的斯威夫特，作为抒情人的斯威夫特，由他的赞赏者创造的斯威夫特的形象，以及以诗歌脚注中的声音出现的斯威夫特，这一声音以第三人称指涉另一个斯威夫特。①

　　维斯的看法实际上涉及了诗歌中文学主体与抒情主体之间的关系，以及第一人称抒情人与作为赞赏者的抒情人之间的关系等问题。维斯的看法为我们细致地考察这首诗歌提供了借鉴。然而，一首诗歌作为一个整体，不能分而治之。就如每部小说、每首诗歌背后的隐含作者一样，同一作者的不同作

---

① See David M. Vieth, "The Mystery of Personal Identity: Swift's Verses on His Own Death". In Louis Martz and Aubrey Williams, eds., *The Author in His Work: Essays on a Problem in Criticism.* New Haven and London: Yale University Press, 1978, pp. 245–262.

品，其中所显现的隐含作者可以不同，但在同一部作品中，隐含作者往往被看作是一个隐含的、稳定的实体，在作品中表现得合乎理想地始终如一。因而，注意其间的差异自然是必要的，然而，对于理解诗歌来说，在注意这一差异的同时，更为重要的是如何看待这些差异之间的内在关联，尤其是第一人称抒情人与作为赞赏者的抒情人之间的内在关联。

这一内在的关联，从叙事学的角度看，尤其是从叙述与聚焦、聚焦主体与聚焦对象之间的关系看，可以进行更为清晰的阐释。斯威夫特的形象与抒情人斯威夫特之间的区分，以及更进一步的聚焦对象与聚焦主体间的区分，可以从叙述与聚焦之间的区分来更好地进行描述。自身故事的抒情人将自己表现为教长，可以是聚焦主体，也可以是聚焦对象。作为聚焦主体，他聚焦其他的人物；作为聚焦对象，他是一个由其他人物聚焦的想象中的对象。从聚焦者与聚焦对象的关系来说，在这里，抒情人既是聚焦的主体，又是聚焦的对象。他看到别的人在观察他，但他们观察的内容却是他自己创造出来的，是他所看到的他自身的外显。①

抒情人"我"和作为赞赏者的抒情人出现在两个不同的层次上，但这两个抒情人却可以合为一个整体，他们相互观察，相互补充，各自表现出作为诗歌整体的抒情人的不同侧面，既展现出抒情人作为普通人所具有的情感的一面（从一定意义上说，这也与"轻松诙谐的讽刺诗"这种诗歌形式有关），同时，更为重要的，是展现出自身故事的抒情人不同寻常的一面。这两者结合在同一个人物身上，使这一人物显得既普通，又高贵，他不是高居于云端之上不可触摸的人物，而就在普通人之间，这样的人物更易于让人信服，也更易于为人接受。如果再联系抒情主体与文学主体之间的关联，人们更易于接受这一在虚实之间建构的抒情人的形象，更易于接受这位对自己不无嘲讽，而那些远为尖刻的嘲讽却是指向社会各个方面的种种丑恶的抒情人。

因而，可以说，在《斯威夫特博士死亡之诗》中，抒情主体与文学主体之间既存在着密切的关联，同时也存在着某些差别，甚至存在着某些矛盾，

---

① See Peter Hühn and Jens Kiefer, *The Narratological Analysis of Lyric Poetry: Studies in English Poetry from the 16th to the 20th Century*. Trans., Alastair Matthews. Berlin: Walter de Gruyter, 2005, pp. 68–69.

这些关联、差别和矛盾既与抒情诗的形式相关，也与抒情人所表现的整体风格相关。自身故事的抒情人与作为赞赏者的抒情人合为一体，展现出一个有血有肉、丰富多彩、爱憎分明而又不失幽默、机智的抒情人的整体形象，而抒情人的这一整体形象与文学主体休戚相关。随着阅读过程的进展，读者对这一让人既感亲近而又立场鲜明的抒情人的形象有着越来越深刻的认识，从而对全诗所展现的力量也有着越来越深刻的体验。

第五章　故事与"外故事"

"故事"（story）是叙事学理论的核心概念之一，在对叙事文本的分析，尤其是文本的结构与构成层次的分析中不可或缺。在诗歌叙事学研究中，这一概念自然不可能原封不动地引入其中，但这一概念具有重要的启发性，经由这一概念可以催生出一个新的概念，可将其命名为"外故事"，它在对抒情文本的分析，包括结构分析中将具有其用武之地。这里将展开这一尝试，以叙事理论有关故事和话语二元对立的区分作为出发点，以中国古典抒情诗作为对象，探讨中国古典抒情文本中的所谓"外故事"（external story）。借由中国古典抒情诗中表现出来的外故事，我们可以在中外古今的抒情诗中发现类似的情况，在其中的一些抒情诗歌中同样存在着"外故事"，因而，可以在对其他一些抒情文本的分析中予以展开与应用。

第一节　故事与话语及"外故事"与话语

一、故事与话语

我们知道，叙事学的最初发展出自结构主义的有机延伸。而结构主义的重要发端之一在于瑞士语言学家费迪南·德·索绪尔对语言结构的深刻洞见。沿结构主义这一方向所形成的叙事学借鉴了诸多索绪尔的语言理论，并形成了其理论构成的某些特征。其中最为明显的是，索绪尔有关语言/言语、共时性/历时性等二项对立的理论直接影响了叙事学一些重要概念的形成："向索绪尔和语言学模仿的结果是，二项对立结构成了叙事学大厦最基本的建筑材料。"① 这一构架成为叙事学理论难以动摇的基本框架。

在叙事学理论的诸多二项对立中，最为突出的莫过于故事（story）与话语（discourse）这一二项对立。早在1966年，托多罗夫在其发表于巴黎《交流》杂志的《文学叙事的范畴》一文中便使用了"故事"（histoire）和"话语"（discours）这一对相应的概念，用以探讨叙事作品中故事与话语这两个层面之间的关系。托多罗夫将故事与话语之间的关系分为三个范畴，它们分别是时间范畴，即"故事时间与表现在其内的话语时间的关系"；语体范畴，即"叙述者感知故事的方式"；以及语式范畴，也就是"叙述者所运用的话语类型"。②1972年，热奈特在其《叙事话语》中承续了托多罗夫对叙事问题的上述区分，并以此作为出发点，透过对普鲁斯特卷帙浩繁的小说《追忆似水年华》的分析，力图构建起一种具有一般意义的系统的叙事理论，"为一种叙事诗学提供例证"③。正是在故事与话语这一对应关系的基础上，热奈特对叙事话语中的时间、语式、语态问题进行了详细探讨，发展成为叙事学理论的重要基础。此后，查特曼1978年在其《故事与话语：电影和小说中的叙事结构》一书中对这一二项对立作了进一步的探讨。这样，故事与话语这一二项对立逐渐成为叙事学理论一个重要的基础。

从叙事结构的层面看，叙事文本涵盖了两个相互对应的部分。第一部分是故事，即叙事文本所存在的内容或事件链，还有所谓存在物。这一存在物由包括人物与环境在内的诸成分构成。第二部分则是话语，话语属于故事的表达，是内容在文本中得以交流的方式。查特曼将叙事文本中存在的这一内

---

① 〔德〕莫妮卡·弗卢德尼克：《叙事理论的历史（下）：从结构主义到现在》，马海良译，载〔美〕詹姆斯·费伦、彼得·J.拉比诺维茨主编：《当代叙事理论指南》，申丹、马海良、宁一中等译，北京大学出版社，2007年，第25页。

② Tzvetan Todorov, "Les catégories du récit littéraire". *Communications*, 1966: 8. See Gérard Genette, *Narrative Discourse: An Essay in Method*. Trans. Jane E. Lewin. Ithaca: Cornell University Press, 1980, p. 29.

③ Gérard Genette, *Narrative Discourse: An Essay in Method*. Trans. Jane E. Lewin. Ithaca: Cornell University Press, 1980, p. 22.

在结构关系以下图展现出来①：

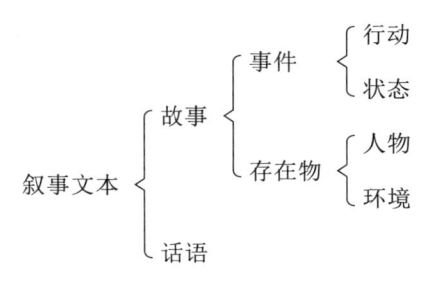

$$
\text{叙事文本}\begin{cases}\text{故事}\begin{cases}\text{事件}\begin{cases}\text{行动}\\\text{状态}\end{cases}\\\text{存在物}\begin{cases}\text{人物}\\\text{环境}\end{cases}\end{cases}\\\text{话语}\end{cases}
$$

从上图可以看出，在叙事文本的话语这一层面上，有一个与之相对应的"故事"层面。如果将"话语"理解为叙事作品的表达与叙述层面的话，那么"故事"就属于叙事文本中所述或被叙述的层面。查特曼认为，话语具有质体，即一种表达媒介，比如口头或书面的语言，移动的画面，姿势等，还具有形式，这些形式由一系列连贯的叙述所组成，这些叙述讲述故事，并决定着情境与事件的表达顺序，制约描述的视点，决定叙述速度、评论的类型等。而故事则是叙事作品中所描述的存在物与事件。②

故事属于所叙或被叙述的部分，这个部分，由事件以及与之相关联的因素构成，其核心部分是事件。事件组合为故事，两者之间的关系在于，故事是从叙事文本或者话语的特定排列中抽取出来的、由事件的参与者所引起或经历的一系列合乎逻辑的并按时间先后顺序重新构造的一系列被描述的事件。由此不难看出，故事属于蕴涵着一系列事件的一个更大的结构。说得简单一点，文本是我们所读到、看到的东西。而故事对于读者来说则属于潜藏于文本之下的构造，它对于读者来说并不是可以直接读到的，但它可以通过其他方式，诸如对故事情节的复述、对事件按时间顺序重新编排等方式加以重构，从叙事文本的话语表现中推导出其中的故事。

---

① Seymour Chatman, *Story and Discourse: Narrative Structure in Fiction and Film*. Ithaca: Cornell University Press, 1989, p. 19.

② See Gerald Prince, *A Dictionary of Narratology*. Revised Edition. Lincoln: University of Nebraska Press, 2003. p. 21, p. 93.

二、抒情诗中的"外故事"与话语

在抒情文本中，是否也存在着与叙事文本中的故事与话语相对应的两个对立的层面呢？这是需要作进一步探讨的问题。抒情诗以抒发情感为要，在这样的情况下，"作者对抒情人角色和话语的安排和塑造也是为了有助于满足一定抒情艺术效果的需要"①。而情感抒发可以是多种多样的，诸如对一种心境或情感状态简洁而热烈的描述，对充满感情的思想的复杂变化进行细腻的描写，殷切地倾诉对情人的赞美，平铺直叙地抒发爱恋情怀，表明与维护特定的意象及价值概念，表述自己力求解决某种精神苦恼的漫长的观察体会与深思冥想的过程，等等。② 这样的情感表达与抒发，都与叙事文本中内在地蕴含"讲述故事"的要求有很大的距离，况且抒情诗通常篇幅短小，也难以容纳故事讲述所要求的丰富多样的情节容量。情感抒发往往倾泻而来，其情感表达的瞬间性与急迫性难以插入冗长的"故事"。尽管在抒情诗中"情"与"事"相互交织，并非不可融通，然而，这里的"事"毕竟与叙事文本中具有发生、发展、变化过程的"故事"不可同日而语，这样的"事"更多属于促使抒情人思绪变化而出现的"发生之事""偶发之事"。这样的"发生之事""偶发之事"，难以透过抒情文本演绎为完整的"故事"，抒情文本也不要求将其演绎为完整的"故事"。

在抒情诗中，诗人透过抒情人进行话语表达所必需的质体是不可或缺的，这就表现为抒情诗的话语层面，这一话语层面可以与叙事文本中经由叙述者讲述所构成的话语层面相对应。在对叙事文本的结构分析中，透过话语层面通常可以抽取出由事件的参与者所引起或经历的一系列合乎逻辑的并按时间先后顺序重新构造的一系列被描述的事件，即所谓"故事"。而在抒情文本中，相应的结构分析则难于实现，从中抽取并演绎出与叙事文本类似的完整故事基本上做不到。因而，我们可以说抒情文本中存在着话语层，但严

---

① 〔美〕M. H. 艾布拉姆斯：《文学术语词典》，吴松江主译，北京大学出版社，2009 年，第 293 页。
② 同上书，参见第 293—295 页。

格的故事层是缺位的，至少可以说是不完整的，时隐时现的。如果一定要像从叙事文本的话语层抽取出与其对应的故事层的话，那只能是情感发生、发展、变化的情感展示层，尽管这样的情感有可能因"事"而发，但这种忽隐忽现的偶发之事毕竟难以形成相对完整的故事。

然而，从另一方面来说，抒情文本中不存在与话语层面相对应的严格意义上的故事层，并不意味着在这一对应位置上是一种虚空的缺位。至少存在着如前所述的情感展示层，而除情感展示层之外，如果我们再换一个角度，那么，在一些抒情文本中，可以在这一与话语对应的层面上发现对应的存在物，可以在抒情文本本身或与该抒情文本紧密连接在一起的文本中看出某种类型的"故事"。当然，这样的"故事"不能与叙事文本中的故事等量齐观，无论就存在的形态还是表现的方式而言，它们都有别于叙事文本中的故事。因而，这里将其命名为"外故事"（external story）[①]。使用"外故事"这一概念，旨在强调与叙事文本中对应的"故事"概念既相延续，又有区别的意义，它是运用于某些抒情文本中的一个对应概念。

"外故事"作为抒情文本中与话语层相对应的层面而存在，这可以视为抒情文本的一种结构特征。与叙事文本中可以从话语层重构或抽取出"故事"不同，抒情文本中的"外故事"无法直接从抒情文本本身的话语层重构或抽取出来。在叙事文本中，话语与故事的二项对立之间存在一种源生关系或同源关系。而在抒情文本中，这种源生或同源关系是不存在的。取而代之的是，在抒情文本中，话语与外故事的构成之间存在一种嵌入关系与跨文本关系。这两种关系依外故事呈现的不同方式而表现出来。

如果将抒情文本作为主要文本看待，那么，外故事主要可以两种方式呈现出来。这两种方式按外故事居于抒情文本之内或之外而加以区分。无论外故事居于抒情文本之内还是之外，外故事与抒情文本本身之间都具有跨文本性。首先，让我们看第一种方式。外故事呈现的第一种方式是直接出现在抒情文本之内，它以特定的具有源自其他已有文本而构成独立意义的词语、俗

[①] 与之相关联的或可以用"潜故事"（sub-story）、"源故事"（original story）、"超故事"（extra-story）等名之。

语或典故、名称，包括人名等表现出来。这些词语、俗语或典故、名称等包含某些故事或具有故事性，其所包含的故事或故事性被人们广泛接受。就如提到"嫦娥"，中国人就知道其中所包括的整个故事一样。它们被嵌入抒情文本中，点缀于抒情文本的诗行间，形成为抒情文本的外故事。在这里，我们可以借用热奈特所说的"承文本"（hypo-text）这一概念作为说明和参照。热奈特对"承文本"所做的解释是："我把任何简单改造（今后简称'改造'）或间接改造（今后简称'摹仿'）而从先前某部文本中诞生的派生文本叫做承文本。"① "承文本性"所表明的就是任何联结文本 B（承文本）与先前的另一文本 A（其蓝本）之间一种"非评论性攀附关系，前者是在后者的基础上嫁接而成"②。在中国文学的土壤中，此类源自先前文本而改造、嫁接、摹仿所形成的具有特定意义和故事性的词语、俗语、典故（承文本）不胜枚举。而在诗歌的诗句中，套用、化用、袭用、沿用以往的各种文本中经过改造而插入的承文本，在中外诗歌中也十分常见。诗歌中出现的这些具有承文本性质的词语或典故往往蕴含着丰富的内容，甚至有可能包含一整个故事，它们是对某些特定的故事或对具有故事意义的事件加工、改造、摹仿的结果。而且随着时间的推移，这些特定意义被不断强化。当它们化用或借用在诗歌中时，其内涵的故事或故事性往往就会发生作用，直接间接地彰显或影响着抒情诗的意义呈现，甚至可能以此为中心构成抒情诗的主导情感意向，赋予诗歌特有的意义。

抒情诗外故事呈现的第二种方式，从形式上说居于抒情文本之外，表现为一种明显的跨文本关系。它往往作为与主要抒情文本连接在一起的文本，对抒情文本本身起到解释背景、说明来源与发展，以及阐释意义、谈论影响等作用。它与抒情文本相连接，构成为抒情文本意义不可分割的部分，但又与抒情文本若即若离，并随时间的流逝，越来越使抒情文本自身独立地彰显出来。如果将抒情文本视为主要文本，与其相连接的文本可以使用赵毅衡使

---

① 〔法〕热拉尔·热奈特：《隐迹稿本》，载《热奈特论文集》，史忠义译，百花文艺出版社，2001 年，第 77 页。
② 同上书，第 74 页。

用的伴随文本（co-text）这一概念。"伴随文本"指的是"伴随着符号文本一道发送给接收者的附加因素"①。"伴随文本"的涵盖十分广泛，包括显性伴随文本如副文本、型文本，生成性伴随文本如前文本、同时文本，解释性伴随文本如评论文本、链文本、先后文本等。② 这里不作细致的区分，而主要是借用这一定义的主导性意义。

上述按外故事呈现于抒情文本内、外所区分的两种方式，是就其实际呈现方式而言的。自然，这两种方式并不相互独立或割裂，而是可以有所交融与汇合的。

在中国古典抒情诗中，人们历来热衷于谈论"本事诗""本事词"。所谓本事，应为所本之事，也就是诸种引发诗人感兴促使诗歌创作最终形之于文而所本之事。唐代孟启从唐人笔记、小说等典籍中辑录整理并加以自己见闻汇编而成《本事诗》，作者在"本事诗序"中明言其编撰之本意："诗者，情动于中而形于言。故怨思悲愁，常多感慨。抒怀佳作，讽刺雅言，著于群书。虽盈厨溢阁，其间触事兴咏，尤所钟情。不有发挥，孰明厥义？因采为《本事诗》，凡七题，犹四始也。"③ 作者所属意的正是"触事兴咏"所本之"事"，也即引发诗人创作所本之"事"。我们在这里探讨的抒情文本中的外故事，与本事诗、本事词中所存在的"事"有某些内在的关联。

概而言之，呈现于抒情文本中的"外故事"，表现出如下一些特征：首先，在抒情文本中，"外故事"整体上仍属于构成抒情诗的有机部分，与抒情文本休戚相关，不可分割；同时，又与其所附属的主要抒情文本有所区隔，二者之间若即若离。其次，"外故事"在内容上对抒情文本的解读与理解不可或缺，对挖掘抒情文本的深层意义具有不可忽视的作用。再次，外故事在形式上既可与抒情文本合为一体，以插入文本的方式嵌入其中，又可伴随主要抒情文本出现。最后，"外故事"包含一定的故事要素，甚至有可能包含由一系列事件所构成的相对完整的"故事"，这样的"故事"对抒情人

---

① 赵毅衡：《符号学：原理与推演》（修订本），南京大学出版社，2016年，第139页。
② 同上书，参见第140—146页。
③ （唐）孟启撰，董希平、程艳梅、王思静评注：《本事诗》，中华书局，2014年，第3页。

产生直接间接的作用，影响着抒情人的情感抒发，甚至决定抒情人的情感指向。同时，有必要提出的是，与叙事文本必定涵盖故事与话语层面有所不同，抒情文本可以涵盖但并非必定涵盖外故事的层面。

第二节 "外故事"的主要类型

在对"外故事"这一概念进行基本阐释的基础上，我们可以将中国古典抒情诗①作为对象，探讨表现在抒情诗中的外故事。自然，以中国古典抒情诗作为对象，并不意味着中国现当代抒情诗或国外的古今抒情诗中不存在"外故事"。这样做，不过是为了使分析更为集中而已。孟启在《本事诗》中依"四始"，即《诗经》中"风""小雅""大雅""颂"的分类，将本事诗按"情感、事感、高逸、怨愤、征异、征咎、嘲戏"②分为七类。这里，依"外故事"的来源及其不同表现方式，将中国古典抒情文本中的外故事大致区分为如下主要类型，即典籍记叙的外故事、诗人标记的外故事、与叙事文本相融的外故事、记叙评述的外故事四类，下面逐一加以探讨。

一、典籍记叙的外故事

在历史悠久的中国古典抒情诗中，有一些抒情诗最初是记载在经、史、子、集等各类典籍之中的。在诸如《尚书》《礼记》《列子》《国语》《左传》《史记》《汉书》《帝王世纪》《世说新语》等众多典籍中，伴随历史记载、话语言说，有时可以看到其中记录下来的各类抒情诗歌。在这些记载中，不仅保留了极为宝贵的原创诗篇，而且大多还原了诗歌最初产生的语境。这些与抒情诗歌存在着千丝万缕联系的语境，往往作为背景，在凸显抒情诗本身丰

---

① 这里的"中国古典抒情诗"包括中国古典诗、词、曲、赋、谣、谚等不同形式，并是以抒情为要的篇幅短小的抒情文本。
② （唐）孟启撰，董希平、程艳梅、王思静评注：《本事诗》，中华书局，2014年，第3页。

富意蕴的同时，构成为该抒情诗的"外故事"，形成为一个完整的抒情语境。一些中国早期十分珍贵的"古逸"，就借助于这样的典籍记载而得以保存下来。比如，被视为最早的"古逸"之一的《击壤歌》："日出而作，日入而息，凿井而饮，耕田而食，帝何力於我哉！"它最先记载于西晋皇甫谧《帝王世纪》的《帝王世纪第二》"五帝"篇中。在这里，对于这一"古逸"的出现，有一个完整的记叙。据其所载，其出现当为帝尧之时：

> 诸侯有苗氏处南蛮而不服，尧征而克之於丹水之浦，乃以尹寿、许由为师，命伯夔放山川溪谷之音，作乐《大章》。天下大和，百姓无事，有八十老人击壤於道，观者叹曰："大哉！帝之德也。"老人曰："吾日出而作，日入而息，凿井而饮，耕田而食，帝何力於我哉！"於是景星曜於天，甘露降於地，朱草生於郊，凤皇止於庭，嘉禾孳於亩，澧泉涌於山。①

沈德潜将其中所记载的这一诗篇视为最早的"古逸"："帝尧以前，近于荒渺。虽有娥皇、白帝二歌，系王嘉伪撰，其事近诬。故以击壤歌为始。"②通过对诗歌源出语境的了解，这一脍炙人口的古逸之首，不仅让人在其简洁古朴的诗句中深谙其意义，陶醉于扑面而来的古风之中，也在与之环绕的外故事中，知其所出之语境。通过与这一语境的连接，不仅可以了解源起于特定语境下的"古逸"原初所包含的意义，还可赋予其更具普遍意义更为丰富的内涵。

在司马迁的《史记》中，在对历史的记载中伴随着留下了不少极为有名的中国古典抒情诗，如项羽的《垓下歌》，高祖的《大风歌》《鸿鹄歌》，武帝的《瓠子歌二首》等。这些诗歌都有其源出之语境，其中对项羽《垓下歌》的记叙是这样的：

---

① （晋）皇甫谧等撰，陆吉等点校：《帝王世纪》，齐鲁书社，2010年，第13页。
② （清）沈德潜选：《古诗源》，中华书局，2006年，第1页。

> 项王军壁垓下,兵少食尽,汉军及诸侯兵围之数重。夜闻汉军四面皆楚歌,项王乃大惊曰:"汉皆已得楚乎?是何楚人之多也!"项王则夜起,饮帐中。有美人名虞,常幸从;骏马名骓,常骑之。于是项王乃悲歌忼慨,自为诗曰:"力拔山兮气盖世,时不利兮骓不逝。骓不逝兮可奈何,虞兮虞兮奈若何!"歌数阕,美人和之。项王泣数行下,左右皆泣,莫能仰视。①

对高帝的《大风歌》则有这样的记叙:

> 高祖还归,过沛,留。置酒沛宫。悉召故人父老子弟纵酒。发沛中儿得百二十人,教之歌,酒酣,高祖击筑,自为歌诗曰:"大风起兮云飞扬,威加海内兮归故乡,安得猛士兮守四方!"令儿皆和习之。高祖乃起舞,慷慨伤怀,泣数行下。②

中国古典的经、史、子、集,有些本身就是文学作品,有的则文、史、哲并陈,而其中所记叙的一些抒情诗歌不仅因之而得以流传不息,而且明显属于中国古典抒情诗中难得的精品。鲁迅在其《汉文学史纲要》中,专辟一篇"汉宫之楚声",主要论述的就是《史记》中所记载的《大风歌》《鸿鹄歌》《秋风辞》《垓下歌》③等,并称《史记》为"史家之绝唱,无韵之《离骚》"④。在强调其史学意义的同时,突出其文学意义。

《史记》作为一部带有文学意味的历史巨著,不仅在其历史叙述中直接记载了不少优秀的文学作品,其历史记叙也颇具文学意味。上述项羽的《垓下歌》与高祖的《大风歌》,作为项羽与高祖名下知名的抒情诗歌自不待言,

---

① (汉)司马迁:《项羽本纪》,载(汉)司马迁撰,(宋)裴骃集解,(唐)司马贞索隐,(唐)张守节正义:《史记》第一册,中华书局,1959年,第333页。
② (汉)司马迁:《高祖本纪》,载(汉)司马迁撰,(宋)裴骃集解,(唐)司马贞索隐,(唐)张守节正义:《史记》第二册,中华书局,1959年,第389页。
③ 鲁迅:《汉文学史纲要》,载《鲁迅全集》卷8,人民文学出版社,1957年,第285—287页。
④ 同上书,第308页。

而所记叙的诗篇产生的缘起，则极好地还原了诗歌产生的语境，使读者对促使抒情人在独特的时刻产生的独特情感有准确的把握，对抒情诗歌的理解更为贴切，也更能引起对抒情人此时此刻所抒发的情感的理解，从而与诗歌产生强烈的共鸣。在《垓下歌》中，项王歌毕，"泣数行下，左右皆泣，莫能仰视"。与先前项羽击破秦军之后，召见原来作壁上观的诸侯时，诸侯"无不膝行而前，莫敢仰视"①相比，一为"莫敢仰视"，一为"莫能仰视"，一字之差，形成明显对照，不仅衬托出其"力拔山兮气盖世"之雄，也将《垓下歌》的悲剧气氛推向高潮。而在《大风歌》中，高祖舞毕，"泣数行下"，同样表现出主人公丰富的情感，让人怦然心动。

乌孙公主的《悲秋歌》出自《汉书·西域传》。据《汉书》所记叙，元封中，遣江都王建女细君为公主，以妻乌孙昆莫。昆莫年老，言语不通，公主悲，乃自作歌：

> 吾家嫁我兮天一方，远託异国兮乌孙王。
> 穹庐为室兮毡为墙，以肉为食兮酪为浆。
> 常思汉土兮心内伤，愿为黄鹄兮还故乡。②

乌孙公主以第一人称"吾""我"的口吻抒发了自己思念故国、故乡的浓浓情怀，渴望化为"黄鹄"归还故乡。在这里，诗歌本身含蕴着简要的发生之事，抒情人情由事出，在对自己所经历的诸般事端的陈述中，十分自然地显露出随之而来的浓重情感。而促使这一情之所出而记叙下来的更为清楚的外故事，则让人对抒情人的情感抒发有了更深切的理解，歌吟之下，无不令人情动。

围绕对抒情诗的相关记叙而形成为该抒情诗的外故事，与抒情诗本身血脉相通，融为一体。在对诗篇的欣赏中，尽管可以只吟唱抒情诗本身，但

---

① （汉）司马迁：《项羽本纪》，载（汉）司马迁撰，（宋）裴骃集解，（唐）司马贞索隐，（唐）张守节正义：《史记》第一册，中华书局，1959年，第307页。
② 见（清）沈德潜选：《古诗源》，中华书局，2006年，第39页。

把握抒情诗的外故事对更好地欣赏和理解诗歌显然是十分有益的。就外故事而言，它往往既与抒情诗本身连接在一起，成为一个有机的整体，同时又具有其自身的外在性与独立性，可以与抒情诗若即若离，却对于诗歌的解读与欣赏不可或缺。中外古今的文学作品从本质上说来，都会以各种形式互相关联，具有"跨文本性"与"文本间性"，按照热奈特在《广义文本之导论》中所做的解释，前者指"所有使文本与其他文本发生明显或潜在关系的因素"，后者则指"一文本在另一文本中的忠实（不同程度的忠实、全部或部分忠实）存在：引语是这类功能的最明显的例证，引语以引号的形式公然引用另一文本，即表示另一文本的存在，又保持了一定的距离"[①]。上述所有在典籍中引述的抒情诗歌，显然都与其所环绕的外故事存在着"跨文本性"与"文本间性"的关系。作为两种有所不同的文本，它们之间存在着"明显或潜在关系的因素"，既在所环绕的"外故事"文本中存在，同时，"又保持了一定的距离"，从而凸显出其独立的意义。正因为具有自身独立的意义，才使之越来越作为独立的抒情诗歌不胫而走，为历代的读者所反复咏颂。必要时，又可溯源到其形成的母体中，追寻其所源之外故事。

二、诗人标记的外故事

抒情诗作为强烈情感表达的载体，往往与诗人本身和个人的情感有着密切的关系。它可以是诗人某种情感的诗体记录，而情感的触发并形之于文大多有其缘由。在许多情况下，诗人未必会对缘情缘事的情感激发中形成的抒情诗篇做任何说明，而往往不留任何痕迹，甚至有意不留任何痕迹。但是，有时诗人又会在其创作中，在透过诗篇表达其感情的过程中，将促使其情感抒发而创作的机缘加以叙说，这就使读者对其情感的缘起有所了解。这类围绕抒情文本所做的种种标记与叙说，成为与抒情文本融为一体的外故事，显现出十分难得的特有价值。

在中国古典抒情诗中，作为其重要表现形式之一的词至宋而达到高潮。

---

① 〔法〕热拉尔·热奈特：《广义文本之导论》，载《热奈特论文集》，史忠义译，百花文艺出版社，2001年，第64页。

词与音乐密切相关，作者在填词时依词牌而行，而词牌作为填词用的曲调名，只表明文字、音韵结构的定式，本身通常并不具备与其内容相关联的意义。因而，透过词牌读者更多了解的是其形式，而对词的内容以及促使作者创作的动机则并无所知。在词的创作中，有两种情况，一种是作者只标注词牌，直接填词。另一种则在词牌之下再添加序文。此类序文多种多样，其中较多的是包含作者对与该词相关联的诸般"情"与"事"以及促成其创作该词语境的各类叙说，这样，就在作为抒情文本的词中包含了或略或简的外故事。

辛弃疾的诸多词中，此类情况明显可见。如其《永遇乐》一词的词牌后，标明为"京口北固亭怀古"，如此一来，就不难理解词中道尽古今变迁所显示的壮志豪情与悠悠思绪："千古江山，英雄无觅、孙仲谋处。舞榭歌台，风流总被、雨打风吹去。……"直至"凭谁问：廉颇老矣，尚能饭否？"在《八声甘州》之下，标明："夜读《李广传》，不能寐，因念晁楚老、杨民瞻约同居山间，戏用李广事赋以寄之。"《贺新郎》之下标明："邑中园亭，仆皆为赋此词。一日，独坐停云，水声山色竞来相娱，意溪山欲援例者。遂作数语，庶几仿佛渊明思亲友之意云。"在《鹧鸪天》之后，标明："有客慨然谈功名，因追念少年时事，戏作。"该词作在回顾"壮岁旌旗拥万夫，锦襜突骑渡江初……"的抗金壮举之后，"追往事，叹今吾，春风不染白髭须。却将万字平戎策，换得东家种树书"①。这些序文与词作内容的关联十分密切，因为它直接叙说了诗人创作的动机，还原了促使其情感产生的语境，由此可为欣赏和解读诗歌提供一条通道。

另一宋代词人姜夔的不少词作亦在词牌之下标注了序文，记叙了与赋词相关的情境。在其《淡黄柳》中有如下序文："客居合肥南城赤阑桥之西，巷陌凄凉，与江左异。唯柳色夹道，依依可怜。因度此阕，以纾客怀。"其词曰：

空城晓角，吹入垂杨陌。马上单衣寒恻恻。看尽鹅黄嫩绿，都是江

---

① （宋）辛弃疾：《永遇乐》《八声甘州》《贺新郎》《鹧鸪天》，载胡云翼选注：《宋词选》，上海古籍出版社，1978年，第310、281、300、301页。

南旧相识。　　正岑寂，明朝又寒食。强携酒，小桥宅。怕梨花落尽成秋色。燕燕飞来，问春何在，惟有池塘自碧。①

　　由上述词牌之下的序文可见，序文与其下之词休戚相关。睹物思情，触景生情，因由种种情状而起的情感冲动而诉诸词作，可透过序文一眼看出。了解诗人情之所兴所由，也就可以对作为其核心内容的词作有更透彻的了解。序文作为与抒情诗篇相关联的外故事，仿佛是引导读者进入词语空间的桥梁，进入之后，便可专注其间，吟唱、欣赏，读者的情感随抒情人而起伏、共鸣，而所引入之桥或可忘却。

　　诗人标注的外故事在一些抒情诗歌的标题中也表现出来。无论是叙事文本还是抒情文本，标题本身就是对整个文本内容的提炼与升华，它具有与叙事文本中故事叙说的"概要"相类似的意义。而在抒情诗中，这样的"概要"有时会通过诗题展现出来，并扩展为与诗歌本身连接在一起的外故事。宋代诗人曾几的一首诗《苏秀道中自七月二十五日夜大雨三日秋苗以苏喜而有作》便如此。这一标题本身可看作由一系列简要的事件所构成的"故事"概要，而其下的诗篇便由这一故事所促发：

　　　　一夕骄阳转作霖，梦回凉冷润衣襟。
　　　　不愁屋漏床床湿，且喜溪流岸岸深。
　　　　千里稻花应秀色，五更桐叶最佳音。
　　　　无田似我犹欣舞，何况田间望岁心！②

　　久旱之时，诗人在由苏州至嘉兴的道上遇甘霖，何其欣喜，自然免不了挥毫作诗以表其情。在这里，诗题以外故事的方式以叙其"事"，其下之诗篇则"情"与事契合无间。再如陆游《九月十六日夜梦驻军河外遣使招降诸城觉

---

① （宋）姜夔：《淡黄柳》，载胡云翼选注：《宋词选》，上海古籍出版社，1978年，第347页。
② （宋）曾几：《苏秀道中自七月二十五日夜大雨三日秋苗以苏喜而有作》，载钱锺书选注：《宋诗选注》，人民文学出版社，1979年，第141—142页。

而有作》，其念兹在兹的是恢复北宋旧地："腥臊窟穴一洗空，太行北岳原无恙。更呼斗酒作长歌，要使天山健儿唱。"①同样"情""事"相合。

在这些以标题标注的外故事中，白居易的诗《自河南经乱，关内阻饥，兄弟离散，各在一处。因望月有感，聊书所怀，寄上浮梁大兄、於潜七兄、乌江十五兄，兼示符离及下邽弟妹》尤为引人瞩目。这首抒情诗标题五十字，诗歌正文八行五十六字，几近相等：

> 时难年荒世业空，弟兄羁旅各西东。
> 田园寥落干戈后，骨肉流离道路中。
> 吊影分为千里雁，辞根散作九秋蓬。
> 共看明月应垂泪，一夜乡心五处同。②

这是一首感离诗，诗歌的标题十分清晰地显示了促发诗人"望月有感"的背景。由于"河南经乱"，即唐德宗建中年间淮西节度使李希烈等人的叛变所引起的剧烈动荡，致使诗人兄弟离散，天各一方。历经这种离散动乱景象的诗人有感而发，诉说了心中的种种悲苦，并希望将充满深重悲戚之情的诗行寄予分散在浮梁、於潜、乌江、符离、下邽等地的兄弟姊妹，借以共同宣泄乱世悲情。在这里，诗歌的标题表明了一个清晰完整的"外故事"，这一"外故事"是一个真实的"故事"，在这一真实的故事之下所产生的诗人的情感同样是极为真实的，也是十分感人的。这一实情实景之下产生的真实情感，具有普遍的、超越时空的意义。诸如此类的外故事与抒情文本融为一体，实难分离。

热奈特在探讨跨文本关系时，注意到其中存在着五种类型的跨文本关系。其中一种类型是由一部文学作品所构成的整体中正文与他所称的"副文

---

① （宋）陆游：《九月十六日夜梦驻军河外遣使招降诸城觉而有作》，载钱锺书选注：《宋诗选注》，人民文学出版社，1979年，第200页。

② （唐）白居易：《自河南经乱，关内阻饥，兄弟离散，各在一处。因望月有感，聊书所怀，寄上浮梁大兄、於潜七兄、乌江十五兄，兼示符离及下邽弟妹》，载林庚、冯沅君主编：《中国历代诗歌选》上编（二），人民文学出版社，1979年，第490页。

本"部分所维持的关系构成。在他所提出的"副文本"中,首先列举的就是"标题、副标题、互联型标题",其他如前言、跋、告读者、前边的话、插图等亦在其中。在他看来,上述类型的副文本"大概是作品实用方面,即作品影响读者方面的优越区域之一"①。任何一部作品的标题,作为热奈特所说的相对于整体中正文的"副文本",都会在一部作品中起到提纲挈领的作用,有力地影响读者。而由作者特意突出、强调,甚至由带有一系列事件构成的"故事"所组成的标题,就更不用说会对读者起到何等重要的作用了。

三、与叙事文本相融的外故事

文学作品中不同体裁的混合,也即文体的越界,在中外文学作品中时有出现。热奈特曾说到,在欧洲文学的传统中,"自《伊利亚特》以来,许多作品自觉服从体裁观点,而其他一些作品,如《神曲》,起初则有意摆脱体裁的束缚,仅这两组作品的对立,就足以勾画出一套体裁体系——我们甚至可以说得更简单一些,体裁的混合或无视体裁的存在本身已经是诸多体裁之一种了"②。

热奈特也注意到,在文本中存在着不同文体的转述,这种转述方法的独特之处就在于,"要在我们非常感兴趣的场景中将某种小说的叙述方式引入到戏剧的情节之中"③。这种情况,当然不止发生在小说与戏剧之间,它同样可以发生在其他文类之间。在中国古典文学中,此类情况并不罕见。

中国古典文学中的抒情诗歌传统源远流长。这种抒情诗传统,有力地渗透到虚构叙事的叙事文本中,成为中国古典叙事作品的一个重要特征。叙事文本中大量插入抒情文本,体现了对抒情诗的强烈认同,呼应了深入人心的抒情诗传统,体现出不同文类与体裁的有机融合,它无疑增添了作品的

---

① 见〔法〕热拉尔·热奈特:《隐迹稿本》,载《热奈特论文集》,史忠义译,百花文艺出版社,2001年,第69—71页。
② 〔法〕热拉尔·热奈特:《广义文本之导论》,载《热奈特论文集》,史忠义译,百花文艺出版社,2001年,第65页。
③ 〔法〕热拉尔·热奈特:《转喻:从修辞格到虚构》,吴康茹译,漓江出版社,2013年,第50页。

色彩。比如，在中国古典小说这类叙事虚构作品中，往往不时会在"以诗为证""诗曰""诗云"等标示下引出抒情诗歌，这些诗歌或对特定情境、事件进行归结，或对人物进行评述与描绘，或以作品叙述者之口对人物、事件、情境等发表评论，表明其心境或褒贬态度，甚至直接对作者的创作进行表白，等等。在这样的情况下，短小凝练的抒情诗发挥其所长，凸显出特定的意义，而环绕抒情文本且篇幅远胜于抒情文本的叙事文本则提供了与之密切相关的外故事。这样的外故事对理解所嵌入其中的抒情文本不可或缺，而其中的抒情文本又提供了所展现的外故事的种种线索，二者互为补充，相得益彰。同时，在特定的外故事中出现的抒情诗歌也往往可以逸出叙事文本之外，成为别具意义的独立的抒情诗。这种情况，在诸多古典小说中大量存在，《红楼梦》就是其中一个明显的例子。

《红楼梦》中的抒情诗，犹如散落在文本中的颗颗珍珠，耀人眼目。第一回叙说了作品的缘起：空空道人将《石头记》检阅一遍，由之动情，遂改名情僧，改《石头记》为《情僧录》，东鲁孔梅溪题曰《风月宝鉴》。"后因曹雪芹于悼红轩中，批阅十载，增删五次，纂成目录，分出章回，又题曰《金陵十二钗》；并题一绝。——即此便是《石头记》的缘起。诗云：

  满纸荒唐言，一把辛酸泪！都云作者痴，谁解其中味？"①

这一饱含酸辛的抒情诗令人情动，联系与之相关的外故事以及整部作品，无疑将对之有更深切的体悟，对整部《红楼梦》也会作更透彻的解读。而逸出作品，这一抒情诗篇又具有了其独立的意义，可以为不同时代、不同境况的读者反复咏唱，尤可引起具有相同境况的读者的共鸣。作品第五回透过贾宝玉梦中在警幻仙姑的引领下，神游太虚幻境，得以阅"金陵十二钗正册""金陵十二钗副册""金陵十二钗又副册"，并在警幻仙姑陪同下，观十二舞女演唱"红楼梦"十二支曲，融入众多精美的诗、词、曲、赋、联等，不仅以预述的方式预示了众多女子未来的命运，也形成了让人经久咏叹

---

① （清）曹雪芹、高鹗：《红楼梦》一，人民文学出版社，1973年，第4页。

感怀的抒情诗篇。围绕每一首诗、词、曲的外故事闪烁其中，而更为完整、丰沛的外故事则随作品的展开而一一显露出来。如一曲《枉凝眉》唱道：

> 一个是阆苑仙葩，一个是美玉无瑕。若说没奇缘，今生偏又遇着他；若说有奇缘，如何心事终虚话？一个枉自嗟呀，一个空劳牵挂。一个是水中月，一个是镜中花。想眼中能有多少泪珠儿，怎禁得秋流到冬，春流到夏！①

这里将宝、钗、黛之间无望、无奈、令人荡气回肠的爱情悲剧极为艺术地透露出来。这些让人回味无穷的诗篇在《红楼梦》的阅读语境中至关重要，在作品不断展露与抒情诗歌相关的外故事中，可以更为深入地理解这些诗篇，而几乎每一首诗、词又都可单独成篇，作为独立的抒情诗欣赏和吟诵。

四、记叙评述的外故事

中国古典抒情诗中还存在一类外故事，值得引起人们的注意。这类外故事既非出自诸如前述史家围绕抒情文本的记叙，也非诗人自己在抒情诗歌中所做的标记与说明。在抒情文本自身中不仅完全找不到与该文本相关联的外故事，而且诗人本身不愿，甚至有意避免透露与之相关的任何"故事"，除诗歌本身而外，没有留下其他任何痕迹。

与前述出自同一作者与抒情人的外故事情况有所不同，这类与抒情文本相关联的外故事，大多出自同时代或后代读者、研究者的记叙、解读与评述。这类文字每每留在了中国古代大量笔记、闻见录、野语、漫录、札记之类的作品中，其中许多有关的记叙与评述构成为理解、欣赏特定抒情文本不可或缺的外故事。比如，陆游（1125—1210）广为人知、让人唏嘘的《钗头凤》即为一例：

> 红酥手，黄縢酒，满城春色宫墙柳。东风恶，欢情薄，一怀愁绪，

---

① （清）曹雪芹、高鹗：《红楼梦》一，人民文学出版社，1973年，第61页。

几年离索。错，错，错！　春如旧，人空瘦，泪痕红浥鲛绡透。桃花落，闲池阁。山盟虽在，锦书难托。莫，莫，莫！①

除词作本身而外，陆游再未置一词。而这首词实际上蕴含着陆游与唐婉一段哀婉的爱情故事。读者自可仅仅欣赏陆游上述《钗头凤》一词，其意蕴自出。但如能联系唐婉对陆游该词的和词一并欣赏，则别有一番意义。唐婉的和词亦为《钗头凤》：

世情薄，人情恶。雨送黄昏花易落。晓风干，泪痕残。欲笺心事，独语斜阑。难，难，难！　人成各，今非昨。病魂常似秋千索。角声寒，夜阑珊。怕人寻问，咽泪装欢。瞒，瞒，瞒！

关于陆游与唐婉的故事，目前所见最早为陈鹄所记叙。陈鹄，号西塘，生平行事无从考查，他少年即能诗，淳熙十一年（1184）在"临安郡庠"，与陆游应为同时代人而稍晚。在其《西塘集耆旧续闻》卷第十中，作者有如下记叙：

余弱冠客会稽，游许氏园，见壁间有陆放翁题词，云："红酥手……"［全词略——引者］放翁先室内琴瑟甚和，然不当母夫人意，因出之。夫妇之情，实不忍离。后适南班士名家，家有园馆之胜。务观一日至园中，去妇闻之，遣遗黄封酒果馔，通殷勤。公感其情，为赋此词。其妇见而和之，有"世情薄，人情恶"之句，惜不得见全阕。未几，怏怏而卒，闻者为之怆然。②

晚于陆游约一个世纪的词人与文学家周密（1232—1298）在其《齐东野

---

① （宋）陆游：《钗头凤》，载胡云翼选注：《宋词选》，上海古籍出版社，1978年，第244页。
② （宋）陈鹄撰，郑世刚校点：《西塘集耆旧续闻》，载《宋元笔记小说大观》第五册，上海古籍出版社，2007，第4852—4853页。

语》卷一《放翁钟情前室》中，亦辑录了有关陆游与唐婉之间的旧闻"本事"：

> 陆务观初娶唐氏，闳之女也，于其母夫人为姑侄。伉俪相得，而弗获于其姑。既出，而未忍绝之，则为别馆，时时往焉。姑知而掩之，虽先知挚去，然事不得隐，竟绝之，亦人伦之变也。唐后改适同郡宗子士程。尝以春日出游，相遇于禹迹寺南之沈氏园。唐以语赵，遣致酒肴，翁怅然久之，为赋《钗头凤》一词，题园壁间云："红酥手……"〔词略——引者〕翁居鉴湖之三山，晚岁每入城，必登寺眺望，不能胜情。尝赋二绝云："梦断香销四十年，沈园柳老不飞绵。此身行作稽山土，犹吊遗踪一怅然。"又云："城上斜阳画角哀，沈园无复旧池台。伤心桥下春波绿，曾是惊鸿照影来。"盖庆元己未岁也。未久，唐氏死。①

陆游与唐婉的两首《钗头凤》，透过陈鹄与周密在其笔记中的记叙，显示出一个与词作内容密切相关的外故事。将这一外故事与词作关联在一起，将两首词并置在一起对读，对这一构成内在交流的词作便可以有更深一层的把握，对它们的欣赏与理解也具有了更为丰富的内涵。围绕抒情诗出现的外故事，其作用不可小视。

当然，对于诸如此类的外故事，或所谓"本事"，需要加以判断，根据对作品的分析而去伪存真。胡云翼认为："宋人词多有本事流传，为读者所乐闻。"他指出这些本事往往出自笔记杂录，未必都真实可靠，但其中也有一些"符合作品的实际"。②陈鹄与周密所记叙的"本事"，再加上唐婉的应和，应该与陆游《钗头凤》一词相符。这一"本事"所体现的外故事，并未出现在词作中，而在词作以外，但它却又延伸自相关的抒情文本，因其出现而形成对词作有益的补充，使二者跨越时间，几乎成为融合为一的整体。

此类对诗歌的记叙、解读与评述，在中国古代大量的诗话、词话中亦可

---

① （宋）周密撰，黄益元校点：《齐东野语》，载《宋元笔记小说大观》第五册，上海古籍出版社，2007年，第5444—5445页。
② 胡云翼：《宋词选·前言》，载胡云翼选注：《宋词选》，上海古籍出版社，1978年，第25页。

见到。诗话、词话以谈论诗作词作为宗旨，在它的各种指点品评中也提供了一些与作品相关的"外故事"。如宋代蔡绦的《西清诗话》，其中有对南唐李后主《浪淘沙令》一词的如下记叙：

> 南朝李后主归朝后每怀江国，且念嫔妾散落，郁郁不自聊，尝作长短句："帘外雨潺潺，春意将阑，罗衾不暖五更寒。梦里不知身是客，一晌贪欢。　独自莫凭栏！无限关山，别时容易见时难。流水落花春去也，天上人间！"含思凄婉，未几下世矣。①

这一与所形成诗篇相融的外故事，透露出与诗篇密切相关的语境，它不仅对理解《浪淘沙令》一词，而且对于理解李后主的其他词作都颇具意义。

在唐代孟启的《本事诗》以及清代叶申芗的《本事词》中，辑录了大量此类与诗词有关的创作本事与故实，记叙、解读、评述了许多诗词。前者主要摘自唐人笔记、小说、文集等；后者则辑录了自唐、五代、宋至金、元的词人词作轶事。《本事词》"自序"中特别提到："孟棨汇《本事》之篇，叙破镜轮袍以纪丽。诗既应尔，词亦宜然，此《本事词》所由辑也。"②可以看出，后者的编撰明显受到前者的影响。在《本事诗》《本事词》中，围绕特定诗词所出现的诸种本事，更多属于逸闻轶事，而非信史。然而，这些带有轶事传闻性质、甚至某些后人穿凿附会的本事，有时恰恰形成了抒情诗歌很有意味的外故事，有助于人们对诗歌的欣赏和理解。在孟启《本事诗》"情感第一二"中，记叙了唐代诗人崔护《题都城南庄》一诗的"本事"。崔护清明日独游城南，叩门入户，得见一女子，"崔以言挑之，不对。目注者久之。崔辞去，送至门，如不胜情而入。崔亦睇盼而归，嗣后绝不复至"。来年清明，崔护思之，径往寻之，此时

> 门墙如故，而已锁扃之。因题诗于左扉，曰："去年今日此门中，人

---

① （宋）蔡绦:《西清诗话》卷中，明抄本影印本。
② （清）叶申芗撰，贺严、高书文评注:《本事词》，中华书局，2019 年，第 1 页。

面桃花相映红。人面只今何处去？桃花依旧笑春风。"后数日，偶至都城南，复往寻之，闻其中有哭声，叩门问之。有老父出曰："君非崔护耶？"曰："是也。"又哭曰："君杀吾女。"护惊起，莫知所答。老父曰："吾女笄年知书，未适人，自去年以来，常恍惚若有所失。比日与之出，及归，见左扉有字，读之，入门而病，遂绝食，数日而死。吾老矣，一女所以不嫁者，将求君子以托吾身。今不幸而殒，得非君杀之耶？"

又特大哭。崔亦感恸，请入哭之。尚俨然在床。崔举其首，枕其股，哭而祝曰："某在斯，某在斯！"须臾开目，半日复活矣。父大喜，遂以女归之。①

记叙崔护《题都城南庄》的这则"本事"，显然绝非信史，而基本属于虚构。人们显然也不会寻根究底去追寻这则"本事"的真实性、可靠性。相反，会从这一与诗歌本身丝丝入扣的"本事"中，从这一伴随诗歌的外故事中，对崔护《题都城南庄》一诗有了更为深切的理解，发出更为动人心扉的感慨，也对超越生死的情与爱的力量感叹不已。

以上从典籍记叙、诗人标记、与叙事文本相融、记叙评述等方面，探讨了与抒情文本密切相融的外故事，并探讨了其与抒情文本的交互影响。自然，外故事在抒情诗中的体现还不止上述这几方面，还可从其他方面对抒情文本中的外故事作探究。对外故事及其与抒情文本相互关系的探讨有益于揭示抒情文本蕴含的语境，而对其中故事要素的展现可以进一步挖掘抒情诗情感叙事的力量，在深化对抒情文本的理解中无疑是有帮助的。

第三节 互文性与"外故事"

从文学的互文性关系出发，我们可以继续从另一层意义上，对中国古典

---

① （唐）孟启撰，董希平、程艳梅、王思静评注：《本事诗》，中华书局，2014年，第68—69页。

抒情诗中所存在的"外故事"作进一步的挖掘。前面我们主要探讨的是以各种方式围绕主要抒情文本而出现的外故事。这种外故事更多是以伴随文本的形式,伴随主要抒情文本而同时或先后呈现出来,因而主要是围绕抒情文本而居于抒情文本之外。这里所探讨的是前面所提及的另一种方式,即更多以插入的方式,直接嵌入抒情文本的诗句中,居于抒情文本之内,与之融为一体而产生的外故事,继续探讨在抒情诗的情感抒发与叙说中,此类广泛存在的"外故事"所起到的作用及其所具有的意义。

一、文学的互文性关系

世界各国各民族文学的发展无一例外,犹如涓涓细流融汇的长河,是一个不断累积发展的过程。在这条不断发展的长河中,任何一位作家和诗人都不可能不受到在其之前或同时代作家、诗人创作的影响,一如美国学者布鲁姆所说:"诗的历史是无法和诗的影响截然区分开的。"虽然诗人中的强者都不希望意识到自己"没有能够创造出自己的独特风格"的作品,但是,不论是因为"取前人之所有为己用会引起由于受人恩惠而产生的负债之焦虑"[①]也好,还是"一代一代的追逐名声者不断地将别人踩翻在地"[②]也好,实际上,任何人都无法避免前人或同时代人的影响,无法逃脱由一代一代作家和诗人所编织的文学之网。北宋文学家晁补之(1053—1110)在评论本朝乐章时,说到欧阳修《浣溪沙》一词中"绿杨楼外出秋千"一句时称:"只一'出'字,自是后人道不到处。"[③]然而,王国维指出,此一"出"字"本于正中《上行杯》词'柳外秋千出画墙',但欧语尤工耳"[④],明确指出了这一"后人道不到处"的用语,实则源自此前五代南唐词人冯延巳(字正中,903—960)之手,而欧阳修所用不过比之"尤工"而已。

在文学的发展中,各种不同的文类、文体会因时而出。在西方,自古希

---

① 〔美〕哈罗德·布鲁姆:《影响的焦虑》,徐文博译,江苏教育出版社,2006年,第5页。
② 同上书,第6—7页。
③ 见王国维著,徐调孚注,王幼安校订:《人间词话》,人民文学出版社,1982年,第199页。
④ 同上书,第199—200页。

腊神话、史诗、悲剧、喜剧先后沿时而出之后，其他各种文类也应时产生。在中国源远流长的文学发展中，情况也不例外。文学的兴衰，包括每一文类的兴衰都有其内在的原因，但文学总是在不断发展之中。王国维在谈到中国诗歌的发展时曾说："四言敝而有楚辞，楚辞敝而有五言，五言敝而有七言，古诗敝而有律绝，律绝敝而有词。盖文体通行既久，染指遂多，自成习套。豪杰之士，亦难于其中自出新意，故遁而作他体，以自解脱。一切文体所以始盛终衰者，皆由于此。故谓文学后不如前，余未敢信。"① 推陈出新乃是文学创作所力循之道，然而不论文类、文体如何发展变化，如何力求创造出新，相同或不同文类、文体之间的相互影响与继承关系都始终存在着。况周颐在《蕙风词话》中论及诗词创作时曾说："两宋人填词，往往用唐人诗句。金元人制曲，往往用宋人词句。"② 可见在中国文学的发展中，无论何种文类文体在何时居于主导地位，文学之间的相互影响几乎是无所不至的。

　　德国文学巨匠歌德对文学的相互影响有极为透彻的认识，他自己一生创作甚丰，影响甚巨，可是他在谈到人们耿耿于怀的独创性，包括自己的独创性时却说了这样的话："人们老是在谈论独创性，但是什么才是独创性！我们一生下来，世界就开始对我们发生影响，而这种影响要一直发生下去，直到我们过完了这一生，除掉精力、气力和意志以外，还有什么可以叫做我们自己的呢？如果我能算一算我应归功于一切伟大的前辈和同辈的东西，此外剩下来的东西也就不多了。"③ 事实上，世界上数不尽的文学文本之间无可避免地存在着千丝万缕的联系，无人能够逃脱前辈和同辈作家的影响。因而，中外古今有成就的伟大作家，不是回避前人的创作，而是汲取前人的创作，活用前人的创作以为己用。对莎士比亚极为赞赏并深受莎士比亚影响的歌德曾如此说："莎士比亚给我们的是银盘装着金橘。我们通过学习，拿到了他的银盘，但是我们只能拿土豆来装进盘里。"④ 无论在别人的盘里装进什么，

---

① 王国维著，徐调孚注，王幼安校订：《人间词话》，人民文学出版社，1982年，第218页。
② （清）况周颐著，王幼安校订：《蕙风词话》，人民文学出版社，1982年，第18页。
③ 〔德〕爱克曼辑录：《歌德谈话录》，朱光潜译，人民文学出版社，1980年，第88页。
④ 同上书，第93页。

那毕竟是自己的东西,是在消化汲取别人的养料之后,端出融入自己心力的新东西。

数不清的文学文本之间的相互关系引起了人们的关注。法国学者朱莉娅·克里斯蒂娃在综合一系列相关看法,尤其是巴赫金看法的基础上,在她1966年发表的《词语、对话和小说》一文中首先推出了"互文性"(intertexualité,英文为 intertexuality)这一概念,以指代这一广泛存在的现象。她首先区分了文本空间的三个维度:写作主体、读者、外部文本,认为词语的地位取决于横向轴,即文本中的词语同时属于写作主体和读者,以及纵向轴,即文本中的词语指向先前的或共时层面的文学文本集合,这样一来:

> 横向轴(主体—读者)和纵向轴(文本—语境)汇聚一处共同揭示一个重要的事实:即每一个词语(文本)都是词语与词语(文本与文本)的交汇;在那里,至少有一个他语词(他文本)在交汇处被读出。另外在巴赫金那里,被他分别称为**对话性**(dialogue)和**双值性**(ambivalence)的两个轴线之间并没有明显的区分。……任何文本的建构都是引言的镶嵌组合;任何文本都是对其他文本的吸收与转化。从而,**互文性**(intertexualité)的概念取代主体间性概念而确立,诗性语言至少能够被**双重**(double)解读。①

在这里,克里斯蒂娃明确地提出了文本之间的关系,认为所有文本都不是孤立地存在的,而固有地是互文的。除克里斯蒂娃而外,诸如巴特、德里达、里法泰尔等人都持这样的看法,多勒泽尔称他们为"绝对互文性主义者"(absolute intertextualists)②。在"互文性"这一概念提出之后,克里斯蒂娃等人不断进一步发展、完善,使之成为文学和文本分析中一个行之有效的

---

① 〔法〕朱莉娅·克里斯蒂娃:《词语、对话和小说》,祝克懿、宋姝锦译,载〔法〕朱莉娅·克里斯蒂娃:《符号学:符义分析探索集》,史忠义等译,复旦大学出版社,2015年,第87页。
② David Herman, Manfred Jahn and Marie-Laure Ryan, Eds., *Routledge Encyclopedia of Narrative Theory*. London and New York: Routledge, 2008, p. 257.

重要概念。对"互文性"这一概念所形成的通常理解是:"任何一部文学文本都是由其他文本以多种方式组合而成的,如这一文本中公开的或隐秘的引用与典故,对先前文本形式特征及本质特征的重复与改造,或仅仅是文本对共同累积的语言、文学惯例与手法不可避免的参与等方式。这些惯例与手法'总是已然'处在合适的'位置',从而构成了我们生而享有的话语。"①

热奈特同样关注文学中这一引人瞩目的现象,但他更为强调应将互文性限定在有形可见或有迹可循的文本相互关系中。他将这一互文现象称为"所有使文本与其他文本发生明显或潜在关系的因素",即"跨文本性"。他认为,这一"跨文本性"把"文本间性"(互文性)自朱莉娅·克里斯蒂娃以来的"经典"意义包括在内。在跨文本性概念的基础上,热奈特还运用了其他一些相关概念,将它们包含在"跨文本性"之中。其中之一是"元文本性",他以这一概念关联起文学批评家所撰写的评论文章与其所评论的文本的跨越关系,这样一来,"数个世纪以来,所有的文学批评家都不知不觉地生产着元文本";另一个概念是"副文本性",热奈特认为副文本性也是地道的跨文本性,它主要表现的是一种"摹仿和改造关系"②。还有一个包括在"跨文本性"中的概念,则是"联结每个文本与该文本脱颖而出的各种言语类型的包含关系",包括题材、方式、形式及其他方面的决定因素,热奈特将之称为"广义文本"。这种广义文本无处不在,"文本只有从这里或那里把自己的经纬和广义文本的网络联结在一起,才能编织它",他把"文本与它的广义文本的关系叫做'广义文本性'"③。除此而外,还有前面所提及的"承文本",即任何通过简单改造或间接改造(摹仿)而"从先前某部文本中诞生的派生文本"④,承文本性是文学性的一种普遍形态,因为"没有任

---

① 〔美〕M. H. 艾布拉姆斯:《文学术语词典》,吴松江主译,北京大学出版社,2009年,第635页。
② 〔法〕热拉尔·热奈特:《广义文本之导论》,载《热奈特论文集》,史忠义译,百花文艺出版社,2001年,第64页。
③ 同上书,第64—65页。
④ 〔法〕热拉尔·热奈特:《隐迹稿本》,载《热奈特论文集》,史忠义译,百花文艺出版社,2001年,第77页。

何文学作品不唤起其他作品的影子,只是阅读的深度不同唤起的程度亦不同罢了"①。

　　无论是"互文性"也好,"跨文本性"以及附属在其下的诸多相关概念也好,其目的都在于探讨文本与其他已存的各种各样的文本之间的相互关联。即便在一个文学历史并不长的民族、国家或文化中,这样的内在关联仍然不可少,更不用说在具有悠久历史的文学传统中这一关联的广泛存在了。而且随着人类的发展,不同文明之间的交往越来越频繁,就不仅只是一个国家、民族、地区之间文学的互文性,而是世界文学之间越来越密切的互文性关系了。1990年诺贝尔文学奖获得者、墨西哥诗人、作家兼外交家奥克塔维奥·帕斯(Octavio Paz)对中国文化与文学充满了炽热之情,他不仅翻译了中国的诗词,而且在他的诗歌中直接嵌入了中国诗人的诗句,与自己的诗歌融为一体。在他的长诗《回归》中,他将唐代诗人王维的《酬张少府》嵌入其中。王维的原诗为:"晚年惟好静,万事不关心。自顾无长策,空知返旧林。松风吹解带,山月照弹琴。君问穷通理,渔歌入浦深。"②帕斯在《回归》中作了这样的嵌入:

　　……
　　我们被围困
　　　　　　我又回到起点
　　我是赢是输?
　　　　　　(要问
　　成和败遵循什么样的标准?
　　打渔人的歌声
　　飘荡在静止的岸前
　　　　　　王维酬张少府

---

① 〔法〕热拉尔·热奈特:《隐迹稿本》,载《热奈特论文集》,史忠义译,百花文艺出版社,2001年,第79页。
② (唐)王维:《酬张少府》,载张勇编著:《王维诗全集》,崇文书局,2017年,第337页。

在他水中的茅庵
　　　　　然而我却不愿
做个知识居士
在圣安赫尔或科约阿坎）
　　　　　一切都是赔
便一切都是赚
……①

《回归》集作于1969年至1975年间。帕斯1962年到新德里，任驻印度大使。1968年帕斯为抗议本国政府镇压学生运动而辞去驻印度大使一职。这样的经历，使帕斯对王维的《酬张少府》产生了浓厚的兴趣，并产生了某种共鸣。王维在诗中表明了一种退隐山林，寄情于松风明月，在山水中以琴瑟自娱的态度。然而，吸引帕斯的，显然并不在此，"帕斯虽有类似的处境，却'不愿作知识居士'，依然坚守自己的信念，在'迷宫'中孤独地探索前行"②。在这里，超越时代、超越国界所编织的互文网络显得别具一格，并彰显出其内在的意义。

二、从互文性看中国古典抒情诗中的"外故事"

中国文学具有数千年的传统，而诗歌又是中国文学传统中最为引人瞩目的。无以计数的优秀诗篇形成为中国文学传统的重要主干。而饱读诗书的历代诗人、文人，乃至民间的诗歌创作，不仅不以排斥前人或同时代人的创作以彰显自己的独特成就为傲，反而以将前人或同时代人的诗篇以及各类文本以种种方式活用在自己的诗作中为荣，这就不可避免地形成为文本间广泛的互文关系。因而，可以说，中国文学中存在的互文性实际上自古而然，越往后发展，这种互文性的领域就越广阔，在文学作品中的表现就越频繁。

---

① 〔墨西哥〕奥克塔维奥·帕斯：《回归》，载〔墨西哥〕奥克塔维奥·帕斯：《太阳石》，赵振江译，北京燕山出版社，2014年，第195—196页。
② 见赵振江：《帕斯和他的中国情结》，《文艺报》2014年8月15日，第004版。

在钟嵘的《诗品》（成书于梁武帝天监十二年，即公元513年）中，透过作者的品评，可以明显看出历代诗人创作中所存在的这类互文性关系。《诗品》三卷，分上、中、下三品，分别品评了自汉至梁122位诗人以及一组无名氏《古诗》（十九首）的创作。在对许多诗人诗作的品评中，作者往往首先列出其创作所本，也就是对前人创作的汲取，所受前人创作的影响而存在的继承关系。如评《古诗》（十九首）时指出："其体源出于《国风》"；评李陵的诗作则认为"其源出于《楚辞》"；汉婕妤班姬"其源出于李陵"；陶潜"其源出于应璩，又协左思风力"①，等等。后代作家的创作，尽管也有独尊某家深受其影响的情况，但通常不只是受到先前某一位作家的影响，而是一个更为复杂的多方面影响的过程，因而钟嵘的判断多少显得有些单一和绝对，但就其注重前后和相互的继承关系，指出其与过去某家在风格、用语等方面的类似之处来说，应该是有其价值的，其中不乏细致考察而得出的结果。从文学的互文性关系来看，更是如此。这种情况，在他某些具体的论述中，表现得更为明确。比如，他指出颜延之"喜用古事，弥见拘束，虽乖秀逸，是经纶文雅才"②。在钟嵘看来，诗歌不若"经国文符，应资博古，撰德驳奏，宜穷往烈"，诗属"吟咏性情，亦何贵于用事"？③ 因而并不赞同颜延之在诗歌中拘束于"古事"，即大量用典，但还是赞赏他有"雅才"。实际上，用事或用典，在中国古典抒情诗中往往为历代作者所喜好，表现得十分广泛，而用典恰恰是互文性的重要表现之一。问题不在于是否用事用典，而在于诗中的用事用典是否恰切，是否与前后语境一气贯通。在文学作品包括诗歌中，天衣无缝的用事用典是作者驰才骋性的绝佳表现，也是文学互文性关系的一种极好表现。

在中国古典诗歌中表现出的种种互文性关系，在抒情文本与内在的"故事"主干相对应的层面上，或隐或显地表现出诸多"外故事"，读者可以在

---

① （南朝梁）钟嵘著，陈廷杰注：《诗品注》，人民文学出版社，1980年，第17—19页、第41页。
② 同上书，第43页。
③ 同上书，第4页。

咏颂诗篇时，在简短的诗句中领悟其中所延伸出的多重意义，这些意义远远超出简短的文字所负载的内容，片言只语中往往蕴含着诸多事件与故事。米克·巴尔在谈到叙事文本中主要文本与插入文本间的关系时，论及各种插入文本及其所起到的作用，这些在主要文本中出现的插入文本甚至可以"呈现一个具有精心结构的素材的完整故事"[①]。在抒情文本中，我们也可以将这些镶嵌在诗句中呈现出"外故事"的文本视为插入文本，它们具有自身独特的意义，甚至可以呈现一个精心结构的故事，但又与抒情文本在整体上融为一体，从而大大丰富与加强了抒情文本的语义浓度。试看晚唐杜牧的《泊秦淮》：

> 烟笼寒水月笼沙，夜泊秦淮近酒家。
> 商女不知亡国恨，隔江犹唱后庭花。[②]

此诗呈现出一幅饱含深意的生动画面，在朦胧氤氲的氛围中，在富含诗意的特定时间与场所，一缕艳曲直达画面中抒情主人公之耳。诗篇在看似平静的简要事端的描述中，透露出蕴含在抒情人内心的深情，诗歌中展现的动态景象一以贯之。在一气呵成，极为圆润、畅达的诗篇中，声、色、景俱全俱佳，而其中所蕴含的情感表达与叙说，则因诗中所点明的一曲"后庭花"而达到高潮。

诗中的"后庭花"，系南朝陈后主叔宝（553—604）所写的《玉树后庭花》一诗的简称，诗曰："丽宇芳林对高阁，新妆艳质本倾城。映户凝娇乍不进，出帷含态笑相迎。妖姬脸似花含露，玉树流光照后庭。"[③] 杜牧此诗的知名，也使后主兼诗人的陈叔宝变得更为知名。南朝之末的陈代，已是一片

---

① 〔荷〕米克·巴尔：《叙述学：叙事理论导论》（第三版），谭君强译，北京师范大学出版社，2015年，第53页。
② （唐）杜牧：《泊秦淮》，载林庚、冯沅君主编：《中国历代诗歌选》上编（二），人民文学出版社，1984年，第513页。
③ （南朝陈）陈叔宝：《玉树后庭花》，载逯钦立辑校：《先秦汉魏晋南北朝诗》下，中华书局，1983年，第2511页。

衰微，而"后主生深宫之中，长妇人之手"，未触社会，游赏成习，"耽荒为长夜之饮，嬖宠同艳妻之孽"①，向以艳曲艳词而著称。据《隋书》所载，"及后主嗣位，耽荒于酒，视朝之外，多在宴筵。……于清乐中造《黄鹂留》及《玉树后庭花》《金钗两臂垂》等曲，与幸臣等制其歌词，绮艳相高，极于轻薄"②。祯明三年（589），隋兵入建康而被俘，被目为亡国之君。《旧唐书·音乐志》引御史大夫江淹对唐太宗语曰："前代兴之，实由于乐。陈将亡也，为《玉树后庭花》；齐将亡也，而为《伴侣曲》，行路闻之，莫不悲泣，所谓亡国之音也。"③

任何文学作品都出自特定的社会历史环境中，都无法脱离其所置身其中的社会历史语境，构成文学文本的词语自然也不例外。巴赫金将词语的地位界定为文本中最小的结构单位，并将文本置于历史和社会中，"历史和社会本身也被视为作家所阅读的文本，作家通过重写文本而将自己嵌入其中"，这样一来，"历时转化为共时"④。过去时代的词语（文本）出现在新的文本中，也将诗人与作家置身于其中。《泊秦淮》一诗所嵌入的"后庭花"一语，在互文的背景下，不仅连接了陈后主的词《玉树后庭花》，而且包含了一整个故事，连接了历史与社会，延伸出极为丰富的内容。这个故事既在诗篇之中，又在诗篇之外，既是历时的，又是共时的，堪称极好的"外故事"。由"后庭花"一语所呈现的外故事，在诗中起到了画龙点睛的作用，它以饱含艺术的形式，凸显出诗歌明确的思想意向和强烈的情感，为抒情人的叙说与情感的抒发奠定了基础。中国古典抒情诗，根植于丰富而悠久文化传统的土壤中，因而诸如此类镶嵌在诗歌中的外故事，在历代诗歌中不胜枚举。

诗歌是词语的艺术，遣词造句，至关重要。如何在用语中凸显出厚重的意味与韵味，关乎一首诗的成败。在中国古典抒情诗中，袭用前人诗歌或

---

① （唐）姚思廉撰：《陈书》卷6，中华书局，2011年，第135页。
② （唐）魏徵等撰：《隋书》卷13，中华书局，2011年，第305页。
③ （后晋）刘昫等撰：《旧唐书》卷28，中华书局，2011年，第1041页。
④ 〔法〕朱莉娅·克里斯蒂娃：《词语、对话和小说》，祝克懿、宋姝锦译，载〔法〕朱莉娅·克里斯蒂娃：《符号学：符义分析探索集》，史忠义等译，复旦大学出版社，2015年，第86页。

诸多其他不同文本用语的现象十分普遍，表现为诗歌创作中明显的互文性关系。在这样的互文性网络中，同样呈现出有迹可循的诸般外故事。请看曹操的《短歌行》（其一）：

> 对酒当歌，人生几何？譬如朝露，去日苦多。慨当以慷，忧思难忘。何以解忧？唯有杜康。青青子衿，悠悠我心。但为君故，沈吟至今。呦呦鹿鸣，食野之苹。我有嘉宾，鼓瑟吹笙。明明如月，何时可掇？忧从中来，不可断绝。越陌度阡，枉用相存。契阔谈䜩，心念旧恩。月明星稀，乌鹊南飞。绕树三匝，何枝可依？山不厌高，海不厌深，周公吐哺，天下归心。①

曹操此首四言诗，通常认为借宴饮的歌唱表现其雄心壮志与对贤才的渴望，显现出人生苦短，时不我待，希望借贤才之力，以成其大业之状。诗歌大量袭用、借用《诗经》及其他典籍中的诗句、文句，用以表现其新的内容。就《诗经》而言，作为中国诗歌的源头，它在中国文学的发展，尤其是诗歌的发展中影响甚巨，历代诗人、文人袭用或借用其诗句、典故者不计其数，而这正是互文性的典型表现。在这样的互文性关系中，就出现了克里斯蒂娃所说的"双值性"，即某种语义双关，作者重复使用他人的语词，但却给予了它新的意思，同时又或多或少保留了它原有的意义。这样一来，"一个词获得了两个意指：它变成了**双值的**（ambivalent），这种双值词就是两种符号系统汇合的结果"②。在这里，我们需要注意的自然不是其中简单的袭用和重复，而是它们在镶嵌于其中的新文本中所具有的意义，这些意义如何与新的文本密切结合在一起，也就是原文本与新的文本之间如何形成对话和语义双关关系，注意这些袭用、借用如何融入诗歌中，如何在既保持其自身意义的同时又与诗本身水乳交融，展现其新意，这恰恰就蕴含着文本中所显露

---

① （魏）曹操：《短歌行》，载《曹操集》，中华书局，1959年，第5页。
② 〔法〕朱莉娅·克里斯蒂娃：《词语、对话和小说》，祝克懿、宋姝锦译，载〔法〕朱莉娅·克里斯蒂娃：《符号学：符义分析探索集》，史忠义等译，复旦大学出版社，2015年，第97页。

出的某种与之既相关联又独立于外的"外故事"。

在曹操的《短歌行》中,"青青子衿,悠悠我心"两句系《诗经·郑风·子衿》篇的成句。在互文性研究中,这种情况更多地被看作一种"易位"(transposition),这种易位明确指出了一个能指体系向另一个能指体系的过渡,"这种过渡要求重新组合文本——也就是对行文和外延的定位"。① 这就需要首先回到所引述的诗句本身,它在原文中的意义,它在易位之后所具有的外延意义,如此才能将不同的文本有机地结合在一起,形成新的文本,产生新的意义。《子衿》一诗全诗曰:"青青子衿,悠悠我心。纵我不往,子宁不嗣音。青青子佩,悠悠我思。纵我不往,子宁不来。挑兮达兮,在城阙兮。一日不见,如三月兮。"② 《毛诗序》认为,"《子衿》,刺学校废也。乱世则学校不能修焉"③。方玉润《诗经原始》谈及此诗曰:"此盖学校久废不修,学者散处四方,或去或留,不能复聚如平日之盛,故其师伤之而作是诗。"④ 这些论述自然可以作为参考。需要注意的是,易位之后的行文在新的文本中既可保留或延续其在原文本中的含义,也可脱离或偏离原文本中的意义,甚至出现与原文本中的意义相悖的情况。因而,原有行文在新文本中的意义,需要根据新的语境、新的上下文关系重新加以定位,并将其融入对作为整体的新文本的考量中。以其所袭用的"青青子衿,悠悠我心"两句诗句而言,实际上涵盖了《子衿》一诗的整体意义,这就是渴慕有学之士,不使贤才流失之意,这样,它在《短歌行》中的意义定位,大体上是与全诗的主旨相一致的。

再看《短歌行》中出现的另一成句:"呦呦鹿鸣,食野之苹。我有嘉宾,鼓瑟吹笙"⑤,这四句出自《诗经·小雅·鹿鸣》。方玉润在《诗经原始》中认为,《诗经》中的《小雅》大抵"多燕飨赠答,感事述怀之作"⑥。《鹿鸣》可

---

① 〔法〕蒂费纳·萨莫瓦约:《互文性研究》,邵炜译,天津人民出版社,2003年,第5页。
② 吴闿生:《诗义会通》,中华书局,1964年,第72页。
③ (汉)毛亨传,(汉)郑玄笺,(唐)孔颖达疏,(唐)陆德明音释:《毛诗注疏》上,上海古籍出版社,2013年,第435页。
④ (清)方玉润撰,李先耕点校:《诗经原始》上,中华书局,1986年,第221页。
⑤ 吴闿生:《诗义会通》,中华书局,1964年,第125页。
⑥ (清)方玉润撰,李先耕点校:《诗经原始》,中华书局,1986年,第327页。

说是这类诗歌的典型代表。《短歌行》作为借饮宴以述怀之作，与之在文体上具有内在的关联性。《毛诗序》认为，"《鹿鸣》，宴群臣嘉宾也。既饮食之，又实币帛筐篚，以将其厚意，然后忠臣嘉宾得尽其心矣"①。可以说，由这一成句所体现出的《鹿鸣》一诗的整体意义也是与《短歌行》的主旨相一致的。其他出现的袭用、借用诸如"明明如月，何时可掇"，其中"明明"出自《诗经·大雅·大明》首二句："明明在下，赫赫在上"②；"契阔谈䜩，心念旧恩"中的"契阔"本自《诗经·邶风·击鼓》："死生契阔，与子成说"③；"山不厌高，海不厌深"本自《管子·形势解》："海不辞水，故能成其大；山不辞土石，故能成其高，明主不厌人，故能成其众。"④诗中最后两句"周公吐哺，天下归心"则本自《韩诗外传》卷三，其中周公曰："吾于天下亦不轻矣。然一沐三握发，一饭三吐哺，犹恐失天下之士。"⑤

　　从上可以看出，在《短歌行》中，出现了对先前文本的大量借用，所呈现的互文性关系显得十分瞩目。在这种互文性关系中，被借用的文本是所谓"前文本"（pre-text），而如《短歌行》这样融入前文本所形成的文本则为"互文本"（intertext）。但这两者之间的关系并不是绝对的。"互文性涉及文本 A 在文本 B 中的出现，如果强调文本的承继，强调'前文本'被后来的文本所汲取的话，A 便是'互文本'。或者，如果将关注点置于将先前的文本结合其中从而形成为互文的文本的话，也可将 B 称为'互文本'。"⑥多勒泽尔对此就持一种灵活开放的态度，认为，文本"A 与 B 是互文地结合在一起的，如果它们分享无分先后的'语义踪迹'的话"⑦。应该关注的是文

---

① （汉）毛亨传，（汉）郑玄笺，（唐）孔颖达疏，（唐）陆德明音释：《毛诗注疏》中，上海古籍出版社，2013 年，第 790 页。
② 吴闿生：《诗义会通》，中华书局，1964 年，第 201 页。
③ 同上书，第 22 页。
④ 黎翔凤撰：《管子校注》下，中华书局，2004 年，第 1178 页。
⑤ 许维遹校释：《韩诗外传集释》，中华书局，1980 年，第 117 页。
⑥ David Herman, Manfred Jahn and Marie-Laure Ryan, Eds., *Routledge Encyclopedia of Narrative Theory*. London and New York: Routledge, 2008, pp. 256–257.
⑦ David Herman, Manfred Jahn and Marie-Laure Ryan, Eds., *Routledge Encyclopedia of Narrative Theory*. London and New York: Routledge, 2008, p. 257.

本之间的相互融通，以及不同文本之间内在的语义，这样便可构成一种形于其外、意于其内的关系。从曹操《短歌行》上述众多的袭用、借用的互文关系中，可以分别看出其诗句的行文在原有诗歌或典籍中的意义，以及它们在新的文本中所表现出的意义，即其外延意义，这一意义是在原有意义上新的定义，它将不同的文本关联起来，表现出词语的双值性，显现出一种双关意义。克里斯蒂娃认为，"小说是唯一拥有双值词的体裁类型；这是结构的独有特征"①。这一看法显然过于绝对。至少，从中国文学，尤其是中国古典抒情诗歌来看，其中词语或文本的双值性是表现得相当普遍和多样的，我们在上面的诗歌中可以十分清楚地看到。

在曹操《短歌行》所出现的互文关系中，镶嵌在新文本中的诸多袭用、借用文字大体上延伸了它们在原有文本中的意义，它们在新的文本中以不同的排列、组合出现，有机地缝合在新的文本中。文本中的这种互文关系不仅以艺术的方式，使诗篇显得丰富多彩，而且也强化了诗歌的意义主旨。同时，它也可使读者在阅读赏析中，触及与原有文本既密切相关，又显现出其独特意义、具有诸多渊源的"外故事"，从而连接起众多文学图景。这样的互文关系，也可使读者不将单一文本视为一个孤立的个体，而将其视为无限广阔丰富的文学发展中的一个环节，一块巨大的文学织锦中的一丝一缕，从而进入这一不断编织的文学网络中，不断深入，领略其展现的无比悠远丰富的意义。

---

① 〔法〕朱莉娅·克里斯蒂娃：《词语、对话和小说》，祝克懿、宋姝锦译，载〔法〕朱莉娅·克里斯蒂娃：《符号学：符义分析探索集》，史忠义等译，复旦大学出版社，2015年，第97—98页。

第六章　时间与叙述时间

对时间的思考是世世代代人们的核心关注之一，在历代哲人的心中更成为一个突出的主题，而在古往今来的文学艺术作品中，它也成为引人瞩目的表现对象。无论是对于时间这一亘古长存的主题的追寻、探究与描绘，还是对于时间的具体表现，在任何时代的文艺作品中都广泛存在。时间已经成为中外文学中亘古不变的文学母题之一，它以种种形式出现在众多的文艺作品中。在抒情诗这种篇幅短小、更适宜吟诵个体情感的作品中，对人们最为切近的时间的种种感慨显得尤为常见，而其表现也显得更为精巧别致。

第一节　时间与空间

一、时间及其与空间关系的探讨

在人类最为切近的生命体验中，时间无疑是其中最为引人瞩目的。人们无时无刻都不离时间的感受，无时无刻不经验着外界持续不断的变化：夜以继日，冬去春来；内在的生理需求和变化也同样有着周期消长。个体经验的这种连续性，也就是人们通常所说的生活在时间中，正如人们生活在空间中一样。康德对时间概念作了这样的先验阐明："如果我能先天地说：一切外部现象都在空间中并依空间的关系而先天地被规定，那么我也能出于内感官的原则而完全普遍地说：所有一切现象，亦即一切感官对象都在时间中，并必然地处于时间的关系之中。"[①] 与此同时，时间又往往是人们既最为熟悉又难于确切地回答的问题之一。古罗马的奥古斯丁在《忏悔录》中对时间的发

---

① 〔德〕康德：《纯粹理性批判》，邓晓芒译，人民出版社，2017年，第30页。

问为人们所熟知:"时间究竟是什么?谁能轻易概括地说明它?谁对此有明确的概念,能用语言表达出来?可是在谈话之中,有什么比时间更常见,更熟悉呢?"在他进一步的发问中,他自己就陷入了一片茫然:"时间究竟是什么?没有人问我,我倒清楚,有人问我,我想说明,便茫然不解了。"①

然而,这样一个既熟悉又让人倍感陌生的问题又强烈地吸引人们从各种不同的途径去探讨。奥古斯丁便换了一个角度,换了一种说法来对它进行阐释:"我敢自信地说,我知道如果没有过去的事物,则没有过去的时间;没有未到的事物,也没有将来的时间,并且如果什么也不存在,则也没有现在的时间。"②换句话说,奥古斯丁所注重的是存在于时间中的"事物",以此来判断时间的流逝。康德也有类似的表述,不过这一表述是从判断时间本身并不流逝开始的:"时间并不流过,而是在时间中可变之物的存在有流过。"③这实际上与奥古斯丁的看法有异曲同工之妙。普鲁斯特对时间的论述与奥古斯丁和康德可说有内在的一致之处:"我们生命中每一小时一经逝去,立即寄寓并隐匿在某种物质对象之中,就像有些民间传说所说死者的灵魂那种情形一样。生命的一小时被拘禁于一定物质对象之中,这一对象如果我们没有发现,它就永远寄存其中。"④奥古斯丁、康德和普鲁斯特的阐释实际上都同时涉及时间与空间关系这又一让人纠结的问题。

对于时间与空间的关系,在科学发展的过程中,人们不断地在进行探寻,而人们的认识是变化着的。康德力图对时间与空间作形而上学的阐述。他提出了一系列问题,诸如时间与空间究竟是什么,它们是否是现实的存在物?在他看来,"时间不能在外部被直观到,正如空间也不能被直观为我们之内的东西一样"⑤。然而,与此同时,时间与空间又与人们的感性直接关联在一起:"'一切事物都相互并存于空间里'这个命题,只有在这个限制之下,

---

① 〔古罗马〕奥古斯丁:《忏悔录》,周士良译,商务印书馆,1982年,第242页。
② 同上。
③ 〔德〕康德:《纯粹理性批判》,邓晓芒译,人民出版社,2017年,第109页。
④ 〔法〕普鲁斯特:《驳圣伯夫》,王道乾译,上海译文出版社,2007年,第1页。
⑤ 〔德〕康德:《纯粹理性批判》,邓晓芒译,人民出版社,2017年,第23页。

即如果这些事物被看作我们感性直观的对象,才会有效。"① 在他看来,尽管时间与空间的概念因摆脱了一切经验性的东西而如此纯粹,尽管它们如此肯定地在内心完全先天地被表现出来,"但如果它们没有被指明在经验对象上的必然运用,它们就毕竟没有客观效力、没有意义和所指的","没有这些对象,空间和时间就不会有任何所指"②。如果离开了人的感性直观,离开了作为感性直观对象的一切事物,那么,空间与时间就毫无意义,一无所指。

从现代科学的观念看,一如霍金所说,我们必须接受的关于时间与空间关系的观念是:"时间不能完全脱离和独立于空间,而必须和空间结合在一起形成所谓的空间——时间的客体。"③ 在霍金看来,爱因斯坦狭义相对论所显示的是:"时间不是和空间相分离的自身存在的普适的量。"④ 这里,无疑强调了时间与空间关系的不可分性。然而,在悠长的历史过程中,人们在大多数时候往往是独立地看待时间的,换句话说,是将时间与空间相分离的。《山海经·海外北经》记述了夸父逐日的远古神话,这实际上是对时间的追逐。亚里斯多德和牛顿都相信绝对时间,也就是说,"他们相信人们可以毫不含糊地测量两个事件之间的时间间隔",康德也谈到,"空间只是由诸空间构成的,时间只是由诸时间构成的"⑤。在很长的历史时期内,"时间相对于空间是完全分开并独立的。这就是大部分人当作常识的观点"⑥。这样的观点所产生的影响极为广泛,至今依然可以听到它的回声。

对于时间本身,人们也往往倾向于从不同的角度来看待它。从形而上学的角度,康德认定时间不是什么推论性的,恰恰相反,"时间是先天被给予

---

① 〔德〕康德:《纯粹理性批判》,邓晓芒译,人民出版社,2017年,第26页。
② 同上书,第115页。
③ 〔英〕史蒂芬·霍金:《时间简史——从大爆炸到黑洞》,许明贤、吴忠超译,湖南科学技术出版社,1996年,第31页。
④ 〔英〕史蒂芬·霍金:《霍金讲演录——黑洞、婴儿宇宙及其他》,杜欣欣、吴忠超译,湖南科学技术出版社,1996年,第53页。
⑤ 〔德〕康德:《纯粹理性批判》,邓晓芒译,人民出版社,2017年,第123页。
⑥ 〔英〕史蒂芬·霍金:《时间简史——从大爆炸到黑洞》,许明贤、吴忠超译,湖南科学技术出版社,1996年,第27页。

的","只有在时间中现象的一切现实性才是可能的。这些现象全都可以去掉，但时间（作为这些现象的可能性的普遍条件）是不能被取消的"①。换句话说，时间中可以不存在种种现象，但时间本身却是不能被取消的永恒存在。在康德看来，"时间只有一维：不同的时间不是同时的，而是前后相继的（正如不同空间不是前后相继的，而是同时的一样）"②。俄国宗教思想家、哲学家尼古拉·别尔佳耶夫（N. A. Berdyayev）则并不将时间看作仅只是一维的。他对时间进行了不同的分类，在他看来，时间按其特征来说有三种基本类型，即宇宙时间，表现为一种循环性；历史时间，表现为一种直线性；以及存在时间，表现为一种垂直线。③ 对时间观念所进行的探讨以及种种时间观念所产生的影响历久不断，举目可见。

二、不同的时间观与文学作品的时间呈现

在世界不同地区与文化中，由于不同思想观念传统的影响而产生的不同时间观并不少见。英国科学史家李约瑟在谈到中国古代思想时，将之与西方思想作了比较，他把中国古代思想比作他所说的怀特海式的（Whiteheadian）对网状关系的偏好，或对过程的偏好，而深受牛顿影响的西方思想则偏好"个别"和"因果链"式的解释；怀特海把宇宙的过程描述成相互交织的事件之网，而牛顿则把宇宙构想成一系列离散事件的因果之链。这两种不同的宇宙观需要两种不同的时间观："一种是循环的宇宙时间，没有开始，没有末日（Year One）。""另一种时间观则是发展的，线性的人类史。"④ 实际上，这一时间观念上的差异在两者久远的历史发展中便可见出端倪。公元前五、六世纪，几乎处于同一时代的中西两位哲人在流逝的河水面前发出的慨叹，或许就有助于我们加深对这一问题的理解。中国的孔夫子（公元前551—前479）这样说："逝者如斯夫，不舍昼夜"；古希腊的赫拉克利特（约公元前

---

① 〔德〕康德：《纯粹理性批判》，邓晓芒译，人民出版社，2017年，第28页。
② 同上。
③ 见〔美〕王靖宇：《中国传统小说中的循环人生观及其意义》，孙乃修译，载〔美〕王靖宇：《〈左传〉与传统小说论集》，北京大学出版社，1989年，第86页。
④ 〔美〕牟复礼：《中国思想之渊源》，王立刚译，北京大学出版社，2009年，第30—31页。

540—约前480）则说:"当他们踏入同一条河流,不同的水接着不同的水从其足上流过","要两次踏入同一条河流是不可能之事"①。前者强调的是时间的连续不断,循环往复,无始无终;后者更多强调的是时间的先后顺序,以及人的行动的先后顺序,有起点,有终点,时间无可往复,具有不可逆性。

就循环的宇宙时间来说,它在传统中国抒情诗中的表现相当普遍,远古的诗歌中便可见到它的踪迹。如被视为最早"古逸"的《击壤歌》就很有代表性:"日出而作,日入而息,凿井而饮,耕田而食,帝力於我何有哉。"②诗歌展现出远古日复一日、年复一年的生活,这样的生活循环往复,几乎不受外力的影响,时间在这里就如"不舍昼夜"的流水,平静地流淌着,无始无终。记载于《尚书大传》中的《卿云歌》与之有类似之处:"卿云烂兮,糺缦缦兮,日月光华,旦复旦兮。"③见于《礼记·郊特牲》中的《伊耆氏蜡辞》记载了远古伊耆氏时代"天子大蜡",即"蜡之祭"的祝辞。通过蜡之祭,可使"仁之至,义之尽也"④。伊耆氏蜡之祭的祝辞曰:"土反其宅,水归其壑,昆虫毋作,草木归其泽。"⑤这样的"古逸",表明了一种期望天地万物各循其道,循环往复而不绝的意愿。诸如此类显示出宇宙时间观的诗篇,在此后历代的抒情诗歌中都不难发现。

在文学艺术作品中,对时间这一主题的探究与对它的具体表现是两个相互关联而又有所区别的问题,前者显示的是说什么的问题,后者则是如何说的问题。这两个问题有着内在的关联,但可以有针对性地或有所区别地分别进行探讨。在这里,我们所关注的主要是后一个问题,即文学艺术作品中,具体到抒情诗歌中,究竟以何种方式表现时间,叙述时间,如何透过时间的表现推动抒情主体的情感表达与抒发。换句话说,更多关注的是如何说的问题。与此同时,也会从如何说入手,适当地关注说什么的问题。

---

① 《赫拉克利特著作残篇》,T. M. 罗宾森英译、评注,楚荷中译,广西师范大学出版社,2007年,第22、102页。
② （清）沈德潜选:《古诗源》,中华书局,2006年,第1页。
③ 同上书,第2页。
④ 王文锦译解:《礼记译解》,中华书局,2016年,第312页。
⑤ （清）沈德潜选:《古诗源》,中华书局,2006年,第2页。

有关文艺作品中时间表现这一问题，对于小说类的叙事虚构作品不乏具体的分析与探讨，尤其是自热奈特的《叙事话语》问世以来，当代叙事学研究的相关理论在这一领域获得了展示身手的机会，从宏观到微观，从理论阐述到实践分析，已经结出了累累硕果。然而，对于文艺作品中影响十分广泛的抒情诗歌来说，这方面的研究则远为不足，而运用叙事学理论对抒情诗歌进行时间表现的分析与探讨则更为罕见。因而，对这一尚少有研究者涉足的领域展开探索性的研究显得尤为必要，这样的研究有助于开启一扇未曾打开的门，一探究竟。在下面展开的对诗歌，主要是抒情诗歌的时间探讨，将从与叙事作品相对照的角度来进行，也就是以相关的叙事理论作为参照，对表现在抒情诗歌中的时间问题进行透视与分析，借助在时间问题上获得充分发展的相关叙事理论，剖析抒情诗中的时间及其种种表现，探寻其意义，并力图从中归结某些带有普遍性和规律性的现象。

第二节　抒情诗的时间性

一、叙事作品的时间表现

在现代叙事学研究中，对叙事文本时间的探讨，离不开两种不同的时间范畴，即虚构世界中实际事件发生发展所经历的时间，与叙事文本中赖以表现出的话语时间。这就是保尔·利科（Paul Ricoeur）所说的使"时间有了分身术"的"叙述行为的时间和所述之事的时间"[①]。对这两种不同时间的时间性及二者之间的差异，托多罗夫作了清楚的说明，在他看来，这两者之中，"一个是被描写世界的时间性，另一个则是描写这个世界的语言的时间性。事件发生的时间顺序与语言叙述的时间顺序之间的差别是显而易见

---

① 〔法〕保尔·利科：《虚构叙事中时间的塑形：时间与叙事卷二》，王文融译，生活·读书·新知三联书店，2003年，第6页。

的"①。对叙事文本中的种种时间表现的探讨，就是在这两种不同时间相互参照的基础上进行的。

需要引起我们特别注意的是，二百多年以前，清代的李绂（1673—1750）在其《秋山论文》中，就对叙事文的叙事之法作了论述。李绂将叙事文的叙事之法归结为九类，分别是：顺叙、倒叙、分叙、类叙、追叙、暗叙、借叙、补叙、特叙。李绂对叙事之法的划分，其核心都与时间有不可分割的联系，他的这一论述实际上也就是在考量两类不同时间的基础上概括出来的。比如他在谈到"追叙"与"暗叙"时，分别概括为："追叙者，事已过而覆数于后。暗叙者，事未至而逆揭于前。"谈到"顺叙"则说："顺叙最易拖沓，必言简而意尽乃佳。"②可以看出，这里很明显就是以被叙述的事件与叙述这些事件的话语之间的时间差异作为区分基础的。李绂的区分以具体的叙事作品为例，一一进行阐释，他对叙事文中时间表现所做的归纳与分类，显得细密而完整，在中外叙事理论史上，实属罕见。

在当代叙事学研究中，对于叙事文本中叙事时间的分析与研究，以法国学者热奈特1972年的《叙事话语》尤为引人瞩目。除此而外，米克·巴尔、查特曼等也对此作了有价值的阐述与补充。在对抒情诗叙事时间的分析与探讨中，热奈特、巴尔、查特曼等的研究，包括李绂的相关论述都将是这一分析的重要参照。

二、时间性在抒情诗中的表现

前述中外学者对叙述时间的相关论述，主要针对的是叙事类作品。这样的论述与所形成的叙事理论是否可以运用于对抒情诗歌的阐述，是首先需要回答的问题。在这里，需要引起我们注意的是，一方面，抒情诗歌以抒发情感为要，总体上并不考虑故事讲述，因而，不像在叙事文本中那样，在抒情诗歌

---

① 〔法〕托多罗夫：《文学作品分析》，黄晓敏译，载张寅德编选：《叙述学研究》，中国社会科学出版社，1989年，第61页。
② 见（清）李绂：《秋山论文》，载王水照编：《历代文话》第四册，复旦大学出版社，2007年，第4004页。

中通常难于抽取出构成故事的前后相续的连贯事件（这样的事件与故事可以在叙事诗中找到），也难于从这一意义上探析与之相关的时间表现的序列性。

然而，另一方面，同样需要注意的是，第一，抒情诗歌中虽然难于发现形成系列的事件与完整的故事，但并非完全不存在"事"或"事件"。情感的表达与抒发往往缘情、缘事而起，因而，情感抒发中有时依然可见其中的"事"若隐若现，伴随情感抒发的过程而出现。换句话说，在抒情诗中，抒情与叙事是可以相互并存互生并融为一体的。第二，抒情诗歌中的"事"或"事件"在形式上多种多样，在很多情况下，这样的事或事件"常常是内心的或精神心理的，也可以是外在的，比如具有社会性质的"[1]，它往往需要我们在篇幅有限的抒情诗篇中去细致加以把握。

无论上述哪种"事"或"事件"，外在的也好，引发抒情主人公情感变化的也好，内心或精神心理的也好，涉及社会性质的也好，它们的展现从根本上说来都蕴含在其寄寓的时间进程中，都有其萌生、发展、变化的内在过程。这一过程当然是与引发产生这一切的抒情人分不开的。查特曼谈到，在叙事文本中，叙述者具有各种特权，其中之一涉及时间，这就是"叙述者可以被限制在当下的故事时刻去回顾性地观看，或者，他也可被允许进入过去或未来，通过特定的场景，或通过概括，仅仅用一两个句子叙说长时间里发生或反复重复的事件，或者相反，也可用这样一种方式，即阅读它们所耗费的时间长于这些事件本身发生所用的时间，来详细叙说事件"[2]。在这里，只要将其中的"叙述者"改换为抒情诗歌中的"抒情人"，那么，查特曼针对叙事文本所谈到的透过叙述者所展现的各种时间表现，同样适用于抒情文本中透过抒情人所展现的时间表现。这就意味着，在抒情诗中依然存在着可与叙事文本中类比的"事件"及其在时间中展现的时间性与序列性，只不过抒情诗中所牵涉的"事件"及时间序列是以与叙事文本中有所不同的方式表现出来的。

---

[1] Peter Hühn, Jens Kiefer, *The Narratological Analysis of Lyric Poetry: Studies in English Poetry from the 16*th *to the 20*th *Century*. Trans., Alastair Matthews. Berlin: Walter de Gruyter, 2005, p. 2.

[2] Seymour Chatman, *Story and Discourse: Narrative Structure in Fiction and Film*. Ithaca: Cornell University Press, 1989, p. 212.

此外，还要看到的是，不同类型的文学艺术作品，会显现出各自艺术表现的独到之处，或者说，在艺术表现上会各显其长短。查特曼在谈到文字叙事与电影叙事对于时间和空间的表现时曾经说道："与电影叙事相比，文字叙事更易于表达时间概要的叙事内容，而电影叙事则更易于显示空间关系。"① 而同样作为文字叙事的文学作品，其中的不同类型也会各显其长短，或各显其独到之处。可以这样说，叙事文本比抒情文本更易于表现各种各样复杂的时间关系，而抒情文本比叙事文本更易于在极为凝练的诗句中显示出空间关系，尤其是空间意象关系（下一章将展开对这一问题的集中探讨）。但这只是就不同类型作品的艺术表现的方式及其特点而言的，它不应该影响我们对抒情诗歌中时间表现的分析与探讨，甚至正因为其在时间表现上比叙事文本更不易捕捉，才更需要进行细致的分析与探讨。

美国学者厄尔·迈纳在他的《比较诗学》中曾经对抒情诗与叙事文学进行了对比，他注意到两者之间篇幅的差别。他将抒情诗视为"具有极端共时呈现性（presence）的文学"，而把叙事文学视为"具有极端历时延续性（continuance）的文学"，并认为，"若抒情诗之根是共时呈现的话，其手段必然是对即时存在的强化而不是对开始和延续的展开"②。这一看法应该说有其合理性，就二者相比较而言是可以成立的。但抒情诗中的共时呈现并不意味着其中的时间是一种平面的呈现，而强化即时也并不意味着抒情诗中不存在"对开始和延续的展开"，只不过这样的展开不如叙事文学中那样详尽而细致。抒情诗中的时间展现同样是可以通过不同途径进行考察的。

就诗歌的时间表现而言，诗人自身无疑最有发言权。当代俄裔美籍诗人约瑟夫·布罗茨基（Joseph Brodsky）在谈到对其产生过重要影响、被其视为"20世纪的第一诗人"③ 的俄罗斯诗人茨维塔耶娃时说道："时间是节奏的

---

① Seymour Chatman, *Story and Discourse: Narrative Structure in Fiction and Film*. Ithaca: Cornell University Press, 1989, p. 25.
② 〔美〕厄尔·迈纳：《比较诗学》，王宇根、宋伟杰等译，中央编译出版社，1998年，第129页。
③ 〔美〕约瑟夫·布罗茨基、所罗门·沃尔科夫：《布罗茨基谈话录》，马海甸、刘文飞、陈方译，作家出版社，2019年，第44页。

源泉。"在他看来,"每一首诗都是重构的时间。一个诗人在技艺上越是多样,他与时间、与节奏源泉的接触就越亲密"。而茨维塔耶娃就是他认为"节奏上最为多样的诗人之一,是那些在节奏上丰富而又慷慨的诗人之一"[①]。从古今无数优秀的诗歌中,我们不难发现诗人对时间表现的垂青,也不难发现诗人对表现在诗歌中的时间进行反复锤炼而留下的杰作。

无论在叙事文本还是抒情文本中,都离不开对时间的关注。而无论对于时间的种种区分,还是体现在叙事文本中叙述者或抒情诗中抒情人对时间的种种关注,都离不开过去、现在、将来这三种最为基本的不同时态。就对叙事文本进行叙事分析而言,通常都会关涉这样三个方面的时间问题,即什么时候,多长时间,以及事件发生的时间频繁程度。它们分别涉及三个层面的问题,即时序,也就是故事中事件发生的时间先后顺序,与这些事件在叙事文本中表现出来的时间顺序之间的关系;时长,即故事中所发生的事件所需的时间长度,与这些事件在叙事文本中所显示出来的时长之间的关系;频率,即故事中所发生事件的重复程度,与叙事文本中这些事件的重复程度之间的关系,也就是一个事件在故事中出现的次数与该事件在文本中被描述的次数之间的关系。对于抒情诗中所体现的时间进行探讨,可以参照上述对叙事文本中的时间考量来进行,同样从这样三个方面展开探讨。

第三节 抒情诗的叙述时间

以表现在叙事作品中的文本时间与故事时间作为参照,并将这一参照延伸到抒情文本中,下面将跨越不同的文类,以中外抒情诗作为对象,对其时间表现进行探讨,从抒情诗的时序、时长与频率三个维度入手,探讨抒情诗歌中的叙述时间,并进一步揭示此类时间表现所蕴含的内在意义。

---

① 〔美〕约瑟夫·布罗茨基、所罗门·沃尔科夫:《布罗茨基谈话录》,马海甸、刘文飞、陈方译,作家出版社,2019年,第26页。

一、时序

在康德看来，时间是一种先后相续的存在。"在时间中根本没有任何部分是同时存在的，而是一切都是前后相继的。"① 或者用他的另一个说法："只有一个时间，在它里面的一切不同的时间都必须不是同时地而是相继地被设定。"② 这显然是就世界中所发生的实存的诸种事件的实际状况而言的。在叙事研究中，这种所谓一维的时间，类似于我们所说的故事时间，这是以时间先后顺序出现的时间状况。而表现在叙事文本中的文本时间或话语时间，却并非是这种纯粹先后承续的一维的时间，而是与之相对的多维的时间状态。这两者之间的差异，在对叙事文本时间的研究中，最易观察到。二者之间存在着不同的时序（order）关系：叙事文本中的叙述时间（话语时间或文本时间）的顺序不可能与被叙述时间（故事时间）的顺序完全平行，其中必然存在"前"与"后"之间的错置关系。这种被叙述时间或故事时间指的就是事件发生的实际的、先后承续的时间。

在抒情诗歌中，这样的时间错位相对说来没有叙事文本中那样频繁易见，原因就在于短小的抒情诗篇中不会充斥太多复杂的情境与事件，情感的变化有时也难于展现明确的时间错位。因而，这一在叙事文本中最为常见的时间表现在抒情诗歌中相对说来并不那么普遍。但这种时间变化和错位在抒情诗歌中依然存在着。不仅如此，对它的巧妙运用往往可以产生别具意味的独特效果，让人回味无穷。试看李商隐的《夜雨寄北》：

> 君问归期未有期，巴山夜雨涨秋池。
> 何当共剪西窗烛，却话巴山夜雨时。③

这首诗通常认为是李商隐留滞巴蜀时寄怀他的妻子王氏之作。它在叙述

---

① 〔德〕康德：《纯粹理性批判》，邓晓芒译，人民出版社，2017年，第131页。
② 同上书，第134页。
③ （唐）李商隐：《夜雨寄北》，载安徽师范大学中文系古代文学教研组选注：《李商隐诗选》，人民文学出版社，1978年，第145页。

时间的回旋往复上极具魅力。如果以抒情文本中抒情人讲述的"此时"作为时间参照轴线的话,那么,在这一时间轴线上可以区分出与叙事文本类似的两种主要错时关系,即追述或者回顾,以及预述或者展望,它们分别表现出抒情文本中事件次序和文本次序之间的差异。《夜雨寄北》表现的是抒情人与其亲人之间的对话与交流,对于亲人询问何以不归的关切,抒情人在讲述的"此时"道出了不得不滞留的原因。在抒情人眼下为大雨阻隔无法回归之时,却话锋一转,期望在将来与亲人在灯下剪烛夜话,再回忆当时"巴山夜雨"的情景。这里,不知留下了多少让人期许的未言之语。如果以抒情人眼下对亲人的叙说这一时刻作为时间轴线的话,可以看出其中所蕴含的多重时间关系,短短的诗行中出现了追述、预述、预述中的追述,时间的循环往复伴随着抒情人的浓浓情思不绝如缕,让人久久回味。

再看陶渊明的《神释》一诗:

> 大钧无私力,万物自森著。人为三才中,岂不以我故。
> 与君虽异物,生而相依附。结托善恶同,安得不相语!
> 三皇大圣人,今复在何处?彭祖爱永年,欲留不得住。
> 老少同一死,贤愚无复数。日醉或能忘,将非促龄具?
> 立善常所欣,谁当为汝誉?甚念伤吾生,正宜委运去。
> 纵浪大化中,不喜亦不惧。应尽便须尽,无复独多虑。①

在这首诗歌中,抒情人在情感抒发的此刻,追忆过往,展示未来,表现出时间上的追述与预述。整首诗歌体现出一种豁达、宁静、循自然而动的态度。万物各循其道,无以逾越,任何人都不能例外。此时此刻,抒情人在回首过去时清楚地意识到,即便如三皇这等圣人,如传说中受寿八百年的彭祖,均不得永年,而今他们又在何处呢?因此,对于人之生死这类问题无须时刻记挂在心,"甚念伤吾生",不妨顺其自然,安于造化。由此出发,抒情人将眼光投向未来,在预示未来、展望人生必有的归途时,表现出一种超然

---

① (晋)陶渊明:《神释》,载逯钦立校注:《陶渊明集》,中华书局,2018年,第30—31页。

宁静的乐观态度:"纵浪大化中,不喜亦不惧。"这种态度在过去、现在、未来的时间回旋往复中一以贯之,其理性、务实而又达观、超然的精神自然而然地注入读者的心头,让人在深有所感之时又备受鼓舞,与诗人产生强烈的共情。

时序的变化在抒情诗中较多出现在回顾性的诗篇中。抒情人在叙说的"此时"对于往事的回忆,尤其是对那些深深地铭刻在脑海中的往事的回忆,无论是喜是悲,都会引发抒情人的种种情感激荡,反过来又对"此时"忆往的抒情人产生种种直接反应,将已经逝去的永难遗忘的过去拉回到眼前,与此时相连接,就如法国学者巴什拉所说:"真正的幸福拥有一段过去,整个过去通过幻想回到当前。"①"幸福"可以如此,换作"悲伤"或其他种种难以忘怀的情感同样也如此。欧阳修的词《生查子·元夕》在追述中咏叹了发生在一年前的景象,这一景象牢牢地铭刻在抒情人的心头,然而,一年之后的此刻,时过境迁,却让抒情人满是物是人非之感:

　　去年元夜时,花市灯如昼。月到柳梢头,人约黄昏后。　今年元夜时,月与灯依旧。不见去年人,泪满春衫袖。②

元夕,即元夜,指农历正月十五的元宵,自唐以来,在这天夜晚就有观灯的习俗。词中显示的时间相隔,恰恰一年,同为元夕,同为明月之下、灯市之中,然而,在一年之后的回顾中,最让抒情人梦魂牵绕的"人"却不见了。人生中的变异不禁让抒情人感慨万千,"泪满春衫袖"。

南唐后主李煜的《虞美人》则更为强烈地表现了这种物是人非之感:

　　春花秋月何时了?往事知多少。小楼昨夜又东风,故国不堪回首月明中!　雕栏玉砌依然在,只是朱颜改。问君能有几多愁?恰似一江

---

① 〔法〕加斯东·巴什拉:《空间的诗学》,张逸婧译,上海译文出版社,2009年,第3页。
② (宋)欧阳修:《生查子·元夕》,载胡可先、徐迈校注:《欧阳修词校注》,上海古籍出版社,2015年,第78页。

春水向东流。①

这是李煜在 40 岁金陵城陷后沦为亡君,被带入汴京并受宋封为"右千牛卫上将军违命侯"之后所写的。作为国君的南唐后主与亡国之后遭羁縻的"违命侯",他在这样的生活与经历中会产生何种痛彻心扉的感受可想而知。在遭羁縻的"此时"追昔忆往,追念自己所熟悉的那些怡人的情景,让抒情人"不堪回首"。然而这还不够,当抒情人回到当下,自问"能有几多愁"时,回答却是这愁无始无终,从过去、现在一直到无尽头的未来:"恰似一江春水向东流。"最后这一千古名句,我们很难说它只是表示一种预示未来的预述,它同时也包含着过去和现在,可以说是追述、预述和当下共时叙述的合流,它与中国传统中无始无终的循环时间相契合,将抒情人浓郁的愁情别绪,痛彻心扉的感伤汇入融过去、现在和未来为一体的天地中,绵绵无尽期。

预述,是在讲述的此刻展现尚未发生的未来的种种事端。在叙事文本中,预述往往带有一种宿命论的意味,人物某种无可逃避的未来以各种方式被预先呈现出来,如索福克勒斯的悲剧《俄狄浦斯王》对俄狄浦斯"杀父娶母"的预述,或如《红楼梦》中贾宝玉翻阅"金陵十二钗"正册、副册、又副册中,以诗歌形式展现出其中十数个重要的女性人物未来命运那样的预述。而在抒情诗中,预述往往可以展现抒情人的种种情怀,将梦魂牵绕牢牢挂在心头的诸般事端托付于未来而加以呈现,或在对未来必定发生的无可避免的结果展现出抒情人的态度。比如,对于死生这种不可避免的未来必定发生之"事",我们不难在中外众多诗篇中看到其中抒情人展现自己情怀的种种预述,如泰戈尔《飞鸟集》中让人难忘的诗句:"使生如夏花之绚烂,死如秋叶之静美。"②以宁静如秋叶之飘落这一幽美的景象喻示未来终有的一天,并以之与眼下如夏花般绚烂的"生"的景致形成鲜明对照,显现出抒情人对

---

① (南唐)李煜:《虞美人》,载詹安泰编注:《李璟李煜词》,人民文学出版社,1982 年,第 73 页。
② 〔印〕泰戈尔:《飞鸟集》,郑振铎译,载华宇清编:《泰戈尔散文诗全集》,浙江文艺出版社,1990 年,第 170 页。

待死生的一种积极态度。前述陶渊明《神释》一诗，抒情人在表明"老少同一死"这一必不可免的未来时，同样在预述中表现出一种豁然达观的积极态度。

抒情诗的情感表达，在很多情况下，往往是诗人自身情感的最好寄寓，透过抒情文本中的抒情人最为直接地将自身的情感展现出来。因而，这样的情感抒发，也就显得最为真实可信，最能打动人，引起读者的长久共鸣。普鲁斯特谈到他在读诸如梅特林克、爱默生等人的作品时，说他自己可以在这些作品中"找到与我们此时要表达的思想、感受、艺术功力完全相同的先已存在的回忆，这让我们感到喜悦，就像是一处处路途指点我们不会迷失方向"[①]。出现在抒情诗中对过往的追述，往往是诗人对难以忘情的过去出自内心的回顾，因而读者阅读那些动情之作而产生与普鲁斯特类似的感受应该是十分自然的。而出现在抒情诗中对于未来的预述，由于往往与刻骨铭心的追忆或与此时的强烈情感联系在一起，因而，同样能够激荡起人们的缕缕情思。

二、时长

在对叙事文本叙述时间的研究中，时长（duration）探讨的问题是考察由故事事件所包含的时间总量，以及描述这些相关事件的叙事文本中所包含的时间总量之间的关系。这一关系很自然地便转化为时间与文本空间之间的关系，所涉及的问题最终归结为叙述节奏问题：一百年发生的事可以用几句话加以概括，而一分钟发生的事却可以连篇累牍细加叙说，其间存在种种不平衡之处。胡适在谈到叙事诗《木兰辞》时说："《木兰辞》记木兰的战功，只用'将军百战死，壮士十年归'十个字；记木兰归家的那一天，却用了一百多字。十个字记十年的事，不为少。一百多字记一天的事，不为多。"[②] 胡适所说《木兰辞》中所显示的叙述状况，就明显地表现出两种不同的叙述节奏。

在抒情诗歌中，尽管不像在叙事文本中那样显现出多种多样叙述节奏的变化，但可以肯定地说，抒情文本与叙事文本一样，或许可以没有追述与预

---

① 〔法〕普鲁斯特：《驳圣伯夫》，王道乾译，上海译文出版社，2007年，第254页。
② 胡适：《论短篇小说》，载《胡适文集》第2卷，北京大学出版社，2013年，第99页。

述，可以整篇不出现错时而完全以顺叙出之，但通常不会没有叙述节奏的变化，不会出现一种既不加速也不减速的匀速叙述运动。在叙事文本中，"无论在美学构思的哪一级，存在不允许任何速度变化的叙事是难以想象的"[①]。而在抒情文本中，情况也大抵如此。情感的抒发和表达有起有伏，波澜不定，这种情感的显现必定在抒情诗歌的叙述节奏中反映出来，抒情诗歌篇幅的短小，更使这种叙述的节奏显得不可少。我们对抒情诗歌中的叙述节奏，同样是在参照叙事文本中节奏关系的基础上进行考察的；其中时长表现的不同叙述节奏，可以通过叙述的加速和减速之间所呈现出的一系列叙述运动展现出来，而这样的叙述运动可以分别出现在追述、预述或顺时叙述等不同的时序关系中。

依叙述节奏的不同，首先可以在抒情诗叙述运动的加速和减速之间进行区分，这是可以最直观地感受到的一对时长关系。所谓加速，是以较短的文本篇幅描述较长一段时间的故事；减速则相反，是以较长的文本篇幅描述较短一段时间的故事。它们分别形成叙述运动中的概要与延缓（或减缓），时长关系的这两种表现方式在抒情诗歌中都不难见到。比如，陈子昂的《登幽州台歌》便显现出这样的时间概要："前不见古人，后不见来者。念天地之悠悠，独怆然而涕下。"[②]登高远望，由所见之景而兴感叹，在抒情诗中十分平常。然而，在这首诗中，抒情人眼中所见并非眼前的实情实景，而是浮现在心头、比所见的一时之景远为壮阔悠长的历史景象。在"古人"与"来者"之间蕴含的事件何止万千，何况抒情人眼中的"古人"与"来者"都一片迷茫，这使处于无边无际历史洪流中的抒情人不禁怆然泪下。[③]抒情诗

---

① 〔法〕热拉尔·热奈特：《叙事话语 新叙事话语》，王文融译，中国社会科学出版社，1990年，第54页。
② （唐）陈子昂：《登幽州台歌》，载林庚、冯沅君主编：《中国历代诗歌选》上编（二），人民文学出版社，1979年，第302页。
③ 《登幽州台歌》体现的时长关系，也可考虑后面所论述的另一类关系，即省略，原因就在于，在"前"与"后"、"古人"与"来者"之间省略了诸多事件。此处将其视为概要，主要是将抒情人的咏叹视为一个整体。由此可以看出，抒情诗（叙事作品也不例外）中显示的时长关系并不是绝对的，而可以视作品的具体表现及论述的关注点而有所变动。

中的概要往往在简短的诗句中表现出历史的纵深感,蕴含浓重的线性发展的历史意蕴,饱含历史变迁的沧桑之感。这样的概要在毛泽东的词《沁园春·雪》中明显地呈现出来,尤其在词的下半阕中表现得淋漓尽致:

> 江山如此多娇,引无数英雄竞折腰。惜秦皇汉武,略输文采;唐宗宋祖,稍逊风骚。一代天骄,成吉思汗,只识弯弓射大雕。俱往矣,数风流人物,还看今朝。①

这段概要出现在对过往数千年的历史追述中。以扼要的诗句,臧否横跨历史超千年的历代知名君主,厚重的历史感贯穿在长长的时间长河中。诗句的简短篇幅与它所容纳的诸多事件和丰厚的历史内容相比,可以说不成比例。这无疑只有通过诗篇精粹的概要才能做到。在对相隔久远的历史人物进行追述之后,抒情人以一句"俱往矣"回到当下,不失时机地推出画龙点睛之笔:"数风流人物,还看今朝。"与这首词上半阕展现的辽远无边的壮阔空间景象结合在一起,全篇显得大气磅礴而又饱含历史的穿透力,显示出激荡人心的强大力量。

概要所显示的这种历史纵深感,也可以透过抒情人个人的生活与经历展现出来,并透过个人命运的苍茫沉浮显示出抒情人的种种心态和时代的诸般印迹。宋末蒋捷的一曲《虞美人》,便在短短的数行词句中,以人生不同时期同样"听雨"的画面,展现出抒情人一生不同的生活体验:

> 少年听雨歌楼上,红烛昏罗帐。壮年听雨客舟中,江阔云低,断雁叫西风。 而今听雨僧庐下,鬓已星星也。悲欢离合总无情,一任阶前点滴到天明。②

---

① 毛泽东:《沁园春·雪》,载周振甫:《毛泽东诗词欣赏》,中华书局,2010年,第81页。
② (宋)蒋捷:《虞美人》,载胡云翼选注:《宋词选》,上海古籍出版社,1978年,第431—432页。

这里，以明确的时间"少年""壮年"和"鬓已星星"的暮年——"而今"，显现出抒情人一生的历程，这一历程都与"听雨"这一独特的景象联系在一起。然而，不同时期同样的"听雨"却情景迥异，心绪有如云泥之别。在中国抒情诗传统中，"听雨"照例是一个添愁犯难的境界。可是，在这里，少年时听雨却显现出抒情人毫不知愁的浪漫生活；壮年时羁于行旅，四处奔波，漂泊中透出不乏豪情的屡屡愁思；及至"而今"，暮年不期而至，历经世事沧桑的抒情人几已抛却人生的悲欢离合，将万事置诸脑后。与"少年""壮年""而今"相对应的是"歌楼""客舟""僧庐"，一生的足迹清晰可辨，抒情人的种种情感也伴随着一生的足迹展现无遗。如果联系诗人处于宋亡元兴换代之际，这样的情感就更易理解。以三个有代表性的场景，展现出一个缘时间顺序发展延续数十载的概要，概括出抒情人的一生和历经的诸般情感。

在小说类的叙事虚构作品中，有时在叙事文本中可以区分出"叙述自我"（narrating self）与"经验自我"（experiencing self）。这种对应的状况在抒情诗中同样存在。在抒情诗中，可以相应地区分出"抒情自我"（speaking self）与"经验自我"，前者是抒情诗中抒发情感、进行叙说的主体自我，这一叙说往往在情感抒发的当下进行；后者则是体现在抒情文本中经历着不同时刻的主体自我，这一"经验自我"所体现的往往是一种已然过去的、很多是抒情自我多年以前童年、青年时期的经历。因而，两者之间必定存在着或长或短的时间间隔和不同的意识差别。赵毅衡将叙事作品中出现的这种二者间的时间间隔和不同的意识差别称为"二我差"[①]。这种"二我差"在抒情文本中也同样存在。在蒋捷的《虞美人》中，抒情自我表现为"而今"，也即当下进行叙说的抒情人，这一抒情人叙说了他此刻居于"僧庐"之下历经沧桑所产生的种种情感，而这样的情感是与体验过人生的不同阶段，在"歌楼"之上、"客舟"之中历览人生的"经验自我"紧密联系在一起的。因而，这里出现的概要是透过人生的不同场景，从"而今"出发的忆往叙今。它在追忆的背景下展现出抒情人青年、壮年、暮年一以贯之的时间流程，形象的

---

① 赵毅衡：《论二我差："自我叙述"的共同特征》，《江西师范大学学报》2014 年第 4 期。

画面展现出不同时期的情感。纵观诗歌整体，沧桑厚重的历史感油然而生。

与抒情诗在时间节奏上的"概要"相对的另一端，便是"延缓"或"减缓"。延缓，仿佛是表现在电影中的一种慢镜头，它将某些重要的场景或人物的某些行动以比正常的运动速度更慢的速度展现出来。因而，延缓在叙事文的运用中，通常具有一种强调的意义，它往往起到一种特别唤起的作用，或者达到叙述者希望达到的某种目的。在短小的抒情诗歌中，要大篇幅地展开抒情人对特定对象的情感表达或抒发，自然会有诸多限制。然而，抒情人仍然可以在极为短暂的时间过程中，以与时间不成比例的篇幅叙说引起抒情人刻骨铭心的情感与事端，从而在极为有限的时间中表现出叙说与情感表达的延缓状态。英国17世纪玄学派诗人约翰·但恩（John Donne）的诗歌《计算》，明显表现出这种片刻之间展开的延缓。抒情人在"计算"的那一刻所展示的却是绵绵无尽的时间与情感的延续：

    从昨日算起，在那最初二十年之内，
     我一直无法相信，你竟然会离我而去：
    以后四十年，我依靠旧时宠爱度日，
     另外四十年靠希望：你愿让宠爱延续。
    泪水淹没一百年，叹息吹逝二百岁；
     一千年之久，我既不思想，也无作为，
     心无旁骛，一心一意都只念着你；
     或者再过一千年，连这念头也忘记。
    可是，别把这叫做长生；而应将我——
    由于已死——视为不朽，鬼魂会死么？①

这是一首情诗，表现出抒情人对自己所爱之人永难抹去的情思：人已去，情不止。通过将时间几乎无止境地放大，抒情人在这无止境的时间里

---

① 〔英〕约翰·但恩：《计算》，载《约翰·但恩诗集》，傅浩译，上海译文出版社，2016年，第167页。

不断延缓自己的思念与情感，即便在预述中叙说自己在绵绵无尽期的思念之后进入死亡，这一思念依然不止，因为死亡对于抒情人来说只不过是成为"不朽"的鬼魂，而鬼魂是不死的。这就意味着这样的爱与思念将长存不朽，在时间的绵延中与天地浑然一体。前述普希金为送别女友凯恩而作的《致凯恩》，同样在诗篇表现的瞬间展现出其间的延缓，这一延缓是透过抒情人在回忆中记起遇见凯恩的那"美妙的一瞬"而开始的："我记得那美妙的一瞬：/ 在我的眼前出现了你，/ 犹如昙花一现的幻影，/ 犹如纯洁之美的精灵。"① 就在这时间短暂的"一瞬"间，抒情人展现了由于遇到抒情对象而在生活、思想、情感上发生的巨大变化，她带来的实在太多，以致让抒情人在这一猛然而现的瞬间情不自禁地一一细说。

前面曾经提到，在抒情诗中出现的许多事件都属于"内心的或精神心理的"，这样出自内心的"事"往往更易引发抒情人强烈的情感。同时，如查特曼所说，文字表达往往可以比事件本身延续更长的时间，而"从某种意义上说，当文字话语传达的是人物内心的活动，尤其是突如其来的瞬间感受或洞察的话，文字话语总要更慢些"②。在上面两首表达抒情人瞬间感受的诗中，这样的情感直接源自与抒情人本身有着更为密切关联的诗人，瞬间而现的绵长情感需要也无可阻止地要细加叙说，因而，在抒情文本的话语呈现中，在这样的瞬间表达出来的话语自然会显得更慢、更为悠长。

抒情诗中出现得较为频繁的另一类时长类型是场景。在叙事文本中，场景传统地被作为戏剧性情节的集中点。在场景中，故事时间的跨度和文本时间跨度大体上是相当的，或者用查特曼的话来说："话语时间与故事时间是相等的。"③ 在叙事文本，尤其是篇幅较长的中长篇小说这类作品中，场景和概要之间的平稳交替是不可少的，这样，一连串前后相续的事件可以有节

---

① 〔俄〕普希金：《致凯恩》，戈宝权译，载周煦良主编：《外国文学作品选》第二卷，上海译文出版社，1979年，第626—627页。

② Seymour Chatman, *Story and Discourse: Narrative Structure in Fiction and Film*. Ithaca: Cornell University Press, 1989, p. 73.

③ Seymour Chatman, *Story and Discourse: Narrative Structure in Fiction and Film*. Ithaca: Cornell University Press, 1989, p. 68.

奏、有起有伏地展开,"既不使读者由于速度过快而过度疲劳,又不使他们由于速度过慢而厌烦"①。而在抒情诗歌中,一花一世界,任何外物的触发或内心情感的喷涌,皆可在抒情人心中形成与叙事文本中类似的戏剧性情节,并在有限的诗行中独立成篇,形成具有整体意义的情感抒发,使读者获得完整的审美体验。因而,这样的瞬间场景无需像叙事文本中那样,需要与概要相协调,以形成节奏,而完全可以透过场景的展现独立成篇,形成自身内在的节奏。闻一多的《死水》便表现出抒情诗的场景这一时间节奏:

这是一沟绝望的死水,
清风吹不起半点漪沦。
不如多扔些破铜烂铁,
爽性泼你的剩菜残羹。

也许铜的要绿成翡翠,
铁罐上绣出几瓣桃花;
再让油腻织一层罗绮,
霉菌给他蒸出些云霞。

让死水酵成一沟绿酒,
漂满了珍珠似的白沫;
小珠们笑声变成大珠,
又被偷酒的花蚊咬破。

那么一沟绝望的死水,
也就夸得上几分鲜明。
如果青蛙耐不住寂寞,

---

① 〔荷〕米克·巴尔:《叙述学:叙事理论导论》(第三版),谭君强译,北京师范大学出版社,2015年,第97页。

又算死水叫出了歌声。

这是一沟绝望的死水，
这里断不是美的所在，
不如让给丑恶来开垦，
看他造出个什么世界。①

诗歌全篇围绕"一沟绝望的死水"而展开，"死水"成为核心场景，成为关注的中心。伴随"扔""泼"以及随之而来促使死水中发生的变化，直至最后"造出"一个"什么世界"，时间的流逝都是有限的，其中所蕴含的"故事时间"与前后相续的"事件"所罗织表现的"话语时间"大体上相应。诗篇在十分有限的篇幅中极好地表现出这一时间历程中的变化，而且巧妙地告诉人们，世上没有什么是永恒不变的。丑，再加上丑，透过"丑恶来开垦"，透过内在的变革，可以造出一个与丑截然不同的新的世界。丑进入绝境将在对立的力量作用下孕育出美，黑暗进入极致将展示未来的光明。所有这一切恰恰都是在有限的时间进程中发生的。

在中外的叙事作品中，人物之间的对话是一种普遍存在的文本话语方式，文本中这样的对话通常被认为是最纯粹的场景形式，因为在对话中，故事时间与话语时间最为接近。抒情诗歌中有时也会出现人物之间的对话，在这类场景展现中，抒情人往往可以生动地以不同人物之间的话语或以抒情人自问自答的方式表情状物，抒发情感。英国中世纪的中古民谣《两只乌鸦》基本上就由两只乌鸦的对话组成。诗歌开头，由抒情人引出了这一对话："我在路上独自行走，/听见两只乌鸦对谈，/一只对另一只问道：/'今天我们去哪儿吃饭？'"此后便全是这两只乌鸦的对话，另一只乌鸦接着回答道：

"在那土堆后面，
躺着一个刚被杀的爵士，

---

① 闻一多：《死水》，载闻一多：《红烛·死水》，江苏文艺出版社，2009年，第166—167页。

> 无人知道他在那里，
> 除了他的鹰、狗和美丽的妻子。
>
> "他的狗已去打猎，
> 他的鹰在捕捉山禽，
> 他的妻子跟了别人，
> 所以我俩可以吃个开心。"①

在对话中它们叙说了如何分享这位躺在土堆后死去的爵士，而他最后的命运是"不久他只剩下白骨，/任风永远吹荡"。话语生动形象，明白晓畅，富于口语韵味，令人感慨，回味不止。这与抒情诗歌的对话形式不无关系，这类时长节奏在抒情诗中具有独特的意味。

叙事文本中还有两类时长关系，即停顿和省略，这两类关系在抒情诗中同样存在。停顿指其中故事时间显然不移动的情况下出现的所有叙述和描写。在抒情诗中，这类停顿大量出现在所谓描写性停顿中，也就是说，在对某一对象进行大量描述的时候，焦点集中在描写的对象上，在这一描写的过程中，并未出现抒情人介入其中的时间流动，因而形成一种描写性停顿。比如张舜民的《村居》："水绕陂田竹绕篱，榆钱落尽槿花稀。夕阳牛背无人卧，带得寒鸦两两归。"② 这类描写性的诗歌在中国古典抒情诗中大量存在。抒情人集注于对对象的描写，而抒情人自身往往置身其外，透过对客观对象的描述而透露自身的情感，或将自身的情感寓于所描写的对象中，全似一幅静态的画而出之。然而，需要注意的是，这类描写性的抒情诗并非都表现为时间的停顿，苏轼为人熟知的诗《题西林壁》："横看成岭侧成峰，远近高低各不同。不识庐山真面目，只缘身在此山中。"③ 它同样是一首描写性的诗歌，

---

① 〔英〕《中古民谣·两只乌鸦》，王佐良译，载王佐良：《英诗的境界》，生活·读书·新知三联书店，2012年，第7—8页。
② （宋）张舜民：《村居》，载钱锺书选注：《宋诗选注》，人民文学出版社，1979年，第100页。
③ （宋）苏轼：《题西林壁》，载钱锺书选注：《宋诗选注》，人民文学出版社，1979年，第82页。

但其中却并未展示出时间的停顿，原因就在于抒情人作为观察者置身于景中，与所看之景融为一体。抒情人的"看"与"身在"无疑都表现出一种时间的历程，无论这种观看或长或短，其间都必然存在时间的流逝，因而，它在时间上就不再表现为停顿，而可以视为一种场景。

省略在抒情诗的时长表现中具有内在的意义，其重要性不可低估。无论对于叙事文本还是抒情文本来说，省略所表现的都是略去了其中某些曾经发生过的东西，也就是说，相应于一定量的故事时间跨度的文本篇幅是零。在事件的叙述与情感的表达中省略了其中某些发生之事，略去了抒情人可能产生的某种情感。这些被略去的部分，不见得不重要，而它们之所以被略去，可以由于各种各样的原因。试看欧阳修的《生查子·又》：

> 含羞整翠鬟，得意频相顾。雁柱十三弦，一一春莺语。　娇云容易飞，梦断知何处？深院锁黄昏，阵阵芭蕉雨。①

这首词的上片写女子前此与情郎相聚时弹筝的情景，含羞顾盼之娇态溢于言表。下片表现的却是两情隔绝，令抒情人不禁发出"梦断知何处"的慨叹。相应于莺歌燕舞的美妙弦声，却只有"阵阵芭蕉雨"，让人倍感凄恻。这里，在上下片之间显然存在时间的间隔，而在这一间隔中也必定会有诸多事端发生。但是，所有这些在词中未留下片言只语，被悉数略去，只有前后迥异的场景。显然，在这里出现的时间状态就是明显的省略。这样的省略留下许多无言的留白，可以给读者留下更多思考的空间。如查特曼所说，读者对于文本会予以解释性回应，无可避免地参与到互动之中，将未被提及也就是省略的东西填补上，而"读者提供种种合理细节的能力几乎是无限的"②。因而，这样的省略可以任由读者以自己的审美体验对所略去的部分在想象中加以填补，这样的填补正是读者由诗歌引起共鸣之后而产生的有力回响。巴

---

① （宋）欧阳修：《生查子·又》，载胡可先、徐迈校注：《欧阳修词校注》，上海古籍出版社，2015年，第83页。

② Seymour Chatman, *Story and Discourse: Narrative Structure in Fiction and Film*. Ithaca: Cornell University Press, 1989, p. 29.

什拉在《空间的诗学》中谈到诗歌中的共鸣与回响时说到,在他看来,共鸣散布于我们在世上生活的各个方面,而回响则召唤我们深入我们自己的生存。"在共鸣中,我们听见诗;在回响中,我们言说诗,诗成了我们自己的。回响实现了存在的转移。仿佛诗人的存在成了我们的存在。"① 抒情诗中的省略从某种意义上说,可以让读者得以更深入地进入其中,让自己与诗歌融为一体,产生回响,让诗歌成为自己的,让诗人的存在成为自己的存在。

三、频率

在叙事文本中,频率(frequency)所指的是文本中出现的事件与在实际中发生的故事事件的数量关系,也就是说,一个事件在实际发生的故事中出现的次数与该事件在文本中叙述(或提及)的次数之间的关系。这样的频率通常可以区分为单一叙述、概括叙述与多重叙述三种基本形式。在抒情诗歌的叙述频率中,这三种基本的形式都存在,但其中最值得注意的是多重叙述,即某件事只发生一次而在文本中被多次描述,这就是重复。抒情诗中的重复,可以是单纯话语的重复,也可以是稍有变化、本质上却保持一致的事端在话语表现上的重复。重复作为诗歌一种重要的节奏形式,在最早时期的中外诗歌中便充分表现出来。格罗塞在对原始民族的诗歌进行研究时,就注意到原始民族在用以咏叹他们的悲伤和喜悦的歌谣中,通常"不过是用节奏的规律和重复等等最简单的审美的形式作这种简单的表现"②。这样的重复在原始民族的抒情诗歌中表现得十分普遍。格罗塞举出澳洲的那林伊犁族人在猎后满载而归时吟唱的诗歌:

> 那林伊犁人来了,
> 那林伊犁人来了,
> 他们就到这里来了;
> 那林伊犁人来了,

---

① 〔法〕加斯东·巴什拉:《空间的诗学》,张逸婧译,上海译文出版社,2009年,第8页。
② 〔德〕格罗塞:《艺术的起源》,蔡慕晖译,商务印书馆,2019年,第176页。

> 他们背着袋鼠回来，
> 而且走得快——
> 那林伊犁人来了。①

在这首诗歌中，重复显然是其最主要的特征。这样的反复吟唱，显现出一种明显的自傲，对自我的充分肯定和赞赏，表现出猎获之后一种满怀欣喜的愉快心情。我们在荷马史诗中可以看出，重复手法和固定套语的形式使用得十分频繁。在提到史诗中英雄的名字时，前面总要贯以固定的形容词，如在《伊利亚特》中，阿喀琉斯是"捷足的"，赫克托耳是"头盔闪亮的"；在《奥德修记》中，奥德修是"聪慧的"，潘奈洛佩是"细心的"，忒勒马科斯是"审慎的"，等等。这些固定的词语，一经出现，就不再改变，而且往往伴随人物的出现而重复，这就是话语的重复。这种重复自然与朗诵艺术有关，同时也反映了处于人类童年时期一种特殊的艺术方式。巴马尔（G. H. Palmer）在他 1891 年出版的《奥德赛》英译本前言中曾指出："（词语之）重复之在荷马，犹之在一个小孩子一样，是他的诗的优美一种真正的泉源。他完全具备小孩子的心情，喜欢把一句话说了又说，喜欢把旧故事同样地说。……这样的重复的迭见，往往与我们以一种类似于近代诗中的'韵'的美感。"②

词语的重复在古希腊抒情诗中也有明显的表现，比如萨福的《暮色》一诗：

> 晚星带回了
> 　　曙光散布出去的一切，
> 带回了绵羊，带回了山羊，
> 　　带回了牧童到母亲身边。③

---

① 〔德〕格罗塞：《艺术的起源》，蔡慕晖译，商务印书馆，2019 年，第 177—178 页。
② 转引自傅东华《引子》，载《奥德赛》，傅东华译，商务印书馆，1934 年，第 14 页。
③ 〔古希腊〕萨福：《暮色》，载《古希腊抒情诗选》，水建馥译，人民文学出版社，1988 年，第 114 页。

在这首短短的抒情诗中，诗人连续四次重复使用"带回了"。"带回了"与诗歌的内容密切吻合，天衣无缝：当晚星闪烁，暮色出现，在清晨的曙光之下自家中出去的，都被暮色"带回了"，最终都带回到温馨的家。同时，重复出现的"带回了"又显现出一种韵律之美，声响之美，和谐之美。

在《诗经》中，此类重复比比皆是，尤其是其中的国风，重复的种种表现十分引人瞩目。如《国风·卫风·木瓜》：

> 投我以木瓜，报之以琼琚。匪报也，永以为好也。
> 投我以木桃，报之以琼瑶。匪报也，永以为好也。
> 投我以木李，报之以琼玖。匪报也，永以为好也。①

在三节诗行中，每节四句中的后二句全为重复；每节的前二句也部分重复，只以"瓜""桃""李"以及"琚""瑶""玖"稍别之。这些所投之物与所报之物各自并无大别，所显示的是人有以赠我，我当为报，且为大报，其意在"永以为好也"。它所表现的是人与人的交往中所应具有的品格，以之喻男女之情也十分恰当。再如《国风·王风·黍离》：

> 彼黍离离，彼稷之苗。行迈靡靡，中心摇摇。知我者，谓我心忧，不知我者，谓我何求。悠悠苍天，此何人哉。
> 彼黍离离，彼稷之穗。行迈靡靡，中心如醉。知我者，谓我心忧，不知我者，谓我何求。悠悠苍天，此何人哉。
> 彼黍离离，彼稷之实。行迈靡靡，中心如噎。知我者，谓我心忧，不知我者，谓我何求。悠悠苍天，此何人哉。②

《毛诗序》认为这首诗歌为"闵宗周"，《笺》曰："宗周，镐京也，谓之西周。""周大夫行役至于宗周，过故宗庙，宫室尽为禾黍。闵宗周之颠

---

① 吴闿生：《诗义会通》，中华书局，1964年，第50页。
② 同上书，第51—52页。

覆，彷徨不忍去，而作是诗也。"①这一看法应该说有其道理。对这首诗歌通常流行的旧评是满目凄凉，含蓄无穷，唏嘘欲绝。②其中反复出现的重复使这样的意蕴显得无比深重，让人倍感唏嘘。而重复中又稍现变化的"彼稷之苗""彼稷之穗""彼稷之实"中的"苗""穗""实"，又清楚地表明"稷"之生长过程。它贯穿着一种纵向的时间进程，在一步步的发展中凸显出更为深重的悲凉意味。

重复，不仅反复强调抒情人意之所重，也具有明显的诗歌节律感，在诗歌这种朗诵艺术中，这种节律感显得尤为重要。在中外抒情诗中，时间频率中重复这一方式，自古以来已成为一种十分普遍的诗歌艺术表现方式，一直延续至今。

以上对抒情诗叙述时间的探讨，大体上可一窥抒情诗时间表现的面貌，这对抒情诗歌的理解和鉴赏不无裨益。这一探讨跨越叙事文本与抒情文本之间的界限，将两者互为参照，这对二者可以起到互补的作用，这种跨文类的叙事学研究不仅可以在与叙事文本相对照的意义上展现对抒情文本时间表现的探讨，也可以在相互对照中进一步思考叙事文本中的时间表现。下面，将转换一个角度，继续对抒情诗歌表现的时间进行探讨。

第四节　抒情诗的心理时间

迄今为止，对抒情诗心理时间的探讨，极少进入研究者的视野，几乎处于一片空白状态。实际上，从心理时间的表现来说，抒情诗中的心理时间展现丝毫不亚于叙事作品，从某种意义上说，甚至超过了叙事文本中的表现。抒情诗歌贯穿着抒情人情感的抒发，而情感抒发往往是与心理活动密切联系

---

① （汉）毛亨传，（汉）郑玄笺，（唐）孔颖达疏，（唐）陆德明音释：《毛诗注疏》上，上海古籍出版社，2013年，第344页。
② 见吴闿生：《诗义会通》，中华书局，1964年，第52页。

在一起的，本身就是一种纯粹的心理活动。这种心理活动必定在心理时间的表现上打下烙印，并在独特的时间展现中蕴含丰富的意义。康德认为，时间不是独立存在的东西，也不是附属于物的客观规定，"时间不过是内部感官的形式，即我们自己的直观活动和我们内部状态的形式。……它规定着我们内部状态中诸表象的关系"①。这种出自内部感官的形式，直观活动的形式，在抒情诗中明显地以心理时间的形式表现出来。因而，对抒情诗歌心理时间的探讨，无论在理论还是实践上都具有不可忽视的意义，值得引起我们的关注。

一、物理时间与心理时间

心理时间（psychological time 或 mental time），又可称主观时间（subjective time）②，它是与物理时间或自然时间，即按照自然顺序发生与延展的时间相对照的时间。这两种时间各有其不同的标准和表现。"物理时间是一元的，从无限的过去经现在向无限的未来延续。从时距长短来看，距今 500 年前与 500 年后在物理时间上是相等的。"③ 物理时间是我们衡量时距、时长的科学标准。在叙事文本中，在时空中运行的一系列事件按时间先后顺序排列的自然时间（chronological time）是探讨其各种时间变形的一个基本参照。以这一参照作为基准，可以从时序、时长、频率等不同角度来分析叙事文本的各种时间变形，看出两种不同时间的差异。这样的时间变形，如我们在前面所看到的，也可在抒情诗歌中表现出来。按时间先后顺序排列的自然时间是以物理时间作为基础的。心理时间的时间延续与物理时间不同，它的延续性"不等同于物理时间的延续性，尽管在一定的时间范围内两者可能是等质的，但超过一定范围便看出其间的异质性"④。《诗经》中的《郑风·子衿》有"一日不见，如三月兮"的诗句，这便明显是出自抒情人的内心感受，其中

---

① 〔德〕康德：《纯粹理性批判》，邓晓芒译，人民出版社，2017 年，第 29 页。
② B. Kyu Kim and Gal Zauberman, "Psychological Time and Intertemporal Preference". *Current Opinion in Psychology* 6 (2018).
③ 黄希庭：《探究心理时间》，商务印书馆，2014 年，第 320 页。
④ 同上。

就显现出心理时间与物理时间的异质性。文学作品中所表现的心理时间，完全不受物理时间或自然时间的制约，它是作品中叙述者、抒情人或人物在心理活动中感受、体验而表现出的时间。

心理时间可以在与物理时间或自然时间相对照的基础上进行考察。我们说，任何物体的运动，都在时空中进行，都有其运行的轨迹，如法国哲学家伯格森所言："当一个物理过程在我面前完成时，它不依赖于我的感知，也不以我希望它加速或减慢的意愿为转移。"① 一个自由落体，可以测定它降落的时间，这一时间只与落体的高差或落体的大小及当时的风速等客观因素有关，而绝不受人的感受的影响。也就是说，"物理学抽象地考虑事件，好像事件在一切有生命的东西之外，即在空间中展开的时间里"②。这样的"事件"并不由任何人感知，而以它自身的轨迹运行，不像叙事文本中那样，事件是由行为者或人物所引起或经历的一系列活动。

表现在文学作品中的心理时间，与其中的叙述者、抒情人或人物的心理活动密切相关，与其情感体验相伴而生、契合无间。也就是说，与其中的主体及其感知密切相关，如康德所说："如果我们把我们的主体，哪怕只要把一般感官的主观性状取消掉了的话，客体在空间和时间里的一切性状、一切关系，乃至于空间和时间本身就都会消失，并且它们作为现象不能自在地实存，而只能在我们里面实存。"③ 在这里，时间依然客观地存在，时间的单位也好，时间的间隔也好，同样也都可以作为观测的标准。但是，"在我们有意识的生物看来，单位是重要的，因为我们不考虑间隔的两端，我们感受和体验间隔本身"④。在这里，观测的中心发生了变化。尽管时间的流逝有其客观的过程，有起点有终点，可是，对处于这一时间中的感受者来说，具体的时间度量不是关注的中心，对时间的体验和感受才是与之休戚相关的核心关注点。

---

① 〔法〕亨利·伯格森：《创造进化论》，姜志辉译，商务印书馆，2004年，第280页。
② 同上书，第283页。
③ 〔德〕康德：《纯粹理性批判》，邓晓芒译，人民出版社，2017年，第33页。
④ 〔法〕亨利·伯格森：《创造进化论》，姜志辉译，商务印书馆，2004年，第280页。

正因为强调对时间的体验和感受，在心理活动中的时间不再以物理时间的顺序自然地呈现出来，而可以多重扭曲，将过去、现在与将来熔为一炉，在人的意识中任意流动。在这样的情况下，如伯格森所言，人们"不关注从一个时刻到另一个时刻的流动"，而"可以任意使宇宙流动的速度在意识看来发生变化，意识独立于宇宙，能根据它的性质感觉观察变化"①。就像前面提到的《诗经》中的《郑风·子衿》那样，在抒情人眼里，与自己倾心的恋人或亲密的友人短短一天不相见，便犹如已隔开三月之久。在抒情人的意识中，时间流动的速度明显发生了变化，这样的变化，源自抒情人自身感觉之下的意识流动，与客观的物理时间无涉。

美国哲学家与心理学家威廉·詹姆斯将这种感觉之下的意识流动明确地冠以"意识流"之名，在他看来："意识并不是一节一节地拼起来的。用'河'或者'流'这样的比喻来描述它才说得上是恰如其分。"② 在这种意识的流动中，"意识流的栖息之所充塞着某种感觉的想象，它们可以长久地保留在意识中，并毫无变化地成为沉思默想的内容；而飞行过程则充满了具有各种关系的思绪，静态的或者动态的思绪，这些思绪多半是处在相对静止期中沉思默想的事物之间"③。后来的意识流小说家从伯格森和詹姆斯的论述中获得极大的启发，在他们的意识流小说中，时间与意识的表现，可以说就是伯格森和詹姆斯有关论述的形象展现。意识流小说中的时间表现，全出自人物的心理感受，明显属于人物展现的心理时间。

在文学艺术作品中，时间与空间是紧密联系在一起的，这种相互结合形成了巴赫金所称的艺术中的"时空体"（хронотоп）："在文学中的艺术时空体里，空间和时间标志融合在一个被认识了的具体的整体中。"④ 在探讨抒情诗的心理时间时，心理时间与空间的融合同样不可或缺。与心理时间相对

---

① 〔法〕亨利·伯格森：《创造进化论》，姜志辉译，商务印书馆，2004年，第280—281页。
② 〔美〕W. 詹姆斯：《意识流》，象愚译，载朱立元、李钧主编：《二十世纪西方文论选》上卷，高等教育出版社，2002年，第50页。
③ 同上书，第51页。
④ 〔俄〕巴赫金：《小说的时间形式和时空体形式——历史诗学概述》，白春仁译，载巴赫金：《小说理论》，白春仁、晓河译，河北教育出版社，1998年，第274—275页。

应，可以运用心理空间（mental space）这一概念，这一概念出自语言学家法康尼尔（Gilles Fauconnier），是相对于真实条件下的可能世界而提出的。在法康尼尔看来，"心理空间与可能世界之间的主要区别在于，心理空间并不包含现实或实体的一个如实再现，而是一个理想化的认知模式（idealized cognitive model）"①。在心理时间与心理空间融合而构成的心理"时空体"中，其中所表现的也同样是出自感知者的"理想化的认知模式"，而不是现实或实体的如实再现。巴赫金认为："在文学中，时空体里的主导因素是时间。"② 在心理时空体中展现的心理时间，同样是我们关注的中心。下面便将对心理时间与抒情诗的关系及其在抒情诗中的表现作进一步的考察。

二、抒情诗与心理时间

抒情诗歌是情感的产物。刘勰所谓"人禀七情，应物斯感，感物吟志，莫非自然"③。一首好的抒情诗歌是自内心喷涌而出、流淌着美好情感而触动人心的诗篇。自然，这样的情感绝非毫无来由，而是由大自然的万事万物所触发的。由此触发的情感可以长久地保存在诗人的记忆中，每每忆及，都有可能情不自禁地形成抒情诗歌，抒情人借此将情感倾诉出来。只有这样出自自然、发自内心的诗篇才能真正打动人心。

伯格森曾对出自诗人情感的诗歌如何感动人心的问题进行探讨，他把其归之为"诗歌的明媚动人是怎样来的"这一问题。伯格森对之给出的回答是："诗人是这样一个人，他把情感发展为形象，又把形象发展为字句，而字句把形象翻译出来，同时遵守节奏的规律。读者在心目中陆续看到这些形象，于是就有了诗人有的情感，这情感可说是这些形象在情绪上的等值物。"④ 在这里，伯格森将诗歌自情感、形象、字句构成为诗篇，到读者从诗篇的形象

---

① Gilles Fauconnier, *Mental Spaces: Aspects of Meaning Construction in Natural Languages*. 2 Edition. Cambridge: Cambridge University Press, 1994, p. 240.
② 〔俄〕巴赫金：《小说的时间形式和时空体形式——历史诗学概述》，白春仁译，载巴赫金：《小说理论》，白春仁、晓河译，河北教育出版社，1998 年，第 275 页。
③ （南朝梁）刘勰著，范文澜注：《文心雕龙注》，人民文学出版社，1978 年，第 65 页。
④ 〔法〕伯格森：《时间与自由意志》，吴士栋译，商务印书馆，2002 年，第 10 页。

中复现诗人的情感这一过程作了很好的说明。这实际上是诗人透过抒情文本的抒情人表达到读者接受、引起反应、产生共鸣的一个交流过程。这样的交流过程在文学作品中普遍存在，是文学作品之所以打动人、引起读者共鸣的关键所在。诗歌作为文学作品中的文类，除了这些共通性而外，尚有其特殊性，这一特殊性在于它的韵律与节奏，它对唤起读者的情感具有重要的意义。伯格森对此作了很好的描述："节奏的抑扬顿挫麻痹了读者的心灵，使他忘记一切，使他如在梦里一样跟着诗人一样想和一样看；但是如果没有节奏的抑扬顿挫，则这些形象再也不会那样强烈地呈现在读者的心目中。"[①] 抒情诗歌就是这样，将情感、形象、字句、节奏和韵律灌注一气，凝成饱含情感的篇什。

但是，值得注意的是，情感，又往往不是能够清楚地加以描述和厘清的。郁积在人们内心一时一地的情感，与人生中前前后后的种种经历和感受有着割不断的联系。笛卡尔在对灵魂的激情进行定义时，将激情确定为"一些知觉，或一些感觉，或一些灵魂的情感"。在他看来，"经验使我们看到那些被他们的激情刺激得最厉害的人并不是最了解这些激情的人，而这些激情往往就是这样的一些知觉：存在于灵魂和身体之间的紧密连接总是使它们显得有些混乱和模糊不堪"[②]。这样的情况对普通人来说是如此，对于诗人来说也同样如此。作为知觉的一时的激情，无论在诗人的内心也好，还是透过抒情诗歌中抒情人的表现也好，都会显得"有些混乱和模糊不堪"。李煜《乌夜啼》中叙说离愁时所谓"剪不断，理还乱……别是一般滋味在心头"[③]，便是对这种状况一个十分形象的说明。

这些与人生经历和感受缠绕在一起的激情或情感，在某一特定时刻形成为情感抒发的抒情诗歌时，在心理时间的展现上，自然难于进行理性的还原。在这样的时刻，在抒情人的意识流动中，可能如胡塞尔所说的那样，会出现

---

① 〔法〕伯格森：《时间与自由意志》，吴士栋译，商务印书馆，2002年，第10页。
② 〔法〕勒内·笛卡尔：《论灵魂的激情》，贾江鸿译，商务印书馆，2016年，第19页。
③ （南唐）李煜：《乌夜啼》，载詹安泰编注：《李璟李煜词》，人民文学出版社，1982年，第85页。

许多原初的印象，而且，"几种原初印象或许多原初印象'都是同时的'……许多原初感觉流动着"，"具有这种原初感觉意识的'同时性'是一系列'先前的'原初感觉、先前的现在意识成为过去的样式"①。如此缠绕在一起而又"同时"涌现在抒情人面前的许多先前的感觉、印象，自然会相互交织、叠加、重合，伴随抒情人此刻的感觉，以及抒情人此刻无所不及的心理活动，在激情的显现中，表现出心理时间的"混乱和模糊不堪"。

对叙事文本时间的考察，是以两种不同时间范畴，即虚构世界中实际事件发生发展所经历的时间，与叙事文本中这些事件赖以表现出的话语时间这二者作为参照基础的。以这两种不同的时间作为对照，前面对抒情诗歌叙述时间的探讨，正是参照对叙事文本中叙述时间的考量，从时序、时长与频率出发，对抒情诗歌进行分析。可是，就抒情诗的心理时间而言，这样的参照在很多时候是无效的，因为心理时间的"混乱和模糊不堪"，往往使我们无法在抒情诗歌中厘清时间的先后顺序，也无法辨别发生在时间轴线上的某些发生之事的来龙去脉。换句话说，在这些抒情诗歌中，往往无时间性可言，而出现了时间上的所谓"含混"（achrony）。②

如前所述，抒情诗中的心理时间，主要出自抒情人的内心体验，它是一种主观的时间，强调的是抒情人自身的感受。伴随着抒情人的种种感受和心理活动，在抒情诗歌中所展现的心理时间如魔棒般伸缩自如，无所定型，甚至来无影，去无踪。因此，在这种情况下，时间本身并不重要，时间作为一种量度或容器，也不重要，而心理时间表现的种种变形，以及这种变形所产生的意义，则应是我们关注的中心。这种变形主要应看作适应抒情人心理变化而呈现的必然结果，正是透过这种无所定型、前后交织的心理时间所蕴含的丰富内容，使抒情诗显得含蕴深远、异彩纷呈。

---

① 〔德〕埃德蒙特·胡塞尔：《内在时间意识现象学》，杨富斌译，华夏出版社，2000年，第79—80页。
② 在叙事文本中，这样的"含混"有时也同样会出现。在进行叙事文本叙事时间的分析中，"含混"指的是"无法作进一步分析的时间偏离"，其原因在于"或是由于信息不能辨别出来，或是因为信息过少"。（见〔荷〕米克·巴尔：《叙述学：叙事理论导论》（第三版），谭君强译，北京师范大学出版社，2015年，第90页。）

下面以墨西哥当代诗人、散文家奥克塔维奥·帕斯的一首抒情诗《蝾螈》作为例子,对抒情诗中的心理时间进行具体的分析与探讨。

三、从帕斯的《蝾螈》看抒情诗的心理时间

1990 年,奥克塔维奥·帕斯因为"一种有广阔多重地平线且充满情感之写作,其特征具备感性之睿智与人文主义气节"[①]而获得诺贝尔文学奖。抒情诗《蝾螈》作于 1962 年,共五节二十行,是作者一首有代表性的诗歌。全诗是这样的:

> 它在我头脑里流动与停滞
> 在我的血管里缓慢而急速地流动
> 钟点在没有流动中流走
> 它在我身上积聚又突然消失。
>
> 我是它饥饿的面包
> 我是它抛下的心脏
> 钟点在没有流动中流走
> 我所写下的与时光分裂
>
> 爱情消逝,留下哀愁
> 在我体内战斗在我体内休憩
> 钟点在没有流动中流走
> 身体如水银如土灰
>
> 凿挖我的胸膛但没有接触我

[①] 〔瑞典〕斯图勒·阿连、谢尔·埃斯普马克:《诺贝尔文学奖导论》,万之译,瑞典学院,2015 年,第 66 页。

> 永恒的无重量的石头
> 钟点在没有流动中流走
> 它是一个火烧的伤口
>
> 白日短暂，钟点无量，
> 没有我的钟点与时光的痛苦
> 钟点在没有流动中流走
> 在我体内飞逝又被锁住。①

帕斯的这首抒情诗显现出多重的矛盾性与对立性，这种矛盾性与对立性在同一个层面上即时显现出来。乍一看来，对立的二者很难同时呈现，对立的行动也很难在同一个主体身上同时表现出来。然而，从另一方面来说，这种对立和矛盾的展现又并非毫无缘由，如康德所说，"我们在一切情况下所可能完全认识的毕竟只是我们直观的方式，即我们的感性，并且永远只是在本源地依赖于主体的空间时间条件下来认识它"②。如果我们从主体的感性出发，从抒情人内心独特的体验出发，从抒情人抛开常规在心理时间中的独特感受入手，那么将有可能对这种矛盾性和对立性加以解释，理解抒情人诸多充满对立的行动。

诗歌中所呈现的这种矛盾性与对立性，在第一节便明显地表现出来。诗歌的开头两行："它在我头脑里流动与停滞／在我的血管里缓慢而急速地流动。"③一开始便表明这一切都出自抒情人的"头脑"之中，一切都来自抒情人自身的体验和感受。在抒情人的意识流动中，同时显现出截然不同的原初印象。这些对立的原初印象同时呈现在一幅画面中，在这幅画面中，透过抒情人自身的心理时间展现的一切，既"流动"又"停滞"，既"缓慢"又"急

---

① 〔墨西哥〕奥克塔维奥·帕斯：《蝾螈》，载〔加〕马里奥·J·瓦尔德斯：《诗意的诠释学：文学、电影与文化史研究》，史惠风译，中国人民大学出版社，2011年，第11页。
② 〔德〕康德：《纯粹理性批判》，邓晓芒译，人民出版社，2017年，第34页。
③ 帕斯该诗行的西班牙原文为："Corre y se demora en mi frente/lenta y se despeña en mi sangre"；瓦尔德斯的英译为："It runs and lingers in my head/slow and hurtling ahead in my blood"。

速",而最终既"积聚"又"消失",既存在又不存在。整个第一节,为贯穿全诗的矛盾性与对立性定下了基调。

在全诗的五节中,每一节的第三行都复现一个叠句:"钟点在没有流动中流走。"① 很明显,这是整首诗歌的一个核心意象,也是诗歌显现的矛盾性与对立性的集中点。它点缀在全诗中,贯穿在全诗中。继诗歌第一节奠定的基调之后,它似诗歌的主干继续延伸扩展。钟点,一个明确的时段和时间量度,无穷的时间流动中一个基本单位,这是尽人皆知的常识。但是,在抒情人心目中,每时每刻都在流动的钟点,却既流走又不流走。它本该日复一日地流走,可是,它本身却没有内在的流动。这"没有流动"的钟点,可以看作时间片段中的一个个空白,看作毫无实质内容的虚空,看作消逝的爱情,轻飘飘没有重量的石头,在体内休憩的哀愁……而所有这些"没有流动"的一切,又必不可免地一一流走。对作为抒情文本接受者的读者来说,无论是在"没有流动"的钟点中也好,还是它的流走也好,都可能将自己的感受融入其中。如威廉·燕卜荪所说:"每当一首诗的读者为一行貌似简单的诗深深打动时,打动他的便是他自己过去的经验、他以往的判断方式。"② 读者可以为一行"貌似简单"却充满深意的诗行打动,关键是要在这"貌似简单"的诗行中注入与自身密切相关的独特体验与感受。

围绕这一作为基调的叠句,全诗自第一节开始的所有诗节,每一节都显现出内在的对立与矛盾,诸如"我所写下的与时光分裂""在我体内战斗在我体内休憩""凿挖我的胸膛但没有接触我""在我体内飞逝又被锁住"。在上述所有诗行中,都明确地显现出抒情人"我",突出了抒情主体的存在,也凸显了抒情主体的自我感受。这些充满矛盾和对立的感受,由于直接出自抒情主体,因而具有明确的、不容置疑的力量,使抒情人"我"在自身心理时间中展现的一切,虽然充满矛盾,却获得了真实性的存在感。

---

① 帕斯该句的原文是:"la hora pasa sin pasar",瓦尔德斯英译为:"the hour passes without passing"。
② 〔英〕威廉·燕卜荪:《朦胧的七种类型》,周邦宪等译,中国美术学院出版社,1996年,第11页。

在抒情人自身心理时间的展现中，物理时间的度量完全失去了意义，甚至出现了时间度量的逆转。第五节的首句"白日短暂，钟点无量"[①]便是这种逆转的明确展现，时间的矛盾性变形在此展露无遗。时间的长或短，不在它的度量，不在它实际的流动，而在于抒情人自身的感受，抒情人赋予了时间以魔术般的可变性。这种可变性与诗歌的最后一行"在我体内飞逝又被锁住"相呼应，让人从中可以看出，滴答作响的时间流动在抒情人的内心既可"飞逝"，同时又可"锁住"。这种瞬间变动完全取决于抒情人自身，取决于其情感，其所面对的大千世界的种种事端，面对的变换的世界，以及自身在这一世界中的种种经历和体验。这一时段的倒转与抒情人心理时间的展现，无疑具有独特的意味，它将一切回溯到文中感受者的抒情人自身："这个时段的倒转把所有的重点放到感受者身上，白日和钟点既不是短暂的也不是无量的，它们始终是一样的 24 小时和 60 分钟。当你等待的时候，一个小时看似很长；或者当你急迫地做很多事情时，一天会太短。通过把中心焦点从时间转移到时间意识，这个倒转更新了先前诗节的力量。"[②] 正是因为作为感受者的抒情人的内心体验，而使时间的流动发生了倒转，使时间的物理度量完全失去了意义，并且使诗句出现了富于意味的矛盾性：时间不流动却又流动，时间既飞逝又被锁住。它与前面每个诗节都强调抒情主体的感受一脉相承，赋予时间意识以特别的意义。

在心理时间中所展现的诗歌的矛盾性与对立性，并未使全诗显得如一盘散沙，无从聚拢。从表面上看来，诗歌似乎是无序的，一个个意象相互割裂，一对对言语相互对立，一重重意义相互离散，这种相互割裂、对立与离散显现出诗歌的诸多不确定性，但这种不确定性并不表明诗歌的无序。实际上，在这首诗歌中，无序与有序是相辅相成的，"多歧义的不确定性是这首

[①] 帕斯该句的原文是："El dia es breve la hora inmensa"，瓦尔德斯英译为："the day is short, the hour immense"。
[②] 〔加〕马里奥·J·瓦尔德斯：《诗意的诠释学：文学、电影与文化史研究》，史惠风译，中国人民大学出版社，2011 年，第 17 页。

诗有序的系列事件中的无序现象"[1]。可是，如数学中的负负得正一样，五个诗节在心理时间中显现的诸多发生之事的矛盾性与对立性，却以层层叠加的类似方式，展现出诗歌整体发展的有序性，这种有序性一以贯之地推动诗歌的发展。帕斯认为，诗歌"是精神操练，是内心解放的一种方式。诗歌展示这个世界，创造另一个世界"[2]。正是这种出自"内心解放"的渴求，使诗人透过抒情人在诗歌的心理时间中游弋，创造出另一个令人神往的诗歌世界，一个在心理时间的矛盾对立中展现出有序的、意蕴深远的诗歌世界。

在对抒情诗中的时间进行探讨之后，我们转向一个与之密切相关、不可分离的领域，这就是抒情诗所呈现的空间叙事。在本章的讨论中，我们已经涉及时间与空间关系的不可分割性，接下来我们将把重心直接转向后者。

---

[1] 〔加〕马里奥·J·瓦尔德斯:《诗意的诠释学：文学、电影与文化史研究》，史惠风译，中国人民大学出版社，2011年，第11页。

[2] 〔墨西哥〕奥克塔维奥·帕斯:《弓与琴》，赵振江等译，北京燕山出版社，2014年，第2页。

第七章　想象力与空间叙事

对叙事虚构作品中的空间叙事及其形式的研究，自 1945 年美国学者约瑟夫·弗兰克《现代小说中的空间形式》一文问世以来，逐渐进入文学界和文学理论界的研究视野。然而，从总体上说来，这一研究在相当长的时间内，远未形成潮流。这一状况是与整个人文社会科学研究的情形相一致的。美国后现代政治地理学家爱德华·W.索加（Edward W. Soja）在引用福柯《论他者的空间》中的论述进行批评时谈道："直到 1989 年还未出现批评家用集中观察'时长'的深邃眼光来看待空间性"；他认为："今天的批评阐释界依然笼罩在时间的主叙事中，笼罩在历史的、相对而言却不是地理上的想象之中。"[①] 近年来，对空间叙事的研究，日益引起了国内外学者的广泛关注。然而，其关注点仍然主要集中于叙事虚构作品，旁及诸如图像、建筑等艺术作品。至于对抒情诗空间叙事的研究，则尚未进入研究者的视野，几乎处于一片空白状态。即便 20 世纪 90 年代以来关于空间的话语"如潮而至，并迅速繁衍于各学科之间"[②]，对于抒情诗歌的空间叙事研究仍然未改沉寂的状况。实际上，从文本实践来看，抒情诗中的空间叙事是一种重要的抒情叙事方式，空间呈现在抒情诗中更有着明显的表现，可以成为抒情诗的一个基本特征。因而，从理论与实践相结合的意义上对抒情诗的空间叙事和空间呈现进行研究，应该是一个值得格外引起关注的问题。抒情诗的空间叙事与空间呈现，有其自身特有之处，它与文学创作丰富的想象力密不可分。因而，这里将首先从文学创作的想象力入手，进入抒情诗的空间叙事与空间呈现的广阔领域。

---

① 见〔美〕苏珊·斯坦福·弗里德曼：《空间诗学与阿兰达蒂－洛伊的〈微物之神〉》，宁一中译，载〔美〕詹姆斯·费伦、彼得·J.拉比诺维茨主编：《当代叙事理论指南》，申丹、马海良、宁一中等译，北京大学出版社，2007 年，第 204—205 页。
② 同上书，第 205 页。

第一节　诗歌创作与想象力

想象力是人类所具有的最基本的力量，它对人类的创造，包括文学艺术的创作起着至关重要的作用。就文学艺术创作而言，我们知道，在文艺作品，包括抒情诗歌中，以言语符号所形成的文本都存在一个编码和解码的对应过程。创作者运用符号实现编码，接受者则按照符号的特定构成实现解码。而在这一解码过程中，由符号所构成的文本本身并不能直接为接受者或欣赏者解码，它必定要借助于人的想象力，才能实现这一解码过程。莱辛在《拉奥孔》中说："凡是我们在艺术作品里发现为美的东西，并不是直接由眼睛，而是由想象力通过眼睛去发见其为美的。通过人为的或自然的符号就可以在我们的想象里重新唤起同实物一样的意象，所以每次也就一定可以重新产生同实物所产生的一样的快感，尽管快感的强度也许不同。"① 莱辛在这里所谈的，实际上就是文艺作品的欣赏者也就是信息接受者一方的解码过程。无论是通过阅读抒情诗歌还是通过聆听诗歌朗诵，都必然要经由视觉或听觉、借助于想象力以实现对抒情文本的解码。因而，想象力对于欣赏者一方是不可少的。

在文艺作品的创造中，对于作品来源的创造者来说，想象力更是须臾不可分离，它是一切成功的文艺作品产生的基本条件，是判定作品高下的基本要素。可以说，没有想象力便没有诗人，如狄德罗所说："想象，这是一种特质，没有它，人既不能成为诗人，也不能成为哲学家、有思想的人、一个有理性的生物、一个真正的人。"② 在狄德罗看来，把天才和普通人、普通人和愚蠢的人区分开来的那个品质"就是想象力"，"如果没有它，言词就变为

---

① 〔德〕莱辛：《拉奥孔》，朱光潜译，人民文学出版社，1981年，第41页。
② 〔法〕狄德罗：《论戏剧艺术》，《文艺理论译丛》1958年第1期。

把声音组合起来的机械习惯了"①。类似的话,当代诗人艾青也说过:

> 没有想象就没有诗。
>
> 诗人的最重要的才能就是运用想象。诗人把互不相关的事物,通过想象,像一条线串连起来,形成一个统一体……
>
> 所有意象、意境、象征,都是通过联想、想象而产生的。②

有了想象力,诗人便可从各自独特的角度看到呈现在他面前的神奇世界,感受作为种种现象的世间万物。这种感受将因人而异,因感受力的不同而有所不同,"如一朵玫瑰花,在经验性的理解中就被看作是一个自在之物,这个自在之物却可以在每个人的眼里在颜色上有不同的呈现"③。这种种异彩纷呈的不同呈现,将透过作者的想象力而定格在丰富而优美的艺术作品中,如莎士比亚《仲夏夜之梦》中雅典公爵忒修斯所言:"诗人的眼睛在神奇的狂放的一转中,便能从天上看到地下,从地下看到天上。想象会把不知名的事物用一种形式呈现出来,诗人的笔再使它们具有如实的形象,空虚的无物也会有了居处和名字。强烈的想象往往具有这种本领,只要一领略到一些快乐,就会相信那种快乐的背后有一个赐予的人。"④ 正是借助于诗人实践的、经验性的感受和理解,借助于丰富的想象力,世间种种自在之物被赋予了丰富多彩的生命。

当然,想象力在诗歌的创作和欣赏中并不是唯一的。想象是促成艺术作品形成的必要条件,也是促成对艺术作品有效鉴赏的必要条件。然而,任意的想象如不加选择无法形成有意义的艺术作品,因而,文学创作和欣赏都离不开另一条准则:判断。17 世纪英国学者托马斯·霍布斯认为,想象"如不辅以判断,不能誉之为德",因而,"在诗歌佳作中,不论是史诗还是戏

---

① 〔法〕狄德罗:《论戏剧艺术》,《文艺理论译丛》1958 年第 1 期。
② 艾青:《和诗歌爱好者谈诗》,《人民文学》1980 年第 5 期。
③ 〔德〕康德:《纯粹理性批判》,邓晓芒译,人民出版社,2017 年,第 27 页。
④ 〔英〕莎士比亚:《仲夏夜之梦》,朱生豪译,载《莎士比亚全集》卷 2,人民文学出版社,1978 年,第 352—353 页。

诗,想象与判断必须兼备,但前者必须更为突出,十四行诗、讽刺诗也是这样"①。在霍布斯看来,诗歌创作离不开想象和判断,但是,二者相比较的话,想象仍比判断更为突出。

无疑,就诗歌而言,丰富的想象力是形成一首好诗的重要基础,是形成属于诗人个人不同一般的诗歌的重要条件。哈罗德·布鲁姆认为,最伟大的诗歌"有一种普遍和本质的难度,它是扩展我们意识的真正的模式。达到这一点依靠的是我借鉴别人而称之为'殊异'(strangeness)的东西","殊异在我们不理解的时候会激起惊异,在我们理解的时候激起美学想象"②。殊异,有时译为"奇异性",它是"经典的特质,是崇高文学的标记",而且这种"奇异性一定是指*意义*的奇异性"③。实际上,所谓殊异或奇异性,就是不同一般之处,独特之处,让人感觉新奇、怦然心动之处。一首好诗只有不同一般、让人耳目一新,产生一种崇高而独具特质的美感才能打动人心。而这尤其需要诗人丰富的想象力才有可能实现。

文艺创作尤其是诗歌创作离不开丰富的想象力,这在中外文艺创作的实践中有无数例证可以说明。刘勰称这样的想象力为"神思":"古人云:形在江海之上,心存魏阙之下。神思之谓也。文之思也,其神远矣!故寂然凝虑,思接千载;悄焉动容,视通万里;吟咏之间,吐纳珠玉之声;眉睫之前,卷舒风云之色;其思理之致乎,故思理为妙,神与物游。"④歌德认为真正的诗是想象和理性相结合的诗。他在谈到康德哲学中列举了感觉、理解和理性作为获得观念的主要功能时,认为他忘掉了想象,因而产生了无可弥补的缺陷。在歌德看来,"想象是我们精神本质里的第四个主要功能:它以记忆的方式去补助感觉;它以经验的方式为理解提供世界观;它为理性观念塑造或发明了形象(……),鼓舞整个人类——假若没有它,人类会沉陷在

---

① 〔英〕霍布斯:《利维坦》,黎思复、黎廷弼译,商务印书馆,2016年,第50—51页。
② 〔美〕哈罗德·布鲁姆等:《读诗的艺术》,王敖译,南京大学出版社,2010年,第43—44页。
③ 〔美〕哈罗德·布鲁姆:《影响的剖析:文学作为生活方式》,金雯译,译林出版社,2010年,第22—23页。
④ (南朝梁)刘勰著,范文澜注:《文心雕龙注》下,人民文学出版社,1978年,第493页。

黯然无生气的状态里"①。歌德是一个注重现实的人，一个其创作与现实密切相关的人，他曾经说道："我的全部诗都是应景即兴的诗，来自现实的生活，从现实生活中获得坚实的基础。我一向瞧不起空中楼阁的诗。"② 然而，这丝毫没有妨碍他的艺术想象，可见，艺术创造中想象无处不在。就歌德而言，我们透过他的诗剧《浮士德》，从主人公浮士德上天入地、入古出今、四海云游的奇异经历中看出了他如此丰富的艺术想象。华兹华斯与济慈等19世纪英国诗人也反复强调了想象力的重要性。济慈认为，"想象力可以比做亚当的梦——他醒来后发现梦境成了现实"；"朴实的富于想象力的心灵是可以从它本身得到一种满足的"③。由此可见，无论在诗人编码或读者解码的过程中，艺术想象力都是不可或缺的。巴什拉在《空间的诗学》中建议"把想象力当做人性中的一个主要力量"，并认为，"想象力在它的活跃行动中使我们既脱离了过去，又脱离了实在。它向未来开放"④。文艺作品尤其是抒情诗歌中所渗透的艺术想象力，不仅是构成文艺作品交流与共鸣的基础，同时也是使艺术作品得以无限扩展、延伸、渗透，从而具有不可思议的艺术力量的源泉。这种想象力在抒情诗歌中可以说表现得更为强烈而集中。

文艺作品作为想象力的产物，作为形象思维的产物，能使欣赏者产生共鸣，并透过叙述者或抒情人实现与诗人与艺术家的交流。而不同的文艺作品，其实现交流的途径与形式是有所不同的。小说类的叙事虚构作品，透过叙述者以"讲述故事"的方式表现大千世界的人与事。这样的故事通常属于线性叙事，即亚里斯多德所谓"事之有头，有身，有尾"⑤的线性叙事。由人物而引起事件，人物活跃在由其所引起和经历的种种事件中。事件的组合

---

① 〔德〕歌德：《致玛利亚·包洛夫娜公爵夫人书》(1817)，载中国社会科学院外国文学研究所外国文学研究资料丛刊编辑委员会编：《外国理论家作家论形象思维》，中国社会科学出版社，1979年，第34—35页。
② 〔德〕爱克曼辑录：《歌德谈话录》，朱光潜译，人民文学出版社，1980年，第6页。
③ 〔英〕济慈：《论诗书信选·一八一七年十一月二十二日致贝莱》，周珏良译，载刘若瑞编：《十九世纪英国诗人论诗》，人民文学出版社，1984年，第168页。
④ 〔法〕加斯东·巴什拉：《空间的诗学》，张逸婧译，上海译文出版社，2009年，第22页。
⑤ 〔古希腊〕亚里斯多德：《诗学》，罗念生译，人民文学出版社，1982年，第25页。

按照时间关系和因果逻辑关系而连接起来，在叙事话语的变形中构成为一幅幅色彩斑斓的图画。人们在阅读与欣赏的过程中借助于想象而融入故事世界中，从而与故事世界中的人与事产生交流与共鸣。

抒情诗中的交流与共鸣又是如何实现的呢？如果纯粹从文学体裁的角度来说，以情感抒发为旨归的抒情诗与主要属于叙事的其他体裁是判然有别的。然而，二者又是有所关联的。在抒情诗中，情感的抒发与传达往往会缘事而起。而从广义的叙事来说，表达一种情感，传达一种思绪，仍然是一种倾诉，仍然是诗人在向特定的对象叙说大千世界的种种存在。在中外古今的大量抒情诗歌中，叙事与抒情相互融合的情景比比皆是。然而，抒情诗歌与叙事虚构作品中包含着的故事的线性叙事毕竟有所不同，在抒情诗中，以情感抒发所实现的叙事大多是以另外一种方式来进行的，这就是非线性的空间叙事。

为了更好地把握抒情诗的空间叙事，我们不妨先回到小说类的叙事虚构作品中的空间叙事，将二者做一比较。就小说类的叙事文本来说，20世纪以前的西方小说大体上遵循的是亚里斯多德倡导的线性叙事的传统，在较大范围的世界其他国家文学发展的过程中也有类似情况。在20世纪以来的现代叙事作品中，伴随着所谓空间转向，出现了与传统小说相对的不同类型的小说。在这些小说中，展现出"性格刻画对情节的替代，缓慢的速率，事件结局的欠缺，甚至是重复"[①]等。这里所出现的，实际上就是小说空间叙事的种种表现。就其主要方面而言，小说的空间叙事主要是时间的线性展开不再作为情节发展的主要依据，因果关系不再作为事件链接与情节发展的主要动力。只有在这个基础上谈论叙事作品的空间叙事才是有意义的。小说类的叙事作品尽管不排除空间叙事，但是，不可否认的是，其中占主导地位的仍是线性叙事，即便在现代小说中也不例外。而在抒情诗歌中，占主导地位的无疑是空间叙事，甚至可以说，空间叙事是抒情诗的重要特征之一。在抒情诗歌中，尽管其中也可以出现某种事件与情境，也可以出现人物，但它却不以

---

① 〔美〕戴维·米切尔森：《叙述中的空间结构类型》，载〔美〕约瑟夫·弗兰克等：《现代小说中的空间形式》，秦林芳编译，北京大学出版社，1991年，第141页。

展示故事情节、刻画人物形象、描述生动的生活画面而使人进入故事世界为主，而往往是将一个个表面看来不相关联的空间意象连接在一起，超越线性叙事，超越事件与情境的因果联系，超越完整的人物形象的构建，将经由事件、情境、情感、人物等产生的不同意象连接起来，将各种观念联系起来，以空间叙事的方式展现出抒情诗的空间存在。

第二节　意象与抒情诗的空间叙事

一、抒情诗的空间意象叙事

抒情诗的空间叙事，不是一般意义上的叙事，确切地说，是空间意象叙事。文学研究中对意象有诸多探讨，所形成的多种看法在此不一一讨论。这里，在对抒情诗空间意象叙事的探讨中，有关意象的观念主要是从文艺作品中具有意味的图像这一角度出发的，也就是英国诗人与学者刘易斯（C. D. Lewis）在其《诗歌意象》（*Poetic Image*，1948）一书中所说：意象"是文字组成的画面"（"is a picture made out of words"）[1]。在诗人的编码中，借助语言这一人为的符号，意象透过诗人的想象力浮现出来；在读者的解码中，意象则透过读者的想象力展现出来。具体说来，诗歌中的意象有三种可辨别的用法。第一，指代一首诗或其他文学作品里通过直叙、暗示，或者明喻的喻矢（间接指称）使读者感受到的物体或特性。第二，在较为狭窄的意义上，指对可视客体和场景的具体描绘，尤其是生动细致的描述。第三，按照最为普遍的用法，意象指的是比喻语，尤其指隐喻和明喻的喻矢，在这个意义上，意象是诗歌的基本成分，是呈现诗歌意义、结构与艺术效果的主要因素。[2] 只有透过诗行形成丰富而生动的意象，才能打动欣赏者。因而，透过

---

[1] 见〔美〕M. H. 艾布拉姆斯：《文学术语词典》，吴松江主译，北京大学出版社，2009年，第243页。

[2] 同上。

言语形成丰富的意象在诗歌中，尤其是抒情诗中是不可或缺的，它是构成诗歌的基本要素，是诗歌借以抒发情感、叙说事端、引起读者丰富的想象，并产生共鸣的必要手段。

　　抒情诗中的空间意象叙事是如何展开的呢？它主要不是依据以故事的线性叙事相对应的方式而展开，而是以空间并置的方式展开。英国哲学家、英语语言大师弗朗西斯·培根（1561—1626）认为诗在语言的韵律上大部分是受限制的，但在其他各方面则是极端自由的，"诗是真实地由于不为物质法则所局限的想象而产生的，想象可以任意将自然界所分开的东西结合起来，把自然界所结合的东西分开，就这样制造了事物的不合法的结合与分离"[①]。这样一来，便赋予了抒情诗歌的空间意象叙事以极大的自由，可以"在描述一个物体之后，接着描述另一个不同的对象，并不指明一种关联"[②]。这一点与20世纪以来受到人们关注的小说中的空间叙事有类似之处。抒情诗中意象的这种空间并置关系超越了时间和因果逻辑关系，而表现为一种空间邻近关系。在美国诗人庞德著名的短诗《地铁车站》中就明显地表现出这种空间邻近关系来：

　　　　人群中这些脸庞的隐现；
　　　　湿漉漉、黑黝黝的树枝上的花瓣。[③]

短诗中不存在任何线性的链接，而只有空间意象画面的呈现。这样如画面般的空间呈现与庞德对诗歌的主张可以说一脉相承，在他看来，"有一种诗，读来仿佛是一张画或一件雕塑正欲发声为语言"[④]。在许多抒情诗歌中，往往

---

① 〔英〕培根：《学术的进展》，刘若瑞译，载伍蠡甫主编：《西方文论选》上卷，上海译文出版社，1979年，第247页。
② 〔美〕M. H. 艾布拉姆斯：《文学术语词典》，吴松江主译，北京大学出版社，2009年，第245页。
③ 庞德：《地铁车站》，载〔英〕彼得·琼斯编：《意象派诗选》，裘小龙译，漓江出版社，1986年，第85页。
④ 转引自〔美〕叶维廉：《中国诗学》，生活·读书·新知三联书店，1992年，第146页。

一行诗句便形成为一个独立的意象,这些独立的意象之间相互并无关联,形成为具有空间距离的意象画面。单个的意象画面并不能显示出意义,只有以各种方式将在空间中并置的意象群链接起来,才能打破相互之间的隔离状态,将空间意象群的意义旨归呈现出来,实现抒情诗的空间意象叙事。在柳宗元的《江雪》中,我们可以又一次明显感受到其中所存在的空间邻近关系:

<blockquote>
千山鸟飞绝,万径人踪灭。
孤舟蓑笠翁,独钓寒江雪。①
</blockquote>

这里同样没有线性的连接,展现的只有空间的意象画面。通过各个部分并无直接关联的一幅幅图像,可以构成具有空间邻近关系的一幅整体图景。这一在瞬间展现的如画一般的图像,其中的各种物象并置呈现,自然,这里的并置呈现并不意味着同时呈现,它依然显现出一种特定的序列性,如叶维廉所说:"诗,用了语言,物象也只能依次呈现,但它们并不如戏剧动作那样用一个故事的线串连起来;它们反而先是'空间性的单元'并置在我们目前,而我们对它们全面的美感印象,还要等到它们全部'同时'投射在我们觉识的幕上始可完成。物象不但以共存并置的关系出现,这些空间性的物象,由于观者的移动而被时间化。"② 在这里,我们所获得的美感印象,我们对以空间并置方式呈现的抒情诗的整体把握,是需要在它们全部"同时"投射给我们时,以类似于小说空间叙事所使用的参照和交互参照的方式才可最终获得。

弗兰克在谈到小说的空间叙事时指出,乔伊斯在《尤利西斯》中以无数的参照(references)和交互参照(cross-references)构成他的小说,"在叙事文的时间序列中,这些参照彼此独立地相互关联;而且,在将这部作品结合进任何意义模式之前,这些参照必须由读者加以连接,并将它们视作一个

---

① (唐)柳宗元:《江雪》,载中国社会科学院文学研究所编:《唐诗选》下,人民文学出版社,1978年,第46页。
② 〔美〕叶维廉:《中国诗学》,生活·读书·新知三联书店,1992年,第151页。

整体"①。在抒情诗中，各个在空间中独立呈现的由各种物象组成的意象画面同样必须以参照和交互参照的方式由读者和欣赏者加以连接，从"对各部分及其配合的理解"去理解整体，从而构成一个完整的意象画面。从这一角度看，庞德的《地铁车站》和柳宗元的《江雪》都极好地呈现出一幅占空间的事物的意象画面，我们可以将诗歌中所呈现的不同的意象画面关联起来，构成为一个具有完整意义的意象整体。

二、意象的空间呈现与关联

意象的呈现有一个逐步展开的过程。抒情诗中呈现出多个单个的空间意象，这些单个意象尽管可以形成孤立的空间意象，却未必具有进一步的意义。因而，在抒情诗歌的空间意象叙事中，意义的出现离不开莱辛所提出的由各个部分，到各部分的配合，最后再到整体，从而形成一个完整的意象的过程。② 刘易斯指出："一首诗本身也可以是多种意象组成的一个意象。"③ 但多种意象组成的这"一个意象"显然与单个的意象有别，它是在诸多意象群相互关联、实现意象之间的空间意象叙事之后所产生的新的整体意象，一个富于意义并和谐统一的新的意象，一个将多重意象统摄起来、在更高的层面上显现出其意义的新的"意象"。这样的意象可以超越诗篇本身，也可存在于诗篇之中，但却具有诗篇本身的话语所不曾有的意义。在庞德的《地铁车站》中，诗歌的标题"地铁车站"便具有这样的意义统摄作用。但是，在这里，"地铁车站"却具有与通常这一话语意象所呈现的意义不相一致的意义。从这一标题所喻示的意义出发，便可将不相关联的两行诗句所呈现的意象链接起来，实现不同于叙事作品线性叙事所表现出的意义，而展现出让人充满想象的空间意象。不相关联的两行诗句所组成的各别的意象，透过空间叙事

---

① Joseph Frank, "Spatial Form in Modern Literature". In *Essentials of the Theory of Fiction*. Third Edition. Eds. Michael J. Hoffman and Patrick D. Murphy. Durham: Duke University Press, 2005, p. 62.
② 见〔德〕莱辛：《拉奥孔》，朱光潜译，人民文学出版社，1981 年，第 91 页。
③ 见〔美〕M. H. 艾布拉姆斯：《文学术语词典》，吴松江主译，北京大学出版社，2009 年，第 243 页。

的组合，成为一个新的意象："地铁车站"。而这个新的意象已不是读者或欣赏者一开始读到诗歌时对"地铁车站"所产生的一般意象，而是在将诗行产生的意象画面叠加之后，在将不同意象参照与交互参照之后所形成的一个富于多重意味、让人回味无穷的新意象。在《江雪》中，在千山万径阒无一人的背景下，却有一位孤舟之上独自垂钓的蓑笠翁。在一幅静态的画面中，呈现出静态中的盎然生气，那普通的蓑笠翁是一位具有何等独立人格的高人。这一完整的意象同样是在诸多意象群相互关联、实现意象之间的空间意象叙事之后所产生的新的整体意象，一个富于意义并和谐统一的新的意象，一个将多重意象统摄起来、在更高的层面上显现出其意义的意象。在《江雪》中，意象的配合与相互参照不知可以赋予这一短诗多少言语之外的意义。

从另一方面来说，意象作为文艺作品中有意味的图像，又不纯粹是"文字组成的画面"，可以说，它超越了单纯"文字组成的画面"，而具有更为丰富深远的意义，尤其是其所具有的富于想象的、饱含意味的、连续的、动态的意义。意象可以将不同的文学艺术类别关联起来，尤其可以将诗与画关联起来。文字的诗句可以展现为一幅画面，然而，由文字的诗句所展现的意象画面又与通常的画不同，"绘画由于所用的符号或摹仿媒介只能在空间中配合，就必然要完全抛开时间，所以持续的动作，正因为它是持续的，就不能成为绘画的题材。绘画只能满足于在空间中并列的动作或是单纯的物体，这些物体可以用姿态去暗示某一种动作。诗却不然……"[①]一幅画是某一连续事件中一个特定高潮画面的呈现，或某一独特状态的定格。画同样可以叙事，但绘画中的叙事，却需要"完全抛开时间"，抛开"持续的动作"，只能在空间画面中呈现出叙事。用莱辛的话来说，就是"选择最富于孕育性的那一顷刻，使得前前后后都可以从这一顷刻中得到最清楚的理解"[②]。而抒情诗则有所不同，抒情诗的空间意象叙事，不仅可以在空间中呈现，也可在时间与"持续的动作"中呈现，它透过意象所呈现的美是立体的。这里，让我们看

---

① 〔德〕莱辛：《拉奥孔》，朱光潜译，人民文学出版社，1981年，第82页。
② 同上书，第83页。

几首富于具象意义的诗篇。在杜甫的《绝句四首·其三》中，便呈现出一幅极为优美的画面：

> 两个黄鹂鸣翠柳，一行白鹭上青天。
> 窗含西岭千秋雪，门泊东吴万里船。①

诗人透过窗间所见，是一幅包含着上下远近纳入其视野的空间画面，构成为一幅空间叙事的极好图景；而在读者眼里，每一行诗句都呈现出一个图画般的意象，正是意象的相互关联与叠加实现了诗歌的空间叙事，形成为一个更富于意味的新的意象整体。依据这首诗歌画出一幅相对应的画并不难，然而，这样的画显然将失去诗歌中的许多东西。我们可以看到一幅静态的画，而诗歌却充满着生机盎然的动态图景："鸣"与"上"两个动词，"千秋"与"万里"两个展现时间与空间的词，都在丰满而悠远的意象中赋予诗歌以无尽的意味。它所呈现的不是一幅单纯的风景画，而是在优美的景色中叙说着过往与未来，展现出抒情人乐观向上的心态。诗歌与画不同，"诗是一门范围较广的艺术，有一些美是由诗随呼随来的而却不是画所能达到的；诗往往有很好的理由把非图画性的美看得比图画性的美更重要"②。诗歌的美可以"由诗随呼随来"，这实际上是由诗歌的空间意象叙事所推动的，而对读者来说，这种"随呼随来"的美可以说是无穷尽的，也是因人而异的，因而，一首好诗具有"随呼随来"的无限广阔的美的空间。

我们再看看两首在时间上相隔并不十分久远却在地理上相隔万里的东西方抒情诗歌：汉乐府中的《上邪》与古罗马诗人维吉尔（公元前70—前19）的《牧歌》。在维吉尔的《牧歌》中我们可以读到这样的诗行：

> 即使野鹿在天上游牧，在空中飞翔，

---

① （唐）杜甫：《绝句四首·其三》，载林庚、冯沅君主编：《中国历代诗歌选》上编（二），人民文学出版社，1979年，第421页。
② 〔德〕莱辛：《拉奥孔》，朱光潜译，人民文学出版社，1981年，第51页。

> 即使海水干枯，把鱼儿留在光光岸上，
> 即使那东方的安息和西方的日耳曼，
> 都到相反的河上饮水，把地域更换，
> 我的心里也不能够忘记那人的容颜。①

维吉尔的《牧歌》共十首，这是其中第一首的一部分。从其内容和情感的完整性来说，我们完全可以将它视为一首独立的抒情诗。汉乐府的《上邪》，全诗如下：

> 上邪！我欲与君相知，长命无绝衰。山无陵，江水为竭，冬雷震震，夏雨雪，天地合，乃敢与君绝。②

这是两首爱情诗歌。在这两首意味浓浓的抒情诗中，其丰富的想象可见一斑。两首诗歌中所描绘的都是现实世界中不可能存在的现象，然而在抒情人的想象中这些景象却似乎可以存在，它们在读者的想象中同样可以形成为优美的意象画面。在诗歌中，这些意象画面在空间中相互并置，组成一幅幅气势庞大、令人充满遐想的图景。单独看来，一个单个的意象并无意义，一个意象与另一个意象之间也并无关联，③然而，不同意象之间的相互联系则可以构成一个深具意味的总体意象，并通过画龙点睛般的点题将总体意象呈现出来。在维吉尔《牧歌》中，这一总体意象透过诗行中"我的心里也不能够忘记那人的容颜"，在《上邪》中则透过"与君相知，长命无绝衰"而将不相关联的多个意象统摄为一，诗歌的整体空间意象叙事得以实现。透过丰富的想象力，诗篇中多幅文字组成的画面生动地展现出来，尽管这并非现实生活中可能存在的画面，但这些画面依然或显得清新怡人，或显得气势磅

---

① 〔古罗马〕维吉尔：《牧歌》，杨宪益译，上海人民出版社，2009年，第13—15页。
② 《汉乐府·上邪》，载林庚、冯沅君主编：《中国历代诗歌选》上编（一），人民文学出版社，1979年，第106页。
③ 沈德潜注意到，在《上邪》中，"山无陵下共五事，重叠言之，而不见其排，何笔力之横也"。见（清）沈德潜选：《古诗源》，中华书局，2006年，第63页。

礴，仿佛是完全真切可以触摸的一般。如莱辛所说，诗人所描绘的应该不只是清清楚楚的，仅是为人所理解的，而是"要把他想在我们心中唤起的意象写得就像活的一样，使得我们在这些意象迅速涌现之中，相信自己仿佛亲眼看见这些意象所代表的事物，而在产生这种逼真幻觉的一瞬间，我们就不再意识到产生这种效果的符号或文字了"①。确实，我们在欣赏维吉尔《牧歌》的这一片段时，在欣赏汉乐府诗歌《上邪》时，不会去注意那些呈现的景象在现实世界中是不是存在。相反，我们依然会透过诗歌在心中展现出一幅幅优美壮阔的空间意象画面，相信这样的意象画面就如真实存在的一样，尽管那只是一种"逼真幻觉"。以这样的空间意象展开的诗歌叙事确实是赏心悦目的，它让人在心里展开无限丰富的想象，唤起丰富而真切的情感。

抒情诗中抒情人的角色可以多种多样。单个的抒情人可以抒发个人的情感，可以抒发对某个特定对象的情感，对景物的情感，也可以个人的口吻或集体的、公众的口吻抒发对集体的、民族的、国家的，乃至世界的情感，而在所有这样的抒情诗歌中，都可以看到其中所表现的空间意象叙事，所呈现的丰富多样的意象叙事的画面。让我们看一位在两次世界大战之间荷兰最有影响的诗人马斯曼（Hendrik Marsman，1899—1940）的一首诗《荷兰》：

> 天空伟大而灰暗
> 下方是辽阔的低地和水洼；
> 树木和风车，教堂尖塔和温室
> 被纵横的沟渠分割，一片银灰色。
>
> 这就是我的故乡，我的人民；
> 这是一片我想发出声响的空间。
> 让我有一个夜晚在水洼里闪烁，

---

① 〔德〕莱辛：《拉奥孔》，朱光潜译，人民文学出版社，1981年，第91页。

我就会像一朵云霞蒸发到天边。①

这里所展现的是对生于斯、长于斯的国家与故土的情感，而诗歌中所描绘的国家和故土的形象是以众多空间意象图像呈现出来的。从天空到低地，从树木、风车到教堂、沟渠，只有空间的关联贯穿其中。诗歌展现的色彩并不靓丽，景物并不辉煌。然而，这就是荷兰，这就是那个风车密布、以堤坝抵挡海水、至今三分之一的国土仍处于海平面以下的低地国家。在那里，不要说秋冬，就连春夏也难得一见蔚蓝的天空，"灰暗"是它的基调和底色。可是，这就是"我的故乡"，这是一片"我想发出声响的空间"。浓浓的情怀融入了那幅再普通不过的空间画面中，构成为情景交融的空间叙事的极好图景。

在一些更具理性意味的抒情诗歌中，诸如哲理诗、玄学派诗人的诗中，空间意象叙事依然存在着，但在其空间展现中带有某种独特的意味。且看南宋理学家朱熹的《观书有感二首》之一，其诗云：

半亩方塘一鉴开，天光云影共徘徊。
问渠那得清如许？为有源头活水来。②

从标题可知，这首诗来自作者书斋读书所感，属于理学家说理之诗。然而，其中仍然具有在空间展开的、生动具体的空间意象画面。如果说与众多抒情诗歌相比有所不同的话，那么，朱熹这首诗的意象相互之间具有更为直接的关联，带有某些线性逻辑的意味，这或许与理学家的思考带有更多逻辑思维的意味有关。

再看17世纪英国著名玄学派诗人约翰·多恩（但恩）的诗歌。多恩的思想充满矛盾，这种矛盾性体现在他的诗歌中。他诗歌的特点之一在于将强

---

① 〔荷〕马斯曼：《荷兰》，载《荷兰现代诗选》，马高明、柯雷译，漓江出版社，1988年，第1—2页。
② 〔宋〕朱熹：《观书有感二首》，载朱杰人、严佐之、刘永翔主编：《朱子全书》第二十册，见《晦庵先生朱文公文集》一，上海古籍出版社，2002年，第286页。

烈的情感、生动的形象和逻辑的思辨或诡辩交织在一起，像盐和水混在一起一样。① 在他的《神圣十四行诗·第十四首》中我们可以读到这样的诗句：

> 撞击我的心吧，三位一体的上帝；
> 迄今你只轻敲、吐气、照耀、设法修补；
> 为了让我能站起来，推翻我吧，鼓足
> 你的气力打碎我、吹我、烧我，把我变成新的。
> ……②

多恩诗中的空间意象显得如此广阔，将居于天堂之上的上帝与自己关联起来。这是一幅奇异的意象画面，却又是一幅人格化的意象画面。至高无上的上帝在诗歌中已经成为一个普通人，抒情人甚至将自己与上帝的关系比作男女关系，渴求上帝的撞击、轻敲、吐气、照耀，甚至打碎我、吹我、烧我，还有后面诗句中接着而来的"把我拉到你身边，把我关起来，因为我，/除非你奴役我，我是永远不会自由的，/永远不会贞洁，除非你对我施用暴力"，等等。在读者的眼里，这样的空间意象叙事显得既奇特，又意味不凡，从中可以看出抒情人浓厚而激烈的情感。同时，读者在将不同的空间意象相互关联起来时，不仅看出抒情人渴望将自己"变成新的"这种强烈欲望，而且也看到这种转变是何其痛苦。

从上面可以看出，抒情诗的空间意象叙事不是个别的例外现象，而是一种普遍的存在，它构成为抒情诗歌叙事的基本形态。同为空间画面，抒情诗中的空间意象画面又与绘画中的画面有所不同，在绘画中，"一切都是可以眼见的，而且都是以同一方式成为可以眼见的"③。我们可以在绘画中一眼看到全体，看到显示某一高潮或特定状态在画面中定格的全体。在这样的静态画面中，可以通过画面中各个具体部分之间的关联实现叙事。而对于欣赏

---

① 见杨周翰：《十七世纪英国文学》，北京大学出版社，1985 年，第 111 页。
② 〔英〕多恩：《神圣十四行诗·第十四首》，杨周翰译，见杨周翰：《十七世纪英国文学》，北京大学出版社，1985 年，第 124 页。
③ 〔德〕莱辛：《拉奥孔》，朱光潜译，人民文学出版社，1981 年，第 69 页。

者来说，在驻足观看时却往往难于在想象中不断呈现出与之相关联的多幅画面，因为，这一幅画已经足够吸引欣赏者的注意了。欣赏者更多的会在一幅画前从画面各个部分的相互关联去细细体味其美和画面叙事呈现的意义。抒情诗则不仅在阅读中也在回想中激发起读者丰富的想象，在回想中将诗歌中的意象不断关联起来，形成一幅动态的空间意象画面，而且在不同的读者中往往可以激发起不同的想象，实现有所不同的空间意象叙事。郑板桥（郑燮）亦画亦诗，尤喜画兰竹，同时喜好画中题诗，他题画而作的七绝《竹石》是其中最为有名的：

咬定青山不放松，立根原在破岩中。
千磨万击还坚劲，任尔东西南北风。①

我们且看郑板桥该画作：

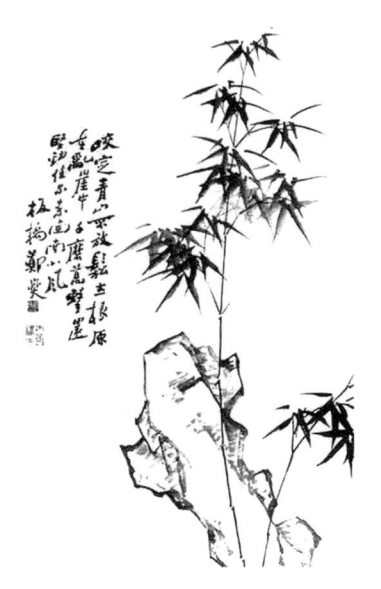

《郑燮竹石图轴》，纸本，设色，130.5cm×71.5cm

---

① （清）郑燮:《竹石》，载林庚、冯沅君主编:《中国历代诗歌选》下编（二），人民文学出版社，1979年，第976页。

面对这一画面,欣赏者自然可以在睹画吟诗的同时,感受诗画相谐,从而在脑海中浮现出多个丰富的意象,并借助于画本身,形成一个与画相关联又借诗而拓展的意味深长的总体意象。然而,如前所述,诗与画毕竟有所不同,"有一些美是由诗随呼随来的而却不是画所能达到的;诗往往有很好的理由把非图画性的美看得比图画性的美更重要"[①],而诗歌中那种"由诗随呼随来"的美往往可以透过丰富的想象而表现得更为广泛灵动。因而,如果抛开画,将其中的题诗作为独立的抒情诗来吟诵,运用想象作为人们"追忆形象的机能"[②],便可以在脑海中构筑起这些空间意象的画面,这样一来,诗所展现的空间意象叙事可以具有更为广大的空间,形成为具有丰富意蕴的动态的空间意象叙事的图景,从而引起欣赏者更为丰富的遐想。

抒情诗的空间意象叙事必定要透过意象的空间呈现展示出来,在透过意象对抒情诗的空间叙事进行分析之后,我们可以转入对抒情诗所具体展现的空间呈现进行探讨,以了解空间呈现的主要方式及其意义。

第三节 抒情诗的空间呈现

空间叙事必定要表现为空间呈现。这种空间呈现是凭经验可以感知的。美籍华裔学者段义孚在《空间与地方:经验的视角》一书中认为,空间位于经验的连续统一体的概念端,他认为存在三种基本类型的空间,即"神话空间(mythical space)、实用空间(pragmatic space)、抽象空间(abstract space)或理论空间(theoretical space)",而在这三种空间中,"存在大量的交叠"[③]。在文学艺术作品中,这样的空间呈现同样可以凭经验感知。当然,

---

① 〔德〕莱辛:《拉奥孔》,朱光潜译,人民文学出版社,1981年,第51页。
② 〔法〕狄德罗:《论戏剧艺术》,《文艺理论译丛》1958年第1期。
③ 〔美〕段义孚:《空间与地方:经验的视角》,王志标译,中国人民大学出版社,2017年,第13页。

在不同的文学艺术作品中，感知的强度会有所差别。

在文学艺术实践中，我们可以看到，不同类型的文学艺术作品，会显现出各自艺术表现的独到之处，或者说在艺术表现上各具其长短。前述查特曼在谈到文字叙事与电影叙事对于时间和空间的表现时曾说："文字叙事更易于表达时间概要的叙事内容，而电影叙事则更易于显示空间关系。"[①] 作为同样以文字为媒介的文学作品，其中的不同文类也会各显其独到之处。可以这样说，叙事文本比抒情文本更易于表现各种复杂的时间关系，而抒情文本比叙事文本更易于在极为凝练的诗句中显示出空间关系，尤其是空间意象关系。之所以这样说，有一个重要原因，那就是叙事文本，尤其是传统的叙事文本，多以讲述由行为者所引起和经历的一连串事件的发展变化为其核心关注，对这些事件在时间中呈现的种种变化极为敏感；而抒情文本以情感抒发为要，并不注重呈现，也没有可能呈现一系列处于变化中的诸般事件，这样的情感抒发往往表现出更多的即时性、跳跃性，显现出更多的空间意味，凸显出更多空间叙事的特征。因而，抒情诗经由空间关系所表现的空间叙事及其所呈现的形式本身便提供了深入挖掘其空间呈现的可能，展现出潜在的富于意义的前景。

抒情诗空间叙事呈现的各种表现形式，以及这些表现形式如何展现抒情诗的叙事动力，促成抒情人的情感表达，值得引起我们的关注。在抒情诗中，空间关系和空间叙事的所有表现形式，都与引发这一切的抒情人紧密联系在一起，不可分离，也无法分离。只有在这一基础上，才可以较为明晰地分析抒情诗的空间关系和空间叙事的表现形式。

抒情诗空间呈现的形式多种多样，其中尤为突出的是抒情文本透过抒情人所展现的地理空间呈现、心理空间呈现、图像空间呈现以及历史空间呈现。这四类空间呈现的方式在抒情文本中或单独出现，或交叉出现，或重叠出现，在抒情文本的空间呈现中占据了主导地位。这些不同的空间呈现各有其构成特征，在抒情文本中形成各有所不同的叙事动力，推动抒情人的情感

[①] Seymour Chatman, *Story and Discourse: Narrative Structure in Fiction and Film*. Ithaca: Cornell University Press, 1989, p. 25.

表达与交流，实现抒情诗的情感叙事。下面将对此分别进行阐述。

一、地理空间呈现

在抒情诗空间叙事的各种表现形式中，透过地理空间的呈现所做的空间叙事可以说是最易观察到的，也是在抒情诗中很早便表现出来的。人类社会在有了交往之后便意识到，人们各居其所，各享其地，地理上或远或近的空间间隔形成为相互之间有形的距离，而这一距离也恰恰形成为人们相互关注的根源；或从另一方面来说，形成为争斗中抵御敌方或远或近的壕沟，而对于征服者来说，它又成为必须被克服被跨越的障碍。因而，自古以来，空间在人们生活中的意义及其所引起的关注不言自明，表现在文学艺术作品中的意义及关注也同样如此。瓦尔特·本雅明在《讲故事的人》一文中曾追溯从当代叙事至古老的讲故事的各种方式，他将早期的"无名讲故事人"的讲述分为两类，这两类形式的本质定义便是基于讲故事者与空间的关系而确定的。在这两种古老的形式中，一种是由"泛海通商的水手"讲的故事，按德国俗谚所说："远行人必有故事可讲。"另一种则"现形为在农田上安居耕种的农夫"讲的故事，他"谙熟本土的掌故和传统"。① 这样的空间区分源自古代作品，包括口述作品的实践中，它最易于被感受到，也最易于表现在古老的故事讲述中。在人类社会最早出现的艺术形式之一的诗歌，包括抒情诗歌中，本雅明所提出的这一区分也同样显现出来。这样的空间距离所产生的差别同样会表现在诗歌中，表现在抒情人的叙说与情感的抒发中。当然，由于不同的地理文化传统，它在不同的地域与文化中可能会出现不同的表现。

需要注意的是，对诗歌中地理空间的关注，不能完全从纯粹的地理意义上去考虑。不论何时，当地理空间被表现在诗歌中时，这一被想象力所把握的空间，如巴什拉所言，已经"不再是那个在测量工作和几何学思维支配下的冷漠无情的空间。它是被人所体验的空间。它不是从实证的角度被体验，

---

① 见〔德〕瓦尔特·本雅明：《讲故事的人》，王斑译，载〔美〕汉娜·阿伦特编：《启迪：本雅明文选》，张旭东、王斑译，生活·读书·新知三联书店，2014年，第96页。

而是在想象力的全部特殊性中被体验。特别是，它几乎时时吸引着人"①。换句话说，在这样的地理空间中，已经附着了大量超越纯粹地理空间的人文信息。在这种情况下，"地理并非惰性的容器，不是一个文化历史'发生'于其中的盒子；它是一股积极的力量，弥漫于文学领域之中，并深刻地影响着它"②。显然，这样的地理空间，是一个融人文气息于一体的空间，是一个积极的、能动的、与作品整体融而为一的空间。可以想见，这样充满人性意味、能动的、牢牢地吸引着人的地理空间，伴随着人们对它的存在的感知和关注而在大量的诗歌中呈现出来。

自古以来，地理空间形成的各种各样的阻隔无疑是人们最易感知到的，它也最常催生抒情诗歌的情感表达，并成为种种情感产生与呈现的重要来源之一。在交通不畅、山高路远，空间上的地理阻隔远大于今天的古代，由这样的地理阻隔而产生的展现抒情人各种内心情感的诗歌不胜枚举。且看宋代李之仪的《卜算子》：

> 我住长江头，君住长江尾。日日思君不见君，共饮长江水。
> 此水几时休，此恨何时已。只愿君心似我心，定不负相思意。③

这里的空间距离之大远非前述《诗经》中的《河广》可比。一对情人或一对夫妇，分居于长江首尾，阔大无边的地理空间距离造成相爱之人无限的相思之苦，而共饮一江之水却长久不得见，更加深了这一思念之苦。在这一辽阔的地理空间之下所展现的抒情人的情感指向，不仅表达了一种缘辽阔的空间阻隔而产生的浓浓的相思意，也明确表达了一种空间无边而有情人却心心相印的强烈意愿，使空间的遥远和两颗心的邻近形成强烈对照。相距的地理空间虽然遥远，但仍由一江之水而连接起来，只要两颗心紧贴在一起，便能超

---

① 〔法〕加斯东·巴什拉：《空间的诗学》，张逸婧译，上海译文出版社，2009年，第23页。
② 〔美〕苏珊·斯坦福·弗里德曼：《空间诗学与阿兰达蒂-洛伊的〈微物之神〉》，宁一中译，载〔美〕詹姆斯·费伦、彼得·J.拉比诺维茨主编：《当代叙事理论指南》，申丹、马海良、宁一中等译，北京大学出版社，2007年，第209页。
③ （宋）李之仪：《卜算子》，载胡云翼选注：《宋词选》，上海古籍出版社，1978年，第121页。

越辽阔无边的地理空间,两情相悦,与天地同心。再看周邦彦的《苏幕遮》:

> 燎沉香,消溽暑。鸟雀呼晴,侵晓窥檐语。叶上初阳干宿雨,水面清圆,一一风荷举。　　故乡遥,何日去?家住吴门,久作长安旅。五月渔郎相忆否?小楫轻舟,梦入芙蓉浦。①

这是一首思乡之作。遥远的故乡,远离已久。何日得以归去,抒情人自己也不知道,只有寄情于梦中,借着小楫轻舟,归梦故乡。这首词的上半阕展现的是鸟雀呼晴、雨后风荷的情景;下半阕的后三句,与前面相呼应,描绘了再次梦入芙蓉浦即荷花浦的情景。这种情景显然是典型的江南景致,它使家住"吴门"(苏州)而久作长安旅(以汉唐京城长安代指宋京汴京)的抒情人想望不已。在这首词中,对于故乡景致如画般的描绘呈现出一个个我们后面将要探讨的图像空间,它交汇呈现出诗歌的地理空间与图像空间。二者融为一体,难分难舍。不同的空间呈现出现在同一首抒情诗中的情况,在抒情诗歌中十分常见。

在抒情诗中,透过地理空间所呈现的情感抒发与叙说可谓多种多样,异彩纷呈,难以一一枚举。英国17世纪玄学派诗人约翰·但恩《变换》中的诗句,在辽阔的地理空间之下呈现出一种大气磅礴的气势,表现出海纳百川的胸怀:"尽管多瑙河必须向大海中奔流,/海也把莱茵、伏尔加和波河接受。"② 而王维的《送元二使安西》又是另一幅景象,它是抒情诗中常见的送别之作:

> 渭城朝雨浥轻尘,客舍青青柳色新。
> 劝君更尽一杯酒,西出阳关无故人。③

---

① (宋)周邦彦:《苏幕遮》,载胡云翼选注:《宋词选》,上海古籍出版社,1978年,第131页。
② 〔英〕约翰·但恩:《变换》,载《约翰·但恩诗集》,傅浩译,上海译文出版社,2016年,第8页。
③ (唐)王维:《送元二使安西》,载张勇编著:《王维诗全集》,崇文书局,2017年,第420页。

连同标题在内，诗中出现了三处地名：安西、渭城、阳关，分别是使者将要出使之地，目下送别之地，以及途中必经之地。安西，为唐时安西都护府治所，在今新疆库车附近；渭城，即秦时之咸阳，自汉以来改称渭城，在今西安市西北之渭水北；阳关，为古时出塞必经之要道，故址在今甘肃敦煌西南。三处明确的地理空间标识，与诗歌标题和诗句一起，表明了抒情人借以显示的浓重的送别之情。为国出使边地，自应勉励送行，以壮行色。然而，友人赴任之地如此遥远，让人感到如此生疏，阳关之外便再无故人，遑论安西。诗中虽无片言只语道及，然而其中抒情人油然而生的惆怅之情读者仍可明显地感知到。

杜牧的七绝《过华清宫绝句》则表露出抒情人的另一种情感：

<blockquote>
长安回望绣成堆，山顶千门次第开。
一骑红尘妃子笑，无人知是荔枝来。①
</blockquote>

诗的标题标明了"华清宫"这一宫殿之名，诗歌中也显现出"长安"之地名，一眼便可知所咏之地、所叹之人。《新唐书·杨贵妃传》记载道："妃嗜荔支，必欲生致之，乃置骑传送，走数千里，味未变已至京师。"②从诗歌的后二句可确知，能使"六宫粉黛无颜色"（白居易《长恨歌》）的杨贵妃露出笑脸，盖因数千里之外"荔枝来"。对于这一极尽奢靡之举，抒情人无一指责之词，只有冷峻之中对唐玄宗、杨贵妃游乐之地骊山和华清宫的一一描述，以及对千里之外一骑绝尘传送的荔枝到来的叙说。然而，正是从对地理空间如此遥远的岭南荔枝来的冷峻叙说与平淡描述中，让人更可体会到抒情人隐藏在内心的无言的感叹与无奈，从而越发促人深思。

在毛泽东的诗词中，许多都与地理空间叙事相关联，这与诗人透过诗歌展现所经历的不凡历程密切相关。这样的地理空间自然而然地散落于诗歌

---

① （唐）杜牧：《过华清宫绝句·一》，载中国社会科学院文学研究所编：《唐诗选》下，人民文学出版社，1978年，第219页。

② （宋）欧阳修、宋祁撰：《新唐书》，中华书局，2011年，第3494页。

中，构成一种清晰的空间关系，透过一处处明确的地理标识显现出抒情人的经历，而抒情人的情感也蕴含其中，借由二者的结合而产生了不同一般的叙事动力，如《七律·长征》：

> 红军不怕远征难，万水千山只等闲。
> 五岭逶迤腾细浪，乌蒙磅礴走泥丸。
> 金沙水拍云崖暖，大渡桥横铁索寒。
> 更喜岷山千里雪，三军过后尽开颜。①

长征，所跨越的是辽阔的地域，所经历的是难以胜数的千难万险。在一首短短的抒情诗中要呈现这样的壮举，诗人采用的是凸显所经历的历程中最有代表性也最为艰险的地理行程，突出其地理空间。与此同时，所呈现的这一地理空间在时间上又与红军长征所行经的时间历程大体吻合。这样一来，诗歌就形成了如巴赫金所称的艺术中的"时空体"，这一时空体强调了空间和时间的不可分隔："时间在这里浓缩、凝聚，变成艺术上可见的东西；空间则趋向紧张，被卷入时间、情节、历史的运动之中。"② 巴赫金所谈的时空体主要是就小说这类叙事虚构作品而言的，但它对于抒情诗歌同样也适用。不仅适用，甚至因为抒情诗篇幅的短小，诗行在语言上的反复锤炼，更将时间与空间的浓缩、凝聚推向极致，从而在一种精致的艺术时空体中显现出更强的叙事动力。在毛泽东其他一些展现地理空间的诗词中，也同样可以感受到这样的艺术时空体的存在，感受到这一艺术时空体所产生的力量，如《如梦令·元旦》："宁化、清流、归化，路隘林深苔滑。今日向何方，直指武夷山下。山下山下，风展红旗如画。"③ 如《清平乐·蒋桂战争》："红旗跃过汀江，直下龙岩上杭。收拾金瓯一片，分田分地真忙"，等等。

空间作为变化的场所，能让我们将现实理解为是"一个有关变化的地理

---

① 毛泽东：《七律·长征》，载周振甫：《毛泽东诗词欣赏》，中华书局，2010年，第66页。
② 〔俄〕巴赫金：《小说的时间形式和时空体形式——历史诗学概述》，白春仁译，载〔俄〕巴赫金：《小说理论》，白春仁、晓河译，河北教育出版社，1998年，第274—275页。
③ 毛泽东：《如梦令·元旦》，载周振甫：《毛泽东诗词欣赏》，中华书局，2010年，第30页。

问题","一个将空间时间化和将时间空间化的问题"①。在毛泽东上述涉及地理空间和空间变化的诗歌中，可以明显地看到其中所呈现的"空间时间化"。抒情文本中众多的地理空间按照所经历行程的时间先后一字排开，抒情人情感的抒发伴随地理空间的展现与变化而来，使诗歌显示出一种强有力的、历史的、线性的叙事力量。这样的空间时间化，可以使人们对抒情文本中"构成成分的空间与时间是怎样互相作用的有一个新的认识"②，从而从不同的角度丰富对抒情诗歌的理解与欣赏。

地理空间明显地呈现在具有地名标识的抒情诗中，这在上面所列举的抒情诗中均有所展示。然而，地名标识不应看作地理空间呈现的必要条件。在许多抒情诗中，并未出现具体的地理名称，但是，人们从诗歌本身依然可以明显感受到其中的空间呈现。透过这样的地理空间，同样可以挖掘其中蕴含的情感与叙事力量，与标识具体地名的空间呈现相比毫不逊色。试看杜甫的《春望》：

> 国破山河在，城春草木深。
> 感时花溅泪，恨别鸟惊心。
> 烽火连三月，家书抵万金。
> 白头搔更短，浑欲不胜簪。③

包括标题在内，这首诗歌没有一处呈现出具体的地名。但是，诗歌中的地理空间仍然可以清晰地被感知到。从"恨别"，尤其是"烽火连三月，家书抵万金"这样的诗句中，可以得知这是一位因战乱羁旅在外的诗人所发出的感叹。因战乱而起的情境的巨大变化，引发了抒情人心境的巨大变化，以至于

---

① 见〔美〕苏珊·斯坦福·弗里德曼：《空间诗学与阿兰达蒂-洛伊的〈微物之神〉》，宁一中译，载〔美〕詹姆斯·费伦、彼得·J.拉比诺维茨主编：《当代叙事理论指南》，申丹、马海良、宁一中等译，北京大学出版社，2007年，第210页。
② 同上。
③ （唐）杜甫：《春望》，载中国社会科学院文学研究所编：《唐诗选》上，人民文学出版社，1978年，第241页。

见花而溅泪，或者说觉得花也在溅泪，而悦耳的鸟鸣也引人惊心。连天烽火，使抒情人对家和家人无比担忧、无比思念。此时，薄薄的一纸家书远胜"万金"。家，本身就是一个地理空间存在，同时也是安身立命之所。离乱中与家在地理空间上的隔绝，是引发抒情人种种情感变化的根源。在中国的文化传统中，家与国历来是紧密联系在一起的，因而，抒情人的感慨也并不只限于"家"，而是延伸至"国"。

前面提及本雅明将古老的故事区分为来自远方的水手和未出远门的耕者所讲的故事，强调了居家者讲述故事与来自远方的远行者讲述故事的不同，在对这二者的区分中，本雅明实际上意识到了家的重要性。巴什拉在《空间的诗学》中曾经特别谈到诗歌中所表现的家宅，实际上也就是家所具有的独特力量："家宅是我们在世界中的一角"，"家宅庇佑着梦想，家宅保护着梦想者，家宅让我们能够在安详中做梦"，而"没有家宅，人就成了流离失所的存在"①。在抒情诗中，对家宅的表现，以及对由家宅扩展而来的家国的表现，都是引人瞩目的。可以说，在抒情诗歌的地理空间呈现中，家或家宅作为地理空间的一个重要基点，贯通与延伸了远为广大的地理空间，促发了抒情人种种挥之不去的情感。上述杜甫的《春望》是如此，古罗马维吉尔《牧歌》的第一首也是如此。维吉尔这首抒情诗借两个牧人的对话，叙说了因为战争，自己的土地被掠夺，"异族人将占有我们的果实"，而自己将要"离开故乡和可爱的田园"，"逃亡他国"。在尚未离开之前，抒情人便痛苦地想望着何时才能回归故乡：

现在我们有些要去干渴的非洲北岸，
有些要去粟特，到冲撞着砾石的乌浒水。
有的要去不列颠岛，到那天涯海尾。
啊，在什么辽远的将来才能回到故乡，
再看见茅草堆在我村舍的屋顶上，

---

① 〔法〕加斯东·巴什拉：《空间的诗学》，张逸婧译，上海译文出版社，2009 年，第 2、4—5 页。

再来欣赏我的小小收成，自己的王国？①

这种因战争而造成的颠沛流离、无家可归的状况，以及由此而产生的对家的无限眷恋与向往，在世界不同国家不同时代的抒情诗中都有表现。

在对家的表现中，可以叙说家宅的美好，家的无限温暖，家给人的力量，而在抒情诗中出现得更多的往往是对家的怀念。正是在这种对家的怀念中呈现出明显的地理空间叙事，这类地理空间叙事最能引起读者的共鸣。前面论及的周邦彦的《苏幕遮》、杜甫的《春望》和维吉尔的《牧歌》都具有这方面的意义，这类诗歌在中外抒情诗中不在少数。在这类诗歌中，对失去的家的怀念，对地理空间上无法归去的家的眷恋尤为触动人心。这类诗歌往往表达出一种发自内心、痛彻心扉的情感。一曲《松花江上》，不知激荡过多少中国人，尤其是东北人的心。南唐后主李煜在国破之后羁旅汴京时写的诸多诗词，充满了对无法归去的家国的强烈怀念，令人情动不已，比如其中的《子夜歌》：

人生愁恨何能免？销魂独我情何限！故国梦重归，觉来双泪垂！　高楼谁与上？长记秋晴望。往事已成空，还如一梦中。②

在中国传统文化中，家、国几为一体。作为南唐后主，家与国更是二者合一，这在李煜的许多诗词中都有明显表现，如"四十年来家国，三千里地山河"（《破阵子》）；"无限关山，别时容易见时难"（《浪淘沙令》）；"小楼昨夜又东风，故国不堪回首月明中"（《虞美人》），等等。李煜被虏入宋之后，羁縻于汴京。对于诗人来说，汴京与南唐曾经的国都金陵，不仅地理上相距遥远，而且万无归去之可能。因而，对家与国的思念，只能是在梦中，"故国梦重归"，"还如一梦中"。如巴什拉所言，"家宅是一种强大的融合力量，

---

① 〔古罗马〕维吉尔：《牧歌》，杨宪益译，上海人民出版社，2009年，第15页。
② （南唐）李煜：《子夜歌》，载詹安泰编注：《李璟李煜词》，人民文学出版社，1982年，第70页。

把人的思想、回忆和梦融合在一起。在这一融合中，联系的原则是梦想"①。对于抒情人来说，梦想"重归"或者说"返回"是最大的渴求，"返回这一符号标志着无穷无尽的梦想，因为人的返回建立在人类生命的宏大节奏上，这一节奏跨越数年之久，用做梦来克服所有的缺失"②。然而，这样的缺失未必完全能够在梦想中弥补。日思夜想的家与国既可庇佑梦想、保护梦想，让人在安详中做梦，却也可以使人噩梦连连，或者梦想成空，让人倍感悲伤，"觉来双泪垂"。在李煜的诗词中，更多的无疑是后者。

家与国，在一个人的生活中，须臾不可分离，如果一个人丧失了以家为基点的地理空间，或者有家也不能归而造成地理空间的分离，那么，这样的地理空间的丧失或分离，会让人痛不欲生，当它在抒情诗歌的地理空间叙事与情感抒发中获得表现时，会显得格外引人情动。"对外部世界的回忆永远不会有和对家宅的回忆一样的音调"③，这样的音调会产生不同一般的叙事力量和情感力量，会长久地打动人们的心扉。

从以上分析可以看出，地理空间本身是激发抒情人情感的源泉。透过对地理空间的表现，可以寄托抒情人的种种情感。当我们将关注的目光投向抒情诗呈现的各种各样的地理空间时，可以使我们循着地理空间的展现，看到由这样的地理空间所衍生的抒情诗的意蕴、抒情人寄寓其中的情感，并往往可以激起读者感同身受的共鸣。

二、心理空间呈现

在对抒情诗呈现的地理空间进行探讨之后，我们转向抒情诗的另一种空间呈现：心理空间呈现。心理空间，无疑是与抒情人本身联系得更为密切的空间呈现，然而，在抒情诗空间叙事与空间关系的研究中，对抒情诗心理空间的探讨极少涉及。

这里，在对抒情诗的心理空间进行探讨之前，首先有必要对"心理空

---

① 〔法〕加斯东·巴什拉：《空间的诗学》，张逸婧译，上海译文出版社，2009年，第5页。
② 同上书，第107页。
③ 同上书，第4页。

间"这一概念作一说明。前面曾经提到，心理空间（mental space）的概念最早出自语言学家法康尼尔。法康尼尔这一理论概念的建构是相对于真实条件下的可能世界而提出的。在法康尼尔看来，"心理空间与可能世界之间的主要区别在于，心理空间并不包含现实或实体的一个如实再现，而是一个理想化的认知模式"①。包括法康尼尔在内的一些学者将心理空间以及相关概念整合发展成了话语管理（discourse management）的一个综合性的认知理论。在话语理解过程中，大脑会激活关于人、事物和事件的各种语言和非语言的知识框架，并存储于工作记忆中。法康尼尔便将这些储存在思维中暂时的、在线的话语信息的集合称为心理空间。②对于认知研究，尤其是认知语言学的探讨，心理空间及其建构是富于意义的。

在对抒情诗空间呈现的研究中，引入心理空间这一概念很有价值。它对于理解抒情诗的空间呈现，和这一空间呈现与所对应的外部世界的关系，以及透过特定的心理空间呈现而理解抒情人的情感、意识、对外部世界的感知和认识，从而更好地理解诗歌中的抒情主体等都是十分有帮助的。

在对于世界的认识与感知中，作为认识与感知主体的人，与作为感知对象的客体即世界万事万物之间存在着一种能动关系，两者之间会产生某种双向互动。投射在人脑中或心中的世界万物可以如照相般准确，如绘画般精致，但也可以出现种种变化，甚至发生变形。这样一来，表现在文学艺术作品中的世界万事万物也就会出现种种不同的状况，这种不同状况可以由多种原因而产生。贡布里希在谈到绘画时曾这样说："我们对于事物的感情的确影响我们对它们的看法，甚至还影响留在我们记忆中的形状，这是毫无渲染的事实。想必人人都有体会，以我们高兴时和伤心时相比，同一个地方看起来可能迥然不同。"③这种人们在日常生活中可能累有感受的状况，对于感知敏锐的文学家、艺术家和诗人来说自然更为明显。我们可以从大量的创作实

---

① Gilles Fauconnier, *Mental Spaces: Aspects of Meaning Construction in Natural Languages*. 2 Edition. Cambridge: Cambridge University Press, 1994, p. 240.
② 参见张辉、杨波：《心理空间与概念整合：理论发展及其应用》，《解放军外国语学院学报》2008年第1期。
③ 〔英〕贡布里希：《艺术的故事》，范景中译，广西美术出版社，2008年，第564页。

践与文艺作品中看到存在的许多例证。

挪威画家爱德华·蒙克 1895 年创作的名为《尖叫》(The scream)的著名石版画,为人们所熟知。

蒙克:《尖叫》,1895 年,石版画,35.5cm×25.4cm

在这幅画中,那个高声尖叫的人的面孔实际上已经完全变形。而且,所有线条似乎都趋向这一变形的、高声呼喊的人的头部,"看起来仿佛全部景色都分担着那一尖叫的痛苦和刺激","那双凝视的眼睛和凹陷的面颊使人想起象征死亡的骷髅头"[1]。就这幅石版画而言,可以肯定地说,外部世界在画家大脑中激活的远不是一个真实的尖叫的人的呼喊,这一景象在画家大脑中呈现的心理空间中可以说是与外部世界异样的、不一般的景象。贡布里希认为,在蒙克的《尖叫》中,"这里必定发生了什么可怕的事情,但因为我们永远不知道那尖叫意味着什么,这幅版画就更加使人不安"[2]。透过画面展现的异样

---

[1] 〔英〕贡布里希:《艺术的故事》,范景中译,广西美术出版社,2008 年,第 564 页。
[2] 同上。

的心理空间,自然也可以回溯展开对艺术家心理空间的探讨,但这并不总是可能的。对于艺术作品而言,其本身便可以是一切,或许正如我们在蒙克的《尖叫》中"永远不知道那尖叫意味着什么"一样,这恰恰可以使我们产生更为丰富的联想和想象,使我们得以从种种不同角度去欣赏一件已然定格的作品,并从中得出自己个人的看法。艺术中出现的诸如此类的变化或变形在诗歌中同样不难发现。看看波德莱尔《恶之华》(《恶之花》)中的《信天翁》:

> 经常地,为寻开心,水手们
> 捉住巨大海鸟——信天翁,
> 这类懒散的旅伴,尾随
> 航行于辛酸深渊上的船只。
>
> 水手们一把它们放在甲板上,
> 这些苍天王者,笨拙且羞愧,
> 哀怜地垂下洁白的庞然羽翼
> 宛若散放水手身边的桨楫。
>
> 这插翅的旅客,如此笨拙虚弱!
> 它,往昔何其优美,而今滑稽难看!
> 一位水手用短管烟斗逗弄它的尖喙,
> 另一位瘸腿般模仿这位飞翔的残废者!
>
> "诗人"恰似这位云中君
> 出入风暴中且傲笑弋者;
> 一旦坠入笑骂由人的尘寰,
> 巨人般的羽翼却妨碍行走。[①]

---

① 〔法〕波德莱尔:《信天翁》,载波德莱尔原著:《〈恶之华〉译析》,莫渝译析,花城出版社,1992年,第11—12页。

出现在波德莱尔诗中的信天翁，显然不是人们日常所见或心目中翱翔在天际的信天翁。与人们心目中翱翔于天际并几乎永远醒着的威武的信天翁相比，诗歌中笨拙、羞愧、虚弱、滑稽、难看的信天翁发生了巨大的变形。而这种变形的出现是与诗人自身的心理感受联系在一起的，在这首诗的第四段或许就透露了这一变形的原因，那就是"'诗人'恰似这位云中君"，诗人的心境或所遭遇的境况或许与陷入绝境中的信天翁相若。从这首诗被列为《恶之花》中"忧郁与理想（续）"这一组诗的头一首可见端倪。在这首诗歌的创作中，激活诗人关于这一特定对象的知识框架并留存在诗人工作记忆中的心理空间具有某种特定的指向。诗人以话语的形式，透过诗歌中的抒情人将这一独特的心理空间呈现在诗歌文本中。在我们最终所读到的诗歌中，在抒情文本中所呈现的心理空间可以说映射出诗人的心理空间。而在许多抒情诗中，我们不见得能够如在《信天翁》中那样，看出由抒情人直接叙说的二者之间相类似的同质状况，一如蒙克的版画《尖叫》中所表现的情况那样。而在后者这样的情况下，反过来又为观众、读者、欣赏者留下了更大、更为开放的空间，留待他们透过自己的想象去加以填补。

心理空间的建构与心理空间的映现是意义建构的两个主要过程。① 这两个过程既相互关联又是独立的。这就意味着，就文学艺术而言，心理空间既可以作为文学艺术家创作过程中对外部世界的感受和由此产生的内心世界的种种心理变化而探讨，也可作为最终表现在作品中，作为文学艺术作品的心理空间呈现而探讨。换句话说，它关涉文学艺术创作时心理空间的建构与文学艺术作品最终呈现而表现的心理空间的映现。在蒙克的《尖叫》，尤其是波德莱尔的《信天翁》中，我们可以很好地看出心理空间建构与映现的过程。

在明显呈现出心理空间的抒情诗歌中，在透过"理想化的认知模式"展现的咏颂对象中，人们或多或少都可以感受到隐藏在诗歌文本话语中的抒情人的心理世界。在中国诗歌"兴观群怨"的古老传统中，"诗言其志也"（《礼

---

① See Vyvyan Evans, Melanie Green, *Cognitive Linguistics: An Introduction*. Edinburgh: Edinburgh University Press, 2006, p. 394.

记·乐记》）可说是历代诗人的普遍共识。尤其是关于"兴","前人普遍认为是抒情文学中最有力的表现方法"[1]。贾岛有言："兴者，情也。谓外感于物，内动于情，情不可遏，故曰兴。"[2] 梅尧臣的几句诗可看作是对此一个很好的注解："因事有所激，因物兴以通"；"愤世嫉邪意，寄在草木虫"。[3] 借物咏志的抒情诗在中国古典诗歌中俯拾皆是，理想化的"草木虫"被赋予了不同一般的意义。其中，经冬不衰的松竹梅向为历代诗人所喜好，频频出现在抒情诗中。比如，梅花在陆游的诗词中便极为常见，《卜算子·咏梅》是其中很有代表性的一首：

驿外断桥边，寂寞开无主。已是黄昏独自愁，更著风和雨。
无意苦争春，一任群芳妒。零落成泥碾作尘，只有香如故。[4]

这一抒情文本透过对梅的咏叹，呈现出一幅抒情人心理空间的形象画面。这一形象画面显然不是对于梅花这一对象的如实再现，而是一个理想化的认知模式下展现的有所变形的梅花，呈现出一个将梅花人化的心理空间画面。抒情人将自身的情感和体验融入梅花中，以梅花自况。从而，梅花被赋予了生命，人与自然融为一体。在这种情况下，"情感的激荡给它所面对的物境无不注入情感的色彩，成为跳跃的生命"[5]。陆游的这首词出现在他政治上屡遭打击而依然不改初衷，不愿和主和派沆瀣一气之时。诗人以严冬之下盛开的梅花表露出一种高洁与孤傲，同时又多少带有一种无奈之中的孤芳自赏。在文本心理空间的呈现中，抒情人的形象与梅花的形象融而为一，难分难解。陆游的咏梅诗不少，大都蕴含诗人的寄托之意，如"雪虐风饕愈凛

---

[1] 王文生：《论情境》，上海文艺出版社，2001年，第172页。
[2] （唐）贾岛：《二南密旨》，学海类编本。
[3] （宋）梅尧臣：《答韩三子华韩五持国韩六玉汝见赠述诗》，载郭绍虞主编：《中国历代文论选》第二册，上海古籍出版社，1979年，第237页。
[4] （宋）陆游：《卜算子·咏梅》，载胡云翼选注：《宋词选》，上海古籍出版社，1978年，第254—255页。
[5] 王文生：《论情境》，上海文艺出版社，2001年，第178页。

然,花中气节最高坚"(《落梅》);"高标逸韵君知否?正在层冰积雪时"(《梅花绝句(之二)》);"数苞冷蕊愁浑破,一寸残枝梦亦香"(《东园观梅》)。诗人甚至期望自己化作梅花,永与梅花同在:"闻道梅花坼晓风,雪堆遍满四山中。何方可化身千亿,一树梅花一放翁。"[①] 在所有这些诗行中,都包含着诗人理想化的认知,这一理想化认知的心理空间透过抒情人在抒情文本话语中映现出来,从而展现出抒情文本的心理空间图景。

  抒情诗心理空间呈现的范围极为广泛,在展现抒情人内心情感的诗篇中可以有多种多样的表现。它往往在丰富的想象中,激活起抒情人内心深厚的情感,定格在抒情诗心理空间的呈现中。裴多菲 1847 年 6 月的前十日创作的《我愿是一条急流》,是一首著名的爱情诗,其中心理空间的呈现显得极为形象而巧妙,可说达到了极致。这首抒情诗是诗人写给他倾心的恋人森德莱·尤丽亚的,无疑倾注了诗人发自内心的全部情感:

    我愿是一条急流,
    是山间的小河,
    穿过崎岖的道路,
    从山岩中间滚过……
    只要我的爱人
    是一条小鱼,
    在我的浪花中间,
    愉快地游来游去。

    我愿是一座荒林,
    坐落在河流两岸;
    我高声呼叫着,
    同暴风雨作战……
    只要我的爱人

[①] (宋)陆游:《梅花绝句》,载邹志方选注:《陆游诗词选》,中华书局,2009 年,第 158 页。

是一只小鸟,
停在枝头上啼叫,
在我的怀里作巢。

我愿是城堡的废墟,
耸立在高山之巅,
即使被轻易毁灭,
我也并不懊丧……
只要我的爱人
是一根常春藤,
绿色枝条恰是臂膀,
沿着我的前额上升。

我愿是一所小草棚,
在幽谷中隐藏,
饱受风雨的打击,
屋顶留下了创伤……
只要我的爱人
是我胸中的烈火,
在我的炉膛里,
愉快而缓慢地闪烁。

我愿是一块云朵,
是一面破碎的大旗,
在旷野的上空,
疲倦地飘来飘去,
只要我的爱人
是黄昏的太阳,
照射我苍白的脸,

射出红色的光焰。①

抒情诗透过"我愿是……"而展现出抒情人丰富的想象,以及伴随这一想象出现的心理空间图景。抒情人愿意自己是急流、荒林、废墟、草棚、云朵、破旗,这些祈愿的对象相互之间毫无关联,随抒情人兴之所至,在广泛的心理空间中任意跳动,一一呈现出来。然而,依随这些不同对象而呈现的意象,却又是紧密地与自己的爱人联系在一起的。几个跳跃的、毫无内在关联而展示的心理空间意象,全都一致地指向"我的爱人"。因而,任意的、跳跃的、相互之间并无关联的空间意象图景连续展开,恰似一条红线,将这些散落在广阔心理空间中的意象图景贯穿在一起,以一种连续的、重复的、不断加强的空间意象图景,将情感步步推向高潮。

可以说,显示出明显心理空间的抒情诗歌与诗歌的抒情主体有着更为密切的关联。与前面所论及的地理空间和后面将要论及的图像空间相比,呈现明显心理空间的抒情诗与抒情主体的联系是最为密切的。尽管抒情诗是强烈情感的自然流露,无论什么样的抒情诗歌,都可以或多或少体验到其中抒情人的情感流露与表达,但是,呈现出明显心理空间的抒情诗,几乎是诗人透过抒情人将心理世界所做的一种最为形象的展现,这种映现在抒情文本中的心理空间,往往可以最好地展现诗人的内心世界,并使读者透过文本的心理空间展开与抒情人的广泛交流。

三、图像空间呈现

文学艺术之间,或者说文学种类与各种不同艺术门类之间,各自都有其界限,否则,形式多样的不同文学种类和各种独特的艺术形式就失去了区分与存在的基础。然而,这些界限又不是不可逾越的;不仅如此,它们相互之间往往还存在多种多样的联系。在中国文学艺术传统中,词与音乐的关系为人们所熟知。在中外文学艺术传统中,诗与画之间存在的密切关联也常被提

---

① 〔匈〕裴多菲:《我愿是一条急流》,兴万生译,载《裴多菲文集》第三卷,上海译文出版社,1996年,第154—156页。

及，两者常被视作一对"姊妹艺术"。苏轼在论及王维的诗画时所说的话人们耳熟能详："味摩诘之诗，诗中有画；观摩诘之画，画中有诗。"① 这应该是对诗画二者关系的一种合理阐释。莱辛在《拉奥孔》中也引述过希腊的伏尔太一句诗画之间"很漂亮的对比语"："画是一种无声的诗，而诗则是一种有声的画。"② 由此可见，自古中外对诗画之间的关联便有许多类似的看法。

当然，对包括诗与画在内的不同种类文艺作品之间的关系也存在着不同意见。赞成将语言纳入视觉这一传统的诗人、修辞学家在回答"我们怎样说我们看到的东西，我们怎么能使读者看到？"这一问题时，给出的答案是："我们建构一种'可视语言'，把视觉和声音、图像和言语结合起来"。而不赞同将语言纳入视觉传统的人则敦促人们尊重眼与耳、空间与时间、形象与词语等艺术之间的一般界限，并倾向于一种非视觉美学，认为"语言是唤起那不可见、不可图绘的本质的最好媒介"③。形成这两种不同看法缘自各有其侧重、各有其不同取向与视野。这里，在探讨抒情诗歌的图像空间时，所倾向的主要是前一种看法，这既是一种传统的，同时也是更有影响的看法，它对不同文学艺术之间的沟通应该更有助益，同时也与文学艺术创作与欣赏的实践更为契合。无论在文学艺术的跨学科研究中，还是在叙事学的跨文类研究中，这一跨越学科和文类的研究视野都更受研究者的关注。④

在考察抒情诗歌的图像空间时，需要注意它与图画或造型艺术的图像空

---

① （宋）苏轼：《书摩诘蓝田烟雨图》，载郭绍虞主编：《中国历代文论选》第二册，上海古籍出版社，1979年，第305页。
② 〔德〕莱辛：《拉奥孔》，朱光潜译，人民文学出版社，1981年，第2页。
③ 见〔美〕W. J. T. 米歇尔：《图像理论》，陈永国、胡文征译，北京大学出版社，2006年，第100页。
④ 实际上，这样的跨学科性与跨文类性可以找到许多理由。在这样的跨越与关联中，一些不同文学艺术作品之间的跨越与关联可能会发生某些变化，从与某一特定文艺类别的关联转为与另一类别的关联，比如，罗伊·帕克（Roy Park）就提到在西方19世纪文学艺术发展中所出现的这一转换："在知识史上，诗歌和绘画这对'姊妹艺术'在19世纪初经历了一次根本转化，其中，诗歌抛弃了与绘画的联合，在音乐中找到了新的类比。"（见〔美〕W. J. T. 米歇尔：《图像理论》，陈永国、胡文征译，北京大学出版社，2006年，第101页。）这实际上表明文学艺术间跨学科性与跨文类性的存在，以及其间不时发生的各种变化。

间的不同之处。莱辛在《拉奥孔》中打破了西方文艺思想中强调诗画一致的传统，转而探讨它们之间存在的差异。他认为："诗和画无论是从摹仿的对象来看，还是从摹仿的方式来看，却都有区别。"[①]并明确指出，他用"画"一词指的是"一般的造型艺术"，而"诗"一词"也多少考虑到其他艺术，只要它们的摹仿是承续性的"[②]。换句话说，莱辛所说的画是有形可见的摹仿对象形体的画，而诗则是摹仿具有"承续性"的，即表现具有连续的情节事件的叙事类作品，诸如史诗、悲剧或戏剧诗之类。正是从这一观念出发，他得出了这样的结论："把绘画的理想移植到诗里是错误的。绘画的理想是一种关于物体的理想，而诗的理想却必须是一种关于动作（或情节）的理想。"[③]这就是莱辛区分诗画的分界线，它成为莱辛探讨诗画之间差异的一个重要出发点。

　　这里所探讨的抒情诗的图像空间，显然不是指向有形可见的物体画面的图像空间，也不是以图像为主、文字为辅的绘本叙事中画面的图像空间，或者米克·巴尔在视觉叙事学名义下探讨的除语言文本（linguistic texts）之外的"电影及其他视觉形象"[④]中的图像空间，而恰恰是由诗歌文字所形成的"语言文本"的图像空间，是英国诗人与学者刘易斯所说的"文字组成的画面"这样的图像空间。确切地说，是由抒情诗歌语言文本所唤起或转换的、具有具象意义的图像空间。这样的图像空间，不是出自于视觉的直观感知，而是经由诗歌话语在人们的想象力中呈现出来的。庞德在给美国诗人威廉·卡洛斯·威廉斯的一封信中，把自己的"诗艺的最终成就"归结为四条，其中第一条便是"按照我所见的事物来描绘"[⑤]。证之庞德的抒情诗歌，其中所表现的视觉感与图像感确实极为强烈，似如其所见。然而，这种

---

① 〔德〕莱辛：《拉奥孔》，朱光潜译，人民文学出版社，1981年，第3页。
② 同上书，第4页。
③ 同上书，第177页。
④ 〔荷〕米克·巴尔：《叙述学：叙事理论导论》（第三版），谭君强译，北京师范大学出版社，2015年，第156页。
⑤ 〔英〕彼得·琼斯编：《意象派诗选·原编者导论》，裘小龙译，漓江出版社，1986年，第7页。

"见"并非视觉的直接感知,而是经由诗人的想象力所形成的形象描绘。确实,"一首诗的语言就是其思想的构形(constitutive)"①,这样的思想构形可以透过诗歌话语展现的图像空间而得以再现。

文学的创造、欣赏与理解离不开形象思维,离不开丰富的想象,这对于诗人和读者都是一致的。在抒情诗这样的语言媒介中出现的图像空间,在创造和接受、理解的两端都必须经由创造者和欣赏者的想象,经由思维的转换和联想,而不可能直接诉诸视觉感知。抒情诗中的图像空间,与美国学者米歇尔在《图像理论》一书中所说的大致相似:"我们在语言表达中发现的'图像',无论是形式的还是语义的,都不被直义地理解为图像或视觉景象。它们只是相像于真正的画或视觉形象——被双重稀释的'形象的形象'或……'超图像'。"②这样的图像空间以"可视语言"展现在诗歌文本之中——"诗中有画",它是诗歌文字形象转换的画面形象,即"形象的形象",如果需要转换的话,这样的图像空间也可经由画家之手作为图画而呈现出来;与此同时,抒情诗透过这样的图像空间展现出无穷的诗意——"画中有诗",这样的诗意难于透过单纯的静态画面而延展,却可以蕴含在富于意蕴的动态的图像空间中,这样的动态图像空间是由"可视语言"构成的。让我们看王维的诗《辛夷坞》:

> 木末芙蓉花,山中发红萼。
> 涧户寂无人,纷纷开且落。③

这首抒情诗在文字之间呈现出一幅绝美的图像空间。从题名《辛夷坞》可知,所咏为坞中所生长的辛夷。辛夷,一名"木笔",李时珍谓"辛夷紫苞红焰,亦有白色者,人呼为'玉兰'"。兼指木兰、玉兰,实际上应为木芙蓉之属。诗歌中呈现出静寂之中花开花落的景象,无人出乎其中,只显现

---

① 〔英〕特里·伊格尔顿:《如何读诗》,陈太胜译,北京大学出版社,2016年,第3页。
② 〔美〕W. J. T. 米歇尔:《图像理论》,陈永国、胡文征译,北京大学出版社,2006年,第98—99页。
③ (唐)王维:《辛夷坞》,载张勇编著:《王维诗全集》,崇文书局,2017年,第256页。

出大自然生生不息的景象，确乎"诗中有画"。人们完全可以将诗歌文字转换为画面，作为一种"物体的理想"而定格于一幅画中。在这样的画中，我们可以直观地感受到画面中的一切，因为"在绘画里一切都是可以眼见的，而且都是以同一方式成为可以眼见的"①。我们从这样的图像空间中，也可以感受到诗歌的诗意。但是，这样的诗意是有限的，因为我们是透过静态的画面空间而感知，这一静态的画面空间难以让人产生丰富的联想，难以展现出动态的过程。而即便在《辛夷坞》这样短小的抒情诗中，实际上也存在着某种动态的进程，存在着具有"承续性"的、关于"动作"的展现，我们从其中的动词"发""寂""开""落"便可明显地感受到这一点。正是这些具有动态意义的词语，赋予了抒情诗以令人久久回味的意蕴。应该说，抒情诗中的图像空间，可以定格在一幅静态的画面空间中，但在将其定格为静态画面的同时，更需要考虑的是它所包含的富于动态意义、意蕴隽永的图像空间之美，这种动态的图像空间展现在人们的脑海中，犹如连续的电影画面不断延伸，富于诗意地展开一样，给人以一种持续的美感。

如果说《辛夷坞》可以独立地形成为一个占主导的、单一的图像空间画面，并可在这一图像空间的基础上加以动态延展的话，那么，我们同时也可以看到，在许多抒情诗中并不止呈现出一个占主导的、单一的图像空间，而可以呈现出多个图像空间，这多个图像空间在抒情文本中相互并置，却又可通过空间链接的方式，集中构成一个更高层面上整体的图像空间，显现出其整体意义。让我们仍以王维的抒情诗为例，看他的另一首诗《山居秋暝》：

空山新雨后，天气晚来秋。
明月松间照，清泉石上流。
竹喧归浣女，莲动下渔舟。
随意春芳歇，王孙自可留。②

---

① 〔德〕莱辛：《拉奥孔》，朱光潜译，人民文学出版社，1981年，第69页。
② （唐）王维：《山居秋暝》，载张勇编著：《王维诗全集》，崇文书局，2017年，第282页。

在这首诗中，呈现出由"可视语言"构成的多个相互独立的图像空间，几乎每两句诗，甚至一句诗便构成一幅这样的空间画面。这些图像空间以空间并置的方式展开，就这些图像空间本身的相互关系而言，看不出其间的直接联系，就如在意象派诗歌中表现的那样，"在描述一个物体之后，接着描述另一个不同的对象，并不指明一种关联"[1]。然而，不指明关联，并不意味着不存在关联，无非是这一关联不以线性的因果关联的方式呈现，而以空间链接的方式，以一种空间邻近关系展现出来。这样以空间邻近关系表现出来的图像空间需要以与之相适的方式去加以链接，以显示多个图像空间所呈现的总体意义。

莱辛在考察"各部分在空间并列的物体怎样才能适应这种诗的图画"以及"对一个占空间的事物，怎样才能获得一个明确的意象"时，指出了获得这一意象的过程："首先我们逐一看遍它的各个部分，其次看各部分的配合，最后才看到整体"，并认为"对整体的理解不过是对各部分及其配合的理解的结果"[2]，莱辛的理解是有道理的。但要注意的是，莱辛在这里所考察的"诗"不是指篇幅短小的抒情诗，而是如荷马史诗这样的长篇叙事作品，在他看来，对这样的长篇叙事作品各部分的描绘是不能显出诗的整体的，因为在这样的作品中，诗人需要"在很长的时间里一一胪列出来，往往还没有等到他数到最后一项，我们就已把头几项忘记掉了"。而人的感官在进行这些不同的活动时是非常迅速的，"要想得到对整体的理解，这种高速度是绝对必要的"[3]。可是，在篇幅短小的抒情诗中，我们却可以做到透过诗歌"可视语言"所显现的多个图像空间，在迅速的感官活动中，可以迅即获得对抒情文本"整体的理解"。王维的《山居秋暝》短短八句诗，可以反复咏颂，就如观看一幅画一样，"看到的各部分总是经常留在眼前，可以反复观看"，不像诉诸听觉的长篇叙事作品"听过的那些部分如果没有记

---

[1] 〔美〕M. H. 艾布拉姆斯：《文学术语词典》，吴松江主译，北京大学出版社，2009年，第245页。
[2] 〔德〕莱辛：《拉奥孔》，朱光潜译，人民文学出版社，1981年，第91页。
[3] 同上书，第91—92页。

住，就一去无踪了"①。正是在这样的意义上，我们可以很好地将抒情诗与画连接起来，将抒情诗中的图像空间与画中的图像空间连接起来，在诗画之间相互转换。

弗兰克也注意到小说中空间并置的关联，这些关联以无数的参照和交互参照构成，"在叙事文的时间序列中，这些参照彼此独立地相互关联；而且，在将这部作品结合进任何意义模式之前，这些参照必须由读者加以连接，并将它们视作一个整体"②。在抒情诗中，这些独立呈现的图像空间通常难于在时间序列中加以关联，而必须由读者和欣赏者以参照和交互参照的方式在空间关系中加以链接，从"对各部分及其配合的理解"去把握整体，去最终构成一个完整的意象画面。从标题可知，王维的《山居秋暝》展现的是山间所居之秋晚。诗歌以晓畅的话语呈现出一个个图像空间，从空山新雨，到秋晚天气，从松间明月，到石上清泉，从竹林中归来的浣女，到推动莲蓬摇曳的渔舟，这一个个摇曳生辉的动态图像空间，一一呈现在人们的眼前，让人一眼览尽，并展开丰富的想象。这些图像空间既展现出一幅空濛而自然的空间图景，又呈现出有人出没其间的欢快景象，既显得静谧，又显得喧闹。在宁静自然一片和谐的环境中，人们远离尘嚣欢快地劳作，何等美好。任凭春天的芳草"歇"了，凋落了，秋天不一样美吗？在这自然的流转中，人自可久居久留，从而将"王孙兮归来，山中兮不可以久留"（《楚辞·招隐士》）之句反其意化为"王孙自可留"。最后这一画龙点睛之笔，具有统摄全篇之意，不仅将前面一个个独立的、不相关联的图像空间统而摄之，而且将全篇推入一个更高的、具有整体意义的图像空间中，让人流连于这一动态与静态合为一体的图像空间呈现中。

---

① 〔德〕莱辛：《拉奥孔》，朱光潜译，人民文学出版社，1981年，第92页。
② Joseph Frank, "Spatial Form in Modern Literature". In *Essentials of the Theory of Fiction*. Third Edition. Eds. Michael J. Hoffman and Patrick D. Murphy. Durham: Duke University Press, 2005, p. 62.

四、历史空间呈现

在中外抒情诗中,叹历史兴衰,咏时代变迁,感个人或社会在历史的潮起潮落中种种遭遇和命运,几乎伴随抒情诗的产生而同时出现,且历久不衰,不胜枚举。与之相伴的,是历史空间的呈现在抒情诗中显得十分常见。自然,诗人与历史学家不同。历史学家试图描绘出在他们看来真实或接近真实的历史事实,从他们所选择的一系列事件中连出一条因果相续的链条,作出自己认可的叙事,并从中作出自己认为合理的阐释。

诗人在抒情诗中抒发自己的情感,同样也是一种叙事。而在历史的框架下所咏叹的情感,所抒发的情怀,无论个人的也好,时代与社会的也好,当然都是一种文学的而非历史的叙事,一种充满质感的、诗性的、感性的叙事。因而,在抒情诗的历史空间中,所呈现的便是一种形象的、想象的、从个人经验出发、充满个性的叙事。这样的叙事与历史学家在历史空间中所显示的那种力图达到理性的、寻求因果律的叙事完全不同。荷兰学者米克·巴尔指出,人们并不怀疑文学文本中的叙事性,这样的叙事性并不是没有结果,也不是不真实,而是一种关于叙事艺术、叙事交流和文化生活的真实。在她看来,"叙事是'关于'生活的,但它本身就是'生活'"[①]。美国批评家和史学家海登·怀特在引述罗兰·巴特关于叙事像生活本身一样无所不在,是国际性的、跨历史的、跨文化的说法之后,补充说:"叙事完全可以看作是一个对人类所普遍关心的问题的解答,这个问题即:如何将了解(knowing)的东西转换成可讲述(telling)的东西,如何将人类经验塑造成能被一般人类,而非特定文化的意义结构吸取的形式。"[②] 这对诗人来说尤为适用。

诗人正是讲述从自身经历、经验和感悟中所了解的东西,讲述关于生活中的一切。而这种讲述本身也构成其生活不可分割的部分,融入其生命的全过程。这样的讲述尽管是从诗人自身出发的,却是个体最为切身的感受,往

---

① Mieke Bal, *Narratology in Practice*. Toronto: University of Toronto Press, 2021, p. 189.
② 〔美〕海登·怀特:《形式的内容:叙事话语与历史再现》,董立河译,文津出版社,2005年,第1—2页。

往表达出最带普遍性、最具一般性的东西，具有某种哲理的意味，因而，其力量不见得亚于从更宏大的目标出发所描绘的历史真实。这也就无怪乎两千多年前亚里斯多德作出这样的判断："写诗这种活动比写历史更富于哲学意味，更被严肃对待，因为诗所描述的事带有普遍性。"① 而托多罗夫在驳斥有人认为文学实际上跟知识不着边际，真相跟歌曲也不着边际时，作出了类似的回应："如果文学说不出人类状况的某种本质，那么我们就不需要回到两千多年前的古文中去了；而且，之所以文学真相不会简约为常用验证手段，是因为验证有很多种。文学文本的验证不再是狭隘的、参照性的，而是主体间性的，超越了国界和时间，将读者和读者黏合在一起。"② 抒情诗中这种出自抒情人自身而又表现出普遍性、一般性的历史空间呈现，是与抒情诗本身具有的特殊性分不开的。

抒情诗中的历史空间呈现，是在极为短小的诗行中显现出来的，是将远为宏大久长的历史空间凝缩在短小的篇幅中。它不仅不能与历史叙事的鸿篇巨制相比，也无法与叙事虚构作品，尤其是那些显示宏阔的历史空间的长篇小说相比。诸如罗贯中的《三国演义》、托尔斯泰的《战争与和平》这样史诗式的作品，可以在宏大的历史空间中容纳广阔的场景，描绘参与其中的诸多人与事、情与景，提供诸多引人入胜的细节。而在抒情诗中，短小的篇幅、凝练的诗行，伴随规整的韵律，对诗人造成了极大的限制，促使诗人只能"带着镣铐跳舞"，尽力选择自己最为熟悉的、久居于心的、最富于形象感而又为人们所知晓的特定画面，通过晓畅而凝练的文字将广阔的历史空间呈现出来。

由于上述特定条件的限制，以及抒情诗意象叙事的特殊途径，中外抒情诗的历史空间呈现，其背景大抵是相似的。除此而外，尚需注意抒情人情感的个人性与一般性结合的问题。我们知道，促使诗人在"某种场合"借抒情诗以抒发自己的情怀，实现叙事交流的原因多种多样。睹落叶飘摇，听西风

---

① 〔古希腊〕亚里斯多德：《诗学》，罗念生译，人民文学出版社，1982年，第29页。
② 〔法〕茨维坦·托多罗夫：《共同的生活》，林泉喜译，华东师范大学出版社，2017年，第3—4页。

呼啸，观日出日落，登历史遗迹，都可能促使诗人在引发的瞬间的情感体验中留下抒情篇章。尽管这样的篇章"是内心灵感突来的那一瞬间的产物"①，但它与诗人个人的经历、遭遇、情感或所思所想密不可分。在很大程度上，作为文学主体的诗人透过抒情人将自身的情感表达出来。这种情感饱含个人的体验，充满了个性化的色彩。然而与此同时，这种情感又绝非一种纯粹个人的、与他人和更广大的社会无涉的情感。实际上，作为社会存在的个人，诗人在抒情诗中所表达的情感出自个人，但又不限于个人，而且往往超越个人。它是一种个人的情感，又是一种普遍的情感。而且，抒情人个人的这种情感越能与人相通，引起人们的共鸣，越说明这种情感既具有个人性，又具有普遍性、共通性，从而更富于社会性。阿多尔诺（阿多诺）认为，从根本上说，抒情诗内容的普遍性具有社会的性质。在他看来，"仅仅只有个人的激情和经验的流露，还不能算是诗，只有当它们赢得普遍的同情时，才能真正称得上是艺术"，而且，"抒情诗本身也热望从彻底的个性化赢得普遍性"。②在抒情诗中，在涉及更为广阔的时空存在、带有更为浓重的历史感的历史空间呈现中，这种最具个人性的个性化情感表达，往往融汇了更为浓重的普遍性、一般性和社会性，在同时代和更久远的时代人们的心中激起更多的回响。

让我们透过具体的抒情诗歌，看看这种历史空间的呈现是如何得以显示与表达的。先看刘禹锡的《乌衣巷》：

朱雀桥边野草花，乌衣巷口夕阳斜。
旧时王谢堂前燕，飞入寻常百姓家。③

这是刘禹锡《金陵五题》的第二首。诗中出现了金陵两处邻近的地点：朱雀

---

① 〔德〕阿多尔诺：《谈谈抒情诗与社会的关系》，蒋芒译，载刘小枫选编：《德语诗学文选》下卷，华东师范大学出版社，2006年，第427页。
② 同上书，第423页。
③ （唐）刘禹锡：《乌衣巷》，载林庚、冯沅君主编：《中国历代诗歌选》上编（二），人民文学出版社，1979年，第468页。

桥与乌衣巷，故址在今南京东南，秦淮河以南。联系这两处地方的是最为寻常的野草花与落日斜阳，人人可见。而在描绘出这一人人可见的景象之后，不同寻常的场面出现了。几百年前，东晋王导、谢安两大士族居住于乌衣巷一带。可是，距东晋几百年之后，其间不知发生了多少变迁，旧时的世家贵戚王、谢的宅邸，早已不复存在，在其宅邸的废墟之上已是寻常百姓之所，堂前飞舞的燕子已不再在昔日豪门之前，而进入了寻常百姓之家。数百年的历史时空如此形象地呈现在人们面前，从一只飞舞的燕子身上便显现出一种历尽沧桑之感。与此类似的如另一位唐代诗人韦庄的《台城》一诗：

江雨霏霏江草齐，六朝如梦鸟空啼。
无情最是台城柳，依旧烟笼十里堤。①

身处晚唐的诗人韦庄一生遭逢乱世，南北辗转，身如飞蓬，历史的时空流转无疑在诗人的内心引起了更为强烈的回响，《台城》一诗便是明证。诗歌展示的仍是金陵（南京）的景象，以玄武湖边的遗迹"台城"，即古代建康宫旧址作为咏叹的中心。在鸟儿的空啼声中，曾在建康建都的三国吴、东晋，南朝的宋、齐、梁、陈六朝已如梦幻般逝去，物是人非。见证六朝兴衰的"台城"遗址早已无存，而曾经围绕台城的景象"依旧"，柳色依然葱茏，在这一片生机中更透露出一种浓重的历史沧桑之感。

　　历史的沧桑之感，时代的变迁流转，人世的生生不息，可说是抒情诗中最为常见的咏叹主调。在很多抒情诗中，当表现这种相应的历史空间呈现时，往往借助于某些亘古永存而又显现出变迁的自然物，诸如江、河、日、月，以之作为对象，通过对这些自然物的描绘与兴叹，显现出抒情人的种种情感，将历史空间的呈现十分自然、形象地展现在人们面前，使人在面对这些永恒之物时生发出种种遐想。显然，呈现在抒情诗中的诸如江、河、日、月，以及其他种种自然物都已经笼罩了抒情人自身的情感色彩，已不是一

---

① （唐）韦庄：《台城》，载中国社会科学院文学所编：《唐诗选》下，人民文学出版社，1978年，第367页。

种冰冷的无生命的自然，而是一种物我共融的人化的自然，而"只有将自然人化以后，才有资格使自己超脱人受自然控制的状态"①。在诗人的咏叹中，种种自然物都融入诗人心中，染上了抒情主体浓重的情感色彩。这样的情景在抒情诗中可说数不胜数，比如，"大江东去，浪淘尽千古风流人物"（苏轼《念奴娇·赤壁怀古》）；"人有悲欢离合，月有阴晴圆缺"（苏轼《水调歌头·明月几时有》）；"江畔何人初见月？江月何年初照人？人生代代无穷已，江月年年只相似。不知江月待何人，但见长江送流水"（张若虚《春江花月夜》），等等。它们以十分简短、浓缩的诗句，概括了远为悠长的时间所包含的历史空间及蕴含在其中的诸多事件。再看看王昌龄的一首边塞诗《出塞》：

> 秦时明月汉时关，万里长征人未还。
> 但使龙城飞将在，不教胡马度阴山。②

一句"秦时明月汉时关"，悠长而宏阔的历史空间即刻跃入眼帘。这就为全诗包含的浓重的历史感奠定了基调。对王昌龄所生活的大唐来说，秦月汉关已是数百年前的景象了。秦汉以来对外敌的无数征战，历经万里长征，多少征人无归。然而，它还得要继续下去。面对目下，抒情人不禁又一次回到过去，回到历史，想起了心目中的"龙城飞将"：汉右北平太守李广。这位骁勇善战、被匈奴称为"飞将军"的李广倘若尚在的话，胡人兵马怎可犯边越界，跨越阴山。短短数行诗，几乎历尽千年，历史空间的跨度不可谓不大，在这一宏阔的历史空间下，呈现出形象而丰富的内容。抒情人追古溯今，在历史的时空中往返，最终关注的仍然是当下。当年的"龙城飞将"不可再现，但是，抒情人显然寄望于新的"龙城飞将"，再次将犯边越界者阻于国门之外。

---

① 〔德〕阿多尔诺：《谈谈抒情诗与社会的关系》，蒋芒译，载刘小枫选编：《德语诗学文选》下卷，华东师范大学出版社，2006年，第427页。
② （唐）王昌龄：《出塞》，载林庚、冯沅君主编：《中国历代诗歌选》上编（二），人民文学出版社，1979年，第324页。

历史空间呈现当然不止于在过去与今天之间穿越，它还常常指向未来，指向未来历史空间中将要发生或期望发生之事。这样一来，就将过去、现在和未来融入一个更为广阔的历史空间中，大大扩展了空间延续的深度与广度。我们上面看到的王昌龄的《出塞》一首，抒情人最终所寄望的实际上就是当下和未来。让我们转而看一首莎士比亚的抒情诗，莎翁十四行诗的第 107 首：

> 无论我自己的担忧，或茫茫世界
> 梦想着将要降临的先知的灵魂，
> 都无法制约我真正的爱的延续，
> 即便此爱注定终将臣服于命运。
> 人世的月亮忍受了被蚀的苦难，
> 悲哀的占卜者嘲笑自己的预兆，
> 疑虑现在为自己戴上保险的桂冠，
> 和平在宣告橄榄枝永享葱茏。
> 在这最怡人的时光来临之际，
> 我的爱清新，死神在我面前降伏，
> 既然我将活在这不足道的韵律中，
> 任凭他将那木然无语的种族凌辱。
> 你将在这里发现你的纪念碑，
> 君王的金冠铜墓却销蚀无存。①

这是莎士比亚所写的 154 首十四行诗中的第 107 首。十四行诗应是莎士比亚早期的作品。莎翁十四行诗集的编选者对这首诗作了这样的评述："诗人解释说，他不断重复的爱与赞美之词就像每天的祈祷一样，虽然古老，却

---

① William Shakespeare. *Shakespeare's Sonnets*. eds. by Barbare A. Mowat and Paul Werstine. London: Simon & Schuster Paperbacks, 2009. p. 221. 该诗中译由笔者译出，对梁宗岱译文（《莎士比亚全集》卷 11，人民文学出版社 1978 年版，第 265 页）有所参考。

总是新的。真正的爱也总是新的,尽管爱人和被爱的人都会老去。"① 这自然是一种合理的解说。如果从抒情诗历史空间呈现的角度关注这首诗的话,这首十四行诗应该是十分值得注意的。它涉及了在欧洲久远的文学传统中一个非常重要的问题——借文学艺术作品以不朽。

我们知道,自古以来,人们往往意图以各种方式,延续自己在人世间的生命,那些显赫之士尤为如此。或服仙丹灵药,或借子嗣传续,或筑石棺铜墓,或立德立功立言,而文人墨客则往往期望让自己的作品久驻人间,世代相传。这样的传统,在欧洲有着悠久的历史。在古罗马作家奥维德《变形记》的结尾,诗人借作品的叙述者作了这样的叙说:

> 我的作品完成了。任凭朱庇特的怒气,任凭刀、火,任凭时光的蚕蚀,都不能毁灭我的作品。时光只能消毁我的肉身,死期愿意来就请它来吧,来终结我这飘摇的寿命。但是我的精粹部分却是不朽的,它将与日月同寿;我的声名也将永不磨灭。罗马的势力征服到哪里,那里我的作品就会被人们诵读。如果诗人的预言不爽,我的声名必将千载流传。②

显而易见,作品中诗人透过叙述者所表明的声言,显现出作者奥维德极为渴望并十分自信自己的作品将永驻人间,自己的声名将千载流传。这样的渴望,我们在莎士比亚上述十四行诗中也同样可以看到,而且这种自信丝毫不亚于在奥维德的作品中所看到的。在莎士比亚的这首十四行诗中,爱被反复提及,抒情人希望自己的爱能够延续,"即便此爱注定终将臣服于命运"。抒情人十分清楚,人间的爱终有时,最终逃不过命运。然而,将这种爱形诸笔端,化为经久不衰的艺术作品的话,那么,就有可能出现奇迹,甚至"死神在我面前降伏"。与之相对应的是,逃不过命运之镰的抒情人将长存人世间,抒情人对自己"将活在这不足道的韵律中"充满自信。正是"诗歌助长

---

① William Shakespeare. *Shakespeare's Sonnets*. eds. by Barbare A. Mowat and Paul Werstine. London: Simon & Schuster Paperbacks, 2009. p. 222.

② 〔古罗马〕奥维德:《变形记》,杨周翰译,人民文学出版社,1984年,第224页。

记忆的力量使抒情人得以活在他的诗篇中,这与生物学上的死亡意味着人的存在的结束这一预期相矛盾"[①]。对此十分自信的抒情人深信,"你将在这里发现你的纪念碑,/君王的金冠铜墓却销蚀无存"。在两相对照之间,一种历史的空间感绵延在抒情诗中,它不仅涵盖当下,更重要的是,它直指未来,那永世长存的未来。在未来的历史空间中,抒情人将在自己一手创造的"韵律"中长存。而与形诸文字的纪念碑相比,在抒情人眼里,君王的金冠铜墓无足挂齿。两相比较,孰轻孰重,一目了然。

很有意思的是,莎士比亚1616年去世之后不过数年,他在戏剧界的朋友搜集了他的遗著,在1623年编印了第一个莎士比亚戏剧集,即后人所称的"第一对折本"。莎士比亚的朋友和剧坛对手本·琼生(Ben Jonson, 1572—1637)为这一"第一对折本"写了一篇题词,其中称莎士比亚为"时代的灵魂",并如此评价莎士比亚:"你是不需要陵墓的一个纪念碑,/你还是活着的,只要你的书还在,/只要我们会读书,会说出好歹。""得意吧,我的不列颠,你拿得出一个人,/他可以折服欧罗巴全部的戏文。/他不属于一个时代而属于所有的世纪!"[②] 本·琼生对莎士比亚的这首诗歌作了一个很好的回应,为莎翁及其全部著作作了一个很好的注脚。

面向未来的历史空间呈现当然不止于期望活在将来的人世,流芳百世。抒情人呈现在抒情诗中对未来的愿景因人而异,因而,其未来的历史空间呈现也同样多种多样。在陆游的绝笔诗《示儿》中,我们看到的是另一种全然不同的对未来的期许:

死去元知万事空,但悲不见九州同。
王师北定中原日,家祭无忘告乃翁。[③]

---

① Peter Hühn, Jens Kiefer, *The Narratological Analysis of Lyric Poetry: Studies in English Poetry from the 16th to the 20th Century*. Trans., Alastair Matthews. Berlin: Walter de Gruyter, 2005, p. 29.
② 〔英〕本·琼生:《题威廉·莎士比亚先生的遗著,纪念吾敬爱的作者(1623)》,卞之琳译,载杨周翰编选:《莎士比亚评论汇编》上,中国社会科学出版社,1979年,第11—13页。
③ (宋)陆游:《示儿》,载邹志方选注:《陆游诗词选》,中华书局,2009年,第182页。

诗人在即将离世之际依然不忘的是"王师北定中原",即将离世之时它依然萦绕在心,以致不忘将终生的情感在诗篇中托付于后人,寄托在未来去实现。在诗篇寄望于未来的历史空间呈现中,抒情人表露的情怀与拳拳爱国之心让人情动。

无论是追溯过往,还是展望未来,抒情诗的历史空间呈现都是与时间密切联系在一起的。在文学艺术作品包括抒情诗中,历史空间的延伸、扩展本身就与时间的流动和生生不息合而为一,不可分割,形成如巴赫金所称的艺术中的"时空体"。在抒情诗的历史空间呈现中,这种时空体的呈现同样会表现出来。与叙事作品相比,它显得远为集中,远为凝练,只能在极为简洁、形象的诗行中呈现出来,并且大多是以空间并置的方式呈现出来,因而,明显具有不同于叙事作品的特征。但恰恰如此,在抒情诗中的这种历史空间呈现所表现的"浓缩、凝聚,变成艺术上可见的东西",才使它的呈现显得千姿百态,意味深长,既富于力度,又触手可及,且朗朗上口,从而久久地铭刻在人们的记忆中。

抒情诗的历史空间呈现,使诗歌从抒情人自身走向更为广大的宏伟空间,将抒情人个人的情感与带有历史意味的时代的、社会的、大众的情感融合起来。这种情况,恰如阿尔多诺所说,"在每一首抒情诗里,主体与客体、个人与社会的历史关系通过主体的、回复到自我的精神的中介而必然留下自己的痕印"[①]。在留下自己痕印的同时,它在很大程度上将个人的情感上升为一种更带普遍性、一般性,能为更多的人所理解的情感,从而,也能唤起世世代代更多人的共鸣。

前面分别论及抒情诗的地理空间、心理空间、图像空间和历史空间呈现,需要注意的是,它们既各有其独立的意义,在抒情诗中有各自富于独特意味的表现,同时相互之间也并不互相隔绝,而是可以融通的。比如,前述地理空间对于家国的眷恋与回忆,也可以出现在心理空间呈现中;而在心理空间所表现的内心意愿的图景,也可以出现在图像空间中。历史空间呈现则

---

① 〔德〕阿多尔诺:《谈谈抒情诗与社会的关系》,蒋芒译,载刘小枫选编:《德语诗学文选》下卷,华东师范大学出版社,2006年,第428页。

往往会与地理空间呈现相融合，并散落在上述空间呈现的各种形式中。此外，在空间叙事研究中，空间形式被视为一种"叙事结构模式"，这种叙事结构模式"突出的是主题原则而非顺序安排的时序原则或因果原则"[①]，这一点，对于抒情诗空间呈现的研究同样适用。无论是抒情诗的地理空间、心理空间、图像空间还是历史空间呈现，我们所努力追寻的不仅是这些空间呈现所表现的独特形式，而且还有透过这些空间形式所表现出的主题意义，这样才能赋予这一研究以更深一层的意义。

---

① David Herman, Manfred Jahn and Marie-Laure Ryan, Eds., *Routledge Encyclopedia of Narrative Theory*. London and New York: Routledge, 2008, p. 555.

第八章 抒情诗的叙事动力

对叙事虚构作品叙事动力的探讨，已受到研究者的关注。不仅关注叙事作品本身如何展现自身的文本动力（textual dynamics），同时也关注这一文本动力如何与读者的动力结合起来，推动文本的发展进程，以及在这一进程中读者的接受。在并非以线性结构呈现的抒情诗歌中，是否同样也展现出叙事动力呢？这一问题从未引起研究者的注意。这里，将展开对这一研究者未曾涉足的领域的探讨，并分别以中国古典抒情诗以及17世纪英国诗人安德鲁·马弗尔的抒情诗《致他娇羞的情人》为例，探讨抒情诗的叙事动力，以及这一叙事动力在抒情诗中的各种展现，以期揭示以情感抒发为基础的抒情诗歌的叙事动力形成、发展与实现的过程，及其所具有的力量。

第一节 抒情诗的叙事动力结构

一、叙事作品与抒情诗的叙事动力

无论是线性叙事也好，还是抒情诗中的情感叙事也好，都有一个叙事动力的问题。也就是说，在叙事文本中，是什么力量在推动叙事的进程，促使线性叙事中一个个情节事件不断发展、演变，逐渐走向高潮。而在抒情文本中，抒情人的情感变化与发展，作为情感抒发的叙事进程又是如何展现的。与叙事文本中的叙事进程一样，这同样是一个值得研究的问题。詹姆斯·费伦和彼得·拉比诺维奇在探讨叙事文本中作者与读者间的交流时，将关注的焦点转向文本动力及其与读者动力（readerly dynamics）的结合，透过这一叙事进程，作者达到其目的，因此，对叙事进程的研究是理解叙事如何运行的关键。在他们看来，"文本动力是内在的过程，通过这一过程，叙事从开头经由中间向终点移动，而读者的动力则表现为读者对与这些文本动力相应的认知、情感、伦理道德以及审美的反应"①。

文本的叙事动力何在，它如何促成叙事层层推进？就叙事文本而言，其文本叙事动力来自情节的发展变化，由此推动叙事由开头经由中间向结尾发展，以达至最后的结果。费伦和拉比诺维奇直接以"情节动力"（plot dynamics）来描述这一叙事的进程。②实际上，这里所沿袭的基本上仍是亚里斯多德在《诗学》中所描述的情节观。在《诗学》中，亚里斯多德讨论的叙事作品主要是悲剧，他认为悲剧艺术的六个成分中，"最重要的是情节，即事件的安排"③；"情节乃悲剧的基础，有似悲剧的灵魂"④。他强调情节的整一性，强调"悲剧是对一个完整而具有一定长度的行动的摹仿"，何为"完整"呢？

> 所谓"完整"，指事之有头，有身，有尾。所谓"头"，指事之不必然上承他事，但自然引起他事发生者；所谓"尾"，恰与此相反，指事之按照必然率或常规自然的上承某事者，但无他事继其后；所谓"身"，指事之承前启后者。所以结构完美的布局不能随便起讫，而必须遵照此处所说的方式。⑤

亚里斯多德的上述论述持续影响了叙事类作品中对情节的基本观念。在这一情节观的影响下，叙事文本情节的构成与发展所依据的便是时间关系与逻辑关系这两个核心准则，它们形成为故事事件组合的基本原则。这一原则与形成情节的一系列事件的组合即素材的组合是一致的。情节在叙事话语中

---

① David Herman, James Phelan et al., *Narrative Theory: Core Concepts and Critical Debates*. Columbus: The Ohio State University Press, 2012, p. 6.
② See David Herman, James Phelan et al., *Narrative Theory: Core Concepts and Critical Debates*. Columbus: The Ohio State University Press, 2012, p. 58.
③ 〔古希腊〕亚里斯多德：《诗学》，罗念生译，人民文学出版社，1982年，第21页。
④ 同上书，第23页。
⑤ 同上书，第25页。

体现出来，成为叙事文本中推动叙事进程的动力。费伦与拉比诺维奇所关注的文本动力的内在过程，即文本动力与读者动力的结合离不开这一情节观以及相应的两个事件组合原则。

亚里斯多德的情节观及与之相伴的事件组合原则是以叙事作品作为对象而构建出来的，它在对叙事作品的研究中无疑是适用的。但是，这些原则是否可以在抒情诗歌的研究中运用或作为参照呢？如果运用的话，它们在抒情诗歌中会产生什么样的表现或变形呢？可以说，构成叙事文本叙事动力的基本原则，在抒情文本中仍然适用，尽管其中会发生某些适应性的变化，或者说一种创造性的变形。而无论以何种方式出现，在将对叙事文本进行分析的相应概念运用于对抒情文本进行分析时，都有可能在一个不同的视域下，对抒情诗的研究作出新的阐释，深入到抒情诗歌研究中过去未曾触及的层面。

任何一部叙事作品，即使是篇幅短小的微型小说，都包含着"故事"，都有由事件组合而成并通过叙事话语表现情节，文本中的叙事动力就透过表现为情节的叙事话语而层层推进，在这一进程中逐步展现。叙事文本何以是它所表现的那种方式而非其他方式，是由其叙事进程的结构原则所决定的。因而，"对构成从特定起点到特定终点的进程基础的那些原则的理解，提供了理解叙事的设计及其目的的一个极好的途径"[①]。在叙事文本的结构原则中，事件构成中的时间与逻辑原则，是推动叙事文本中叙事动力的两个基本原则。就时间原则而言，任何事件都是在时间中发生的。我们强调事件是一种变化过程，这一变化过程无疑以时间的延续为其必要条件。所有的事件都无一例外地可以在时间的轴线上体现出来。逻辑的原则主要表现为一种因果关系，这一原则同样是故事中一切事件发生、发展、变化的普遍原则与基本规约。在故事发展的事件链上，前一个事件是后一个事件发展的起点和必要条件，后一个事件则是对前一个事件的承继和发展，由此环环相扣，推动故事向前发展。

[①] David Herman, James Phelan et al., *Narrative Theory: Core Concepts and Critical Debates*. Columbus: The Ohio State University Press, 2012, p. 6.

二、抒情诗中叙事动力的时间与逻辑规则

在抒情文本中所体现的情感叙事主要不是如叙事文本中那样的线性叙事，而更多表现为一种空间叙事或空间意象叙事。但是，这并不意味着它将适用于叙事文本的时间和逻辑关系这两个组合原则排除在外。相反，时间和逻辑关系这两个组合原则在抒情文本中也同样会表现出来，并具有在叙事文本中那种类似的推动力量。抒情文本作为人类交流的重要方式，同样需要通过它们达到其特定目的，实现作者与读者之间的交流。诗人通过抒情文本所表现的，首先是强烈情感的抒发，这种有感而发的表达，可看作为一种叙事。真正好的抒情诗，不是空洞的、矫揉造作的、"为赋新词强说愁"[①]的无病呻吟，而是"强烈情感的自然流露"[②]。这样的情感表达，不会无缘无故而起，一定会因人、因事、因情、因境而出。在这样的情况下，抒情诗中往往免不了会有"人"和"事"浮现出来，尽管这样的"事"若隐若现，并不完整地贯穿始终，而在其中活动的"人"也大多不会完整地展现出来，因而不能形成如叙事文本中一系列前后连贯的事件。但就"事"而言，它毕竟或多或少有迹可循，而由这样的"事"所触发的抒情人的情感活动，经由这样的"事"而向特定对象的叙说，与叙事文本中叙述者向受述者的叙事相类似。这样，适用于叙事文本中事件结合的时间与逻辑原则，同样适用于抒情文本，它们同样可以作为构成抒情文本中的叙事动力的组合原则体现出来。如果必要的话，由这两个原则所形成的文本动力也可视为抒情文本中的"抒情动力"（lyrical dynamics），以与叙事文本中的叙事动力（narrative dynamics）相对应。当然，情感的抒发作为一种特定的叙事，它不过以不同的方式加以表现，可以说与叙事文本中的叙事具有同样的性质。因而，叙事动力这一概念可以直接运用于对抒情文本的分析，可以不必采用"抒情动力"这一名称。

让我们选取几首中国古典抒情诗作为例证，以说明这一以时间和逻辑

---

① （宋）辛弃疾：《丑奴儿·书博山道中壁》，载胡云翼选注：《宋词选》，上海古籍出版社，1978年，第278页。
② 〔英〕华兹华斯：《〈抒情歌谣集〉1800版序言》，曹葆华译，载伍蠡甫主编：《西方文论选》下卷，上海译文出版社，1979年，第17页。

关系为前提的叙事进程在抒情诗中的具体体现。从中国古代抒情诗歌的源头"诗三百篇"的诸多诗篇中,可以看出其中所蕴含的叙事动力结构。《诗经》小雅"鹿鸣之什"中的《采薇》,是一首以戍边士兵的身份吟唱的诗篇。在抒情诗中,情感抒发的主体即抒情人往往以第一人称出现,形成为抒情诗中的抒情主人公。在抒情文本中,抒情主人公与作者本身具有更多的关联,诗篇中所流露的情感往往与诗人自身的情感密不可分。在这样的情况下,源自情感抒发的叙事动力也与诗人或诗人的不同体现具有更为密切的关系。

  从《采薇》的内容看,它被看作为戍边的士兵归来时的吟唱。在为抵御北方的狁狁而经历长时间的边塞劳苦之后,在满怀思念故乡与亲人的烈烈忧心之时,抒情人"我"即将返回故乡。在全诗的六节中,前三节均重复出现"曰归曰归",便是这种强烈归心的明显表现。长时间戍边即将归来,时间在这里无疑具有十分重要的意义,它无疑是诗篇叙事重要的推动力量。而时间又与表现因果和常规关系的逻辑准则相结合,成为推动叙事进程的双重动力。在诗篇中,抒情主人公以回忆的方式展现出过往的经历。前三节的开头两句分别为:"采薇采薇,薇亦作止";"采薇采薇,薇亦柔止";"采薇采薇,薇亦刚止"。在采薇即采摘一种叫野豌豆的野菜的过程中,"薇"由"作"到"柔"再到"刚",即由破土发芽,到长出柔枝,再到长大,茎叶变得坚硬,其中时间的进程清晰可辨。伴随这一时间进程,戍边的士兵"靡室靡家","载饥载渴",而所有这一切全因"狁狁之故"。在随后的两节中,首先借盛开的棠棣花引出路上的戎车战马,再展现出抵御狁狁的阵容,以及将士们的跋涉与战斗。最后一节,则展现出一幅给人留下深刻印象的场景,它回顾了整个戍边过程,并伴随着抒情主人公的戚戚伤悲:

昔我往矣,杨柳依依;
今我来思,雨雪霏霏。
行道迟迟,载渴载饥。
我心伤悲,莫知我哀! ①

---

① 《采薇》,载高亨注:《诗经今注》,上海古籍出版社,1980年,第228—229页。

在叙事文本中，话语表现通常与故事的顺序并不完全一致，其间会出现各种各样的时间变异，其中最基本的是追述与预述。这样的时间变异在抒情文本中也同样会出现。《采薇》整个时间历程的框架是追述，在追述的框架下以顺序方式展现出过往的历程，最后则以"昔我往矣，杨柳依依；今我来思，雨雪霏霏"这一明显的时间往复将时间框架定格。

在《采薇》中，强烈情感的抒发缘事而起，缘情而生，这种情感的流露和表现随时间的推进层层深入；而伴随时间的推进，或隐或现的"事"又不断浮现，在一个符合逻辑关联的层面上表现出来，并伴随着时间的回旋往复而出现抒情主人公情感的起伏变化。它不仅增强了情感表达的力量，也赋予这种情感表达以其合理性，使情感表达的叙事动力有据可凭，贯穿始终，并在诗歌的结尾达到情景交融、情事相谐的境地，使读者深受感染，产生强烈的共鸣，实现与抒情主人公的交流。

在唐代诗人白居易的《赋得古原草送别》一诗中，由时间和逻辑维度相结合而产生的文本叙事动力贯穿始终。白居易诗曰：

> 离离原上草，一岁一枯荣。
> 野火烧不尽，春风吹又生。
> 远芳侵古道，晴翠接荒城。
> 又送王孙去，萋萋满别情。①

这是一首限定诗题的应举之作，题中"送别"所涉及的"王孙"系袭用《楚辞·招隐士》中"王孙游兮不归，春草生兮萋萋"之句，借指诗人的朋友，或泛指游子，并非特定之人。在诗歌的前四句中，由时间和逻辑关系结合所产生的文本叙事动力尤为清晰可感：从时间上说，它涉及古原青草年年岁岁循环不止的"荣""枯"过程，这是一个在亘古时间流程中世间万物皆无可逃脱的铁律。然而，诗中的用意显然不在其中无可避免的"枯"，而恰

---

① （唐）白居易：《赋得古原草送别》，载林庚、冯沅君主编：《中国历代诗歌选》上编（二），人民文学出版社，1979年，第490页。

恰在"荣"。即便漫天野火使青草迅即而枯，仍然挡不住春天的到来使之再度焕发新的生命，这样的生命绵绵不绝无尽期，由此而显示出一种强大的文本叙事动力。后四句所表现的与时间相应的文本叙事动力和前四句相关照："远芳""晴翠"与"古道""荒城"对举，再次形成"荣""枯"之间的鲜明对照。不论它所述及的是即将远去的友人所经之地也好，还是与前面对应的景象相比较也好，它与其后送别友人所发出的感慨"萋萋满别情"（"春草生兮萋萋"的化用）合在一起，与前四句一样，依然有力地凸显了"荣"。送别，往往使人产生感伤之情。然而，在这里并无感伤，而是在一片如"春草生兮萋萋"般充满生机的景象中而满怀别情。从头到尾，全诗所闪现的勃勃生机，所焕发出的情感前后一致，交相融合。同时，在诗中与生死荣枯的时间进程相贯通的是明显的逻辑规则。从逻辑上说，生死相续、荣枯相随是再普通不过的逻辑规则了，这是自然界和人类社会永恒的法则。因而，这一符合时间和逻辑维度并使二者有机结合而产生的文本叙事动力显现出强大的、不可违逆的力量，这一文本叙事动力与读者阅读时产生的读者动力相结合，能够产生最为完美的阅读体验和美学效果。

英国学者罗利曾经谈到尼古拉·别尔佳耶夫对时间历史的三种基本类型的区分，即宇宙时间、历史时间和存在时间，罗利在指出这三种时间在过去一百年间英国小说史上的表现时曾经提到，在这三种时间里，唯独宇宙时间似乎是在支配着中国传统小说。①罗利的这一看法颇值得注意。应该说，这种宇宙时间在中国传统小说中即便不处于支配地位，至少也占据重要的地位。而在中国传统抒情诗歌中，宇宙时间也同样表现得十分突出。它在为数众多的抒情诗歌中都有体现，上述白居易的《赋得古原草送别》就是一个明显的例子。

生死荣枯相循的宇宙时间无论在小说还是抒情诗歌中都可以有不同的表现，产生不同类型的叙事动力。它可以表现为一种生机勃勃、积极向上的力量而构成为作品的积极的叙事动力，也可在人都躲不过死亡屠刀的意念

---

① 见〔美〕王靖宇：《中国传统小说中的循环人生观及其意义》，孙乃修译，载〔美〕王靖宇《〈左传〉与传统小说论集》，北京大学出版社，1989年，第87页。

下表现为一种颓然无奈，并形成为一种消极的叙事动力。我们在《赋得古原草送别》一诗中所看到的显然属于前者而非后者。自然，就文本叙事动力而言，前面出现的两种情况都可能是符合逻辑的，都是说得通的。这里的关键在于读者动力与文本动力结合，从而形成有所不同的推动力，构成叙事的进程。从根本上说，叙事进程有赖于"文本从开始指向中间直至结尾的运动逻辑（我们称之为文本动力），以及读者看待这一运动的现实经验（读者动力）。文本运动的逻辑不仅包含事件之间的相互关系，而且包含隐含作者、叙述者、读者的相互关系引起的那些故事层面的动力与话语层面的动力的相互作用。逐渐发展的（或者改变的）理解、判断、情绪（包括愿望）以及跟随文本动力的期待构成读者的现实经验"①。这主要是就叙事文本叙事进程和叙事动力而言的，但对于抒情文本来说也同样适用。抒情文本本身合乎时间与逻辑的文本叙事动力，与读者由现实经验而来的对文本的理解、判断、情绪、愿望所产生的读者动力结合在一起，最终将表现出对文本程度不同的相同或有所不同的解读。

下面让我们看看《古诗十九首》中的第六首：《涉江采芙蓉》，这是一首大致产生于东汉后期建安前数十年间的抒情诗：

> 涉江采芙蓉，兰泽多芳草。
> 采之欲遗谁？所思在远道。
> 还顾望旧乡，长路漫浩浩。
> 同心而离居，忧伤以终老。②

这是一首表现远方游子思乡之作，看似平常，却在忧伤中蕴含着一种绵绵不绝的情意。不像前面的《采薇》，在这首诗中，并未直接出现第一人称的抒情人"我"。但是，虽然字面上的"我"未显现出来，"我"的存在依然

---

① David Herman, James Phelan et al., *Narrative Theory: Core Concepts and Critical Debates*. Columbus: The Ohio State University Press, 2012, p. 58.
② 《涉江采芙蓉》，载林庚、冯沅君主编：《中国历代诗歌选》上编（一），人民文学出版社，1979年，第129页。

是实实在在的。至于诗篇中的"我"究为女性，还是男性，这并不重要，重要的是它所传达的情感。在这首诗中，长时间的分离依然是引起抒情主人公情动的中心。然而，与《采薇》相比，它表面上并没有前者那种清晰的时间展现，时间在这里是以更为隐蔽的方式表现出来的。可以说，《涉江采芙蓉》的叙事动力是在隐性的时间关系中，表现出更为明显的逻辑关系。这一逻辑关系以抒情主人公的行与思为依托，环环相扣：从"采芙蓉"开始，到自问"遗谁"，再自答"所思在远道"，无可亲手遗赠。由此而出现抒情主人公的喟叹，漫漫长路，旧乡远隔，唯有相望；一直到最后忧伤中无可奈何的叙说："同心而离居，忧伤以终老。"隐含在时间关系中的逻辑叙事动力层层推进，诗篇仿佛成为在时间河道中流淌的细流，一步步注入读者的心头，让人咀嚼不断，回味无穷。

东汉梁鸿的《五噫歌》，是一首让诗人由此获罪于朝廷的诗篇，诗仅五句：

> 陟彼北芒兮，噫！
> 顾览帝京兮，噫！
> 宫室崔嵬兮，噫！
> 人之劬劳兮，噫！
> 辽辽未央兮，噫！ ①

《五噫歌》是作者过帝京洛阳时有感而作。从诗歌每句后重复出现的"噫"这一感叹词及与之相关的内容来看，诗人在表面的冷静中蕴含着强烈的情感，并任由这样的情感一泻而出。与《涉江采芙蓉》一样，这首诗在叙事动力结构上，时间的推动力量虽未明显地展现出来，但依然可以有所感知。诗篇同样以诗人自身的行与思贯穿始终：由登洛阳城北的北芒山而览帝京，由所见之宫室而发出感慨。这里的时间关系随诗人之行迹而自然显现，

---

① （南朝宋）范晔：《梁鸿传》，载郑天挺主编，束世澂编注：《中国史学名著选·后汉书选》，中华书局，1966年，第245页。

成为推动叙事发展的内在动力。在这一基础上，可以看出，推动叙事动力进程更多的是其中展现的逻辑关系，时间关系则隐含其中。诗篇的前三句依诗人的行止而出：登高，远望，眼中凸现崔嵬的宫室。从逻辑关系来说，其叙事动力进程完全合乎逻辑、合乎情理，依时间先后展现出诗人的行迹及其所见。人们由所见而发出各种感慨，十分自然。这种感慨可以因人而异，甚至目睹同一景物而发出全然不同的慨叹。在这首诗中，关键的转折发生在后两句，也就是由诗人所见而发出的感叹中。面对崔嵬的宫室或可大声赞叹，赞宫室之宏伟、瑰丽，造化之精妙。但也可以是全然不同的喟叹，一如诗篇所示，诗人由崔嵬的宫室转向普通民众，引向宫室所带来的民众的劬劳，源源不断没有尽头的劬劳。从逻辑上说，后面的两句依然表现出前后相续的逻辑关系，叙事动力依然合乎情理地展现出来，并推动叙事进程进入高潮。

可是，诗人却由此诗而获罪。据《后汉书》所载《梁鸿传》，诗出之后，汉章帝"闻而非之，求鸿不得"①。诗人不得不在诏令搜捕的情况下，改名易姓，与妻子流落齐、鲁之间，再避居吴地。因诗文获罪，在中国文学史上，这远非个案。这里，实际上关涉作者、读者之间的关系以及叙事交流的问题。前面曾经谈到，在文艺作品的创作中，作者的创作可能会针对一定的对象，即"作者写作针对的假设群体"，这一群体将"分享作者期待他或她的读者与之分享的知识、价值、偏见、恐惧和经历，并将他或她的修辞选择建立在这样的基础上"②。这一"作者的读者"最理想的表现应该是艾柯所说的"模范读者"或"理想读者"。可是，阅读作者创作的未必都是作者心目中的"模范读者"，或"理想读者"，这些读者未必都会完全分享作者透过其代言人或抒情人所呈现的一切，并与之合作，形成圆满的交流。

在叙事交流的过程中，离不开文本动力与读者动力的结合，在这里，读者动力表现为"读者对与这些文本动力相应的认知、情感、伦理道德以及审

---

① （南朝宋）范晔：《梁鸿传》，载郑天挺主编，束世澂编注：《中国史学名著选·后汉书选》，中华书局，1966年，第245页。
② David Herman, James Phelan et al., *Narrative Theory: Core Concepts and Critical Debates*. Columbus: The Ohio State University Press, 2012, p. 6.

美的反应",而"文本动力与读者动力之间的桥梁由三类叙事判断所形成,分别为解释的、伦理的、审美的判断。这些判断搭建为桥梁,是由于它们在叙事中被读者再次编码,而一旦完成编码,它们的各种相互作用便导致读者多层次的反应"①。无论是作者还是读者,其解释的、伦理的、审美的判断,或许还应该加上政治的判断,会由于各自独特的情况,包括社会地位、政治立场、经济状况、文化教养、审美情趣等各方面的差异而出现不同表现,产生不同的反应。文学艺术作品与诸如立场鲜明的政治文告不同,是以生动的形象、优美的笔触而感染人的,因而它可以在最大程度上赢得人们的共识、共享。然而,它仍然无法排除这样一种结果,即对同一对象,同一文本,不同的读者在其解码过程中会得出完全不同甚至对立的解码结果。在这样的情况下,文本动力中合乎时间与逻辑关系的进程,在某些读者那里,便会成为文本动力缺乏逻辑关系的表现。这样,就将出现交流的阻滞,甚至完全无法进行而出现交流的中断。在《五噫歌》的作者梁鸿与作为读者的汉章帝之间,情况便是如此。

如前所述,抒情诗所叙说的"事"可以是一种状态、情感、感受、态度、信念或抒情人对某事的沉思,而所表现的大多是以目前的时态作为基础的,也就是说,是一种目下的思考或沉思,因而未必显现出更多的时间状态,更多的时间发展顺序。在这样的情况下,抒情诗中叙事动力的发展,可以出现一种抒情人和读者之间的"双向运动"。透过抒情诗,一方面是抒情人的状态和看法更多的显露;另一方面,从读者一方来说,则是对抒情人所显露的,表现出更深的理解与参与。②由此而推动叙事动力的一步步发展。

三、抒情诗中叙事动力的空间关系

在抒情诗的叙事动力结构中,特别值得引起注意的是叙事动力的空间关

---

① David Herman, James Phelan et al., *Narrative Theory: Core Concepts and Critical Debates*. Columbus: The Ohio State University Press, 2012, p. 6.

② See James Phelan, *Living to Tell about It: A Rhetoric and Ethics of Character Narration*. Ithaca: Cornell University Press, 2005, pp. 162–163.

系。它实际上是一种普遍存在的关系，与人们看待事物与思维的方法密切相关。人们"可以把世界看作由种种事态互相交织的网络……其中每一个已经是或可能是事物的东西，都同一张无止境的关系之网中的其他每一个事物相联系"①。这样的"关系之网"，自然包括空间关系之网。

在小说的空间化形式中，时间不再作为推动叙事文本情节发展的动力关系，透过时间而展现的逻辑关系也为空间关系所取代，其叙事动力由空间中各个意义单位自身的联系所赋予。也就是说，叙事文本场景中经由空间叙事所形成的意义单位，由其相互并置而在这一关系之网中构成相互关联，形成为叙事动力，由此推进叙事进程，并最终产生整体意义。叙事文本中的这种空间叙事关系及所形成的叙事动力，在抒情诗歌中有着更为明显的表现。抒情诗通常篇幅短小，这样篇幅短小的抒情诗，往往"都是歌唱瞬间感受的"②。这种歌唱瞬间感受的诗篇，在很多情况下，会随诗人的兴之所至，情之所由，天马行空般地展开，透过一个个凝练的空间意象并置而出，形成关系之网，而情感的倾诉自在其中。让我们看看马致远脍炙人口的小令《天净沙·秋思》：

枯藤老树昏鸦，小桥流水人家，古道西风瘦马。夕阳西下，断肠人在天涯。③

这首散曲，前三句分别以一连串不同的空间意象并置而出，其间看不出任何时间关联，也几乎不存在内在的逻辑关系。诗篇的叙事动力如何展开呢？它可以通过空间叙事的参照和交互参照这一关系来实现，这些参照彼

---

① 〔瑞士〕J. M. 鲍亨斯基：《当代思维方法》，童世骏等译，上海人民出版社，1987 年，第 2 页。
② 〔日〕吉川幸次郎：《中国诗史》，章培恒、骆玉明等译，复旦大学出版社，2012 年，第 20 页。
③ （元）马致远：《天净沙·秋思》，载郁贤皓主编：《中国古代文学作品选》第五卷，高等教育出版社，2010 年，第 80 页。

此独立地相互关联;"由读者加以连接,并将它们视作一个整体"①。这些相互并无时间与逻辑关联的单个意象可以在空间中一个个展现出来,各自作为参照,并形成交互参照,其意义在这样的参照与交互参照的关系之网中显现,叙事动力也在这一过程中推进。读者在阅读与咏颂的过程中将这些无时间和逻辑关系的单个意象连接起来,通过联想、感知、思考,在意象的参照与交互参照中赋予其意义,在抒情诗的叙事动力与读者动力的结合下,整个叙事进程得以完成。

散曲的标题《秋思》已经展现了诗篇的主旨,无论对于诗人还是读者,它都起到了限定的作用。对于叙事进程来说,它起到了指引途径的作用。这样,散曲的前三句一连串并置的意象,便可在其相互的关联中,看出秋天的一片萧杀景象,以及在这幅景象中的抒情人。后二句则在前面意象的基础上,展现出其中抒情人的咏叹,画龙点睛地将其整体意象推向高峰。王国维在《人间词话》中谈到"有有我之境,有无我之境","有我之境,以我观物,故物皆著我之色彩"②。《秋思》所呈现的显然属"有我之境",在瞬间的画面所呈现的景与物、景与人的相融相携中,在诸多意象形成的叙事动力推进的叙事进程中,可以看出其中"物皆著我之色彩"。王国维将这首小令看作"纯是天籁"③,可以说正是注意到在看来信手拈来、毫无任何逻辑联系的诗篇中所展现的自然之声,它显得天衣无缝,却诗意隽永。

对抒情诗叙事动力结构的分析,有助于我们深入文本中,细察抒情诗歌以特定的结构和不同方式所显示的情感力量,以及这一情感力量在不同结构中如何层层推进,实现其情感叙事,展示其文本动力;与此同时,在读者阅读的过程中,在与读者动力的结合中,实现二者的和谐共鸣,展现其独特的艺术力量。

在对中国古典抒情诗的叙事动力进行考察之后,下面我们再以一首 17

---

① Joseph Frank, "Spatial Form in Modern Literature". In *Essentials of the Theory of Fiction*. Third Edition. Eds. Michael J. Hoffman and Patrick D. Murphy. Durham: Duke University Press, 2005, p. 62.
② 王国维著,徐调孚注,王幼安校订:《人间词话》,人民文学出版社,1982 年,第 191 页。
③ 王国维:《宋元戏曲史》,中华书局,2010 年,第 122 页。

世纪英国诗人安德鲁·马弗尔的抒情诗为例进行分析。

第二节 《致他娇羞的情人》的结构与叙事动力

一、马弗尔及其《致他娇羞的情人》

17世纪英国诗人安德鲁·马弗尔（Andrew Marvell，1621—1678）是一位重要的玄学派诗人。他一生创作的诗歌不足百首，却在英国诗歌发展史上占有重要地位，其诗歌被认为"标志着从文艺复兴后期到古典主义的过渡"[①]。在他为数不多的诗篇中，《致他娇羞的情人》占有十分重要的地位，是他最具代表性的诗作之一。这首抒情诗大约创作于1650至1652年之间，在作者去世之后的1681年才首次发表。全诗是这样的：

要是我们有足够的天地和光阴，
这一娇羞，小姐，就不是什么罪过。
我们可以坐下，想想去哪儿
散步，度过我们漫长的爱情时光。
你可以在印度的恒河之滨
找寻红宝石；我在亨伯的潮头前
哀声叹息。我会在洪水
未降临之前十年，便爱上你；
倘若你高兴，你也可以拒绝，
直到犹太人改宗归正。
我一如植物般的爱会生长，
比那些帝国还要辽阔，更为悠缓。
一百年时光应该用以赞美

---

① 杨周翰：《十七世纪英国文学》，北京大学出版社，1985年，第154页。

你的双眼，凝视你的额头。
两百年用以膜拜你的乳房，
其余的得用三万年时光。
每个部分少不了一个时代，
最后的时代应该袒露你的内心：
小姐，这才配得上你的气派，
我的爱应该不会比这更低。

　　然而在我身后我总听到
时间的战车插翅飞奔而来；
而在我们前面的远方，展现出
一片荒漠，辽阔，永恒。
你的美啊不再能够找到，
在你大理石的拱顶下也不再
回荡我的歌声：成群的蠕虫
将侵蚀你长久保存的童贞，
你那古雅的荣耀将化为尘埃，
而我所有的情欲也将灰飞烟灭。
坟茔倒是一处美好的私人之所，
但我想没人会在那儿拥抱。

　　因此，快趁着眼下青春留驻
如清晨的露珠停留在你肌肤之上，
趁你快乐的灵魂从每一个毛孔
如道道烈焰喷发出热情，
此刻，就让我们尽情嬉戏吧，
让我们如一对相爱的猛禽，
与其在时间的咀嚼中步步衰萎，
不如马上把属于我们的时光吞咽。
让我们用我们全身的气力，
用我们所有的甜蜜，滚啊滚成一球，

> 用狂野的厮打迸发我们的欢乐，
> 从生命的道道铁栅①中贯穿。
> 这样，我们虽不能使我们的太阳
> 静静的停止，我们却能使它奔忙。②

这是一首在多方面显示出独特性的抒情诗歌，可以从不同的层面入手进行探讨。这里，将集中从诗歌的结构出发，探讨诗歌的空间叙事，以及由此显示的叙事动力。

二、诗歌结构

诗歌的结构，并非如有人所想象的呆滞或僵化之物，或认为这样的概念难以运用于如抒情诗这样的"无定形之物"中。实际上，"对于文学现象来说，'结构'所刻画的一种有机构造，是众多不同事物的一种具有典型性的共同之处。……'结构'在这里意味着一批为数众多的抒情诗作的共同形态，这些诗作之间完全不必相互影响，它们各自的独特性却可以彼此协调而相得益彰"③。一首好的抒情诗歌会内在地显示其特定的结构，这一结构无论在诗歌中有形还是无形地表现出来，都会对抒情诗歌的情感抒发和意义构成产生重要的影响。霍根在谈到故事的情感结构时指出，人类具有一种对情节的激情，"故事结构，甚至故事构成成分的定义都是与激情不可分割的"，由此可以揭示"情感创造故事的方式"。在他看来，"故事结构从根本上由我们的情

---

① 此处用"铁栅"（iron grates），在该诗 1681 年的福利奥版本（Folio edition）中，出现的是"铁门"（iron gates）。后来在一份早期的手稿本中人们发现用到"铁栅"。马弗尔作品的编选者伊丽莎白·S.唐诺（Elizabeth Story Donno）在她的版本中采用"铁栅"，并将此视为正宗。这首诗歌的大多数现代版本中都延续了"铁栅"这一替换，但也有不少依然用"铁门"，如布鲁克斯和沃伦在他们的《理解诗歌》一书中所选的马弗尔该诗便是（见〔美〕布鲁克斯、沃伦：《理解诗歌》，外语教学与研究出版社，2004 年，第 256 页）。

② Andrew Marvell, "To His Coy Mistress". In Elizabeth Story Donno, ed., *Andrew Marvell: The Complete Poems*. Penguin Classics, 2005, pp. 50–51.（该诗系笔者据英文原文译出）。

③ 〔德〕胡戈·弗里德里希：《现代诗歌的结构：19 世纪中期至 20 世纪中期的抒情诗》，李双志译，译林出版社，2010 年，第 4—5 页。

感系统形成并由之定向"①。这里,霍根主要是针对叙事文本的故事与情节结构而言的,但抒情诗歌作为情感的直接产物,其情感创造与表达无疑与抒情文本的结构有着更为密切和直接的联系。

作为情感抒发的产物,抒情诗歌表现为抒情人向某个或某些确定或不确定的对象传达自身的情感,构成一个情感交流的过程。抒情诗的情感表达与交流,是向特定对象传达信息和情感,因而同样可以被视为一种叙事。在抒情诗中,作为情感表达的特定叙事也存在着一个叙事的进程。在这一叙事进程中,"文本与读者动力的结合"同样是一个关键的手段,因而,"对进程的研究便是理解叙事如何运行的关键"②。而这一进程及与之相关的叙事动力,恰恰是与抒情诗歌的结构紧密联系在一起的。

《致他娇羞的情人》在结构上可以明显看出三个相互关联的部分。这一结构上的显著特征,引起了一些学者的注意,在布鲁克斯和沃伦的《理解诗歌》一书中,谈及马弗尔这首诗时,所提出的第一个问题便是:"区分该诗具有逻辑结构的三个部分,评述每个部分的调子(tone)。"③ 可以说,这首抒情诗歌的每个部分都显现出不同的"调子",形成一个独特的场景,每个场景显示出一个内在的故事,而三个故事形成一个逐步发展的完整的连续体,正是在这一连续体中,抒情诗歌的叙事动力从开头至结尾以不同的方式有力地展现出来。

从诗歌的标题《致他娇羞的情人》可以看出,在这首抒情诗中,抒情人的情感表达具有特定的指向,这便是抒情人的"情人"或"女友"(mistress)。然而,这一作为抒情客体的情人或女友,对抒情人来说又不是一位已然情定的对象,而是一位"娇羞的"(coy),或者说一位若即若离、处于顾盼之中,尚表现出某些不情愿的情人。正是在这样一种特定的情况下,抒情

---

① Patrick Colm Hogan, *Affective Narratology: The Emotional Structure of Stories*. Lincoln and London: University of Nebraska Press, 2011, p. 1.
② 〔美〕戴维·赫尔曼、詹姆斯·费伦等:《叙事理论:核心概念与批评性辨析》,谭君强、降红燕、王浩等译,北京师范大学出版社,2016年,第6页。
③ Cleanth Brooks, Robert Penn Warren, *Understanding Poetry*, 4th edition, Beijing: Foreign Language Teaching and Research Press, 2004, p. 256.

人的情感表达，抒情人与其对象之间的关系与交流，便以适宜于这一状况、以一种富于意味的独特方式展开。抒情人竭尽所能，展开丰富的想象，力图在倾诉自身情感的前提下，以炽热的情感与冷静的理性的结合，竭力解开隐藏在抒情对象身上的心结，以便实现二者之间完满的沟通与交流，使抒情人的意愿最终得以实现。诗歌的叙事动力正是沿着这一特定轨迹，一步一步地释放出一种难以违拗的力量。

诗歌的三个场景，或者说三个故事，是以"假定—否定—肯定（行动）"这一结构图式呈现出来的。这一结构图式曲折往复，环环相扣，步步推进，在一个广阔的时空背景中显示出一种线性的力量，一股迅疾的叙事动力自始贯穿其间，直达终点。自然，在这里，当我们说到抒情诗的"故事"时，是需要格外注意的，因为，"在抒情诗中，故事往往有别于小说中的状况，它们所关注的主要是内在的现象，诸如感受、思考、理想、情感、回忆、态度，以及抒情人或主人公在心灵观照的独白过程中将他或她自身归因于故事的形象"①。这同样应该是我们理解马弗尔的诗歌中"故事"的出发点。

诗歌的第一个场景，是一个假定的场景，占据自开头而来的前 20 行，几乎占全诗的一半。它以近半的诗行描绘了一幅变幻之中充满浪漫情调的画面。抒情人的假定自诗篇开头便扑面而来："要是我们有足够的天地和光阴，/这一娇羞，小姐，就不是什么罪过。"在这里，抒情人直接呼唤他的抒情对象："小姐"（lady），并面对这一特定对象作出他的假定。这一呼唤，既拉近了与若即若离的抒情对象的距离，也使在这一假定之下出现的"娇羞"具有其合理性，一开头就能够给予抒情对象以足够的抚慰。

再进一步，伴随着这一假定，抒情人给予了抒情对象足够的自由空间。这一自由空间，也包括抒情人自身在内：在无时间和空间羁绊的情况下，可以在广阔的天地中徜徉。他可以在洪荒之前便爱上她，而她却可以拒绝，直到那近乎玄幻的"犹太人改宗归正"再回心转意。无论抒情人所面对的对象有何种表现，唯一不变的是抒情人自身对于抒情对象的态度：他对她一往情

---

① Peter Hühn, Jens Kiefer, *The Narratological Analysis of Lyric Poetry: Studies in English Poetry from the 16th to the 20th Century*. Trans., Alastair Matthews. Berlin: Walter de Gruyter, 2005, p. 8.

深，矢志不渝。他可以在以万年计的时光中细细地"赞美""膜拜"她，也可以在以万年计的时光中等待她"袒露"自己的内心……所有这一切，对抒情人来说，是理所应当的。对抒情对象来说，也是理应如此的。这在抒情人再次呼唤他的对象时，明确地表现出来。在抒情人看来，只有这样做，"小姐，这才配得上你的气派"。除此之外，还要加上一句"我的爱应该不会比这更低"。

以假定开始的富于浓厚浪漫气息的第一个场景，被随之而来以"然而"开头的第二个场景，或第二个故事彻底翻转，它有力地否定了先前的假定场景。诗歌在此出现了重大的转折，如巨流转了一个急弯，并继续以一种毫不容情的力量转而向前推进。这一场景失去了第一个场景中那种欢乐从容的浪漫调子，而显得峻急、残酷，让人喘不过气来。在第21到第33行短短13行诗句中，以一种急速的调子迅速地将这一情景推向极致。

在第二场景中，抒情人以直面现实的清醒态度展现了时间的无情。它在这一场景开头的诗句中便以一种颇具冲击力的方式将之表露无遗："然而在我身后我总听到／时间的战车插翅飞奔而来"；与此同时，在前方，却又"展现出／一片荒漠，辽阔，永恒"。值得注意的是，抒情人在这里并不只展现在他自己前面的远方，而是在"我们前面"（before us）的远方，将抒情对象囊括在内。这样，就将抒情人自己的命运与抒情对象的命运紧密连接在一起。夹在这茫茫无边的时间缝隙中的抒情人，在抒情对象面前展现出既包括他自己，也包括他的倾诉对象在内都将无可避免地遇到的一系列残酷的景象，并预告了无情的时间之斧将斫去所有看似美好的东西：你的"美"终将不复存在，我的"歌声"也将不再回荡，你"古雅的荣耀将化为尘埃"，我"所有的情欲也将灰飞烟灭"。最终的归宿何在，抒情人不无揶揄地说了个透："坟茔倒是一处美好的私人之所，／但我想没人会在那儿拥抱。"

这样，第二场景便以明白无误的叙说，以人生无可避免的铁律，彻底否定了第一场景中那曼妙的"假定"。紧接着这一毫无出路的否定性场景，抒情人不失时机地即刻引导他的对象回到"眼下"。这就进入了第三场景，或第三个故事，一个从"眼下"开端的、肯定的、促人行动的故事。前面的两个场景，假定也好，否定也好，对于爱情的实现来说，都是虚幻的。假定的场景再美妙，那不过是远离人世的空中楼阁。否定的场景残酷无情，却道出了真相。准此二途而行，引向的都是不同形式的虚幻，实际上都是一种否定。从诗歌的三个场景中便出现不同形式的两个否定性场景，可以看出，包括马弗尔在内的玄学派诗人喜好在诗歌中运用反论这一明显的结构上的特征。

就在这不同形式的两个否定性场景之后，在无路可通之际，抒情人自然而然地将出路引入行动的当下："快趁着眼下青春留驻"，"此刻，就让我们尽情嬉戏吧"。与抒情人对行动的呼唤相对应，文本中出现了多种具有力度的词语与形象。这些词语与形象构成的画面使行动的力量显得加倍剧烈。比如，"让我们如一对相爱的猛禽"，"滚成一球"，"狂野的厮打"，"迸发"，"从生命的道道铁栅中贯穿"。不仅如此，爱情的力量甚至可以使太阳为之"奔忙"。在前面两个不同的反论之后出现的这一正论，将肯定的、促人行动的力量表现得淋漓尽致。诗歌中文本的叙事动力与读者对与这些文本动力相应的认知、情感、伦理道德以及审美的反应相结合，创造了这首抒情诗歌一个理想的、从开头经由中间向结尾发展的叙事进程。

不少中外评论者都将这首抒情诗看作是对传统的"及时行乐"（carpe diem）的展现，或者说是以"及时行乐"作为一种"劝服策略"[①]，布鲁克斯和沃伦也将这首诗歌置于"爱情与时间"[②]这样的栏目之下。这些说法都各有其道理，但是，仅仅这样理解，显然是不够的。这首诗歌能够打动人心，能够给人留下如此深刻的印象，确实是与诗歌中所显示的对爱情的强烈追求和渴望实现完满的爱情分不开的。然而，更令人印象深刻的是诗歌透过种种词语、意象、形象的画面而显现的对爱情追求的那股一往无前的动力，诗歌中所表现的这一叙事动力以一种热烈的理性，形成了一股促人行动实现完满爱情的磅礴力量。从诗歌本身来说，它无疑承续了文艺复兴以来所出现的人的解放、爱情力量勃兴这一时代潮流，表现出时不我待，鼓励人们珍惜时光，

[①] Peter Hühn, Jens Kiefer, *The Narratological Analysis of Lyric Poetry: Studies in English Poetry from the 16th to the 20th Century*. Trans., Alastair Matthews. Berlin: Walter de Gruyter, 2005, p. 53.

[②] Cleanth Brooks, Robert Penn Warren, *Understanding Poetry*, 4th edition, Beijing: Foreign Language Teaching and Research Press, 2004, p. 254.

去大胆地追求属于自己的爱情的愿望，而这样的爱情在漫长的中世纪是被完全无视的。

然而，诗歌所展现的叙事动力，诗歌所汇成的浪漫而理性的力量，实际上是超越单一的、纯粹的爱情的。在无限的时间面前，人生确实如白驹过隙，死亡也无一例外地是横亘在人们前面的必然归宿。而如何对待这一无可逃避的铁律，却有着不同的选择。奥地利著名心理学家维克多·弗兰克尔（Viktor E. Frankl）曾经说到，让他用一生的时间去苦苦思索的，并不是对死亡的恐惧，而是这样一个问题："既然生命如此短暂，那它的意义何在？最后，我终其一生探索得出的答案就是：从某种意义上说，正是死亡本身让生命变得有意义。"①在《致他娇羞的情人》中，死亡意识是如此明确，如此频繁、露骨地表现出来。可是，伴随明确的死亡意识而来的，更多的不是对于死亡的恐惧，而是促人行动，显示的是在实现完美的爱情中使有限的生命变得更有意义的强烈愿望。这不仅是对爱情，也是对人、对人的价值的充分肯定。因而，诗篇透过文本叙事动力所形成的行动的力量，所传达的信息，在无形中更多的是在鼓舞人们抓紧时日，去努力，去创造，如浮士德那样去不倦地追求，追求一切美好的东西，对美好的爱情是如此，对其他一切美好的东西也同样如此。

三、时间、逻辑、空间关系与叙事动力

在推进抒情诗的文本叙事进程中，叙事动力结构可以在三重关系中表现出来，即时间、逻辑与空间关系。在叙事文本事件的组合与情节发展中，这三重关系依然存在，但在抒情文本中它们以不同的方式表现出来。在《致他娇羞的情人》中，尤其值得我们注意的，是其中通过逻辑和空间关系所展现的叙事动力。在上面对这首诗歌的结构分析中，可以明显看出逻辑关系所展现的叙事动力。如前所述，《致他娇羞的情人》的三个部分，是以"假定—否定—肯定（行动）"这一结构图式呈现出来的。这一安排在文学批评中通

---

① 〔奥〕维克多·弗兰克尔：《弗兰克尔自传：活出生命的意义》，王绚译，中国青年出版社，2016年，第19页。

常被解释为"反映了一种逻辑论证的形式，即三段论的形式"[①]。这种逻辑关系不仅通过每一部分的场景或故事内在地表现出来，也在每一部分开头作为引导词语而展示的逻辑关联中展现出来。从第一部分开头表达假定的"要是"（Had we but），到第二部分开头转折性的"然而"（But），直到第三部分开头展现因果关系的"因此"（Therefore），非常自然地表现出全诗连贯的、整体的逻辑关系。其环环相扣、层层推进的叙事力量，容不得人有丝毫怀疑。

十分有趣的是，相对于诗歌三个部分所展示的整体逻辑关系来说，诗歌三个部分中的每一部分本身却并未表现出一种严密、完整的内在逻辑关联，未形成一种线性的、具有严密逻辑关系的叙事动力，而更多的是以空间叙事的形式表现出来，形成空间叙事的动力关系。这一点在三个部分的每一部分中都不例外。而与此同时，每个部分透过空间叙事展示的叙事动力，又合而形成一股整体的力量，推动全诗线性的、逻辑的叙事动力向前发展。

抒情诗的空间叙事，主要表现为一种空间意象叙事。这种意象，就是文艺作品中具有意味的图像。这样的图像，在抒情诗中显得更为常见，更加别具意味。这些由词语、形象所构成的一个个独立的意义图像，相互之间并无直接关联，而是形成为带有空间距离的一个个意象画面。而单个的意象画面并不能显示出意义，只有以各种方式将在空间中并置的意象群链接起来，才能打破相互之间的隔离状态，将空间意象群的意义旨归呈现出来。《致他娇羞的情人》的三个部分，每个部分都可看作是一个意象群，每个意象群都透过单个意象之间的相互关联而呈现出整体的意义旨归，每个意象群形成的整体意义，又作为集中的叙事动力依次推动全诗的发展。

在诗歌的第一部分，与抒情人的假定相呼应，抒情人天南地北，在无限广阔的时空背景下，在文本中呈现出一个个辽阔的空间意象：从印度的恒河，到英国的亨伯河；从洪水的降临，到犹太人的改宗归正；从帝国到个人；从一百年、两百年到三万年，都是在假定之下任抒情人展开自己想象的

[①] Peter Hühn, Jens Kiefer, *The Narratological Analysis of Lyric Poetry: Studies in English Poetry from the 16th to the 20th Century*. Trans., Alastair Matthews. Berlin: Walter de Gruyter, 2005, p. 53.

结果，显现出一个个毫无逻辑关联的诗歌意象。第二部分也同样如此。第三部分着眼于"眼下"，看似显得更为现实，但同样以诸如"相爱的猛禽""所有的甜蜜……滚成一球""生命的道道铁栅""使我们的太阳……奔忙"等表现出跨越时空的意象图景，令人眼花缭乱，目不暇接。这种状况实际上反映了包括马弗尔在内的英国玄学派诗人诗歌的特点。他们的诗歌往往是智力与个性的奇妙组合，是情感和智力创造的奇思异想，将一些表面上毫无关联、不相干的意象连接在一起，使读者在一种倍感陌生的惊异中深入咀嚼，反复领悟。

可是，无论如何，诗歌中这些并无内在逻辑关联的单个意象却是必须关联，也应该是可以关联起来的，否则就成了散落一地的珠子，无从捡拾。如何关联呢？我们可以参考叙事文本中的空间叙事。在叙事文本的时间序列中，彼此独立的参照和交互参照相互关联；而且，"在将这部作品结合进任何意义模式之前，这些参照必须由读者加以连接，并将它们视作一个整体"①。在抒情文本中，情况也大抵如此。在几乎不存在时间序列的状况下，作为一个个意象构成的参照和交互参照，散落在诗歌中，展露无遗。而这些参照和交互参照必须由读者进行连接，重新加以编码，产生"与这些文本动力相应的认知、情感、伦理道德以及审美的反应"。在这一反应中，读者会将不相连贯的一个个意象图景按照文本语境加以组合，形成为相应的意义旨归。文本动力与读者动力的结合，使抒情诗的叙事进程得以最终完成，也使读者对抒情诗的欣赏和解读得以最终实现。

更进一步，读者甚至还可以参与其中，不仅与抒情人产生共鸣，还可以将这种共鸣化为行动的力量。詹姆斯·费伦认为，在涉及的读者动力中，叙事判断是一个至关重要的因素。这些动力取决于两种主要的读者活动：观察和判断。这在叙事作品中显得极为重要。而在这方面，抒情诗歌与叙事作品是有所不同的。抒情诗"邀请修辞读者参与而不是判断抒情人的情感和态

---

① Joseph Frank, "Spatial Form in Modern Literature". In *Essentials of the Theory of Fiction*. Third Edition. Eds. Michael J. Hoffman and Patrick D. Murphy. Durham: Duke University Press, 2005, p. 62.

度"①。这种"邀请",在这首诗中显得尤为突出,成为一种重要的修辞手段。对于作为读者的抒情对象而言,这一由邀请参与产生共鸣并进而化为行动的力量显得更为直接、更为迫切。当然,对于修辞读者或普通的读者而言,抒情诗的"邀请"参与,说到底还是与"判断"有密切关联的,甚至可以说是建立在"判断"的基础上的。因为只有对"抒情人的情感和态度"作出合理的判断,读者才会有合乎理想的参与,对抒情人及不同程度地隐含在其后的诗人产生更为积极的呼应。

在这首诗中,抒情人在文本中的叙说直接针对他的抒情对象,带有明显的语用功能与说服功能,抒情人希望透过诗篇打动自己的抒情对象,渴望抒情对象按照自己设定的行动轨迹走下去。也就是说,"抒情人希望劝服她,使她接受那个他所喜爱的故事形式中归之于她的角色,从而引导故事向他所希望的方向发展"②。因而,作为读者的抒情对象,更不可避免地要将文本动力与读者动力紧密地结合在一起,对抒情诗作出更为直接的反应。大多数置身于这一特定场景之外的普通读者,也同样会在文本动力与叙事动力相结合的基础上,激发起自身的情感反应。就情感经验而言,最基本的要素包括这样一些基本层面:"首先,是诱发条件。这是一种状态和呈现,一种固有的属性,我们对之会产生敏锐的情感体验,并激活起情感系统。其次,是表现后果。它标志着体验情感的主体表现出种种情感……第三,是行动回应,或对某种状态的反应。"③ 这是人类情感反应的普遍状况,在这样一首透过逻辑叙事动力和空间叙事动力相结合而表达出丰富情感的诗篇中,在人们如此熟悉的情感中,读者也会不可避免地被诱发,被激活起情感系统,从而产生共鸣,并作出种种回应。

如果我们将全诗看作由三个局部构成为一个连贯的整体的话,那么,这

---

① James Phelan, *Somebody Telling Somebody Else: A Rhetorical Poetics of Narrative*. Columbus: The Ohio State University Press, 2017, p. 83.

② Peter Hühn, Jens Kiefer, *The Narratological Analysis of Lyric Poetry: Studies in English Poetry from the 16th to the 20th Century*. Trans., Alastair Matthews. Berlin: Walter de Gruyter, 2005, p. 48.

③ Patrick Colm Hogan, *Affective Narratology: The Emotional Structure of Stories*. Lincoln and London: University of Nebraska Press, 2011, pp. 2–3.

就是由局部的空间意象叙事与连贯的、完整的逻辑叙事的奇妙组合。在每一个局部中，由一个个意象结合构成的空间叙事动力推动着故事的发展，进而形成为全诗一以贯之的整体逻辑叙事动力，使诗歌一步步走向高潮。而伴随文本的这一叙事进程，通过与读者阅读过程中的读者动力的结合，促使读者对抒情人的呼应作出积极的反应，文本动力与读者动力的结合使诗歌的叙事动力强劲地展现出来，形成一种磅礴的促人行动的力量，从而使这首诗歌成为人们经久咏颂、激发起历代读者强烈共鸣的名篇。

引用文献

一、中文著作

1. 古籍与近人论著

（汉）毛亨传，（汉）郑玄笺，（唐）孔颖达疏，（唐）陆德明音释：《毛诗注疏》，上海古籍出版社，2013年。

（汉）司马迁撰，（宋）裴骃集解，（唐）司马贞索隐，（唐）张守节正义：《史记》，中华书局，1959年。

（魏）曹操：《曹操集》，中华书局，1959年。

（晋）皇甫谧等撰，陆吉等点校：《帝王世纪》，齐鲁书社，2010年。

（南朝宋）范晔：《梁鸿传》，载郑天挺主编，束世澂编注：《中国史学名著选·后汉书选》，中华书局，1966年。

（南朝梁）刘勰著，范文澜注：《文心雕龙注》，人民文学出版社，1978年。

（南朝梁）钟嵘著，陈廷杰注：《诗品注》，人民文学出版社，1980年。

（唐）贾岛：《二南密旨》，学海类编本。

（唐）孟启撰，董希平、程艳梅、王思静评注：《本事诗》，中华书局，2014年。

（唐）魏徵等撰：《隋书》卷十三，中华书局，2011年。

（唐）姚思廉撰：《陈书》卷六，中华书局，2011年。

（后晋）刘昫等撰：《旧唐书》卷二十八，中华书局，2011年。

（宋）蔡绦：《西清诗话》卷中，明抄本影印本。

（宋）陈鹄撰，郑世刚校点：《西塘集耆旧续闻》，载《宋元笔记小说大观》第五册，上海古籍出版社，2007年。

（宋）洪迈撰，孔凡礼点校：《容斋随笔》，中华书局，2015年。

（宋）洪兴祖撰，白化文等点校：《楚辞补注》，中华书局，2015年。

（宋）欧阳修著，胡可先、徐迈校注：《欧阳修词校注》，上海古籍出版社，2015年。

（宋）欧阳修、宋祁撰：《新唐书》，中华书局，2011年。

（宋）苏舜钦著，沈文倬校点：《苏舜钦集》，中华书局，1961年。

（宋）周密撰，黄益元校点：《齐东野语》，载《宋元笔记小说大观》第五册，上海古籍出版社，2007年。

（宋）朱熹集注：《诗集传》，上海古籍出版社，1958年。

（元）陈绎曾：《文章欧冶（文筌）》，载王水照编：《历代文话》第二册，复旦大学出版社，2007年。

（明）吴讷著，于北山校点：《文章辨体序说》，人民文学出版社，1982年。

（明）徐师曾著，罗根泽校点：《文体明辨序说》，人民文学出版社，1982年。

（清）曹雪芹、高鹗：《红楼梦》，人民文学出版社，1973年。

（清）方玉润撰，李先耕点校：《诗经原始》，中华书局，1986年。

（清）况周颐著，王幼安校订：《蕙风词话》，人民文学出版社，1982年。

（清）李绂：《秋山论文》，载王水照编：《历代文话》第四册，复旦大学出版社，2007年。

（清）沈德潜选：《古诗源》，中华书局，2006年。

（清）叶申芗撰，贺严、高书文评注：《本事词》，中华书局，2019年。

安徽师范大学中文系古代文学教研组选注：《李商隐诗选》，人民文学出版社，1978年。

本书编写组：《文学理论》，高等教育出版社、人民出版社，2009年。

陈国球、王德威编：《抒情之现代性："抒情传统"论述与中国文学研究》，生活·读书·新知三联书店，2014年。

董乃斌主编：《古代城市生活与文学叙事》，上海大学出版社，2015年。

董乃斌：《中国文学叙事传统论稿》，东方出版中心，2017年。

董乃斌：《诗心缘事：中国诗歌叙事传统研究引论》，上海远东出版社，2023年。

高亨注：《诗经今注》，上海古籍出版社，1980年。

郭绍虞主编：《中国历代文论选》，上海古籍出版社，1979年。

海涛、金汉编：《中国当代文学研究资料丛书·艾青专集》，江苏人民出版社，1982年。

何其芳：《诗歌欣赏》，人民文学出版社，1978年。

洪治纲主编：《王国维经典文存》，上海大学出版社，2003年。

胡适：《胡适文集》第2卷，北京大学出版社，2013年。

胡云翼选注：《宋词选》，上海古籍出版社，1978年。

华宇清编撰：《金果小枝——外国历代著名短诗欣赏》，黑龙江人民出版社，1982年。

黄希庭：《探究心理时间》，商务印书馆，2014年。

黎翔凤撰：《管子校注》，中华书局，2004年。

李贞惠主编:《中国叙事学:历史叙事诗文》,台湾"清华大学"出版社,2016年。
林庚、冯沅君主编:《中国历代诗歌选》,人民文学出版社,1979年。
鲁迅:《汉文学史纲要》,载《鲁迅全集》卷8,人民文学出版社,1957年。
逯钦立辑校:《先秦汉魏晋南北朝诗》,中华书局,1983年。
逯钦立校注:《陶渊明集》,中华书局,2018年。
倪木兴选注:《初唐四杰诗选》,人民文学出版社,2001年。
钱锺书选注:《宋诗选注》,人民文学出版社,1979年。
钱锺书:《钱锺书手稿集·容安馆札记》,商务印书馆,2003年。
孙基林主编:《诗歌叙述学前沿文汇》,山东大学出版社,2022年。
王国维著,徐调孚注,王幼安校订:《人间词话》,人民文学出版社,1982年。
王国维:《宋元戏曲史》,中华书局,2010年。
王文锦译解:《礼记译解》,中华书局,2016年。
王文生:《论情境》,上海文艺出版社,2001年。
王阳:《虚拟世界的空间与意义》,宁夏人民出版社,2007年。
王运熙、顾易生主编:《中国文学批评史新编》(第二版),复旦大学出版社,2010年。
王佐良:《英诗的境界》,生活·读书·新知三联书店,2012年。
闻一多:《红烛·死水》,江苏文艺出版社,2009年。
吴闿生:《诗义会通》,中华书局,1964年。
徐礼节、余恕诚校注:《张籍集系年校注》,中华书局,2011年。
许维遹校释:《韩诗外传集释》,中华书局,1980年。
杨周翰:《十七世纪英国文学》,北京大学出版社,1985年。
叶嘉莹:《迦陵论诗丛稿》,河北教育出版社,1997年。
叶维廉:《中国诗学》,生活·读书·新知三联书店,1992年。
郁贤皓主编:《中国古代文学作品选》,高等教育出版社,2010年。
曾运乾注,黄曙辉校点:《尚书》,上海古籍出版社,2015年。
詹安泰编注:《李璟李煜词》,人民文学出版社,1982年。
张铁夫:《群星灿烂的文学——俄罗斯文学论集》,东方出版社,2002年。
张勇编著:《王维诗全集》,崇文书局,2017年。
赵毅衡:《符号学:原理与推演》(修订本),南京大学出版社,2016年。
中国社会科学院文学研究所编:《唐诗选》,人民文学出版社,1978年。
中国社会科学院文学研究所中国文学史编写组编写:《中国文学史》,人民文学出版社,1979年。

周剑之:《宋诗叙事性研究》,中国社会科学出版社,2013年。
周剑之:《事象与事境:中国古典诗歌叙事传统研究》,商务印书馆,2022年。
周启超主编:《白银时代·诗歌卷》,中国文联出版公司,1998年。
周振甫:《毛泽东诗词欣赏》,中华书局,2010年。
朱杰人、严佐之、刘永翔主编:《朱子全书》第二十册,见《晦庵先生朱文公文集》一,上海古籍出版社,2002年。
邹志方选注:《陆游诗词选》,中华书局,2009年。

2. 译著

〔爱尔兰〕德尔默·莫兰、约瑟夫·科恩:《胡塞尔词典》,李幼蒸译,中国人民大学出版社,2015年。
〔奥〕维克多·弗兰克尔:《弗兰克尔自传:活出生命的意义》,王绚译,中国青年出版社,2016年。
〔波斯〕莪默·伽亚谟:《鲁拜集》,郭沫若译,人民文学出版社,1959年。
〔德〕埃德蒙特·胡塞尔:《内在时间意识现象学》,杨富斌译,华夏出版社,2000年。
〔德〕爱克曼辑录:《歌德谈话录》,朱光潜译,人民文学出版社,1980年。
〔德〕格罗塞:《艺术的起源》,蔡慕晖译,商务印书馆,2019年。
〔德〕黑格尔:《美学》,朱光潜译,商务印书馆,1981年。
〔德〕胡戈·弗里德里希:《现代诗歌的结构:19世纪中期至20世纪中期的抒情诗》,李双志译,译林出版社,2010年。
〔德〕康德:《纯粹理性批判》,邓晓芒译,人民出版社,2017年。
〔德〕莱辛:《拉奥孔》,朱光潜译,人民文学出版社,1981年。
〔德〕乌尔里希·贝克、〔英〕安东尼·吉登斯、斯科特·拉什:《自反性现代化:现代社会秩序中的政治、传统与美学》,赵文书译,商务印书馆,2014年。
〔俄〕巴赫金:《小说理论》,白春仁、晓河译,河北教育出版社,1998年。
〔俄〕德·斯·米尔斯基:《俄国文学史》,刘文飞译,人民出版社,2013年。
〔俄〕尼古拉耶夫、库里洛夫、格利舒宁:《俄国文艺学史》,刘保瑞译,生活·读书·新知三联书店,1987年。
〔法〕保尔·利科:《虚构叙事中时间的塑形:时间与叙事卷二》,王文融译,生活·读书·新知三联书店,2003年。
〔法〕波德莱尔原著:《〈恶之华〉译析》,莫渝译析,花城出版社,1992年。
〔法〕波德莱尔等:《法兰西诗选》,胡品清译,上海三联书店,2014年。

〔法〕伯格森:《时间与自由意志》,吴士栋译,商务印书馆,2002年。

〔法〕布瓦洛:《诗的艺术》,任典译,人民文学出版社,2009年。

〔法〕茨维坦·托多罗夫:《共同的生活》,林泉喜译,华东师范大学出版社,2017年。

〔法〕笛卡尔:《论灵魂的激情》,贾江鸿译,商务印书馆,2016年。

〔法〕蒂费纳·萨莫瓦约:《互文性研究》,邵炜译,天津人民出版社,2003年。

〔法〕亨利·伯格森:《创造进化论》,姜志辉译,商务印书馆,2004年。

〔法〕加斯东·巴什拉:《空间的诗学》,张逸婧译,上海译文出版社,2009年。

〔法〕卢梭:《忏悔录》第一部,黎星译,人民文学出版社,1980年。

〔法〕普鲁斯特:《驳圣伯夫》,王道乾译,上海译文出版社,2007年。

〔法〕让-伊夫·塔迪埃:《20世纪的文学批评》,史忠义译,百花文艺出版社,1998年。

〔法〕热拉尔·热奈特:《叙事话语 新叙事话语》,王文融译,中国社会科学出版社,1990年。

〔法〕热拉尔·热奈特:《热奈特论文集》,史忠义译,百花文艺出版社,2001年。

〔法〕热拉尔·热奈特:《转喻:从修辞格到虚构》,吴康茹译,漓江出版社,2013年。

〔法〕朱莉娅·克里斯蒂娃:《符号学:符义分析探索集》,史忠义等译,复旦大学出版社,2015年。

〔古罗马〕奥古斯丁:《忏悔录》,周士良译,商务印书馆,1982年。

〔古罗马〕奥维德:《变形记》,杨周翰译,人民文学出版社,1984年。

〔古罗马〕贺拉斯:《诗艺》,杨周翰译,人民文学出版社,1982年。

〔古罗马〕维吉尔:《牧歌》,杨宪益译,上海人民出版社,2009年。

〔古希腊〕柏拉图:《理想国》,郭斌和、张竹明译,商务印书馆,1986年。

〔古希腊〕亚里斯多德:《诗学》,罗念生译,人民文学出版社,1982年。

〔荷〕彼得·菲尔斯特拉腾:《电影叙事学》,王浩译,北京师范大学出版社,2020年。

〔荷〕米克·巴尔:《叙述学:叙事理论导论》(第三版),谭君强译,北京师范大学出版社,2015年。

〔加〕琳恩·E.安格斯、〔挪威〕约翰·麦克劳德主编:《叙事与心理治疗手册:实践、理论与研究》,吴继霞等译,北京师范大学出版社,2020年。

〔加〕马里奥·J·瓦尔德斯:《诗意的诠释学:文学、电影与文化史研究》,史惠风译,中国人民大学出版社,2011年。

〔美〕戴维·赫尔曼、詹姆斯·费伦等:《叙事理论:核心概念与批评性辨析》,谭君强、降红燕、王浩等译,北京师范大学出版社,2016年。

〔美〕戴卫·赫尔曼主编：《新叙事学》，马海良译，北京大学出版社，2002年。
〔美〕段义孚：《空间与地方：经验的视角》，王志标译，中国人民大学出版社，2017年。
〔美〕厄尔·迈纳：《比较诗学》，王宇根、宋伟杰等译，中央编译出版社，1998年。
〔美〕哈罗德·布鲁姆：《影响的焦虑》，徐文博译，江苏教育出版社，2006年。
〔美〕哈罗德·布鲁姆：《影响的剖析：文学作为生活方式》，金雯译，译林出版社，2016年。
〔美〕哈罗德·布鲁姆等：《读诗的艺术》，王敖译，南京大学出版社，2010年。
〔美〕海登·怀特：《形式的内容：叙事话语与历史再现》，董立河译，文津出版社，2005年。
〔美〕汉娜·阿伦特编：《启迪：本雅明文选》，张旭东、王斑译，生活·读书·新知三联书店，2014年。
〔美〕罗伯特·斯科尔斯、詹姆斯·费伦、罗伯特·凯洛格：《叙事的本质》，于雷译，南京大学出版社，2015年。
〔美〕M. H. 艾布拉姆斯：《文学术语词典》，吴松江主译，北京大学出版社，2009年。
〔美〕梅维恒主编：《哥伦比亚中国文学史》，马小悟、张治、刘文楠译，新星出版社，2016年。
〔美〕牟复礼：《中国思想之渊源》，王立刚译，北京大学出版社，2009年。
〔美〕乔纳森·卡勒：《结构主义诗学》，盛宁译，中国社会科学出版社，1991年。
〔美〕W·C·布斯：《小说修辞学》，华明、胡晓苏、周宪译，北京大学出版社，1987年。
〔美〕W. J. T. 米歇尔：《图像理论》，陈永国、胡文征译，北京大学出版社，2006年。
〔美〕王靖宇：《〈左传〉与传统小说论集》，孙乃修等译，北京大学出版社，1989年。
〔美〕约瑟夫·布罗茨基、所罗门·沃尔科夫：《布罗茨基谈话录》，马海甸、刘文飞、陈方译，作家出版社，2019年。
〔美〕约瑟夫·弗兰克等：《现代小说中的空间形式》，秦林芳编译，北京大学出版社，1991年。
〔美〕詹姆斯·费伦、彼得·J. 拉比诺维茨主编：《当代叙事理论指南》，申丹、马海良、宁一中等译，北京大学出版社，2007年。
〔墨西哥〕奥克塔维奥·帕斯：《太阳石》，赵振江译，北京燕山出版社，2014年。
〔墨西哥〕奥克塔维奥·帕斯：《弓与琴》，赵振江等译，北京燕山出版社，2014年。
〔日〕吉川幸次郎：《中国诗史》，章培恒、骆玉明等译，复旦大学出版社，2012年。

〔瑞典〕斯图勒·阿连、谢尔·埃斯普马克:《诺贝尔文学奖导论》,万之译,瑞典学院,2015 年。
〔瑞士〕J. M. 鲍亨斯基:《当代思维方法》,童世骏等译,上海人民出版社,1987 年。
〔匈〕裴多菲:《裴多菲文集》第三卷,兴万生译,上海译文出版社,1996 年。
〔匈〕雅诺什·拉斯洛:《故事的科学:叙事心理学导论》,郑剑虹、陈建文、何吴明译,北京师范大学出版社,2018 年。
〔意〕安贝托·艾柯:《悠游小说林》,俞冰夏译,生活·读书·新知三联书店,2005 年。
〔印〕泰戈尔:《飞鸟集》,郑振铎译,载华宇清编:《泰戈尔散文诗全集》,浙江文艺出版社,1990 年。
〔英〕阿拉斯泰尔·福勒:《文学的类别:文类和模态理论导论》,杨建国译,南京大学出版社,2018 年。
〔英〕拜伦:《唐璜》,朱维基译,上海译文出版社,1996 年。
〔英〕彼得·琼斯编:《意象派诗选》,裘小龙译,漓江出版社,1986 年。
〔英〕戴维·洛奇:《小说的艺术》,王峻岩等译,作家出版社,1998 年。
〔英〕贡布里希:《艺术的故事》,范景中译,广西美术出版社,2008 年。
〔英〕华兹华斯:《华兹华斯抒情诗选》,黄杲炘译,上海译文出版社,1986 年。
〔英〕霍布斯:《利维坦》,黎思复、黎廷弼译,商务印书馆,2016 年。
〔英〕莎士比亚:《仲夏夜之梦》,朱生豪译,载《莎士比亚全集》卷 2,人民文学出版社,1978 年。
〔英〕莎士比亚:《十四行诗》,梁宗岱译,载《莎士比亚全集》卷 11,人民文学出版社,1978 年。
〔英〕史蒂芬·霍金:《霍金讲演录——黑洞、婴儿宇宙及其他》,杜欣欣、吴忠超译,湖南科学技术出版社,1996 年。
〔英〕史蒂芬·霍金:《时间简史——从大爆炸到黑洞》,许明贤、吴忠超译,湖南科学技术出版社,1996 年。
〔英〕特里·伊格尔顿:《如何读诗》,陈太胜译,北京大学出版社,2016 年。
〔英〕威廉·燕卜荪:《朦胧的七种类型》,周邦宪等译,中国美术学院出版社,1996 年。
〔英〕约翰·但恩:《约翰·但恩诗集》,傅浩译,上海译文出版社,2016 年。
刘若瑞编:《十九世纪英国诗人论诗》,人民文学出版社,1984 年。
刘小枫选编:《德语诗学文选》,华东师范大学出版社,2006 年。
马高明、柯雷编译:《荷兰现代诗选》,漓江出版社,1988 年。

田晓菲编译：《"萨福"：一个欧美文学传统的生成》，生活·读书·新知三联书店，
　　2019年。
伍蠡甫主编：《西方文论选》，上海译文出版社，1979年。
张寅德编选：《叙述学研究》，中国社会科学出版社，1989年。
周煦良主编：《外国文学作品选》，上海译文出版社，1979年。
《古希腊抒情诗选》，水建馥译，人民文学出版社，1988年。
《赫拉克利特著作残篇》，T. M. 罗宾森英译、评注，楚荷中译，广西师范大学出版社，
　　2007年。

3. 论文

〔德〕歌德：《致玛利亚·包洛夫娜公爵夫人书》(1817)，载中国社会科学院外国文学
　　研究所外国文学研究资料丛刊编辑委员会编：《外国理论家作家论形象思维》，中国
　　社会科学出版社，1979年。
〔法〕茨维坦·托多罗夫：《文学体裁》，程晓岚译，载《马克思主义文艺理论研究》
　　编辑部编选：《美学文艺学方法论续集》，文化艺术出版社，1987年。
〔法〕狄德罗：《论戏剧艺术》，《文艺理论译丛》1958年第1期。
〔美〕J. 希利斯·米勒：《J. 希利斯·米勒致张江的第二封信》，王敬慧译，《文学评论》
　　2015年第4期。
〔美〕乔纳森·卡勒：《论抒情诗的解读模式》，曹丹红译，《文艺理论研究》2018年
　　第3期。
〔美〕W. 詹姆斯：《意识流》，象愚译，载朱立元、李钧主编：《二十世纪西方文论选》
　　上卷，高等教育出版社，2002年。
〔英〕休姆：《现代诗讲稿》，李国辉译，《世界文学》2015年第6期。
艾青：《诗与感情》，《文艺学习》1954年创刊号。
艾青：《和诗歌爱好者谈诗》，《人民文学》1980年第5期。
董乃斌：《唐代新乐府和诗歌叙事艺术的发展——兼及中国文学史上一种现象的探
　　讨》，《文学遗产》1984年第4期。
董乃斌：《论中国文学史抒情和叙事两大传统》，《社会科学》2010年第3期。
董乃斌：《建构基于中国传统的本土叙事学》，《中国社会科学报》2012年9月14日，
　　第B01版。
傅东华：《引子》，载《奥德赛》，傅东华译，商务印书馆，1934年。
傅元峰：《错失了的象征——论新诗抒情主体的审美选择》，《文学评论》2016年第

1 期。

姜飞:《叙事与现代汉语诗歌的硬度——举例以说,兼及"诗歌叙事学"的初步设想》,《钦州师范高等专科学校学报》2006 年第 4 期。

李万钧:《中国古诗的叙事传统和叙事理论——中西文学的一个类型比较》,《外国文学研究》1993 年第 1 期。

李孝弟:《叙事作为一种思维方式——诗歌叙述学建构的切入点》,《外语与外语教学》2016 年第 1 期。

李孝弟:《叙述学发展的诗歌向度及其基点——关于构建诗歌叙述学的思考》,《外语与外语教学》2017 年第 4 期。

李志元、张键:《20 世纪 90 年代以来的诗歌叙事》,《北京师范大学学报(社会科学版)》2006 年第 2 期。

逯阳:《诗歌叙事学视域下的丁尼生作品解读》,《社科纵横》2019 年第 1 期。

罗军:《诗歌叙事学的认知研究》,《长江大学学报(社会科学版)》2012 年第 8 期。

罗军:《走进诗歌叙事学研究新领域:构建诗歌叙事语法》,《长春工业大学学报(社会科学版)》2012 年第 2 期。

罗军:《走向当代西方叙事理论新领域:诗歌叙事学》,《长春理工大学学报》2012 年第 4 期。

罗军、辛笛:《从叙事文本碎片化叙事看诗歌叙事学碎片化叙事模式的构建》,《长春工业大学学报(社会科学版)》2013 年第 1 期。

乔国强:《论诗歌的叙事研究》,《外语与外语教学》2017 年第 4 期。

尚必武:《叙事学研究的新发展——戴维·赫尔曼访谈录》,《外国文学》2009 年第 5 期。

尚必武:《"跨文类"的叙事研究与诗歌叙事学的建构》,《国外文学》2012 年第 2 期。

邵炳军:《春秋社会形态变迁与诗歌叙事主体构成形态演化》,《江海学刊》2015 年第 4 期。

邵炳军:《春秋诗歌"叙述者"介入叙事的多元形态——以两周之际"二王并立"时期诗作为中心》,《上海大学学报(社会科学版)》2015 年第 4 期。

邵炳军:《从"自述其名"方式看"卒章显志"叙事模式的变迁——以〈崧高〉〈烝民〉〈巷伯〉〈节南山〉〈閟宫〉为中心》,《南京师大报(社会科学版)》2015 年第 4 期。

申丹:《语境叙事学与形式叙事学缘何相互依存》,杨莉译,《江西社会科学》2006 年第 10 期。

孙基林：《当代诗歌叙述及其诗学问题——兼及诗歌叙述学的一点思考》，《诗刊》2010年第7期（下半月刊）。

孙基林：《"叙事"还是"叙述"？——关于"诗歌叙述学"及相关话题》，《文学评论》2021年第4期。

索宇环：《叙事性·诗性·抒情性：重审诗歌叙事学》，《叙事研究前沿》第一辑，外语教学与研究出版社，2014年。

王长才：《小说·叙述·伦理——多萝西·J.黑尔教授访谈录》，载《英语研究》第三辑，上海交通大学出版社，2016年。

王宇丹：《Slow Art 慢艺术》，《参考消息》2015年6月3日，第12版。

韦思：《屈原诗歌叙事性抒情艺术简论》，《怀化师专学报（哲学社会科学版）》1986年第1期。

文一茗：《论主体性与符号表意的关联》，《社会科学》2015年第10期。

伍晓明：《理论何为？》，《文艺研究》2022年第1期。

臧棣：《记忆的诗歌叙事学——细读西渡的〈一个钟表匠的记忆〉》，《诗探索》2002年第Z1期。

张海鸥：《论词的叙事性》，《中国社会科学》2004年第2期。

张辉、杨波：《心理空间与概念整合：理论发展及其应用》，《解放军外国语学院学报》2008年第1期。

赵毅衡：《论二我差："自我叙述"的共同特征》，《江西师范大学学报（哲学社会科学版）》2014年第4期。

赵振江：《帕斯和他的中国情结》，《文艺报》2014年8月15日，第004版。

周剑之：《从三分模式到两重标准：〈昭昧詹言〉的诗歌叙事学》，《励耘学刊》2020年第1期。

二、外文著作与论文

Bal, Mieke. *Narratology in Practice*. Toronto: University of Toronto Press, 2021.

Brooks, Cleanth and Robert Penn Warren. *Understanding Poetry*, 4th edition, Beijing: Foreign Language Teaching and Research Press, 2004.

Chatman, Seymour. *Story and Discourse: Narrative Structure in Fiction and Film*. Ithaca: Cornell University Press, 1989.

—. *Coming to Terms: The Rhetoric of Narrative in Fiction and Film*. Ithaca: Cornell University Press, 1990.

Donno, Elizabeth Story, ed., *Andrew Marvell: The Complete Poems*. Penguin Classics, 2005.

Dubrow, Heather. "The Interplay of Narrative and Lyric: Competition, Cooperation, and the Case of the Anticipatory Amalgam". *Narrative* 14.3 (2006).

Evans, Vyvyan and Melanie Green. *Cognitive Linguistics: An Introduction*. Edinburgh: Edinburgh University Press, 2006.

Fauconnier, Gilles. *Mental Spaces: Aspects of Meaning Construction in Natural Languages*. 2 Edition. Cambridge: Cambridge University Press, 1994.

Frank, Joseph. "Spatial Form in Modern Literature". In *Essentials of the Theory of Fiction*. Third Edition. Eds. Michael J. Hoffman and Patrick D. Murphy. Durham: Duke University Press, 2005.

Fludernik, Monika. *An Introduction to Narratology*, London and New York: Routledge, 2009.

Genette, Gérard. *Narrative Discourse: An Essay in Method*. Trans. Jane E. Lewin. Ithaca: Cornell University Press, 1980.

Gill, Jo and Melanie Waters, eds., *Poetry and Autobiograpy*. London and New York: Routledge, 2011.

Herman, David, ed., *The Cambridge Companion to Narrative*. Cambridge: Cambridge University Press, 2007.

Herman, David, James Phelan et al. *Narrative Theory: Core Concepts and Critical Debates*. Columbus: The Ohio State University Press, 2012.

Herman, David, Manfred Jahn and Marie-Laure Ryan. Eds., *Routledge Encyclopedia of Narrative Theory*. London and New York: Routledge, 2008.

Hogan, Patrick Colm. *Affective Narratology: The Emotional Structure of Stories*. Lincoln and London: University of Nebraska Press, 2011.

Hühn, Peter. "Transgeneric Narratology: Application to Lyric Poetry". In *The Dynamics of Narrative Form: Studies in Anglo-American Narratology*. ed., John Pier, Berlin: Walter de Gruyter, 2004.

—. "Plotting the Lyric: Forms of Narration in Poetry". In *Theory into Poetry: New Approaches to the Lyric*, eds., Eva Müller-Zettelmann and Margarete Rubik, Amsterdam: Rodopi, 2005.

Hühn, Peter and Jan Christoph Meister, John Pier, Wolf Schmid (eds.), *Handbook of Narratology*, 2nd edition, Vol. 2. Berlin: De Gruyter, 2014.

Hühn, Peter and Jens Kiefer. *The Narratological Analysis of Lyric Poetry: Studies in English Poetry from the 16th to the 20th Century*. Trans., Alastair Matthews. Berlin: Walter de Gruyter, 2005.

——. "Recent Developments in Transgeneric Narratology: Applications to Poetry and Drama". *Germanisch-Romanische Monatsschrift*, 63(1): 31−46 (2013).

Hühn, Peter and Roy Sommer. "Narration in Poetry and Drama". In Peter Hühn, Wolf Schmid, Jörg Schönert and John Pier (eds). *Living Handbook of Narratology*. [EB/OL]. 2015−09−20.

Jakobson, Roman. "Closing Statement: Linguistics and Poetics". In Thomas A. Sebeok, Ed., *Style in Language*, Cambridge: MIT Press, 1974.

Kjekegaad, Stefan. "In the Waiting Room: Narrative in the Autobiographical Lyric Poem, Or Beginning to Think about Lyric Poetry with Narratology". *Narrative*. 22.2: 185−202 (2014).

Kyu Kim, B. and Gal Zauberman, "Psychological Time and Intertemporal Preference". *Current Opinion in Psychology* 6 (2018).

Man, Paul De. "Autobiography as De-Facement". *MLN* 94 (1979).

McHale, Brian. "Beginning to Think about Narrative in Poetry". *Narrative*, 17.1: 11−27 (2009).

Nünning, Ansgar. "Surveying Contextualist and Cultural Narratologies: Towards an Outline of Approaches, Concepts and Potentials". In Sandra Heinen, Roy Sommer, Eds., *Narratology in the Age of Cross-Disciplinary Narrative Research*. Berlin: Walter De Gruyter Gmbh & Company, 2009.

Olney, James. "Autobiography and the Cultural Moment: A Thematic, Historical and Biographic Introduction". In *Autobiography: Essays Theoretical and Critical*. Ed., James Olney. Princeton: Princeton University Press, 1980.

Phelan, James. *Living to Tell About It: A Rhetoric and Ethics of Character Narration*. Ithaca: Cornell University Press, 2005.

——. *Somebody Telling Somebody Else: A Rhetorical Poetics of Narrative*. Columbus: The Ohio State University Press, 2017.

Plooy, H. J. G. du. "Narratology and the Study of Lyric Poetry". In *Literator: Journal of Literary Criticism, Comparative Linguistics and Literary Studies*. 31.3: 1−15 (2010).

Prince, Gerald. *A Dictionary of Narratology*. Revised Edition. Lincoln: University of Nebraska Press, 2003.

Rimmon-Kenan, Shlomith. *Narrative Fiction: Contemporary Poetics*. New York: Methuen, 1983.

Schenck, Celeste. "All of a Piece: Women's Poetry and Autobiography". In *Life/Lines: Theorizing Women's Autobiography*. Eds., Bella Brodzki and Celeste Schenck. Ithaca and London: Cornell University Press, 1988.

Shakespeare, William. *Shakespeare's Sonnets*. eds. by Barbare A. Mowat and Paul Werstine. London: Simon & Schuster Paperbacks, 2009.

Starkman, Miriam Kosh, ed., *Gulliver's Travels and Other Writings by Jonathan Swift*. London: Bantam Books, 1981.

Todorov, Tzvetan. *Grammaire du "Décaméron"*. The Hague: Mouton, 1969.

Vieth, David M. "The Mystery of Personal Identity: Swift's Verses on His Own Death". In Louis Martz and Aubrey Williams, eds., *The Author in His Work: Essays on a Problem in Criticism*. New Haven and London: Yale University Press, 1978.

人名与作品题名索引

A

阿那克里翁（Anacreon）138
艾布拉姆斯（Meyer Howard Abrams）18n，28n，29n，34n，38，39n，111n，152n，174n，229n，230n，232n，263n
艾柯（Umberto Eco）79，284
爱克曼（Eckermann）106n，172n，227n
艾略特（Thomas Eliot）33，142
艾青 42，87，225
爱因斯坦（Albert Einstein）186
奥登达尔（Bernard Odendaal）54
奥维德（Publius Ovidius Naso）271
《变形记》271
奥古斯丁（Aurelius Augustinus）184，185

B

巴尔（Mieke Bal）10，31n，41n，46n，66n，112n，178，190，204n，217n，260，265
巴赫金（M. Bakhtin）128，173，179，214，215，246，273
巴马尔（G. H. Palmer）209
巴切柯（Pacheco）86
《呼声》86
巴什拉（Gaston Bachelard）196，208n，227，242，243n，248，249，250n
拜伦（George Gordon Byron）38，112
《唐璜》38，112
白居易 37，59，163，245，280，281
《长恨歌》37，245；《琵琶行》37；《自河南经乱，关内阻饥，兄弟离散，各在一处。因望月有感，聊书所怀，寄上浮梁大兄、於潜七兄、乌江十五兄，兼示符离及下邽弟妹》163；《赋得古原草送别》280—282
鲍亨斯基（J. M. Bochenski）286
贝克（Ulrich Beck）114，115n
本雅明（Walter Benjamin）242，248
毕晓普（Elizabeth Bishop）56
别尔佳耶夫（N. A. Berdyayev）187，281
波德莱尔（Charles Baudelaire）84n，253，254
《信天翁》253，254
伯格森（Henri Bergson）213—216
柏拉图（Plato）21，22，105
勃洛克（A. A. Blok）86，87
《致革命——女郎》86，87n
卜迦丘（Giovanni Boccaccio）121
布鲁克斯（Cleanth Brooks）290n，291，

294

布鲁姆（Harold Bloom）79，171，226

布罗茨基（Joseph Brodsky）78n，79n，192，193n

布斯（Wayne C. Booth）46，47n，115，225，226

布瓦洛（Nicolas Boileau）20，21n

C

蔡绦 169

曹操 180，181，183

《短歌行》180—183

曹丕 18

曹雪芹 165，166n

查特曼（Seymour Chatman）17，45，128，134，150，151，190—192，203，207，241

晁补之 171

陈鹄 167，168

陈世骧 8，22n

陈叔宝（陈后主）178

《玉树后庭花》178，179

陈绎曾 36

陈子昂 92，199

《登幽州台歌》199

《楚辞》8，40，118，177

崔护 169，170

《题都城南庄》169，170

D

但丁（Dante Alighieri）33，121

《新生》33

德·曼（Paul De Man）137

狄俄墨得斯（Diomedes）22n，105

狄德罗（Denis Diderot）224，225n，240n

笛卡尔（René Descartes）216

董乃斌 58，59n，66—69

杜布罗（Heather Dubrow）52，54

杜甫 40，70，234，247—249

《茅屋为秋风所破歌》40；《赠卫八处士》40；《绝句四首·其三》234；《春望》247—249

杜牧 178，245

《泊秦淮》178，179；《过华清宫绝句》245

杜普莱西（R. B. DuPlesis）53

段义孚（Yi-Fu Duan）98，130n，131n，240

多恩（John Donne）52，237，238

《计算》202；《神圣十四行诗·第十四首》238；《变换》244

多勒泽尔（Lubomír Doležel）173，182

F

法康尼尔（Gilles Fauconnier）215，251

方玉润 181

菲尔斯特拉腾（Peter Verstraten）10

费伦（James Phelan）3，57，75，76，96，97n，150n，223n，243n，247n，275—277，291n，297

冯延巳 171

福克纳（William Faulkner）109

弗兰克（Joseph Frank）223，228n，231，264，295

弗兰克尔（Viktor E. Frankl）295
福勒（Alastair Fowler）15n，17n
弗雷（James Frey）16，17
弗里德里希（Hugo Friedrich）290n
弗里德曼（Susan Stanford Friedman）223n，243n，247n
弗卢德尼克（Monika Fludernik）123，124，141，150n
傅元峰 112n

G

高帝 158
　《大风歌》157—159
高友工（Yu-Kung Kao）38n，45，74n
歌德（Johann Wolfgang von Goethe）34，106，172，226，227
格罗塞（Ernst Grosse）17，36，37n，76，77，90，208，209n
贡布里希（E. H. Gombrich）251，252
《古诗十九首·涉江采芙蓉》282

H

海德斯（Odile Heynders）54
海沃德（John Hayward）120
《汉乐府·上邪》235n
荷马（Homer）22，38，53，124，209，263
赫尔曼（David Herman）16，32，45，97n，291n
赫拉克利特（Heracleitus）187，188n
黑尔（Dorothy J. Hale）3，4n
黑格尔（G. W. F. Hegel）76，85n，106，108，109n，116
洪迈 108
胡塞尔（Edmund Husserl）114，216，217n
胡适 61，198
胡云翼 130n，161n，162n，167n，168，200n，243n，244n，255n，278n
华兹华斯（William Wordsworth）33—35，36n，39，50，87，88n，111，227，278n
　《抒情歌谣集》36，39；《孤独的收割者》34；《致云雀》87，88n
怀特海（Alfred N. Whitehead）187
皇甫谧 157
霍布斯（Thomas Hobbes）225，226
霍恩（Peter Hühn）7，8，27，44，45，49—51，53，54，57，80，109，110，120
霍根（Patrick Colm Hogan）42，43，56，57，290，291
霍金（Stephen Hawking）186

J

基根（Paul Keegan）120
《击壤歌》157，188
吉川幸次郎（Yoshigawa Kōziro）125，126，127n，286n
济慈（John Keats）52，227
伽亚谟（Omer Khayyam）119，120n
　《鲁拜集》119，120n
姜夔 161，162n
　《淡黄柳》161，162n

姜飞 60，61

蒋捷 200，201

《虞美人》200，201

K

卡勒（Jonathan Culler）24，110，113，114n

凯克盖德（Stefan Kjekegaad）55

康德（Immanuel Kant）13，184—187，194，212，213，219，225n，226

柯勒律治（Samuel T. Coleridge）39，52，121

《抒情歌谣集》36，39

克里斯蒂娃（Julia Kristeva）173，174，179n，180，183

《孔雀东南飞》(《古诗为焦仲卿妻作》)37

孔颖达 35n，109，127n，181n，182n，211n

况周颐 172

L

拉罗什富科（La Rochefoucault）136，140，145

拉斯洛（János László）90n

莱辛（Gotthold E. Lessing）224，232，233，234n，236，238n，240n，259，260，262n，263，264n

李白 41

《静夜思》41

李绂 190

李璟 131，132，197n，216n，249n

《浣溪沙·又》131，132

里克（Christopher Rick）120

李商隐 194

《夜雨寄北》194，195

李万钧 59，60

李孝弟 64，65n

李煜 131，132，196，197，216，249，250

《虞美人》196，197n，200，201，249；《乌夜啼》216；《子夜歌》249

李约瑟（Joseph T. M. Needham）187

李之仪 243

《卜算子》243

利科（Paul Ricoeur）189

梁鸿 283—285

《五噫歌》283，285

《两只乌鸦》205

刘勰 18，19，120，215，226

刘易斯（C. D. Lewis）229，232，260

刘禹锡 267

《乌衣巷》267

柳宗元 231，232

《江雪》231—233

卢梭（Jean-Jacques Rousseau）16

鲁迅 36，158

陆机 18

陆游 72，162，163n，166—168，255，256n，272

《九月十六日夜梦驻军河外遣使招降诸城觉而有作》162，163；《钗头凤》166—168；《卜算子·咏梅》255；《示儿》272

罗军 63，64
罗利（John H. Raleigh）281
骆宾王 88，89n，108
　《艳情代郭氏答卢照邻》108；《在狱咏蝉》88，89
洛奇（David Lodge）16n

M

马弗尔（Andrew Marvell）275，287，288，290n，291，292，294，297
　《致他娇羞的情人》275，288，291，295，296
马斯曼（Hendrik Marsman）236，237n
　《荷兰》236，237n
马致远 286
　《天净沙·秋思》286
麦克黑尔（Brian McHale）27，29，53—55，96
迈纳（Earl Miner）33n，192
毛泽东 132，200，245—247
　《沁园春·长沙》132；《沁园春·雪》200；《七律·长征》246
梅维恒（Victor H. Mair）23n，131n
蒙克（Edvard Munch）252—254
孟浩然 34
　《过故人庄》34
孟启 155，156，169，170n
弥尔顿（John Milton）33，81，85
　《给西里亚克·斯基纳》81
米尔斯基（D. S. Mirsky）38n，87n
米勒（J. Hillis Miller）111
米切尔森（David Michelson）228n

米歇尔（W. J. T. Mitchell）259n，261
明屠尔诺（A. S. Minturno）15
牟复礼（Frederick W. Mote）187n
《木兰辞》37，198

N

尼古拉耶夫（П. А. Николаев）22n，23n
倪思 18
牛顿（Isaac Newton）186，187

O

欧阳修 171，196，207，245n
　《浣溪沙》171；《生查子·元夕》196n；《生查子·又》207

P

帕克（Roy Park）259n
帕斯（Octavio Paz）175，176，218，219，220n，221n，222
　《回归》175，176；《蝾螈》218，219n
潘阆 130
　《前调》130
庞德（Ezra Pound）13，230，232，260
　《地铁车站》13，230，232
裴多菲（Sádor Petöfi）256，258n
　《我愿是一条急流》256，258n
培根（Francis Bacon）230
品达（Pindaros）79，108
蒲柏（Alexander Pope）135，138，139，143，146
普林斯（Gerald Prince）26，95，112，128，134

普鲁斯特（Marcel Proust）12，150，185，198
普鲁伊（H. J. G. du Plooy）54，55
普希金（A. S. Pushkin）38，81，83，85，203
　《叶甫盖尼·奥涅金》38；《致凯恩》81，83，203

Q

钱锺书 37n，162n，163n，206n
乔国强 65
乔伊斯（James Joyce）231
《妾薄命叹》37，38
琼生（Ben Jonson）272
琼斯（Peter Jones）230n，260n
屈原 38，59，117，118n
　《离骚》38，91，117，118n，158

R

热奈特（Gérard Genette）12，23，24，26，77，78n，105n，106，107，150，154，160，163，164，174，175n，189，190，199n
阮籍 90—92
　《咏怀》90，91

S

萨福（Sappho）79，85，118，119n，209
　《给一个富有而没有知识的妇人》85；《月亮下去了》118；《相思》119；《暮色》209
萨特（Jean-Paul Sartre）47，78

莎士比亚（William Shakespeare）33，52，93，94n，172，225，270—272
　《十四行诗·第116首》93，94n；《仲夏夜之梦》225；《十四行诗·第107首》52，270
尚必武 32n，62，63n
邵炳军 70，71
舍内特（Jörg Schönert）8，49，51
沈德潜 37n，91n，157，159n，188n，235n
《诗经》8，12，36，40，59，70，71，115，117，118，121，125—129，156，180，181，210，212，214，243，279
　《伐檀》121；《河广》127，243；《静女》129；《子衿》181，212，214；《鹿鸣》181，182；《击鼓》182；《木瓜》210；《黍离》117，210；《采薇》279，280，282，283
斯宾塞（Herbert Spencer）36
司马迁 157，158n，159n
斯威夫特（Jonathan Swift）13，134—142，144，146，147
　《格列佛游记》135；《斯威夫特博士死亡之诗》13，134—137，139，142，144，146，147
苏轼 206，259，269
　《题西林壁》206；《念奴娇·赤壁怀古》269；《水调歌头·明月几时有》269
苏舜钦 120，121n
孙基林 62，65，66n
梭伦（Solon）125

《许多坏人有钱》125
索加（Edward W. Soja）223
索绪尔（Ferdinand de Saussure）149
索宇环 64

T

塔迪埃（Jean-Yves Tadié）2
泰戈尔（Rabindranath Tagore）197
　《飞鸟集》197
唐婉 167，168
　《钗头凤》166—168
陶渊明 195，198
　《神释》195，198
托多罗夫（Tzvetan Todorov）15n，21n，22，25，26，105，150，189，190n，266
托尔斯泰（Lev Tolstoy）45，47，266

W

瓦尔德斯（Mario J. Valdés）219n，220n，221n，222n
王勃 83，85
　《杜少府之任蜀州》83
王昌龄 107，269，270
　《闺怨》107；《出塞》269，270
王国维 133，171，172，287
王靖宇（John C. Y. Wang）187n，281n
王维 175，176，244，259，261—264
　《酬张少府》175，176；《送元二使安西》244；《辛夷坞》261，262；《山居秋暝》262—264
王阳 69

王佐良 135，206n
维吉尔（Publius Vergilius Maro）234—236，248，249
　《牧歌》234—236，248，249
维斯（David M. Vieth）146
韦思 59
韦庄 37，268
　《台城》268
魏徵 92，179n
　《抒怀》92
闻一多 204，205n
　《死水》204，205n
文一茗 111n
沃伦（Robert P. Warren）290n，291，294
乌孙公主 159
　《悲秋歌》159
吴讷 19
伍晓明 7

X

西摩尼得斯（Simonides of Ceos）13，126
　《温泉关凭吊》13，126
项羽 157—159
　《垓下歌》157—159
肖普托（John Shoptaw）53
辛弃疾 161，278n
　《永遇乐》161；《八声甘州》161；《贺新郎》161；《鹧鸪天》161
徐师曾 18n，19

Y

雅各布逊（Roman Jakobson）74，75
亚里斯多德（Aristoteles）19—23，28，186，227，228，266，276，277
燕卜荪（William Empson）220
杨周翰 238n，271n，272n，288n
叶嘉莹 40
叶申芗 169
叶维廉 75n，230n，231
叶芝（William. B. Yeats）50，52
《伊利亚特》38，53，123，124，164，209
雨果（Victor Hugo）84
　《明日，破晓时分》84
约翰逊（Samuel Johnson）79

Z

臧棣 60
赵毅衡 154，155n，201
詹姆斯（William James）214

张籍 107，108
　《节妇吟》107，108
张九龄 92，93
　《感遇》92，93
张海鸥 70
张若虚 269
　《春江花月夜》269
曾几 162
　《苏秀道中自七月二十五日夜大雨三日秋苗以苏喜而有作》162
郑燮 239
　《竹石》239
挚虞 18
钟嵘 90，91，177
周邦彦 244，249
　《苏幕遮》244，249
周剑之 69，71，72n
周密 167，168
朱熹 116，237
　《观书有感》237

主题与概念索引

B

伴随文本（co-text）155，171，299

被叙述时间（narrated time）194

并置（juxtaposition）32，45，168，230，231，235，262—264，273，286，287，296

编码（encoding）74，111，224，227，229，285，297

C

场景（scene）71，81，98，99，101，103，116，134，164，191，201—205，207，229，266，279，286，291—294，296，298

承文本（hypo-text）154，174

重复（repetition）99，117，122，127，174，180，191，193，208—211，228，258，270，279，283

纯叙事（diegesis）21

从属故事叙述（hypodiegetic narrative）143，144

D

第二人称（second-person）117，121，122

第三人称（third-person）141，144，146

第一人称叙述者（first-person narrator）43

读者（reader）1，2，13，15—18，24，27，30，35，41，45，56，63，64，74，75，77—79，81，84—86，94，95，101，103，109，110，120，127—129，148，151，159—162，164—168，173，177，183，196，198，204，207，208，215，216，220，227，229—235，238，239，245，249，250，254，258，259，261，264，266，275—278，280—287，291，294，297—299

 读者动力（readerly dynamics）275，277，281，282，284，287，291，297—299

 理想读者（ideal reader）15，79，284

 模范读者（model reader）15，79，284

 隐含读者（implied reader）45

 真实读者（real reader）45

 作者的读者（authorial reader）78，79，284

段位性（segmentivity）53，55

F

发生之事（happenings）40，44，100，101，104，126，129，131—133，152，159，207，217，222，270

发送者（addresser）74，75

反讽（irony）142，145

风格（style）15，52，70，78，148，171，177

副文本（paratext）55，155，164，174

G

概要（summary）162，192，199—204，241

共鸣（sympathy）41，74，76，84—86，94，107，109，110，116，134，159，162，165，176，198，207，208，216，227，228，230，249，250，267，273，280，287，297—299

共时性（synchronic）149

故事（story）6，10，11，21，26，31—34，37—43，46，51，56，57，66，73，76，81，93，95，97，99，101，109，110，112，113，116，117，124，129，130，132—134，141，143，144，146—157，159—171，176—181，183，190，191，193，194，198，199，203，205—209，227—231，242，248，276，277，280，282，290—293，296，298，299

故事讲述人（storyteller）43

观察者（observer）77，115，207

H

含混（achrony）217

互文本（intertext）182

互文性（intertexuality）170，171，173—177，180—182

呼语（apostrophe）122

话语（discourse）3，11，12，21，29，34，35，38，51，53，61，63，66，70，100，101，106，111，149—153，156，174，189，190，194，203，205，206，208，209，217，223，228，232，251，254，256，260，261，264，276，277，280，282

J

交互参照（cross-references）231—233，264，286，287，297

交流（communication）15，17，32，44—46，51，63，73—81，83—97，105，106，109，110，113，144，150，168，195，216，227，228，242，258，265，266，275，278，280，284，285，291，292

接受者（addressee）46，62，74，75，80，220，224

结构（structure）4，11，14，24，26，27，42，47，52，54—56，59，63，64，69—71，90，101，110，149—153，161，178，179，183，229，

265，274—277，279，283，285，287，288，290—292，294，295

结构主义（structuralism）14，24，26，27，63，149

解码（decoding）74，224，227，229，285

经验自我（experiencing self）201

聚焦（focalization）104，147

  聚焦对象（focalized object）147

  聚焦者（focalizor）147

  聚焦主体（focalized subject）147

距离（distance）13，107，126，152，160，231，242，243，292，296

K

可述性（tellability）95

可叙述性（narratability）95

空间（space）3，11，30，53，58，62，69，73，92，99，123—129，131—133，162，173，184—187，192，198，200，207，208，213—215，219，222，223，227—256，258—274，278，285—287，290，292，295，296，297—299

  地理空间（geographic space）241—250，258，273，274

  历史空间（historical space）241，265—274

  图像空间（pictorial space）241，244，258—264，273，274

  心理空间（mental space）215，241，250—256，258，273，274

空间叙事（spatial narration）73，222，223，228—232，234，237，240—242，245，249，250，274，278，286，290，296—299

跨文类（transgeneric）4，7，10，11，14，25，27—31，35，49，50，53，58，59，62，63，72，73，211，259

L

历时性（diachronic）71，149

M

媒介性（mediacy）50，51

描写（description）20，36，61，152，189，206

摹仿，模仿（mimesis）21—23，106，149，154，174，233，253，260，276

P

旁观者（onlooker）60，144

频率（frequency）193，208，211，212，217

Q

前文本（pre-text）154，155，174，182

情感（affection）4，10，24，25，29，32，33，36，38—44，46，47，56，57，74，76，77，79—81，83—90，92，94—104，106—109，111—118，120—122，124—134，136，139，147，152—154，156，159—

163，169—171，178，179，184，188，190，191，194—196，198，199，201—207，211，213，215，216，218，221，228—230，235—238，241—251，255，256，258，265—269，273，275，276，278—281，283—287，290—292，294，297，298

R

人物（character）11，16，22，32，46，56，59，64，69，81，86，87，105，108，109，111，113，114，116，122—130，133，134，137，143，147，150，151，165，197，200，202，203，205，209，213，214，227—229，269

人物叙述者（character-narrator）124

S

审美体验（aesthetic experience）204，207

省略（ellipsis）206—208

诗体长篇小说（novel in verse）38

诗言志（poetry expresses intent）45，120

诗缘情（poetry traces emotion）18，35

时长（duration）193，198，199，203，206，207，212，217，223

时间性（timeliness）44，189—191，217

时空体（хронотоп）128，133，214，215，246，273

时序（order）193，194，196，199，212，217，274

史诗（epic）7，8，11，15，17，19—22，27—29，38，39，53，70，105，106，172，209，225，260，263，266

视点（point of view）12，151

事件（event）16，26，31，32，34，36，38，40，41，43，44，50—52，56，57，59，71，76，78，95，96，98，100—104，112，127，128，150—152，154，155，162，164，165，178，186，187，189—191，193—195，198—200，203，205，207，208，212，213，217，222，227—229，233，241，251，260，265，269，275—278，282，295

事件性（eventfulness）44，56，57，95，100，102—104

视角（perspective）30，32，51，52，55，60，62，64，66，120，135，144，240

视觉（visual）3，4，10，75，98，131，224，259—261

受述者（narratee）45，46，71，78，80，112，278

抒情人（speaker）10，29，32—34，38，41—43，46，47，55，74，76—78，80，81，83—111，113，114，116—135，137，139—148，152，155，156，159，162，166，178，179，

191，193，195—207，211—217，219—222，227，234—236，238，241—248，250，251，254—256，258，266—273，275，278，279，282，284，285，287，291—294，296—299

  第一人称抒情人（first-person speaker）117，118，120—122，145—147

  故事内抒情人（intradiegetic speaker）116

  抒情人"我"（speaking "I"）97，99，117，119，121，122，130，144—147，220，279，282

  自身故事的抒情人（autodiegetic speaker）99，129，130，132—134，141，146—148

抒情文本（lyrical text）2，9，13，29—35，41—44，46，47，50—52，54，73，76，89，90，95，101—103，105—110，112，113，116，122，124，125，128—130，132，133，142，149，152—156，160—166，168，170，171，177，178，191—193，195，198，199，201，203，207，211，216，220，224，241，247，254—256，258，262，263，275，277—280，282，291，295，297

抒情文学（lyric literature）21，53，96，255

抒情性（lyricality, lyricism）55，56，59，64，76，95—97，100，104

抒情主人公（lyric protagonist, lyric hero）40，41，47，59，87，89，109—111，128，129，133，134，178，191，279，280，283

抒情主体（speaking instance）9，10，25，73，74，78，80，86，89，90，105，106，110—117，119，120，122—126，134—136，139—142，146，147，188，220，221，251，258，269

抒情自我（speaking self）201

殊异，奇异性（strangeness）226

双值性（ambivalence）173，180，183

素体诗（blank verse）28，33，34

T

体裁（types or forms of literature）14，15，19，21，24，62，137，138，164，183，228

体制（literary forms）15，18，19，72

停顿（pause）206，207

W

外故事（external story）11，73，149，152—157，159—166，168—171，176—181，183

文本动力（textual dynamics）275—278，282，284，285，287，294，297—299

文类（genre）1，2，4，7，10，11，14—21，23—25，27—31，33—35，46，

49，50，52，53，58，59，62，63，65，72，73，96，106，110，112，115，164，171，172，193，211，216，241，259

文体（literary forms, literary style）15，18—21，51，53，61，67，70，164，171，172，182

文学主体（literary instance）25，43，73，77，105，107，113，116，126，134—140，146—148，267

文章（literary compositions）18，19，67，174

X

戏剧（drama）4，8—11，15，21—23，28，30，33，40，61，67，105，106，164，203，204，231，260，272

戏剧文学（dramatic literature）21

线性叙事（linear narration）227—230，232，275，278

想象力（imagination）73，223—227，229，235，242，243，260，261

心理时间（psychological time）211—222

虚构性（fictionality）16，17

序列性（sequentiality）44，50，51，72，95，100，101，104，191，231

叙事动力（narrative dynamics）30，73，241，246，275—288，290—292，294—296，298，299

叙事文本（narrative text）2，6，8，9，26—35，41—47，50，56，63，64，71，76—80，95，96，100—102，105，107，109，110，112，113，116，122，124，128，129，134，142，143，149—153，156，162，164，165，170，178，189—195，197—199，201，203，204，206—208，211—213，217，228，241，275—278，280，282，286，291，295，297

叙事诗（narrative poetry）6，7，17，19，24，27，29，30，37，38，53—55，59—61，63—65，67，72，76，96，150，191，198

叙事文学（narrative literature）21，53，96，192

叙事性（narrativity）4，5，34，50—52，54—56，58—60，62—65，68，70—72，95—97，100，101，104，265

叙事学，叙述学（narratology）1—14，25—32，35，39，42，44—46，48—73，97，102，123，141，147，149，150，189，190，211，259，260

  后经典叙事学（postclassical narratology）4，11，12，27，32，55，58

  经典叙事学（classical narratology）4，11，12，27，32，55，58

  跨媒介叙事学（intermedial narratology）4

  跨文类叙事学（transgeneric narratology）4，7，10，11，14，25，

28—31, 49, 73

认知叙事学（cognitive narratology）4

语境叙事学（contextualist narratology）4

叙述节奏（narrative rhythm）198, 199

叙述者（narrator）9—11, 16, 21, 22, 28, 32, 42, 43, 45—47, 60, 62, 69—71, 78, 80, 105, 107, 109, 111—113, 115, 116, 122, 124, 128, 129, 134, 141, 142, 150, 152, 165, 191, 193, 202, 213, 227, 271, 278, 282

 缺席的叙述者（absent narrator）128

 视觉叙述者（visual narrator）10

 听觉叙述者（auditive narrator）10

 叙述者"我"（narrator-I）43, 71

叙述主体（narrative instance）25, 43, 77, 105, 107, 110, 112, 113, 116, 123

叙述转向（narrative turn）54

叙述自我（narrating self）128, 201

Y

延缓，减缓（slow-down）199, 202, 203

易位（transposition）181

意象（image）61, 152, 192, 220, 221, 224, 225, 229—241, 258, 263, 264, 266, 278, 286, 287, 294, 296, 297, 299

语式（mood）26, 150

语态（voice）26, 150

Z

主观时间（subjective time）212

主体间性（intersubjectivity）173, 266

自反性（self-reflexivity）11, 43, 105, 114—117, 120—122, 136, 141, 142

自我形象（self-image）122

自传的，自传性的（autobiographical）55, 136, 137

作者（author）10, 15—19, 22, 23, 42, 44—47, 51, 52, 55—57, 59—63, 68—72, 74, 75, 77—79, 101, 105—108, 112, 113, 115, 116, 122, 131, 132, 136—138, 141, 142, 146, 147, 152, 155, 161, 164—167, 177, 180, 218, 224, 225, 237, 271, 275, 278, 279, 282—285, 288

 隐含作者（implied author）45—47, 69, 146, 147, 282

 真实作者（real author）16, 45, 47, 69, 71, 106

 作者叙述者（authorial narrator）142

附录：国家社科基金项目"诗歌叙事学研究"立项期间与立项前后发表的相关论文目录

1. 《论抒情诗的叙事学研究：诗歌叙事学》，《思想战线》2013年第4期；《中国社会科学文摘》2014年第1期大篇幅转载。
2. 《论中国古典抒情诗中的"外故事"》，《江西社会科学》2014年第1期；人大复印资料《中国古代、近代文学研究》2014年第8期全文转载。
3. 《论抒情诗的空间叙事》，《思想战线》2014年第3期；人大复印资料《文艺理论》2014年第10期全文转载。
4. 《诗歌叙事学：跨文类研究》，《思想战线》2015年第5期。
5. 《论抒情诗的叙事动力结构——以中国古典抒情诗为例》，《文艺理论研究》2015年第6期。
6. 《论抒情诗的叙述交流语境》，《云南大学学报》2016年第1期。
7. 《从互文性看中国古典抒情诗中的"外故事"》，《思想战线》2016年第2期。
8. 《论叙事学视阈中抒情诗的抒情主体》，《云南师范大学学报》2016年第3期。
9. 《中国抒情诗叙事研究不可缺席》，《中国社会科学报》2016年6月6日。
10. 《再论抒情诗的叙事学研究：诗歌叙事学》，《上海大学学报》2016年第6期。
11. 《新世纪以来国内诗歌叙事学研究述评》，《甘肃社会科学》2017年第1期。
12. 《时间与抒情诗的叙述时间》，《思想战线》2017年第3期；《高等学校文科学术文摘》2017年第4期大篇幅转载。
13. 《安德鲁·马弗尔〈致他娇羞的情人〉的结构与空间叙事》，《学术论坛》2017年第2期。
14. 《国外21世纪以来诗歌叙事学研究述评》，《外语与外语教学》2017年第4期。
15. 《〈斯威夫特博士死亡之诗〉的文学主体与抒情主体》，《英语研究》第八辑，上海交通大学出版社，2018年；人大复印资料《外国文学研究》2018年第12期全文转载，人大复印资料《文学研究文摘》2019年第1期大篇幅转载。
16. 《论抒情诗的空间呈现》，《思想战线》2018年第6期。
17. 《抒情诗中抒情主体的时空存在》，《中国文学研究》2019年第1期。

18.《论抒情诗的心理时间——以奥克塔维奥·帕斯的〈蝾螈〉为例》,《河南师范大学学报》2019 年第 2 期。
19.《论抒情诗的叙事性——以劳伦斯的〈人与蝙蝠〉为例》,《英语研究》第十辑,上海交通大学出版社,2019 年。
20.《论抒情诗的历史空间呈现》,《思想战线》2022 年第 3 期。

后 记

一部书的问世表明它就要离开作者独自远行了。离开之际，不免想到多年来与之相伴的时日。

《诗歌叙事学》一书是在笔者主持的国家社科基金项目"诗歌叙事学研究"的基础上补充、修改、完善之后最终完成的。该项目2014年获准立项（项目号14XZW004），2019年结项，鉴定等级为"优秀"。此后，在"全国哲学社会科学工作办公室"官网的"最新成果集萃"栏目中，对该项目作了介绍。

在经典叙事学向后经典叙事学的转向中，跨学科叙事学与跨文类叙事学（transgeneric narratology）是其中的重要方向，而诗歌叙事学可以说是这一重要方向的引人瞩目的组成部分，是21世纪以来出现在叙事学研究中的一个重要分支。尽管中外对于诗歌，尤其是抒情诗歌中的叙事、叙事性都或多或少有所注意，但诗歌叙事学［国外通常冠以"抒情诗叙事学分析"（narratological analysis of lyric poetry）、"诗歌叙事理论"（theory of narrative in poetry）或"诗歌叙事研究"（study of narrative in poetry）之名］作为叙事学研究所兴起的一个富于生命力的分支，还是21世纪第一个十年才逐渐开始的。笔者对这一研究的关注，也正是始于这一时期。究其缘起，一是源于笔者对诗歌，尤其是抒情诗歌的喜好，无论是源远流长的中国古典与现代诗歌，还是国外各国数量众多的优秀诗篇；二是源自多年来对自身所从事的叙事学研究做进一步拓展的意愿，希望在此前所进行的叙事学基本理论以及审美文化叙事学、比较叙事学等研究的基础上做新的开拓。诗歌叙事学本身恰好就是叙事学或叙事理论与诗歌研究的结盟，正好成为进一步研究的一个新的增长点。

在笔者多年来的叙事学研究中，这部书花费的时间应该说不算短。从项目立项之前的研究，到完成项目及结项之后的补充、修改、完善，已经过去了十余个年头。第一篇诗歌叙事学的论文《论抒情诗的叙事学研究：诗歌叙事学》，发表于《思想战线》2013年第4期。该文引起了较好的反响，《中国社会科学文摘》2014年第1期在"前沿"栏目以"诗歌叙事学：对经典叙事学的领域拓展"为题，对论文作了大篇幅转载。第二篇论文《论中国古典抒情诗的"外故事"》，发表于《江西社会科学》2014年第1期，并为人大复印资料《中国古代、近代文学研究》2014年第8期全文转载。在这一基础上，笔者申报了国家社科基金并获准立项。之后，在展开研究的大约五年时间里，先后在《文艺理论研究》《思想战线》《云南大学学报》《云南师范大学学报》《上海大学学报》《甘肃社会科学》《学术论坛》《外语与外语教学》《英语研究》《中国文学研究》《河南师范大学学报》等国内 CSSCI 来源期刊以及《中国社会科学报》上发表了 17 篇论文（见附录），同时还发表了多篇相关的译文，其中有多篇论文为人大复印资料、《文艺理论》《外国文学研究》全文转载，为《高等学校文科学术文摘》和人大复印资料《文学研究文摘》大篇幅转载。在项目结项之后，研究工作仍未结束，仍然花费了不少时间，不断修改打磨，并补充了新的内容，字数增加了约六万余字。自然，即便如此，该书也未敢说就已经令人满意了。作为一项探索性的研究，不足之处、考虑不周之处恐不可免，期待方家与读者不吝指正。

　　此书问世，我忘不了来自各方面的大力支持、帮助与鼓励。在此，向评审该项目的国家社科基金各位评审专家致以诚挚的谢意，你们的肯定使笔者觉得多年的辛劳完全值得。十余家刊物的各位编辑为刊发该项目的前期成果出力颇多，特致以衷心的感谢，你们的辛勤工作不仅促使笔者不断修改完善文稿，也使之得以早日刊发，使笔者能早日听到来自各方面的意见和反应。云南大学叙事学研究中心的诸位同仁多年来相互支持，相互切磋，形成了良好的研究氛围，在这样的环境中从事研究会使力量倍增，谢谢诸位。在项目的研究和该书的出版中，原云南大学社科处处长、现云南大学副校长杨绍军教授给予了大力支持，非常感谢。最后，要衷心感谢商务印书馆冯淑华女士细致而专业的工作，使本书在问世之前能够避免不少讹误。

谭君强
2024 年 12 月 8 日于云南大学